L'HISTOIRE RÊVÉE D'UNE COW-GIRL

LES SŒURS DE HEART FALLS
TOME 3

VIVIAN AREND

The Cowgirl's Chosen Love / L'Histoire rêvée d'une cow-girl

Copyright © 2020 par Arend Publishing Inc.

ISBN : 9781990674334

Correction de la version originale par Manuela Velasco

Conception de la couverture © Damonza

Relecture de la version originale par Angie Ramey & Linda Levy

Traduit par Myriam Abbas pour Valentin Translation

1

---

*Z*ach Sorenson était assis à l'extérieur de la maison de son meilleur ami, faisant semblant de profiter d'une bière bien fraîche tandis que des rires résonnaient derrière lui.

Le grondement grave du petit rire de Finn se mêlait au timbre plus léger de sa fiancée. Peut-être que Zach devrait passer à quelque chose de plus fort. Du whisky, du gin, ou bon sang... peut-être même de la tequila. Même si cette dernière pouvait être dangereuse.

Il se renfonça dans la balancelle du porche, les jambes étirées devant lui alors qu'il croisait un pied botté sur l'autre et regardait le paysage en direction des montagnes Rocheuses.

Ce n'était pas qu'il en voulait à qui que ce soit d'avoir de la chance.

Leur en vouloir ? Non. Être légèrement jaloux ? Bon sang, ça, il l'avouait.

Son prénom résonna. La porte s'ouvrit en grand à côté de lui, et il se tourna vers une de ses nouvelles amies.

— Désolée que ça ait été aussi long, avança Karen

Coleman. Lisa et moi allons arrêter de te tourmenter. Nous sommes enfin prêtes.

Il se leva alors que le reste du groupe franchissait la porte et se dirigeait vers les camionnettes qui les attendaient.

— Pas de problème, assura Zach. Fais-moi confiance. Je suis assez malin pour ne pas dire à une femme de se dépêcher.

Il esquiva pour éviter de recevoir le doigt de Lisa entre les côtes.

— Tu sais que ce n'était pas seulement nous, insista-t-elle. Il faut à Josiah *une éternité* pour se préparer.

Des rires résonnèrent de nouveau alors que les filles se glissaient sur leurs sièges.

Finn se tourna vers Zach après avoir aidé Karen à s'installer.

— Content que tu viennes au Rough Cut ce soir. Tu es sûr que tu ne veux pas te joindre à nous pour le week-end ?

Oh, bon sang *non*. Meilleurs amis ou pas, la dernière chose que Zach voulait était de passer les prochaines quarante-huit heures à jouer la cinquième roue du carrosse.

— Merci pour ton offre, mais j'ai déjà des projets.

Finn arqua les sourcils.

— Vraiment ?

De l'autre côté de Zach, Josiah s'avança également, la curiosité inscrite sur le visage du vétérinaire.

— C'est la première fois que j'entends ça. Tu gardes des secrets ?

— Je m'occupe de mes affaires, dit Zach d'une voix traînante.

Il leur lança un clin d'œil pour atténuer la sécheresse de ses paroles alors qu'il tournait les talons et se dirigeait vers le hangar qu'il avait réquisitionné pour abriter Delilah, sa Corvette décapotable bleu pastel de 1955.

— On se retrouve au pub, ajouta-t-il.

Il ne baissa pas la capote pour le court trajet du ranch de Red Boot encore en développement à la petite ville de Heart Falls. Le trajet était à peine assez long pour qu'il change d'état esprit. Il était ravi que ses deux meilleurs amis, Finn, le plus ancien, et Josiah, le plus récent, aient tous deux trouvé des femmes qui les appréciaient et emplissaient leurs vies de bonheur.

Le monstre de jalousie qui commençait à apparaître dans les tripes de Zach reçut une bonne gifle de la part de la réalité qui le fit tomber sur son derrière couvert d'écailles. Un jour, il aurait ce genre de relation. Bien sûr, il n'y avait aucune garantie dans l'existence, mais il avait eu assez de bons exemples dans sa vie pour contrebalancer les situations pourries.

Le moment venu, *lui aussi* trouverait quelqu'un. Quelqu'un qui serait ce dont il avait besoin.

Un léger ricanement lui échappa. Dieu merci, ses amis ne pouvaient pas se promener dans son cerveau à ce moment-là, ou ils l'auraient taquiné sans pitié pour la tournure que ses pensées avaient prise, pleines de cœurs et de fleurs.

Zach se gara tout au bord du parking et entra dans le pub, une explosion de musique country se déversant sur la passerelle en bois lorsqu'il ouvrit la lourde porte en chêne.

À l'intérieur, les lumières positionnées de manière stratégique étaient juste assez vives pour mettre tout le monde à son avantage, et le rythme rapide des bottes contre la piste de danse le fit taper des doigts.

Et même s'ils étaient tous arrivés en même temps, ses amis étaient heureusement pressés de s'amuser et pas d'essayer de l'attirer dans le groupe. Lisa et Josiah se retrouvèrent sur la piste de danse à peine trois secondes avant que Finn n'attire Karen dans ses bras pour la faire tournoyer avec lui.

Zach leva un doigt vers le barman et commanda une bière.

Le bar était plein de gens joyeux, d'œillades séductrices, et d'une vive tension sexuelle qui prenait de l'ampleur. Il remarqua quelques femmes avec qui il était sorti plusieurs fois au cours des derniers mois, il inclina le menton et leur lança un clin d'œil sans leur faire d'autre promesse.

Des femmes assez charmantes, mais il n'y avait pas eu l'étincelle qu'il recherchait. Ce qui, encore une fois, faisait probablement de lui une diva, comme Finn l'en avait taquiné un jour.

Il aimait passer du bon temps comme n'importe quel autre gars. Au cours des années, il avait profité de quelques coups d'un soir surexcités et de quelques relations plus longues qui avaient été physiquement très satisfaisantes, mais maintenant il voulait quelque chose de différent.

Il ne savait pas comment le définir, mais il pensait qu'avec sa chance, à un certain moment, ce qu'il recherchait bondirait pour lui mettre une gifle suffisamment forte pour qu'il ne le rate pas.

Il venait de vider sa première bière quand Finn s'approcha de lui en dansant avec Karen.

L'expression de cette dernière était complètement innocente quand elle lui tendit la main.

— Tu veux danser avec moi ?

— Est-ce que le vieux est déjà fatigué ? Tu aurais dû me choisir à sa place, dit Zach en posant sa bière vide pour accepter son offre. J'ai bien plus d'endurance.

Finn, qui était près de Zach, lui donna un coup de coude dans les côtes avant de répondre :

— Continue de te raconter des histoires si ça t'aide à te sentir bien.

Zach guida Karen vers la piste de danse, l'éloignant de son homme en tournoyant alors que son rire s'élevait.

Ils se déplaçaient ensemble aisément, maintenant une distance entre eux en dansant comme s'ils étaient frère et sœur

— et c'était en quelque sorte ainsi que Zach considérait les deux femmes dans sa vie.

L'amusement le gagna. Comme s'il avait besoin d'autres sœurs...

— Qu'est-ce qui te fait ricaner ? demanda Karen.

Il la guida à côté d'autres danseurs alors qu'il répondait.

— Je pensais bien que toi et Lisa auriez pitié de moi et m'inviteriez à danser. Je n'aurais simplement pas cru que vous commenceriez aussi tôt.

Elle émit un « hum », tout en se laissant conduire alors qu'ils passaient à côté d'un enchevêtrement de danseurs moins coordonnés.

— J'ai entendu des bêtises selon lesquelles tu avais de grands projets pour ce week-end. Comme Lisa et moi parlions justement du fait que tu évitais l'essentiel de la population féminine locale, soit tu es un vilain menteur, soit tu gardes bien mieux les secrets que nous ne l'avions imaginé.

Cette femme avait l'esprit aiguisé, ce qui signifiait qu'elle était potentiellement dangereuse pour ses projets. Éviter de passer tout un week-end à regarder ses amis faire les yeux doux à leurs dames était en tête de sa liste des priorités.

Mais parce qu'elle avait l'esprit aussi aiguisé, il se sentit assez sûr de lui pour lui offrir une info pour la dépanner *et* qu'elle lui fiche la paix.

— Fais-moi confiance. Mes projets pour le week-end me rendront heureux.

Karen soupira de manière théâtrale alors même qu'il la faisait passer en tournoyant devant Finn, qui discutait maintenant avec Lisa et Josiah à une table dans un coin.

— C'étaient les mots magiques pour que je m'occupe de mes affaires.

Mais elle lui lança un regard sévère.

— Du moment que tu es *heureux*. C'est tout ce que nous voulons pour toi.

— Je sais, répondit-il simplement, ralentissant alors que la chanson se terminait et qu'une autre commençait.

Il fit ensuite le tour de la piste de danse avec Lisa. Fait amusant, des paroles presque identiques s'échappèrent de ses lèvres à l'instant où ils commencèrent à danser.

— C'est quoi ces bêtises comme quoi tu as des projets pour ce week-end ? Tu devrais venir avec nous. Tu n'as pas besoin de rester seul ici.

— Honnêtement, je prends soin de moi depuis plus de trente ans, lui assura-t-il. Va à l'hôtel avec Josiah. Vous avez tous besoin d'une pause avant que vos journées ne soient de nouveau remplies.

Lisa inclina la tête, mais elle avait toujours l'air de vouloir mettre son grain de sel.

Heureusement, Zach avait une tonne d'expérience pour gérer les femmes qui se mêlaient des affaires des autres – avec cinq sœurs, il avait appris de bonne heure comment gérer les ruses féminines.

— Je suis sérieux. Allez vous amuser. J'ai plein de choses de prévues pour ne pas faire de bêtises.

Elle ricana.

— Où est l'intérêt ?

Quand la chanson fut terminée, il la guida vers Josiah. Un instant plus tard, Zach s'éloigna pour aller prendre une autre bière et les laisser passer du temps seuls. Le bar était suffisamment rempli pour qu'il soit facile de trouver d'autres personnes avec qui parler, même s'il évita de trop croiser le regard de ses anciennes conquêtes.

Encore une fois, ce n'étaient pas elles le problème. Tout venait de lui.

Il appréciait ce que ses amis, et par extension, leurs

femmes, essayaient de faire. Une sorte de chaleur inonda son cœur. C'était agréable de savoir qu'ils tenaient à lui.

Seulement... de bons *amis* n'étaient pas exactement ce qu'il espérait en cet instant.

Se tenir discrètement à l'écart de la piste de danse lui offrait une belle occasion d'observer. Zach buvait sa boisson à petites gorgées tout en envisageant ses options. Un peu de compagnie ce week-end serait bel et bien agréable, mais aucune des femmes de la pièce...

Julia Blushing passa en tournoyant au bras d'un des fermiers du coin, et toutes les divagations mentales de Zach s'arrêtèrent en un instant.

Elle portait un jean tellement délavé qu'il en était presque blanc, et Zach aurait parié qu'il était infiniment doux au toucher. Elle avait beaucoup dansé, et la veste ou la surchemise avec laquelle elle était arrivée avait été abandonnée. Elle ne portait plus qu'un débardeur bleu marine moulant qui caressait dangereusement ses courbes.

Ses cheveux tombaient en vagues, et les lumières leur donnaient des reflets rouge et or alors qu'elle tourbillonnait dans les bras d'un homme avec qui Zach aurait donné n'importe quoi pour changer de place.

Un monstre de jalousie était de retour, mais celui-ci avait une dentition et des griffes très différentes qui déchirèrent son âme.

Voilà la raison pour laquelle aucune des autres femmes de la ville n'avait attiré son attention lors des derniers jours. Zach devait admettre la vérité. Il avait passé des mois à essayer d'ignorer l'attirance qu'il ressentait pour Julia.

Mais c'était ce qu'on pouvait appeler une relation compliquée. Elle était la sœur cadette récemment découverte de Lisa et Karen. Absolument pas quelqu'un avec qui avoir une aventure, à moins de ne pas tenir à garder ses testicules attachés au corps.

Seulement...

Il ne cherchait pas quelqu'un avec qui avoir une aventure. Plus maintenant.

Zach n'était pas sûr de savoir à quel moment il avait changé d'avis. Tout ce qu'il savait avec certitude, c'était que lorsqu'il était venu à Heart Falls avec Finn, la situation était normale, tout le monde était là pour passer du bon temps.

Maintenant, il était prêt pour la suite.

Elle est parfaite.

Son acolyte interne fit un commentaire au moment où Zach remarqua que Julia déplaçait la main de son partenaire de danse, qu'il avait posée sur ses fesses, pour la ramener sur sa hanche.

Je pourrais briser chaque os de la main de cet homme sans ciller.

La vérité était ce qu'elle était, mais il n'était pas fier cette tendance possessive.

Julia tourbillonna pour quitter la piste à la fin de la chanson, échappant à son partenaire aux mains baladeuses en riant. Zach mémorisa le visage de cet homme alors qu'il se forçait à rester immobile en maintenant ses épaules contre le mur au lieu de retrouver le fumier pour lui donner une leçon de politesse qu'il n'oublierait pas de sitôt.

La bière qu'il avait dans la main ne suffisait pas. Mais il allait attendre que ses amis s'en aillent et qu'il soit rentré chez lui avant de commencer à boire un peu plus sérieusement.

La musique entraînante continua, et pendant les quelques minutes suivantes, il s'amusa en examinant les gens dans le pub. Faisant quelques paris sur qui rentrerait avec qui après la fermeture.

Ce fut seulement quelques minutes plus tard que la femme

qu'il avait imaginé ramener chez lui réapparut. Heureusement, pas dans les bras d'un autre gars.

Non. Elle se tourna vers lui et fonça sur lui comme si elle était en mission.

Le chatouillement dans ses tripes s'amplifia. Son sixième sens déclencha une alarme si puissante que tout le pub aurait pu être en feu. Il ne lui adressait pas un avertissement pour être prudent mais le signal de rester attentif et d'être prêt à bondir.

Avait-elle des problèmes ? Il examina la pièce alors qu'il se préparait pour ce qu'elle était sur le point de déposer devant lui.

Il avait hâte, bon sang.

Désinvolte. Reste désinvolte.

Il s'efforça de garder un sourire discret.

— Hé, Jul.

— Hé.

Elle était presque de sa taille, pourtant l'inspiration qu'elle prit était si tremblante qu'elle lui donna envie de la prendre dans ses bras et la protéger de ce qui lui avait fait du mal.

Il avait assez de bon sens pour ne pas jouer cette carte d'emblée. À la place, il se força à parler d'un ton légèrement curieux.

— Un problème ?

Alors qu'elle secouait la tête tout en lui répondant rapidement « non », elle lui retourna l'esprit en posant une main sur son bras et en se rapprochant suffisamment pour que leurs corps se touchent lorsqu'elle se mit sur la pointe des pieds.

La bousculade dans son ventre atteignit DEFCON 1[1].

— Rends-moi un service, tout de suite. Embrasse-moi.

Elle avait chuchoté ces mots, mais ils résonnèrent dans sa tête aussi bruyamment que si elle avait crié.

Il lui attrapa les hanches pour l'empêcher de se dandiner,

car le corps de Zach avait réagi bien trop vite. Tout dans le fait de l'avoir dans ses bras était parfait...

Et bien trop facile. Il hésita.

— Tu joues encore à un jeu, Blushing ?

Les lèvres de celle-ci s'incurvèrent dans ce qu'il reconnut pour un sourire feint et son rire anormal lui égratigna les nerfs. Mais sa douceur fondit contre lui quand elle lui caressa la joue de la sienne jusqu'à ce que ses lèvres trouvent le lobe de son oreille.

La peau de Zach se couvrit de chair de poule.

— Je te jure que je vais tout t'expliquer, mais tu dois m'embrasser, *tout de suite*. Comme si j'étais ta petite amie. *S'il te plaît*.

Le désespoir résonnait dans sa voix, et l'envie de la protéger remonta brusquement à la surface. Quoi qu'il se passe, il pouvait arranger ça. Le fait que c'était exactement ce qu'il avait espéré, ce qu'il avait souhaité...

Appelez ça un coup de bol si vous voulez, mais il reconnaissait un cadeau du ciel quand il en voyait un.

Zach glissa la main sur sa nuque, prenant l'arrière de sa tête. Son autre main, qui était restée sur sa hanche, se déplaça instinctivement pour se poser dans le creux de ses reins, la pressant contre lui. Il la souleva légèrement pour qu'ils se retrouvent au même niveau, corps contre corps.

— Je n'ai aucune idée de ce que tu trafiques, mais je suis partant.

Un petit hoquet échappa à Julia avant que leurs lèvres ne se touchent. Et oui, peut-être qu'un gentil petit bisou sur la joue ou un lent et doux baiser aurait été un bon point de départ.

Mais son instinct lui disait le contraire. Il l'embrassa avec tout ce qu'il avait, son désir mis à nu dans ce contact alors qu'il le lui donnait.

Elle avait besoin de son aide... elle l'avait.

Elle avait aussi tout son être, parce que son instinct lui disait qu'*elle* était celle qu'il avait attendue pendant tout ce temps.

Il sauta à pieds joints dans l'inconnu.

La frontière était mince entre ne pas pouvoir se contrôler en étant morte de peur, et ne pas pouvoir se contrôler en étant électrisée. Et être embrassée à en perdre haleine par Zach Sorenson tombait dans cette seconde catégorie.

Électrisée n'était pas toujours une bonne chose.

Malgré tout, Julia enfouit les mains dans ses cheveux et sentit une chaleur brûlante se répandre dans ses veines pendant encore un instant. Parce que, bon sang, cet homme savait embrasser. Ses lèvres contre les siennes étaient fermes et exigeantes. Son goût l'enivrait. La joue lui picotait là où son début de barbe l'avait frottée.

Quand il la laissa enfin respirer, son visage n'était pas le seul à la chatouiller.

Malgré tout, elle maîtrisa sa libido du mieux qu'elle put alors qu'elle savourait la dureté de ses muscles tout contre elle.

Leurs regards se croisèrent. Les pupilles de Zach étaient dilatées, sa respiration légèrement irrégulière, même si elle était loin d'être aussi erratique que ses propres inspirations haletantes. Les gens les regardaient – des chuchotements se propageaient alors que les gens se rapprochaient les uns des autres pour pouvoir se faire des messes basses à l'oreille, procédant à un minutieux examen pour voir de quelle manière leurs corps s'accordaient.

La main de Zach sur son dos glissa plus bas et s'arrêta avant de se retrouver sur un territoire dangereux, mais elle finit posée sur le renflement de ses fesses.

Un frisson la parcourut.

Un petit rire doux dansa contre sa peau alors qu'il tournait juste assez la tête de Julia pour lui cacher le visage contre son torse tout en lui parlant à l'oreille.

— Viens.

Un instant plus tard, l'air frais s'engouffrait entre eux. Avec ses doigts forts entrelacés aux siens, il la guida vers le côté de la salle et la sortie de secours.

Elle hésita avant qu'il ne puisse l'entraîner hors du pub. Une vive pression des doigts de Julia fut nécessaire pour attirer son attention.

Zach se colla à elle pour pouvoir l'entendre.

— Les gens doivent nous voir, insista-t-elle.

— *Certaines* personnes ne doivent pas nous voir avant que je sache ce qui se passe, souligna Zach. Parle d'abord.

Elle le laissa l'entraîner, lançant un coup d'œil par-dessus son épaule pour essayer de voir si l'une des commères en chef de la communauté les avait repérés.

Son regard tomba sur le fiancé de sa sœur. Le regard alerte de Finn Marlette les suivait, et un « oh mince » lui monta aux lèvres.

Elle avait de bonnes raisons d'agir comme elle l'avait fait, mais elle n'avait pas bien réfléchi avant de passer à l'action.

À ce stade, la seule option était d'avancer. Elle inclina le menton et sortit aux côtés de Zach.

Le vent glacial lui coupa le souffle et provoqua la chair de poule sur sa peau échauffée. Une seconde plus tard, un manteau chaud et doux se posait sur ses épaules, juste avant que Zach n'attrape les revers du vêtement – qu'elle portait maintenant comme un châle – et ne l'attire vers lui.

— Pourquoi ?

Un homme de peu de mots. Elle pouvait faire avec. Seulement, comme des rires résonnaient à côté de la porte d'entrée à peine à cinq mètres sur leur droite, Julia marqua une pause avant d'entamer son explication.

Un groupe de trois femmes les regardait de haut en bas. Étaient-ce celles que Julia avait entendues ? Elle supposa que ça n'avait pas d'importance, sauf qu'elle devait faire croire à son insouciance de toutes ses forces.

Elle tourna son attention vers Zach, passa les bras autour de ses épaules et se pressa de nouveau contre lui.

— Je te jure que je vais t'expliquer, mais pour l'instant tu dois effacer ce froncement de sourcils.

— C'est dur de donner l'impression que tout va bien quand je ne sais ce qui se passe, dit Zach, mais ses lèvres s'incurvèrent, et ses mains se glissèrent de nouveau autour de sa taille.

De grandes mains fortes qui la contrôlaient...

Un frisson qui n'avait rien à voir avec l'air froid nocturne la fit trembler de haut en bas. Julia lutta contre la peur en elle et hocha vivement la tête alors qu'elle laissait ses doigts remonter pour jouer avec la boucle de cheveux châtains qui était tombée sur son front.

— Quelqu'un racontait des ragots. Des trucs vraiment méchants. Peut-être même ces femmes, et je te garantis que tu seras d'accord pour m'aider quand tu auras entendu toute l'histoire. Mais pour l'instant, tu me fais confiance ?

Il ne répondit pas. Mais elle ne put lui reposer la question, car les lèvres de Zach étaient de nouveau posées sur les siennes, le baiser faisant remonter de tout petits frissons le long de sa colonne vertébrale.

Son corps *appréciait* cet homme. Ce qui était une chose étrange à reconnaître pour elle, tout bien considéré.

Derrière elle, des bruits de pas résonnèrent sur la

passerelle. Des gloussements féminins se firent entendre alors que le groupe de femmes passait à côté d'eux.

Zach taquina sa langue de la sienne, et un gémissement échappa à Julia. Il lui échappa honnêtement, parce qu'elle ne voulait surtout pas qu'il sache à quel point être pressée contre lui l'affectait. Même si – *eh bien* – une saine et épaisse érection était pressée contre son ventre.

Bon. Elle n'était donc pas la seule à réagir à leur petit *tête-à-tête*[2].

Julia rompit leur étreinte, cette fois en pressant la main contre son torse pour pouvoir s'écarter légèrement et retrouver péniblement son souffle.

Sous ses doigts, le cœur de Zach martelait.

Ses biceps nus se bombèrent alors qu'il lui attrapait les coudes.

— Assez. Il faut qu'on parle.

— Chez moi ?

Le faire venir sous son toit possédait l'avantage supplémentaire de faire enfler la rumeur si quelqu'un les voyait. Étant donné l'endroit où elle vivait, les probabilités étaient élevées.

Il ne protesta pas. Il entrelaça simplement de nouveau sa grande main à la sienne et la fit descendre de la passerelle pour rejoindre l'angle de la rue et prendre la direction de l'ouest.

Ils avançaient rapidement. Zach resta silencieux et ne posa pas d'autres questions, ce qui lui convenait, parce que même si elle avait l'intention de tout lui dire clairement...

Son cerveau tourbillonnait. Comment est-ce que cette soirée était passée d'incroyable à affreuse pour qu'elle finisse par être embrassée à en perdre la raison par Zach Sorenson en aussi peu de temps ?

Il s'arrêta devant la porte du bâtiment de Julia avant de

jurer doucement. Il se tourna vers elle d'un air presque accusateur.

— Pourquoi n'est-il pas sécurisé ?

Le reniflement moqueur de Julia n'était pas très féminin.

— Eh bien. Je ne sais pas. Peut-être parce que c'est l'endroit le moins cher de la ville, et que des gadgets comme un portier ou un système de sécurité sont en bas de leur liste des priorités ?

Les yeux bleus de Zach étincelèrent pendant un instant, mais il ouvrit la porte extérieure et lui fit signe de passer.

De l'autre côté de la rue, sur le banc devant le Connie's Café, deux jeunes hommes sifflèrent et crièrent des insinuations grossières. Julia les ignora comme d'habitude.

Elle monta les escaliers jusqu'au deuxième étage, contournant automatiquement les plus vilaines taches sur le tapis. Il était impossible de dire lesquelles étaient anciennes et lesquelles étaient récentes, et après un faux pas dans un tas de vomis frais, elle avait appris que les éviter était plus simple.

Clé déjà en main, elle ouvrit la porte en quelques secondes, attendant cette fois que Zach entre le premier.

Il posa une main sur son dos et la guida devant lui, son silence devenant plus éloquent. Ce qui lui convenait, parce que toutes les voix dans la tête de Julia criaient en même temps. Ce qu'elle voulait vraiment, c'était se préparer une tasse de thé et s'asseoir dans le noir un moment pour laisser s'apaiser le monde qui l'entourait.

Ce qu'elle voulait devrait attendre.

À la place, elle se tourna vers Zach.

— Explication. D'accord.

Il croisa les bras sur son torse, cette posture faisant ressortir ses biceps. Il l'examina de haut en bas puis secoua la tête.

— Bon sang, Jul, tu as une sale tête. Qu'est-ce que c'est que ce bazar ?

Il n'y avait pas de colère dans le ton de sa voix, juste un agacement très contrôlé, mais en plus de tout le reste, ce fut la goutte qui fit déborder le vase.

Les larmes débordèrent alors qu'un sanglot s'échappait des lèvres de Julia.

2

Bien joué, bâtard.

Zach s'avança et passa les bras autour de Julia. Il l'étreignit prudemment, pour ne pas l'étouffer mais lui offrir tout de même autant de soutien que possible.

Les larmes coulaient comme s'il avait, d'une manière ou d'une autre, ouvert un robinet par ses paroles, et, bon sang, il aurait vraiment aimé pouvoir les reprendre.

Et pourtant il était dérouté de la voir réagir ainsi étant donné ce qu'il avait appris sur elle au cours des derniers mois. Il s'était attendu à un commentaire narquois ou, dans le pire des cas, à ce qu'elle le jette dehors pour s'être comporté comme un imbécile.

Les épaules de Julia tremblaient alors qu'elle enfouissait son visage plus étroitement contre son torse, ses bras le serrant fort.

Zach lui caressa le dessus de la tête pendant un instant avant de se rendre compte que, si elle reprenait ses esprits, la caresser comme un chiot n'était probablement pas une bonne décision. À la place, il lui frotta le dos tout en dressant l'inventaire horrifié de son appartement.

Il était propre. Vide au point d'être digne de l'ascétisme d'une cellule monacale. Les rares touches personnelles étaient limitées à quelques coussins de couleur vive et deux photos sur le mur.

Cet endroit était aussi extrêmement petit. Quatre murs et une ouverture qui menait à une minuscule salle de bains. Un canapé se trouvait en face d'une vieille malle de voyage. La cuisine tenait le long d'un mur. C'était tout. Pas d'étagères de livres, pas de rideaux à volants ni de plantes. Austère à l'extrême.

Il ne lui faisait pas du tout penser à Julia.

Derrière lui, la poignée remua avant que les charnières ne craquent et qu'un homme n'apparaisse. L'inconnu portait un t-shirt sale à moitié rentré dans son pantalon, à moitié étiré sur son ventre de buveur de bière. Il recula avec un juron en remarquant Zach, leva les mains alors qu'il reculait sur le palier. Son sprint dans les escaliers fut impressionnant étant donné sa large panse.

Quand la porte s'était ouverte, Julia s'était brusquement redressée. Elle passa devant Zach pour crier à l'intrus qui disparaissait.

— Je t'ai déjà dit de ne jamais recommencer.

La colère l'embrasa, et seuls les doigts de Julia, maintenant accroché à son t-shirt, empêchèrent Zach de courir après cet homme.

— Que se passe-t-il donc ? demanda-t-il de nouveau.

Elle pressa sa main libre contre sa tête comme si elle essayait d'empêcher son cerveau de se répandre.

— Une chose à la fois. Juste... Assieds-toi et je te *jure* que je vais t'expliquer.

Il lui fallut toute son énergie pour reculer doucement.

Deux pas l'amenèrent à la petite table de salle à manger, et il s'installa sur la chaise en bois.

Il refréna un grognement lorsqu'elle prit la seconde chaise et la coinça sous la poignée de la porte d'entrée.

Une incroyable fureur bouillonnait dans les tripes de Zach. Étrangement, il garda son calme lorsqu'elle se tourna vers lui. Des larmes striaient ses joues, mais elle se redressa.

— J'étais dans les toilettes du Rough Cut quand j'ai surpris des femmes qui répandaient des commérages. Il y a une rumeur qui se promène à Heart Falls concernant une liaison que j'aurais avec Brad Ford.

Même aussi énervé et en mode surprotecteur après tout ce qui s'était passé au cours des dernières minutes, Zach fut dérouté par ses paroles.

— Quelqu'un pense que tu as une liaison avec ton *boss* ? Le gars qui s'est marié il y a un mois et qui est à l'évidence stupidement amoureux d'Hanna ?

Son incrédulité avait dû être claire parce que Julia hocha la tête.

— N'est-ce pas absurde ? Mais tu sais ce que sont les rumeurs d'une petite ville. Quelqu'un va trouver quelque chose pour le prouver... Le fait que je sois venue à Heart Falls pour qu'il soit mon mentor deux ans après notre rencontre au centre de formations des techniciens de services d'urgence pourrait suffire à convaincre certaines personnes.

D'accord, Zach n'était pas au courant de cette info. Cela ajoutait une raison de s'inquiéter de la situation. Non pas qu'il croie qu'elle et Brad faisaient quoi que ce soit de mal, mais cela donnerait un os à ronger aux commères mesquines.

— Donc tu m'as embrassé... ?

L'air bravache de Julia disparut en partie.

— J'ai un peu paniqué. Je les ai entendues parler, et la seule idée que j'avais en tête était que je devais m'assurer que les rumeurs s'arrêtent. Et que peut-être, si j'avais déjà un petit ami, cela stopperait net ces idioties.

Elle lui avait fait l'honneur de le choisir et il ne savait pas si c'était une chance ou une insulte.

Étant du genre à voir le verre à moitié plein, il choisit de voir ça comme une chance.

— Tu dis que je suis un petit ami pratique ?

Elle se dépêcha de s'expliquer, s'avançant pour terminer alors qu'elle s'essuyait les yeux et essayait de se reprendre.

— Petit ami *temporaire*. Ce n'est que pendant un petit moment. Mon stage sera terminé à la fin du mois d'octobre, puis je partirai. Mais oui, si les gens pensent que *nous sommes* ensemble, ils ne présumeront pas que je batifole en douce avec Brad.

Ça devenait compliqué.

— Oui, je vois comment tout ça fonctionne. Super. Bien.

Il croisa son regard sans détour.

— Et tes sœurs ? Et mes amis ? Qu'allons-nous leur dire ? demanda-t-il.

Elle ouvrit et referma la bouche deux fois, et malgré la tension dans la pièce, il devait admettre qu'il était assez charmé. Elle était si mignonne !

Ce truc impulsif l'avait pris par surprise, mais le cœur de Julia était à la bonne place et, étant donné les objectifs à long terme de Zach, se voir offrir l'assurance de moments à passer avec cette femme devait être compté comme une victoire.

Le nez de Julia remua.

— Hmm. Je n'y avais pas pensé. Comme je te l'ai dit, je n'ai pas vraiment réfléchi en détail. J'ai simplement réagi. Je faisais le tri des patients avant que la situation ne devienne incontrôlable.

— Oui, je vois ça. Mais nous devons trouver une tournure différente pour cette histoire. Parce que, mes amis ont beau m'aimer, s'ils pensent que j'ai fait l'idiot puis que je t'ai plaquée, c'est ma situation qui va devenir compliquée.

Elle eut l'air perplexe.

— Tu ne me plaqueras pas. Et je ne te plaquerai pas. C'est juste un petit... Je ne sais pas, un petit truc à court terme.

— À court terme ?

Il la regarda, veillant à ne pas laisser son regard s'attarder trop longtemps là où il ne devait pas.

— Oui. Tu veux dire comme un coup d'un soir ? Parce que je peux imaginer tes sœurs me pendre par les noix si j'avais la grossièreté d'essayer.

Ses joues rougirent.

— Ça ne sera pas un coup d'un soir. Tout l'intérêt de ce truc est de donner l'impression que nous sommes suffisamment engagés pour que Brad soit clairement hors champ.

— Génial. Nous batifolerons à partir de maintenant jusqu'à la fin du mois d'octobre, quand tu partiras. Puis tes sœurs, qui seront toujours ici, me botteront les fesses à chaque fois qu'elles me verront. Étant donné qu'une d'elles est très engagée avec mon meilleur ami, ça signifie tous les jours.

Julia secoua la tête, le pli entre ses sourcils forçant Zach à lutter pour s'empêcher de sourire.

— Elles ne seront pas en colère contre toi. Nous leur expliquerons. Juste à elles, Finn et Josiah, bien sûr.

Elle marqua une pause.

— Et peut-être à Tamara aussi.

Le dernier nom ne fut pas prononcé avec autant d'assurance.

— Alors ce que tu me demandes, c'est de mentir à mes amis, ou de mentir à *certains* de mes amis ?

Elle eut l'air un peu plus gênée, mais campa sur ses positions.

— *S'il te plaît*. Nous devons trouver un moyen de faire en

sorte que ça marche, parce que Brad est un bon ami et je ne peux pas permettre qu'il souffre. Ni lui ni Hanna. Je lui suis trop redevable.

Une aura de mystère s'ajouta à la situation. Que s'était-il passé à cette école de formation pour les lier aussi étroitement ? Julia se dirigea vers le plan de travail et brancha la bouilloire, lançant un coup d'œil par-dessus son épaule.

— J'ai besoin d'une tasse de thé. Tu en veux une ?

Ce n'était pas le whisky qu'il attendait avec impatience, mais cela devrait suffire.

— Volontiers.

Il attendit et la laissa s'agiter devant le plan de travail pendant quelques minutes. Pendant ce temps, son regard revint vers la chaise qui bloquait sa porte. Tout ce bazar prendrait du temps à démêler, mais la seule chose qu'il savait avec certitude...

C'était qu'elle ne resterait pas une nuit de plus dans ce fichu appartement. Il avait clairement de gros problèmes de sécurité. Zach se reprochait de ne pas avoir découvert ça plus tôt, parce que la pensée qu'elle soit seule dans cet appartement alors que n'importe qui pouvait entrer...

Il inspira profondément et se concentra pour ramener sa colère à un niveau normal.

Quelques minutes plus tard, Julia posa deux tasses sur la table ainsi que de la crème et du sucre avant de s'installer en face de lui.

Le trépied sur lequel elle était assise était plus bas que sa chaise. Cela plaçait son menton environ dix centimètres au-dessus de la surface de la table, et elle ressemblait à une enfant qui jouait à prendre le thé.

La colère revint.

— Tu veux m'expliquer pour quelle raison tu as mis une chaise devant ta porte ?

Un léger soupir échappa à Julia. Elle leva les yeux, mais ne croisa pas son regard.

— Les serrures ne fonctionnent pas très bien. Je traîne la malle devant la porte avant de dormir.

Ce commentaire ne fit que renforcer la résolution de Zach.

— Je vois.

Il but le thé sans rien sentir du goût. Il reposa la tasse sur la table puis posa ses deux paumes de chaque côté.

— Nous avons un problème à résoudre. Prépare un sac. Tu viens chez moi.

Elle écarquilla les yeux.

— Je ne peux pas faire ça.

— Chez moi ou chez une de tes sœurs, proposa-t-il. Mais comme nous devons parler de cette affaire de rencards...

Zach resta aussi immobile que possible, mais son habituelle nonchalance décontractée avait disparu au cours de la dernière minute.

— Je te jure qu'il ne se passera rien que tu ne souhaites pas, mais je dois t'emmener dans un endroit plus sûr avant que quelqu'un d'autre ne passe la porte et que je lui fasse du mal.

Il avait prononcé ces paroles calmement. Paisiblement, même, mais Julia écarquilla les yeux.

Il devait supposer que cela avait été une sacrée soirée. Julia était une femme gentille et attentionnée, et même si elle était assez solide pour être une très bonne technicienne médicale, tout ce qui s'était passé ce soir-là avait abattu ses barrières.

Et aussi bonne que soit sa maîtrise ces temps-ci ? Il ne plaisantait pas quand il s'agissait de son besoin de la protéger.

Julia prit une dernière gorgée de thé avant de poser sa tasse près de la sienne. Elle se leva, mit brièvement une main au-dessus de la sienne, puis alla préparer son sac comme il le lui avait demandé.

— Nous trouverons une solution, continua-t-il. Je suis sérieux.

Ses traits marqués étaient clairement visibles dans la lumière du tableau de bord. Son expression était beaucoup plus dure que d'habitude. Comme si tout l'amusement décontracté qu'elle avait vu en lui au cours des mois passés était emballé et contenu.

— Je suis désolée.

Elle le disait sincèrement, même si elle savait que ses excuses ne changeraient rien.

La sincère vérité... si elle devait temporairement faire foirer sa vie et celle de quelqu'un d'autre pour épargner une montagne de problèmes à Brad Ford ?

Elle le ferait en un clin d'œil.

Mais elle ne pouvait faire un tel aveu sans prévenir, à moins de rendre la situation encore plus compliquée qu'elle ne l'était déjà. Mais puisqu'elle devait la vie à Brad, un peu de bouleversement émotionnel, même au sein de sa toute nouvelle famille...

Cette simple vérité lui fit marquer une pause. Elle avait de nouveau une famille.

Une grande, *grande* famille, et même si d'un côté elle en était ravie, il y avait une autre part d'elle-même qui restait dans le déni.

Zach reprit ses doigts entre les siens et les serra fort. Ce qui était agréable et rassurant, mais comme il ne la lâchait pas et laissait leurs mains entrelacées reposer sur le siège entre eux, le pouls de Julia monta d'un cran.

Elle appréciait cet homme.

Quand elle était sortie de ces toilettes, s'efforçant de trouver une solution, le voir avait été comme prendre un tournant vers une crique et laisser derrière elle les vagues agitées de l'océan. Le calme l'avait entourée et lui avait permis de respirer à fond.

Se tenir la main semblait bien trop naturel étant donné à quel point c'était anormal. Jusqu'à maintenant, ils avaient toujours fait partie d'un groupe. Ils avaient pratiqué des activités avec ses sœurs, étaient allés danser au pub, ce genre de choses.

Malgré tout, elle l'avait suturé environ un mois auparavant quand il s'était fait accidentellement tirer dessus. La sensation de ses muscles fermes sous ses doigts...

C'était un peu louche, la fréquence avec laquelle cette scène se rejouait dans sa tête. Vu son problème avec les *stalkers*, la dernière chose qu'elle souhaitait était en être une elle-même.

Zach ralentit alors qu'ils passaient le portail du ranch de Red Boot. Julia regarda par la vitre les dépendances autour d'eux.

Les gars travaillaient sur le ranch depuis le printemps, activement au début, mais récemment, ils avaient ralenti. Cependant on se rapprochait de l'hiver, alors elle pensait que c'était logique. Ils ne semblaient simplement plus aussi pressés de le mettre sur pied qu'elle l'avait remarqué au début.

Mais les bâtiments et le terrain avaient changé depuis la dernière fois qu'elle était venue, et Julia était fascinée.

— Où est-ce que tu loges ces temps-ci ? demanda-t-elle.

Il pointa du doigt l'autre bout de la rangée de petits chalets qui faisaient face aux montagnes Rocheuses.

— J'ai le plus grand. Deux chambres... Tu auras de l'espace.

Ses paroles sortirent un peu plus sèchement que d'habitude, son corps était tendu alors qu'il garait sa voiture dans un vieux hangar en bois de l'autre côté du chalet. Sa camionnette se trouvait devant le garage improvisé.

Ils sortirent tous les deux et se retrouvèrent devant le coffre.

Zach inspira profondément avant de se tourner vers elle.

— Je vais te faire entrer et tu pourras t'installer. J'ai promis à Finn que je m'occuperais de quelques corvées ce soir. Je serai de retour dans environ une heure.

Elle lança un coup d'œil au petit cottage près d'eux, une lueur accueillante brillait par la fenêtre. La tentation de s'évader pendant au moins un petit moment était forte, mais quelque chose lui disait que ce n'était pas la bonne décision. Avec ce qui lui tournait dans la tête, elle ne ferait que s'agiter et s'inquiéter pendant tout le temps où il serait absent.

Julia secoua la tête.

— Je vais déposer mes affaires, mais laisse-moi venir t'aider.

Il hésita.

— Cette situation dont nous devons parler... Je pense qu'il vaudrait mieux s'abstenir pendant que nous nous promenons dans les écuries.

— Je suis d'accord. Mais honnêtement, un peu de travail ne me dérangerait pas pendant que je réfléchis. C'est comme ça que je trouve des solutions.

Il haussa nonchalamment ses larges épaules.

— D'accord. Tu peux m'aider à nettoyer quelques stalles.

Il reprit son sac.

— Du moment que tu te souviens de quel côté on utilise la pelle.

Le léger rire qui échappa à Julia était agréable.

— Fais-moi confiance. Je connais parfaitement le sujet.

Ils s'approchèrent du chalet. Elle se glissa dans la salle de bains de Zach pour se changer et retirer son joli jean. C'était un arrêt trop bref pour faire plus qu'admirer la vasque en béton et les moulures en pin de miroir et de l'ébénisterie. Elle aperçut brièvement de la faïence bleue et marron, mais elle regarderait le reste de plus près quand ils reviendraient.

Elle plaça son sac dans la salle de séjour près du canapé recouvert de velours côtelé et retrouva Zach à la porte.

Il avait lui aussi enfilé des vêtements de travail. Il l'examina avant de hocher brièvement la tête.

— Tu seras contente de savoir que nous avons des bottes en caoutchouc que tu peux emprunter.

— Tout bon ranch éducatif a des bottes en caoutchouc supplémentaires, dit-elle joyeusement.

Il alla à grands pas vers l'écurie principale.

— Je ne suis pas sûr que ce soit un bon ranch éducatif pour l'instant, admit-il. Nous y arriverons, mais pour l'instant c'est un peu exagéré.

Zach lui fournit des bottes et une pelle, lui indiqua du doigt les trois stalles dont il voulait qu'elle s'occupe, puis la laissa tranquille.

Il alla plus loin dans l'écurie et se mit au travail, alors elle suivit son exemple et en fit autant.

Le travail physique pour soulever des pelletées dans la brouette calma ses pensées emballées.

Elle avait toujours fonctionné comme ça. Le mouvement répétitif l'aidait à prendre du recul alors que son cerveau qui tournait en boucle. Quand elle arriva au bout, les muscles de ses jambes et de son dos lui faisaient mal, mais pas aux mêmes endroits que lorsqu'elle dansait.

De plus, elle avait trouvé quelques éléments possibles de négociation à lancer dans la conversation à venir.

Zach passa à côté d'elle et hocha la tête avec approbation.

— Bon travail. Et merci... Tu m'as fait gagner pas mal de temps.

Julia haussa les épaules.

— J'ai déjà provoqué pas mal de problèmes, alors c'est le moins que je puisse faire.

Il tendit le menton vers son chalet.

— Va prendre une douche. Je termine et je te rejoins dans environ une demi-heure.

Cette fois, alors qu'elle entrait chez lui, Julia s'autorisa le luxe de regarder longuement et lentement autour d'elle.

Pour une étrange raison, Zachary avait emménagé dans ce qui serait au final un bungalow familial. Il n'était pas décoré comme il le serait plus tard. Elle le savait pour en avoir discuté avec Karen, à propos du type de clientèle qu'ils espéraient attirer au ranch de Red Boot.

Le style évoquait plutôt un célibataire. Un canapé confortable se trouvait en face d'une table basse robuste, la surface bien éraflée là où d'innombrables pieds s'étaient posés. Quelques marques de brûlure marquaient la surface en bois, l'une suffisamment large pour proclamer qu'une plaque à pizza était passée directement du four à la table.

Elle se dépêcha d'aller dans la salle de bains, et cette fois elle put apprécier la faïence de haute qualité autour d'elle. Le pommeau à effet jet de pluie au-dessus d'elle projetait vachement plus de pression qu'elle n'en avait dans son appartement qui, il fallait l'avouer, était dégoûtant.

Entre les corvées, la douche et le moment pour respirer, Julia avait trouvé un plan.

Ce serait toujours gênant, mais elle se sentait beaucoup plus sûre d'elle lorsqu'elle retrouva Zach dans la salle de séjour et s'installa dans le fauteuil à côté du canapé.

« S'installa » était peut-être le mauvais terme – elle se percha au bord, du bout des fesses, les mains croisées sur ses cuisses pour s'empêcher de remuer.

Zach était redevenu un modèle de relaxation. Il se renfonça dans le canapé et posa ses pieds recouverts de chaussettes en laine sur la table basse.

Son regard dériva sur elle, l'examina avant de hocher la tête fermement.

— OK C'est l'heure de résoudre les problèmes. Tu as besoin d'un petit ami temporaire pour stopper de vilaines rumeurs. Je comprends ça, et je suis d'accord, parce que les ragots ne s'arrêtent pas une fois qu'ils se sont emballés.

Il leva le menton et la regarda droit dans les yeux.

— Mais d'abord tu dois cracher le morceau. Pourquoi donc es-tu venue *ici* ? À Heart Falls, et pour ce travail ? Parce qu'on dirait qu'il y a eu quelque chose entre toi et Brad par le passé. Même si je ne crois pas une seconde que tu batifoles avec lui maintenant, je ne veux pas être pris de court plus tard.

Dieu merci, elle traitait avec un homme intelligent.

— Nous n'avions pas ce genre de relation.

— Super. Quel genre de relation aviez-vous ?

Au temps pour garder la vérité secrète.

— Il m'a sauvée.

La relaxation décontractée de Zach disparut. Il se pencha en avant sur le canapé en clignant intensément des yeux.

— Pardon ?

Ce fut au tour de Julia de hausser un sourcil et de se détendre un peu.

— Il m'a sauvé la vie. Si je ressens quelque chose pour Brad, c'est un peu le culte du héros, parce que sans lui, je serais morte.

_L_'aveu inattendu de Julia soulagea quelques peurs tout en faisant s'emballer l'instinct protecteur de Zach.

— Tu vas devoir m'expliquer ça un peu mieux.

Zach se redressa et lui accorda toute son attention.

Mais il s'assura de garder une voix douce, parce que la dernière chose dont elle avait besoin en racontant des niaiseries serait qu'il pète un câble.

Julia prit un instant, comme pour rassembler ses pensées avant de croiser son regard sans détour.

— La version courte est que, pendant que j'étais au centre de formation pour TSU, un de mes camarades de classe a confondu mon attitude amicale avec un encouragement pour aller bien au-delà de ce que c'était vraiment. Je ne veux pas entrer dans les détails, mais il m'a kidnappée. Il a été très doux dans sa manière de faire. Je croyais qu'il plaisantait jusqu'à ce que je me retrouve attachée et piégée sans moyen de m'enfuir.

Le juron qui s'échappa des lèvres de Zach fit tiquer Julia.

— Oui. C'est à peu près ce qui m'a traversé l'esprit quand je me suis rendu compte que Dwayne comprenait très littéralement le mot « garder » dans l'expression « me garder en sécurité ». Brad était un des formateurs au centre, et nous avions développé une bonne relation – quelque chose de très fraternel alors qu'il était mon mentor pendant mes premiers semestres d'études supérieures. Brad a remarqué tout de suite que j'avais disparu.

Zach allait acheter à cet homme une bouteille de ce qu'il voudrait.

— Combien de temps as-tu disparu ?

— Cinq jours. Cela aurait pu être plus long, ou pour toujours, si Brad n'avait pas compris ce qui se passait. Mais ça se résume à ça. Brad a failli perdre son travail pour avoir fait ce qu'il fallait pour me trouver, essentiellement sur une intuition. Le remercier ainsi est impossible, je ne permettrai pas que lui et Hanna en souffrent.

Zach posa les coudes sur ses genoux tandis qu'il hochait la tête.

— Je suis complètement convaincu. Nous nous assurerons que tout le monde sait que tu es en couple. Ça ne devrait pas prendre longtemps de couper l'herbe sous le pied de cette rumeur.

Elle s'affaissa un peu et l'inquiétude dans ses yeux fut remplacée par du soulagement.

— Merci.

Sa propre inquiétude grimpa. C'est ce qu'on appelait des complications.

Zach voulait être avec cette femme et essayer de sortir avec elle. Ce qu'il avait voulu dire, c'était qu'il prendrait soin d'elle à partir de maintenant, mais une approche où il prendrait le contrôle était hors de question. Il ne voulait en aucun cas raviver le plus léger souvenir de son traumatisme passé.

Pourtant ses tripes l'induisaient rarement en erreur, et son premier réflexe était de lui avouer en partie la vérité.

Au diable tout ça. Il se renfonça dans son siège et se mit à l'aise.

— Quelques autres choses dont nous devons parler.

Julia hocha la tête.

— Je dirai à mes sœurs, à Finn et à Josiah que nous ne sortons pas vraiment ensemble, mais je pense que nous ne pourrons pas le dire à qui que ce soit d'autre. Enfin, je fais aussi confiance à Tamara, mais si je lui dis, Caleb le saura. Il a tellement de famille proche dans les pattes... C'est un peu difficile de savoir où l'histoire s'arrêtera.

— Et si nous ne le disions à personne ?

Elle se redressa brusquement à son commentaire.

— Tu as dit que tes amis seraient fâchés. Et que mes sœurs t'éclateraient les noix.

— Ça, c'est si nous ne faisions que batifoler.

Il laissa son regard dériver sur elle, appréciant ses muscles fermes et ses courbes douces.

— Sortir vraiment avec toi ne me poserait aucun problème.

Le petit pli entre les sourcils de Julia était revenu.

— Arrête de délirer.

— Oh, chérie, ce n'est pas ma mine délirante, dit-il en lui lançant un clin d'œil. Tu es une belle femme avec un super sens de l'humour et un cœur très généreux. Tu m'intrigues.

Elle eut l'air de chercher ses mots. Puis elle secoua la tête.

— Tu te souviens que je pars à la fin du mois d'octobre ?

— Tu as dit que ton stage se terminait à la fin du mois d'octobre. Ça ne veut pas dire que tu partiras. Il y a plein d'autres boulots disponibles dans la région de Heart Falls. Mais ce n'est pas un sujet duquel s'inquiéter en ce moment.

Il l'examina de nouveau, son regard s'attardant sur ses joues qui rougissaient devant son regard effronté.

— Julia Blushing, veux-tu sortir avec moi ? Petit déjeuner demain matin ?

Elle secoua la tête.

— Est-ce un non, tu préférerais un déjeuner ou un dîner ? Tu sais, nous aimons tous les deux danser. J'aimerais beaucoup t'emmener au Rough Cut.

— Veux-tu bien être sérieux ?

Julia se tordait les mains, posées sur les cuisses, sans discontinuer.

Zach fit un pas en arrière, au sens figuré. Il baissa le ton et parla plus doucement.

— Je n'essaie pas de te piéger dans quoi que ce soit, mais je te dis la stricte vérité. Je t'apprécie. J'aimerais beaucoup apprendre à mieux te connaître. Si tu penses que tu ne mises pas sur le mauvais cheval avec moi, ça résoudrait tout un tas de problèmes. Mes amis ne penseront rien du fait que nous sortions ensemble, et tes sœurs ne flipperont pas du moment que nous sommes francs et honnêtes dès le début.

— Finn nous a vus, avoua-t-elle. Quand nous nous préparions à quitter le pub. Je pense qu'il nous a vus nous embrasser, et il nous a sans aucun doute vus sortir.

Ce qui était une chose qui pouvait jouer en sa faveur. Malgré tout, Zach choisit une manœuvre prudente.

— Et si tu veux absolument qu'on fasse semblant, alors nous nous occuperons d'eux quatre. Mais je serais honoré que tu envisages de sortir réellement avec moi.

L'expression de Julia devint perplexe.

— Je ne pense pas que je serais une bonne petite amie, l'avertit-elle.

— Peut-être que tu as besoin de pratique, proposa-t-il d'un ton pince-sans-rire. On arrondira la note au point supérieur.

Le regard de Julia remonta brusquement vers le sien, une bonne partie de cette attitude qui disait « c'est quoi ce bazar ? » revint en cet instant, et quelque chose en lui fit tilt.

C'était la vraie Julia. C'était la femme intrigante qu'il avait aperçue de temps à autre. Il voulait apprendre à mieux la connaître, il voulait passer du temps avec elle.

Et même s'il semblait qu'elle avait vécu des événements assez graves par le passé, il était patient. Il pourrait l'aider si elle en avait besoin. Sinon, passer du bon temps ensemble ne serait pas difficile.

Julia se frotta les yeux alors qu'un énorme bâillement lui échappait.

— Je suis désolée. Je ne peux pas y réfléchir davantage ce soir.

— La nuit porte conseil. Nous en reparlons demain matin, quand je t'emmènerai petit-déjeuner.

Son regard noir aurait pu couper un diamant. Il lui lança un clin d'œil approbateur.

Ils se levèrent en même temps.

Il fit un geste vers l'arrière du cottage.

— Tu prends le lit. J'ai un matelas gonflable quelque part que je vais mettre dans la deuxième chambre.

— Ça ne me dérange pas de dormir par terre.

La prenant par les épaules, il lui fit faire volte-face et la poussa vers sa chambre.

— Tu es trop fatiguée pour débattre avec moi. Ne te fatigue pas. Nous pourrons avoir une très bonne violente prise de bec au sujet de qui dort où. Demain.

Elle s'accrocha à la porte pendant un moment, lui lançant un regard épuisé et légèrement hanté, mais un sourire incurva ses lèvres. Un vrai, au lieu du faux sourire maladroit qui était apparu avant.

— Zach ?

— Oui ?

Il passa délibérément à côté d'elle, se dirigea dans le chaos de la pièce où il avait balancé ses affaires.

— Bonne nuit.

35

Le doux chuchotement qui glissa sur la peau de Zach comme une caresse.

Il trouva un endroit où placer le matelas gonflable et s'allongea au milieu d'un méli-mélo de cartons et autres possessions. La voix de Julia continua à flotter à ses oreilles alors qu'il s'endormait.

Il fut réveillé par d'étranges sons qui provenaient de sa chambre. Zach se leva, toute prudence écartée alors qu'il entrouvrait la porte de la chambre.

Au milieu de son lit *king-size*, la tête de Julia se projetait d'avant en arrière sur l'oreiller, les draps emmêlés autour d'elle.

Un gémissement de peur tomba des lèvres de la jeune femme, et ses mains tâtonnaient sur les draps. Ce fut alors qu'il remarqua que la couette était coincée sous son corps, la piégeant sur place.

La pauvre.

— Julia. Réveille-toi, trésor. Tu fais un cauchemar.

Elle continua à bouger frénétiquement. Il parla de nouveau en se rapprochant du lit. Les yeux de Julia étaient étroitement clos alors que ses doigts tiraient sur le tissu qui la clouait sur place.

Bon sang, il ne voulait pas l'effrayer encore plus, mais les sons qui s'échappaient de ses lèvres lui brisaient le cœur.

Zach parla plus fort.

— Julia. Réveille-toi. Tout va bien.

Comme elle continuait à se balancer, Zach saisit sa chance. Il posa une main sur son épaule, puis la retira rapidement.

— Julia.

La troisième fois qu'il la toucha, elle ouvrit brusquement les yeux et son regard se leva vers le sien. La peur sur son visage était extrême, et il se sentit ému.

Elle ouvrit la bouche. Il s'attendait à se faire hurler dessus, mais ce qui s'échappa fut son prénom.

— Zach ?

Un chuchotement étouffé. À peine présent et une vraie supplique.

— Tu es tout emmêlée. Ça va si je te donne un coup de main ?

Le menton de Julia trembla alors qu'elle hochait la tête. Il réarrangea les draps jusqu'à ce qu'elle ait de nouveau une pleine liberté de mouvements.

— Voilà. Ça devrait être mieux.

Avant qu'il ne puisse s'éloigner du lit, elle enroula les doigts autour de son poignet. Ses grands yeux se soudèrent aux siens, et elle ressembla extraordinairement à un cerf pris dans les phares d'une voiture.

— Merci.

Il s'installa prudemment sur le bord du lit, lissa le drap sur la couette. Elle se réinstalla, et il lui écarta les cheveux du visage.

Pendant tout ce temps, elle le regardait.

Elle ne disait rien. Elle le fixait simplement avec cette expression suppliante. Comme si elle voulait quelque chose mais ne pouvait pas prononcer les mots.

Impossible qu'il tire une conclusion trop hâtive en cet instant. Pas après ce qu'elle lui avait confié plus tôt.

Alors il resta assis là où il se trouvait, lui caressant gentiment les cheveux avec les doigts.

Julia ferma à moitié les yeux avant de les rouvrir brusquement, comme si elle luttait désespérément contre le sommeil.

Il ne put se retenir. Elle était si timide en cet instant, comme un des lapins de sa petite sœur, voulant vraiment croire qu'il n'y avait pas de risque, et pourtant craintive à l'idée de se rapprocher !

Zach prit une décision et fonça. S'il se trompait, ils pourraient se remettre les idées en place plus tard.

— Dors, lui dit-il. Je vais rester pour que tu sois en sécurité.

Pendant une seconde, un éclair de bravoure traversa son regard.

— Je peux m'occuper de moi, insista-t-elle.

Il garda le sourire.

— Bien sûr que tu peux. Mais ce soir, je vais t'aider.

À LA SÉCHERESSE de sa bouche et la douleur à l'arrière de son crâne, Julia sut qu'elle avait fait un cauchemar.

Mais le fait qu'elle n'était pas roulée en boule sur le sol ni coincée dans un coin de la pièce, morte de froid avec les bras enroulés autour de ses cuisses, la rendit moins certaine.

Le souvenir d'une partie de la nuit lui revint. Elle impliquait deux yeux bleus, fermes et doux, la regardant alors que le sommeil la reprenait, la voix de Zach comme un fil conducteur qui s'insinuait dans son oreille et enrobait son système nerveux, apaisant son stress de l'intérieur.

Julia se redressa et regarda autour d'elle, presque certaine qu'elle le trouverait allongé à côté d'elle sur le lit *king-size*. Quand elle découvrit qu'elle était seule, elle ressentit autant de tristesse que de satisfaction.

Un vrai petit ami était une complication dont elle n'avait pas besoin. Et elle avait *vraiment* apprécié sa chaude présence près d'elle la veille.

Sachant qu'il lui était impossible d'équilibrer les deux parties de cette équation, ou de décider laquelle était la plus importante, Julia rejeta les draps et sortit du lit.

Un rapide coup d'œil à sa montre lui indiqua qu'il était plus de huit heures. Elle était habituée à travailler à n'importe quelle heure, et sortir d'un sommeil profond pour passer en mode travail était déjà une seconde nature. Mais travailler dans les services d'urgence signifiait qu'elle savait aussi comment bien apprécier son sommeil quand elle le pouvait, comme ne pas mettre de réveil et se réveiller quand son corps était reposé.

Elle entra dans la cuisine, l'odeur du café l'attira vers le plan de travail latéral pendant qu'elle admettait avec regret qu'elle était une très bonne dormeuse *la plupart* du temps seulement.

Fichus cauchemars.

Elle redressa les épaules et se versa une tasse, humant le liquide avant d'en prendre une gorgée.

Il n'était pas frais-frais, mais ce n'était pas non plus du goudron. Après avoir travaillé à la caserne des pompiers avec des gens qui n'avaient pas la moindre idée du goût qu'un bon café est censé avoir, Julia était ravie de découvrir que celui de Zach était buvable.

Il n'y avait aucun signe de lui. En tout cas jusqu'à ce qu'elle ouvre le frigo et découvre un mot scotché sur le côté du carton de lait.

« *Si tu meurs de faim, sers-toi. Mais si tu peux attendre, je t'emmène petit-déjeuner. Appelle-moi ou viens me retrouver dans l'écurie.*

— *Zach, ton petit ami* »

Ce dernier mot lui fit courir un frisson sur la peau, mais cette fois, elle ne pensait pas, que c'était d'inquiétude, plutôt de simple surprise.

Elle se tint devant la fenêtre panoramique et regarda les montagnes pendant qu'elle buvait son café. Elle passa systématiquement en revue chaque étape de ce qui s'était passé la veille, analysant ce qu'elle aurait pu faire différemment.

Mais quand elle arriva au fond de sa tasse, la seule chose qu'elle aurait changée aurait été de ne pas faire de cauchemar, et ce n'était pas comme si elle avait le moindre contrôle là-dessus. Parler de son kidnapping déclenchait habituellement une ou deux mauvaises nuits.

Pour le reste, elle donnerait à Zach tous les points du monde pour avoir été un gentleman *et* extrêmement compréhensif.

Elle n'allait quand même pas sortir réellement avec lui.

Oh, elle était tentée. Durant ce premier baiser au Rough Cut, l'attirance physique avait été très réelle, bien qu'inattendue.

Pourtant, toutes les raisons qu'elle avait de rester dans son coin demeuraient valables. Couronnez le tout par le fait que c'était le meilleur ami du fiancé de sa sœur. Revenir et le voir à chaque fois qu'elle viendrait en visite ? Il serait beaucoup plus simple de faire semblant. Dans six semaines elle serait partie, et tout ce bazar serait derrière elle.

Après avoir pris cette décision, elle enfila ses bottes et alla à l'écurie. Au loin se tenait un homme qui étrillait un cheval, ses larges épaules se mouvant avec aisance alors qu'il maniait la brosse sur le garrot du cheval.

Seulement, quand Julia se rapprocha assez pour se rendre compte que c'était Finn et pas Zach, il était trop tard pour changer de direction.

Finn arrêta ce qu'il faisait et un discret sourire détendit à peine ses lèvres.

— Julia.

Elle n'avait pas passé beaucoup de temps avec cet homme, et pour être honnête, elle le trouvait un peu trop sérieux. Chaque fois qu'elle était avec Karen et Finn, Zach était là aussi, et c'était son humour joyeux qui l'avait attirée.

Malgré tout, elle savait que Finn était solide comme un roc quand il s'agissait de prendre soin de sa sœur Karen. De plus, lui et Zach étaient amis depuis toujours. Il devait y avoir quelque chose chez lui qui incitait tout le monde à lui accorder une telle confiance.

Julia croisa les doigts derrière son dos et attendit, pensant qu'il mentionnerait le fait qu'il les avait aperçus la veille. Puis un sentiment d'incongruité la frappa, et la question sortit brusquement.

— Qu'est-ce qui ne va pas ?

Il haussa un sourcil.

— Vous étiez censés être absents ce week-end. Karen et Lisa m'ont dit au Rough Cut qu'elles me reverraient lundi matin, mais vous êtes encore là.

— Petit changement de plan.

Étonnamment, son sourire toujours modeste s'élargit jusqu'à se transformer en grand sourire.

— Karen et moi allons nous marier.

Elle le savait. Peut-être qu'il était soûl et n'était pas tout à fait dans son état normal.

— *C'est ça.* Vous êtes fiancés.

Son léger reniflement moqueur résonna dans le petit espace, et les oreilles d'un des chevaux s'agitèrent de surprise. Finn apaisa l'animal avant de se retourner vers Julia.

— Hier soir, nous nous sommes mis à parler et nous nous sommes rendu compte qu'aucun de nous ne veut de grande fiesta. Puis Josiah a reçu des billets pour un spectacle à Vegas de la part de son frère pour dimanche soir. Une chose en entraînant une autre, nous avons décidé d'y aller cet après-midi.

La vache.

— Vous vous mariez à *Vegas* ?

Il hocha la tête.

Toute la tension qui pesait sur elle disparut en un instant. En matière de distractions, c'était tip top. Elle tapa dans ses mains d'excitation.

— C'est très cool. Félicitations.

— Je suis content que tu le penses. Mais tu nous féliciteras quand ce sera devenu officiel. Va préparer un sac, parce que tu viens avec nous.

Oh mon Dieu !

— Vraiment ? Enfin, pourquoi est-ce que je viendrais ?

Il haussa un sourcil.

— *Julia.*

Cette fois, son ton était empli de déception, comme s'il lui reprochait de douter de sa place dans la famille.

D'accord, elle était une des sœurs de Karen, mais cela semblait quand même un peu soudain. Enfin, ça ne ferait pas de mal de s'adapter à la situation.

Elle lui lança un grand sourire.

— Je serai heureuse de vous accompagner. Merci pour l'invitation.

— Karen a dit que tu étais déjà en congé ce week-end. Si tu peux avoir un jour de plus, nous rentrerons tous lundi. Si ce n'est pas possible, nous te mettrons dans un avion dimanche après-midi pour que tu puisses prendre ton service lundi.

Julia hocha la tête.

— Je vais appeler Brad. Un des gars me doit un service, alors je parie que je peux échanger mon premier service contre un autre plus tard dans la semaine. Je te le dirai dès que je pourrai.

— Bonne idée.

Il marqua une pause, soudain très sérieux.

— Donc. Toi et Zach ?

Oups.

— J'avais vaguement espéré que tu avais déjà parlé avec Zach.

— Je ne l'ai pas encore vu. Je lui ai laissé un message pour qu'il sache quand nous partons.

D'accord. Parce que Zach serait aussi au mariage. Un minuscule nœud d'inquiétude se forma avant qu'elle ne le chasse.

Cet homme avait été un chevalier blanc la veille. Ils allaient faire en sorte que ça marche. De plus, la dernière chose qu'elle voulait était que Finn soit agacé et inquiet avant d'aller à son propre mariage.

Elle fit face aux conséquences.

— Zach et moi sommes simplement bons amis. Hier soir, nous avons dû régler un problème. Des commères racontaient des choses affreuses, alors lui et moi avons décidé de faire semblant de sortir ensemble pendant un moment. C'est tout.

Les lèvres de Finn ne bougèrent pas, mais les rides aux coins de ses yeux s'accentuèrent.

— C'est un homme bien, Julia. Le meilleur. Ce que vous faites, ce sont vos affaires, mais tu dois savoir que tu peux lui faire confiance. Il ne ferait jamais rien pour te faire du mal.

— Je le sais, lui assura-t-elle. C'est en partie ce qui le rend si parfait pour ça. J'en informerai Karen et Lisa, mais en dehors de ça, nous gardons le silence, d'accord ?

Il hocha la tête.

— Les secrets sont destinés à être un jour révélés, l'avertit-il.

— Ce sera seulement jusqu'à ce que je parte à la fin du mois d'octobre.

Un froncement de sourcils apparut lentement sur son visage. Finn inspira profondément. Il sembla hésiter à parler, marqua une pause, puis secoua la tête.

— Ne lui fais pas de mal.

Elle cilla.

— Bien sûr que non.

Finn examina son visage fermement avant de se retourner vers le cheval pour terminer son travail.

— Il a un cœur en or. J'imagine qu'il ferait n'importe quoi pour toi. N'en profite pas à ses dépens.

Le tour pris par la conversation lui échappait, alors Julia s'éloigna à la recherche de Zach.

Elle trouva d'abord ses sœurs.

Elle avait regardé partout dans les écuries et les manèges avant de se diriger vers la maison du ranch que Finn et Karen rénovaient pour leur usage personnel. Quand elle les repéra sous le porche arrière, elle ralentit la cadence. Cela lui donna le temps d'examiner Karen et Lisa – deux des trois ajouts inattendus dans sa vie.

Qu'est-ce qu'elle disait ? *Trois* ajouts ? Essayez plutôt trois sœurs, un père, et tout un tas de cousins qu'elle n'avait aucun espoir de démêler sans un plan détaillé et un « qui est qui » du clan Coleman.

Après avoir passé sa vie comme enfant unique avec seulement sa mère, puis l'avoir perdue quelques années plus tôt, être projetée dans cette foule bruyante et curieuse était revigorant mais terrifiant.

Le léger nuage de colère qui s'éleva et tourna autour de la pensée de sa mère fut ignoré pour le moment, parce que fixer deux personnes qui avaient son visage suffisait pour qu'elle se concentre sur l'instant présent.

Lisa n'avait que deux ans de plus qu'elle. Elle avait récemment coupé ses cheveux au niveau des épaules, et des mèches blondes brillaient au milieu de ses cheveux lâchés. Elle était une pile électrique, trouvant constamment des bêtises à faire, et Julia était attirée vers elle d'une manière qui semblait très gênante.

Elle n'était pas habituée à avoir des confidentes. Ses rares amies au cours des années s'étaient avérées être des opportunistes peu fiables plus que de vraies âmes sœurs.

La personnalité honnête et complètement barrée de Lisa

était parfois un peu intimidante, mais Julia était assez intelligente pour savoir que c'était le changement dans sa situation qui rendait leurs échanges anormaux, pas l'attitude attentionnée, honnête et ouverte de sa sœur.

Avec sept ans de plus, Karen était plus réservée et moins enthousiaste, mais ses yeux exprimaient la bienveillance, et elle avait vraiment une attitude de grande sœur.

C'était le cas pour toutes les trois, car Julia incluait Tamara Stone dans le rassemblement mental. Les trois femmes semblaient aussi avoir un lien tangible. Des racines qui semblaient très profondément entrelacées. Julia mourait d'envie d'en faire partie, mais s'inquiétait en même temps de la manière dont elle pourrait continuer à suivre ses objectifs sans être submergée.

Oui. Être greffée sur le mastodonte appelé « famille » demanderait du travail.

Julia était sur le point d'annoncer sa présence quand Lisa la remarqua. La vraie joie sur le visage de sa sœur l'aida à apaiser davantage la tension qu'elle ressentait à l'idée de s'imposer là où on ne voulait pas d'elle.

Lisa ouvrit les bras alors que Julia arrivait en haut des marches.

— Contente que tu sois là. Nous avons une surprise pour toi.

L'étreinte que Julia reçut était agréable, ainsi que son éclair d'inspiration.

— Je parie que tu veux me dire que nous allons à Vegas.

Un éclat de rire échappa à Karen tandis que Lisa roulait des yeux puis lui lançait un regard noir.

— Quelqu'un te l'a dit.

— Le futur marié, admit Julia avant de se tourner vers Karen. Je suis vraiment excitée pour toi. Y a-t-il quoi que ce soit que je puisse faire pour t'aider ?

Sa sœur rassembla ses cheveux en queue-de-cheval, serrant le chouchou pour la maintenir en place.

— Il n'y a pas grand-chose à faire. Le frère de Josiah s'est occupé de presque tous les détails pour nous... Il est déjà à Vegas. Nous avons un hébergement, la chapelle de mariage et des réservations pour dîner au Paris.

— Et il y a le spectacle dimanche soir, si tu peux rester.

L'espièglerie apparut dans les yeux de Lisa.

— Bien sûr, continua-t-elle, si tu veux aller danser, nous pouvons incorporer ça dans l'emploi du temps.

— Je dois passer quelques coups de fil, l'informa Julia, ignorant la pique au sujet de la danse.

Est-ce que Karen aussi l'avait vue avec Zach ?

— Je vous dirai dès que je pourrais si je dois rentrer plus tôt.

— Hé, mesdames, le vol est confirmé. Quatorze heures, alors nous devons partir d'ici midi au plus tard, annonça Josiah en arrivant sous le porche, un petit terrier brun clair sur les talons.

Ils se dirigèrent tous les deux à grands pas vers Lisa et Josiah la souleva et la fit tourner alors qu'Ollie aboyait avec enthousiasme pendant ce temps-là.

— Pose-moi, dit Lisa en riant.

— J'espère que si je te fais tourner assez fort, tu pourrais accepter un mariage spontané toi aussi.

Julia cligna des yeux à son commentaire, mais Lisa se contenta de rire alors qu'elle tapotait les doigts sur les épaules de Josiah. Elle secoua la tête.

— Arrête ça. J'ai déjà dit non. C'est la fête de Karen et Finn. Nous devrons nous contenter de continuer à vivre ensemble.

Il haussa les épaules.

— On ne peut pas en vouloir à un mec d'essayer, dit-il avant

46

que son regard ne se pose sur Julia. Et toi ? Prête pour un petit moment dans la ville du péché ?

— Je n'y suis jamais allée. Je suis assez excitée, admit-elle.

Des mains fortes caressèrent son épaule, les doigts la serrant brièvement. Zach se glissa à côté d'elle. Assez près pour que la chaleur de son corps se mêle à la sienne.

Rester là était tentant – bien trop tentant –, mais pour sa propre tranquillité d'esprit, Julia s'éloigna d'un demi-pas.

Karen était trop distraite par l'arrivée de Finn, et Josiah n'avait d'yeux que pour Lisa. Mais Lisa ?

Elle ne ratait rien. Son sourire s'élargit alors qu'elle examinait Zach et Julia.

— Je pense que ça va être un voyage très intéressant.

4

Zach faisait tout son possible pour essayer de donner de l'air à Julia, mais c'était la chose la plus difficile du monde.

Il semblait que chaque fois qu'il se retournait, elle était juste là, discutant avec ses sœurs avec un enthousiasme sans bornes. Elle projetait tellement de vie et d'énergie qu'il était constamment attiré vers elle.

Cela lui demandait énormément d'effort pour se retenir de tendre la main vers la sienne à chaque occasion.

Mais s'entasser dans le siège tout au fond du mini-van des Coleman le plaça juste à côté d'elle. Un accident du destin dont il était heureux de profiter tandis que les filles Coleman continuaient de discuter.

Derrière le volant, Tamara lança un coup d'œil dans le rétroviseur. Ses yeux rieurs les observaient tous les six.

— Vous êtes un nid à problèmes, mais j'espère que vous passerez un moment merveilleux. Tu le mérites. Je suis sérieuse, sœurette.

Les dernières phrases s'adressaient directement à Karen, qui était assise près d'elle sur le siège passager avant.

Karen se tourna pour mieux voir tout le monde à l'arrière.

— Nous allons nous assurer d'avoir une vidéo du mariage pour toi et tous les autres membres de la famille qui veulent une copie.

Tamara agita la main.

— Nous serons là par l'esprit. Je suis d'accord avec l'idée de garder ça simple et amusant, étant donné que je n'ai invité aucun de vous à mon mariage.

Un ricanement échappa à Lisa.

— Tu as donné le mauvais exemple.

— J'ai donné le *meilleur* exemple, la corrigea-t-elle, le regard de nouveau fixé sur la nationale. J'ai prouvé que le plus important dont on ait besoin pour un bon mariage, c'est d'avoir le bon partenaire.

— Amen, dit Finn en se penchant en avant, de sa place derrière Karen, pour poser une main sur son épaule.

Elle pivota et lança à Finn un sourire tellement aveuglant pour lui dire « je suis amoureuse de toi » que cela faillit remplir le van de licornes étincelantes et de poussière d'arc-en-ciel.

Ce qui était exactement ce que Zach espérait voir. Son ami méritait tout ce bonheur à venir.

Près de lui, Julia écoutait attentivement, mais son expression oscillait entre l'excitation et l'inquiétude.

— Vous êtes sûrs que nous arriverons à l'aéroport à temps ? Si notre vol est à quatorze heures, ne devons-nous pas franchir toutes sortes de zones de contrôle avant ? À quelle distance sommes-nous de l'aéroport maintenant ?

Au diable tout ça. Zach mit sa main sur celle de Julia, posée sur le siège entre eux, la serrant doucement.

— L'avion ne partira pas sans nous, lui assura-t-il.

Devant eux, Josiah se retourna. Son rapide coup d'œil

releva à la fois le visage de Julia et leurs doigts liés, mais il retint sa surprise en un clin d'œil et s'adressa à elle.

— Est-ce que tu as déjà pris l'avion ?

— Une fois. Enfin, deux, je suppose. De Vancouver à L.A avant de revenir quand j'avais environ douze ans.

— Un voyage à Disneyland ? demanda Lisa.

— Juste la plage et le soleil en hiver, lui répondit Julia. C'était tout ce que nous pouvions nous permettre, mais j'ai adoré. Le vol a remplacé en gros tous les manèges de Disney. Un jour, j'irai officiellement.

Elle lança un coup d'œil à Zach, avec ce froncement de sourcils de retour. Son regard se reporta sur leurs mains.

Bon sang. Inconsciemment, il avait commencé à passer son pouce sur les articulations de Julia. Mais comme elle n'enlevait pas sa main, il décida de la laisser sur la sienne. Il savait quelle bombe Josiah était sur le point de lâcher.

— Nous ne prenons pas de vol commercial, dit Josiah d'un ton décontracté. Finn et Zach ont un avion privé à disposition, alors tu vas bien te régaler.

Julia se raidit.

— Un avion privé ?

— Il appartient à la corporation, développa Zach en lui étreignant la main. Tu te souviens de la fois où tu as rencontré Alan Cwedwick, notre avocat ?

La fois où elle avait dû le suturer après qu'il s'était fait en quelque sorte tirer dessus — ce sur quoi il ne voulait pas s'attarder. Même si ce devait être dit. Avoir une femme qui savait gérer un peu de sang sans paniquer était un bon point.

Non pas qu'il prévoie de se refaire tirer dessus de sitôt.

Devant eux, Lisa pivota pour pouvoir poser les bras sur le dossier et parler à Julia.

— C'est surréaliste qu'ils aient leur propre avion ! Je n'arrive pas à me faire à cette idée non plus. Mais je dois dire, après que Josiah et moi avons pris l'avion en première classe pour Londres il y a un mois, que je suis tout à fait disposée à me laisser gâter.

— Se laisser gâter c'est bien, répondit Julia, avec un sourire figé.

Mais elle dégagea ses doigts un instant plus tard, regardant par la vitre tandis que la conversation continuait autour d'eux.

Et puis zut. Zach passa le bras le long du siège passager et se pencha pour lui chuchoter à l'oreille.

— Ça va ?

Elle lança un coup d'œil vers l'avant du van avant de croiser son regard.

— C'est un peu écrasant.

— Que notre corporation possède un avion ? Ou que nous puissions l'utiliser pour rendre deux personnes qui nous sont très chères extrêmement heureuses en leur permettant de se marier à leur manière ?

— Quand tu formules ça comme ça...

Son mignon petit plissement de nez était de retour.

— Ça reste écrasant. Combien de gens connais-tu qui possèdent leur propre avion privé ?

— Julia, laisse tomber.

Elle lui lança un vif regard noir, mais changea de sujet.

— Je n'ai pas eu l'occasion de parler à qui que ce soit de nos faux rendez-vous. Sauf à Finn. Je l'ai vu dans l'écurie quand je te cherchais. Mais mes sœurs ne savent rien, et Josiah non plus.

— Faut-il vraiment s'en inquiéter maintenant ? demanda Zach. C'est une escapade amusante et festive. Personne ne nous connaît à Vegas, alors ce n'est pas comme si nous devions jouer la comédie.

— C'est vrai. Alors il n'y a pas de raison pour que tu me tiennes la main.

Il avait toutes les raisons de lui tenir la main. Également sur la liste des nécessités : il devait lui caresser la peau et se rapprocher d'elle tout en respirant assez profondément son odeur pour qu'elle titille le moindre de ses nerfs.

Laisse-la un peu tranquille, bon sang.

Plus facile à dire qu'à faire. Il recula assez pour lui lancer un clin d'œil.

— J'aime montrer mon affection. Tout le monde le sait. Étreindre, se tenir la main…

— Alors n'hésite pas à prendre la main de Finn autant que tu veux, dit-elle avec un sourire narquois une seconde à peine, avant de rester bouche bée.

Elle se pencha par-dessus lui, regardant fixement par la vitre.

— Nom d'un *chien*. C'est notre avion ?

Tamara avait pris l'allée menant au petit aérodrome où l'avion de la société était entreposé.

— Nous décollerons sans aucun doute à l'heure, assura-t-il à Julia.

Julia regardait avec fascination, sans se soucier que tout son corps soit pressé contre lui. Elle avait peut-être essayé de mettre plus de distance physique entre eux quand elle était vigilante, mais il était clair qu'elle était tout aussi à l'aise près de lui qu'il l'était avec elle.

Malgré tout, il ne voulait pas qu'elle se rende compte où elle se trouvait et qu'elle panique. Il recula légèrement pour lui donner une meilleure vue, décrivant ce qu'il savait de l'avion et ce qui se passerait pendant les prochaines minutes pour qu'elle ne soit pas surprise.

Julia hocha la tête pendant qu'il parlait, lui lançant un vrai sourire alors que la voiture s'arrêtait.

— Ça me semble beaucoup plus simple que les zones de contrôle que je me rappelle avoir traversées.

— Reste près de moi. Si tu as des questions, je t'aiderai.

Seulement, à l'instant où ils descendirent de la voiture, il fut clair qu'il n'aurait aucune chance d'être celui qui serait à ses côtés alors qu'ils se dirigeaient vers l'avion.

Tamara embrassa et étreignit tout le monde une dernière fois, y compris Julia, qui avait les yeux un peu écarquillés.

En tout cas, jusqu'à ce que Tamara pointe le doigt vers elle.

— Ces deux-là sont nulles pour prendre des photos, dit-elle en faisant un geste vers leurs sœurs. C'est ton boulot de faire mieux. Et n'oublie pas, nous voulons beaucoup de selfies pour que tu sois sur les photos toi aussi.

Génial. La tension dans le corps de Julia s'effaça alors qu'elle acceptait ses consignes.

— Je peux me débrouiller.

Puis elle s'en alla, emmenée par Lisa et Karen jusqu'aux marches autoporteuses.

Finn retrouva Zach à l'arrière du van, pour passer les sacs à l'équipage qui s'approchait pour s'en occuper.

Son meilleur ami le regarda pendant un instant.

Josiah attendait sur le côté, les bras croisés sur le torse. Le vétérinaire ne faisait partie de leur groupe que depuis six mois environ, mais il était clair qu'il savait comment interpréter une situation.

Ses lèvres se plissèrent en un sourire alors qu'il croisait le regard de Zach.

— Bon. Ce qui se passe à Vegas reste à Vegas ?

— Je doute que ce soit ce que Karen a à l'esprit, étant donné qu'elle prévoit d'épouser cet abruti, répondit Zach d'une voix traînante.

Son meilleur ami passa à côté de lui, lui donna un coup d'épaule et lui fit perdre *accidentellement* l'équilibre.

Zach se mit à rire alors qu'il se redressait précipitamment.

Josiah posa un doigt contre ses lèvres.

— Je jure que je ne verrai rien avant que quelqu'un ne m'autorise à voir quoi que ce soit.

Il lui lança un clin d'œil puis suivit les femmes, laissant seuls Zach et Finn.

Ce dernier marqua une pause au milieu du tarmac, laissant une distance suffisante entre eux et le reste de leur groupe pour qu'ils ne soient pas entendus.

— J'ai eu la plus étrange des conversations avec Julia ce matin, dit Finn.

— Vraiment ?

— Oui. Quelque chose sur le fait que vous êtes dans une fausse relation.

Il hésita.

— Ça ne me semble pas être susceptible de te plaire. Surtout si on considère...

Zach attendit silencieusement.

Il n'allait pas lui faciliter la tâche. Ils étaient meilleurs amis depuis assez longtemps pour avoir traversé l'enfer ensemble. Ils avaient aussi traversé certains des meilleurs moments de leurs vies, et il considérait comme un privilège d'être invité à assister à cette prochaine étape très importante de la vie de Finn.

Mais il n'allait quand même pas cracher le morceau à moins que Finn ne l'interroge franchement.

— Si on considère que tu penses que le mariage est un engagement plutôt important, termina Finn en haussant un sourcil. En ajoutant ce que tu ressens déjà au sujet de cette femme, ce faux truc me semble être une mauvaise idée.

Maudit soit cet homme de le connaître aussi bien.

— Est-ce que nous allons écrire de la poésie et nous natter les cheveux maintenant ?

L'expression sérieuse de Finn se transforma en un large sourire.

— Julia est une femme bien.

54

— Et comment ! répondit Zach avant de baisser la voix. Il reste encore à voir si cette femme bien veut être avec moi. Ne t'inquiète pas pour nous... Ce voyage est le vôtre, à toi et Karen. Quoi qu'il arrive, nous passerons un super bon moment.

Finn lui tapa dans le dos puis se dirigea vers l'avion.

— Ça me paraît un bon plan. À Vegas, et pour l'éternité.

Les projets de son meilleur ami pour l'éternité étaient légèrement en avance sur ceux de Zach, mais il partageait son idée. Ils avancèrent, prêts à se détendre et à profiter du week-end.

Quand ils rentreraient à Heart Falls, il aurait le temps d'avoir une longue discussion avec Julia sur leur futur et la manière de faire de leurs rêves une réalité.

~

JULIA NE SAVAIT PAS où regarder, et elle ne savait absolument pas où poser les mains.

L'observation... c'était parce qu'elle était fascinée. L'avion privé n'était pas un de ces engins gigantesques avec des canapés luxueux en cuir rembourré comme elle en avait vu dans les films.

C'était un avion plus petit, apparemment plus pratique. Même si le fait que Zach et Finn possédaient cet appareil faisait passer ça de la case pratique à la liste « oh mon Dieu ».

Qui possédait un avion ?

Eh bien, à l'évidence eux, mais peu importe le nombre de fois où elle essaya de se faire à cette idée, les détails refusaient de prendre sens.

Les fauteuils étaient moelleux, et il y avait beaucoup de place pour les jambes. L'avion était aménagé avec des sièges qui se faisaient face, à l'avant et à l'arrière. Après qu'ils eurent traversé la zone de contrôle nécessaire, les gars s'installèrent d'un côté et Karen et Lisa attirèrent Julia dans leur conversation.

Le décollage était fascinant. Julia regarda par le hublot tout le temps, surprise de constater qu'elle avait agrippé les doigts de Lisa à un moment ou à un autre.

Elle repensa aux derniers mois et au temps qu'elle avait passé avec ses sœurs. C'était bien d'apprendre lentement à les connaître, ainsi que son père, même si George Coleman n'était habituellement dans les environs que pour de courtes périodes pendant les week-ends.

Ça fonctionnait bien parce qu'elle ne cherchait pas vraiment de figure paternelle qui s'implique trop vite.

Mais ils avaient partagé plein de moments tout simples. Il y avait eu beaucoup de hamburgers et de repas faits maison. Des soirées confortables autour du feu.

Durant les soirées saucisses au barbecue dans le jardin de Lisa, aucun signe n'avait laissé supposer que l'un d'eux s'envolait tranquillement et régulièrement vers les destinations qui s'offraient aux propriétaires d'avions privés.

Un doux gloussement brisa ses divagations mentales. Julia lança un coup d'œil sur le côté et découvrit Lisa qui secouait la tête.

— Tu dois inspirer profondément. Puis tu fais semblant d'être au milieu d'une histoire imaginaire ou tu trouves un moyen de retrouver tes esprits, conseilla Lisa avant de pencher la tête. Tu ressembles un peu à Ollie quand elle essaie désespérément de décider si elle doit passer la journée dans mes pattes ou suivre Josiah.

— Super. Je te fais penser à ta chienne, répliqua Julia d'une voix traînante.

Karen se mit à rire.

— Comme Lisa aime cette chienne comme un être humain, cela n'a rien d'insultant.

— Où est Ollie pour le week-end ? demanda Julia avant d'inclure Karen dans la question. Et *ton* bébé poilu ? À moins que tu n'aies emmené Dandelion Fluff avec toi.

— Nous avons discuté de cette possibilité, admit Lisa. Mais c'est un voyage réservé aux adultes. Nous ne voulions pas nous inquiéter de pauses pipi pour animaux ni du reste.

— Tansy et Rose s'occupent de nos animaux, précisa Karen. Elles font faire des travaux chez elles, alors elles logent au ranch pour quelques jours.

Pendant un instant, les pensées de Julia dévièrent dans une autre direction. Les sœurs Fields étaient devenues de bonnes amies au cours de la courte période où Julia était en ville. En partie parce qu'elles avaient une soirée entre filles mensuelle avec plusieurs femmes, dont toutes les sœurs de Julia.

Rose Fields était une magnifique femme noire avec de longs cheveux sombres qui semblaient toujours encadrer parfaitement son visage. Sa beauté naturelle donnait l'impression à Julia d'être ébouriffée.

Elle lança un coup d'œil vers les hommes qui discutaient, les coudes posés sur les genoux, répandant une agréable gaieté.

— Vous croyez que... ?

Oups. Elle referma brusquement la bouche avant que la question ne puisse révéler la direction de ses pensées.

Bon sang. Pas assez rapide. Deux regards la fixaient attentivement.

Karen haussa un sourcil.

— Règle des sœurs numéro vingt-sept. Commence n'importe quelle phrase par « vous croyez » avant de t'interrompre, et je peux te garantir que nous insisterons jusqu'à ce que nous devinions ce que tu étais sur le point de demander.

Lisa hocha vivement la tête.

— Oui, oui. Tu pourrais aussi bien balancer maintenant et gagner du temps.

Maudite bouche qui avait échappé à son contrôle.

— Zach a invité Rose à danser. C'est tout.

Ses sœurs échangèrent un coup d'œil avant que Karen ne prenne les choses en main.

— Étant donné que cette phrase ne commençait pas par « vous croyez », c'est maintenant que nous commençons à deviner.

— « Vous croyez... que ça dérangerait Rose si j'emmenais Zach danser ? » demanda Lisa gentiment, avant de préciser : Le « je » dans cette phrase étant Julia, bien sûr.

Karen répondit instantanément.

— Ça ne dérangerait pas du tout Rose. Elle a assuré qu'elle en avait fini avec lui.

Lisa renifla moqueusement.

— Ça semble terriblement déplacé. Mais tu as raison, elle l'a bien dit.

Aussi gênée que soit Julia par la tournure qu'avait prise la conversation, les taquineries de ses sœurs étaient bienveillantes. Mais elle se mit à rougir.

— Ce n'est pas ce que j'allais demander.

Lisa l'ignora, parlant à Karen.

— Crois-tu... que Zach veut emmener Julia danser ?

— C'est le nom qu'on donne à ça, de nos jours ? lança Karen malicieusement.

Un reniflement moqueur échappa à Julia, et ses sœurs tournèrent leurs visages joyeux vers elle, se penchant pour parler d'un ton conspirateur.

— Tu l'apprécies, n'est-ce pas ? demanda Lisa.

— Bien sûr que je l'apprécie.

Julia était surprise par cette question.

— C'est le meilleur ami de Finn, ce qui veut dire qu'il doit être génial, sinon ça ne serait pas le cas. De plus, il est vraiment sympa avec Karen.

— *Peuh*, fit Karen en agitant la main. Il est sympa avec tout le monde. Il est simplement sympa.

Un sourire espiègle apparut sur le visage de Lisa.

— Vous savez, ceux qui sont sympas sont généralement les plus pervers dans la chambre.

— *Lisa.*

Julia et Karen avaient parlé d'un ton scandalisé en même temps, et soudain les hommes les regardèrent comme s'ils étaient très intéressés par leur conversation.

Karen tira la langue à Finn.

— Peu importe. Il ne se passe rien d'intéressant par ici.

Julia croisa le regard de Zach et se demanda dans quoi elle s'était fourrée. Entre l'affaire du faux petit ami qui pouvait attendre la fin du week-end et la manière dont il avait pris les choses en main en excluant de la laisser rester dans l'appartement...

Tout cela, elle le gérerait quand lundi arriverait.

Pour l'instant, elle devait se concentrer pour ne pas se laisser distraire par un homme aux yeux bleus étincelants. Un homme dont le regard semblait déterminé à caresser sa peau et à envoyer des picotements dans des parties de son corps qui n'en avaient pas ressenti depuis longtemps.

N'aimerait-elle pas... danser un peu avec cet homme ? *Danser* ne semblait jamais tourner de la manière dont elle le voulait. Néanmoins, elle était suffisamment optimiste pour encore espérer qu'un jour elle pourrait connaître beaucoup mieux que ce qu'elle avait vécu dans ses relations passées.

Le froid l'envahit. Un souvenir qu'elle détestait, qui refusait de la laisser tranquille. Attachée et seule, sans trop savoir ce qui allait se passer la prochaine fois que son kidnappeur reviendrait.

Un frisson la saisit, la faisant trembler brièvement.

L'instant d'après, Zach avait quitté son siège et était agenouillé près d'elle.

— Ça va ?

Il lui avait demandé discrètement, mais il posa la main sur son genou, et la chaleur de sa paume gagna la peau de Julia. Ses sœurs avaient à peine remarqué son changement d'humeur, mais lui le savait.

Tout aussi merveilleux que flippant, si elle était honnête.

Elle ignora les regards interrogateurs de Karen et de Lisa et se concentra sur Zach.

— C'est bon.

Elle se pencha pour lui chuchoter à l'oreille.

— Tu compliques les choses.

Son petit rire calme et nonchalant l'entoura. Puis il serra son genou et se leva. Son sourire avait retrouvé un niveau d'intimité simplement amical.

— Julia dit qu'elle veut un verre. Je pense que c'est une idée géniale.

Qu'ils y croient ou non, ils acceptèrent tous son excuse.

Finn se leva également.

— Même si je prévois d'être sobre quand nous échangerons nos vœux, j'ai bien quelques bouteilles de champagne avec nous. Il n'y a pas de raison pour qu'on n'en ouvre pas une maintenant.

Une grande réorganisation s'ensuivit, parce que bien sûr Karen devait s'asseoir à côté de Finn, ce qui signifiait que Lisa devait s'asseoir à côté de Josiah.

Ce qui laissa Zach et Julia lovés l'un contre l'autre.

Les sièges confortables n'avaient pas d'accoudoir entre eux, ce qui plaçait la cuisse de Julia contre la sienne. Hanche contre hanche, leurs coudes se heurtèrent brièvement alors qu'elle acceptait un verre de Josiah, qui s'était proclamé sommelier.

Zach tapa un de ses doigts contre le cristal, faisant résonner un son clair à travers la cabine de l'avion.

— Dans le cadre de mes responsabilités en tant que témoin du marié *et* ce qui se rapproche le plus d'un parent masculin de la mariée...

— Depuis quand ? demanda Karen.

— Ne l'interromps pas quand il fait de grands discours, chuchota Lisa. C'est là que les hommes révèlent tous leurs secrets.

Julia n'avait même pas pris une gorgée de son champagne, et elle se sentait déjà légèrement soûle.

— C'est comme ça que ça marche ? demanda-t-elle. Maintenant je sais exactement comment exécuter mon grand projet maléfique.

Près d'elle Zach lui lança un clin d'œil avant de lever son verre un peu plus haut.

— Comme je le disais, le vrai toast du témoin sera porté une fois que vous serez passés à l'acte...

— Tu devrais peut-être reformuler ça aussi, dit Josiah d'une voix traînante.

Un chœur de ricanements s'éleva de tout le groupe.

Zach attendit alors que son sourire devenait encore plus large.

— À deux de mes personnes préférées. Nous vous avons vus tomber amoureux, très amoureux, et maintenant nous avons hâte de fêter le prochain chapitre de votre vie.

— Ooooh, c'était vraiment chou, dit Karen.

— Sirupeux. Aucun diabétique ne devrait traîner trop longtemps avec ce mec, marmonna Finn, mais même lui esquissa un sourire. Aux bons amis et à un mémorable week-end.

Le cristal tinta. Les yeux brillants, ils échangèrent tous des regards joyeux avant que Julia ne lève le verre à ses lèvres. Le champagne coula dans sa gorge, et les bulles remontèrent dans son nez. Elle éternua. Zach lui tendit un Kleenex tout en lui prenant son verre alors que la conversation reprenait son cours et que des rires les entouraient.

Ce n'était pas du tout ce à quoi elle s'était attendue à ce stade de sa vie. Être entourée de gens – d'une famille, Seigneur, certains d'entre eux étaient de sa *famille* – n'avait jamais fait partie de son rêve.

Elle regarda Zach et réfléchit au bouleversement des derniers jours. C'était un homme bien, doux et pourtant suffisamment fort pour être protecteur, et elle se remit à débattre avec elle-même, se demandant si cela vaudrait la peine de prendre le risque.

Pas de tomber amoureuse – elle était loin d'avoir assez d'imagination pour penser à cette possibilité.

Mais un vrai petit ami sur le court terme ? Comme Zach l'avait suggéré ?

Tu ne feras que le décevoir.

Cette pensée parasita ce moment de bonheur, et elle l'attrapa à deux mains pour l'envoyer valser. C'était peut-être vrai, mais ça n'avait pas à surgir en cet endroit et à ce moment-là.

Cet homme était la positivité et le bonheur même. Si Julia était intelligente, elle profiterait simplement de l'occasion d'au moins y goûter pendant un week-end. Elle n'avait pas besoin de penser au long terme.

Il lui fallut une fraction de seconde pour prendre une décision. En gros, comme elle l'avait fait au bar, la nuit où elle avait cherché un moyen de sauver la réputation de Brad.

Inutiles les longs débats intérieurs, inutile de peser le pour et le contre. On accueillait simplement les petits riens agréables et on laissait courir.

Julia s'appuya contre Zach pour pouvoir apprécier la chaleur de son corps alors qu'elle était nichée contre lui.

Personne ne le remarqua.

Personne, ou plutôt seulement Zach.

Il passa prudemment un bras autour d'elle et laissa s'installer une étreinte sûre et tendre. Doucement, mais l'entourant complètement en lui montrant qu'il était là.

Au diable tout ça ! Ils allaient à Vegas. Qu'est-ce qui pouvait mal se passer si elle baissait un peu la garde ?

Beaucoup de choses.

Encore une fois, elle repoussa cette pensée négative. Il faudrait vraiment qu'elle soit malchanceuse pour que ça tourne mal. Et franchement, à ce stade de sa vie, elle méritait que quelque chose tourne à l'étonnement émerveillé au lieu d'être un pur désastre.

Il était temps de prendre une pause brève, mais avec un peu de chance mémorable, loin de la réalité.

5

---

*U*n train de marchandises roulait à côté de son lit. Il était tellement bruyant, et tellement proche, que tout le lit vibrait, mais malgré tout, les paupières de Zach restaient collées.

Il espérait vraiment que rien ne tombait des wagons, parce qu'à cet instant, il n'aurait pas pu se retourner même si sa vie en avait dépendu.

Il lui semblait aussi qu'il avait une chaussette poilue dans la bouche.

Quelque chose de chaud et de doux se déplaça contre lui, et s'il lui était resté des muscles dans le corps, la surprise l'aurait fait tressaillir. En l'état, il resta assez immobile pour que ce qui se frottait contre lui commence à lui chatouiller les côtes.

Un bâillement bruyant et très enthousiaste brisa le silence, ce qui parut à Zach être une des choses les plus drôles qu'il avait jamais entendues.

— Fichu train de marchandises emballé, marmonna-t-il.

— Où ça ?

Quelque chose en dehors de l'insensibilité se faufila.

C'était une voix de femme. Zach entrouvrit suffisamment une paupière pour voir à côté de lui.

De longs cheveux aux reflets roux reposaient en pagaille sur son torse nu...

Et ce fut alors qu'il se rendit compte qu'ils étaient nus.

Il s'immobilisa, parce qu'il ne voulait faire flipper personne. Se redressant lentement sur un coude, il cligna des yeux pour lutter contre la lumière vive qui se faufilait par l'interstice entre les rideaux. Cela suffit à lui offrir une vision qui fit battre son cœur jusque dans sa tête.

Il était allongé sur un lit king-size immense. La couette était allez savoir où, ne laissant rien d'autre qu'un drap délicieusement doux sur son corps et celui de Julia.

Leurs corps *nus* – avait-il déjà pensé à ça ? La nudité.

Il continua à la regarder fixement, mais peu importait le nombre de fois où son regard se posait sur elle, il n'arrivait pas à rassembler les morceaux qui avaient mené à ce moment. Ce qui...

Nom d'un petit bonhomme, n'était pas bon.

Elle gémit en se retournant, complètement appuyée contre son torse désormais.

— Où est le train ?

Que la voix de Julia donne l'impression qu'elle était toujours ronde comme une queue de pelle était inquiétant. Seigneur.

Zach se rallongea, faisant attention à ne pas la déranger, parce que la dernière chose dont il avait besoin à ce moment-là c'était qu'ils paniquent tous les deux.

Réfléchis. Réfléchis.

Ils étaient à Vegas. Ça, il s'en souvenait. Il ignora la peau chaude pressée contre lui et tenta frénétiquement de se rejouer les douze dernières heures.

Il arriva à se rappeler le dîner après le mariage au Paris

Hotel. Des souvenirs défilaient jusqu'à l'étape suivante, qui consistait à faire signe à Karen et Finn, qui, à juste titre, avaient d'autres réjouissances prévues pour le reste de la soirée.

Puis tous les quatre, Josiah et Lisa, Julia et lui, étaient sortis...

Quelque part ?

Pour faire quelque chose ?

— Oh, bon sang, dit Julia.

Elle prononça ces trois syllabes comme si elles avaient été douze. Son intonation était classique de la fêtarde énervée, avec la gueule de bois et emplie de regrets. À cinquante pour cent « qu'est-ce que j'ai fait, bon sang ? » et à cinquante pour cent « je vais tuer celui qui m'a fait ça ».

Zach sentit le rire naître dans son ventre puis remonter jusqu'à secouer son torse. Le son lui faisait mal à la tête, mais il lui était impossible de s'arrêter. L'idée qu'il risquait de finir dans la ligne de mire de Julia dans les trente prochaines secondes ne suffit pas pour réduire son amusement.

Quand Julia se mit elle aussi à rire, c'était parti.

Des rires emplirent la pièce, les entourant et le chatouillant tant qu'il dut chercher son souffle. Il agrippa son estomac alors qu'il se retournait.

Même avec un mal de tête infernal, il riait.

Quand il réussit à reprendre suffisamment son sang-froid pour lancer un coup d'œil vers Julia de l'autre côté du lit, elle renifla moqueusement.

Et ce fut reparti. Ils furent tous les deux relancés pendant encore cinq minutes.

Ils finirent à plat sur le dos sur le lit king-size. Julia s'était enroulée dans le drap comme dans une toge. Étrangement, au milieu de leur déferlement de rires, Zach avait trouvé un pantalon de jogging, alors au moins son matériel ne pendait pas dans toute sa gloire.

66

Ils échangèrent quelques autres coups d'œil avant que cela leur semble assez sûr pour pouvoir parler.

— Je suis vraiment désolé, dit Zach aussi sincèrement que possible.

— De quoi ? demanda Julia.

Il hésita puis décida. *Et puis zut.*

— Je n'en ai aucune idée. J'espérais que tu me le dirais.

Elle secoua la tête, puis referma instantanément les yeux et plaqua une main contre son front.

— Ouille. D'accord, note pour Julia. Ne fais pas de mouvements brusques.

Il ricana.

Le visage de Julia se tordit.

— Seigneur, ne recommençons pas, s'il te plaît.

— D'accord.

Il se redressa avec précaution, attendant au bord du lit que la pièce cesse de tourner.

— À l'évidence, nous avons bu, continua-t-il.

Derrière lui, Julia remuait lentement, le matelas se creusant sous son poids alors qu'elle se redressait.

— Je ne porte pas de vêtements.

Elle annonça cela comme si c'était un bulletin météo.

— J'ai remarqué.

Bon sang, il devait avoir encore de l'alcool dans le sang.

— Je veux dire, se corrigea-t-il, j'ai remarqué parce que je n'avais pas non plus de vêtements, pas parce que j'ai actuellement la capacité de faire quoi que ce soit concernant ladite nudité.

Le lit craqua très légèrement. Zach se tourna et regarda Julia aller vers la fenêtre.

C'était une chambre d'hôtel assez agréable. Spacieuse, luxueuse. Toutes les choses qu'il voudrait vraiment quand il aurait la chance d'emmener Julia quelque part. La gueule de bois qui martelait ses tempes ? Pas vraiment.

Elle avait le nez pressé contre la vitre, le tissu drapé autour d'elle dégageant son dos. Il était tenté de suivre le long contour du drap sur la peau devenue visible et de vérifier exactement à quel point cette peau était douce.

Ce qui signifiait que l'alcool s'était au moins en partie évaporé de ses veines.

— C'est joli, dit-elle avant de se tourner vers lui, les yeux fermés. C'est très lumineux. Tu sais quelle heure il est ?

Zach regarda sa montre.

— Dix heures du matin.

Elle leva une main en l'air et l'agita comme si elle se réjouissait.

— Youpi. J'ai fait la grasse matinée.

Leurs yeux se croisèrent, et il fixa son visage alors que la réalité de ce qui avait pu se passer le frappait.

— Je n'ai vraiment aucune idée de ce qui s'est passé. Mais je suis désolé. Je te promets de m'occuper de toi, quoi qu'il arrive.

Parce que même s'il voulait vraiment avoir une relation avec Julia, se retrouver nus pratiquement sans souvenirs de ce qui s'était passé la veille n'était pas une bonne manière de commencer.

Ajoutez à cela le fait qu'un rapide coup d'œil dans la chambre montrait deux bagages fermés toujours placés contre le mur, ce qui signifiait que, s'ils avaient fait quelque chose dont ils ne se souvenaient pas – *Seigneur il espérait que non* –, ils l'avaient fait sans protection.

Julia cligna des yeux plusieurs fois, le regard fixé rivé au sien. Son nez se plissa alors qu'elle réfléchissait à ses paroles.

Ses lèvres formèrent un O parfait quand elle comprit.

— Oh. *Oh.*

Elle lança un coup d'œil sur le côté un instant, son corps se redressant. Étonnamment, elle se détendit aussitôt, soupira suffisamment fort pour que ses longs cheveux volettent.

Elle secoua très fermement la tête ensuite.

— C'est bon. Quoi que nous ayons fait hier soir, nous n'avons pas couché ensemble.

Oh, vraiment ?

— Et tu le sais comment ?

Les lèvres de Julia tressaillirent.

— Attends. Je suppose que nous *pourrions* avoir couché ensemble, mais c'est très improbable. Dis-moi, Zach. Quelle taille fait ton pénis ?

Cette question inattendue le dérouta.

— Euh...

Le sourire de Julia s'élargit.

— Et sur ce, je vais prendre une douche. Et trouver des vêtements. Puis je veux du bacon. Des tas et des tas et *des tas* de bacon.

Il était toujours sous le choc de la question sur son pénis.

S'occuper du room service était dans ses cordes malgré sa perplexité.

— La douche est à toi. Tu veux que j'emporte ton sac dans la salle de bains ou que je le pose sur le lit ?

Elle réfléchit une seconde et tendit brusquement le bras pour attraper le mur et retrouver son équilibre alors qu'elle chancelait involontairement.

Quand elle se concentra de nouveau sur lui, un hoquet attachant s'échappa de ses lèvres.

— Pardon. Le lit, ça ira. Tu pourras aller dans la douche quand j'aurai terminé.

— D'accord.

Julia se pencha pour ramasser la masse de tissu à ses pieds, le textile à peine drapé sur son corps alors qu'elle passait majestueusement à côté de lui pour aller dans la salle de bains.

La serrure tourna.

Zach resta debout avec une érection montante, une gueule de bois intense et violente, et un respect de fou pour la femme qui le taquinait et le tentait jusqu'aux tréfonds du cœur.

Après une douche brûlante qui laissa les miroirs tellement embués que de minuscules filets d'eau coulaient sur la surface, Julia ne se sentait qu'un tout petit peu mieux.

Elle n'avait aucune idée du temps qu'elle avait passé sous l'eau, alternant entre assez chaud pour que sa peau devienne rouge homard et glacé dans l'espoir que le mélange expulse l'alcool restant dans son corps.

Ça n'avait pas marché.

Ou plutôt, ça n'avait pas complètement marché. Elle était désormais assez sobre pour regarder la vaste salle de bains et en apprécier l'agencement et les commodités. Le shampooing avait une odeur divine, le savon aussi, et quand elle ouvrit le flacon de lait corporel, elle sut avec certitude qu'ils étaient logés dans un lieu très coûteux.

Même le lait pour le corps sentait bon.

Après avoir entouré la serviette la plus douce qu'elle avait jamais utilisée de sa vie autour de son corps, et en avoir enroulé une autre autour de ses cheveux, Julia s'assit sur le banc rembourré devant la vasque et fixa la surface embuée devant elle.

Bien joué, Blushing. Une nuit à Vegas, et tu t'es déjà retrouvée au lit nue avec cet homme.

Elle contracta de nouveau le périnée, sûre à quatre-vingt-dix-neuf virgule neuf pour cent d'avoir raison. Ils n'avaient pas couché ensemble. Si ça avait été le cas, elle l'aurait senti. Ses muscles, inutilisés depuis longtemps, auraient été douloureux.

Le sexe était exclu pour Julia depuis un moment. La pénétration vaginale, pour être précise, parce qu'elle savait que le sexe était loin de se résumer à la simple action d'un pénis dans un vagin.

En fait... N'importe quelle variété de sexe en dehors de la masturbation avait disparu depuis très longtemps. Le plaisir solitaire ? Elle était championne.

Elle se pencha en avant et passa une main sur la buée, essuyant une partie du miroir. Ses yeux hantés ne furent visibles que pendant une seconde. Pouvoir rassurer Zach était une bonne chose, mais alors que son cerveau commençait à s'éclaircir, la prise de conscience se compléta.

Il ne la laisserait pas assener sa vérité sans avoir plus d'explications. Il serait du genre à creuser davantage.

Elle aimait ça chez lui, sauf maintenant, où cela allait mener à une conversation très franche et gênante.

La ventilation faisait de son mieux pour dégager la vapeur de l'air, et son visage apparut plus nettement. Ses yeux semblaient bien trop écarquillés et innocents pour quelqu'un qui avait bravement prétendu que se réveiller nue avec Zach ne l'avait pas déconcertée.

Les morceaux dont elle se souvenait devaient être recollés avec ceux de Zach.

Avant qu'elle ne quitte la salle de bains, elle se lança un avertissement sévère, doigt pointé vers le miroir.

— C'est d'abord un ami. Nous ne devrions rien essayer d'autre, surtout étant donné que notre chance ne semble pas au beau fixe en ce moment. C'est dommage, mais le destin a parlé. Zach sera un ami fantastique.

Elle hocha résolument la tête, grimaçant à ce mouvement.

— *Aïïïe.*

Elle avait passé assez de temps dans la salle de bains pour que Zach fasse des miracles. Son bagage était posé sur le lit, mais plus important encore, toute la pièce était emplie d'une odeur de bacon.

— Tu es un dieu parmi les hommes, lui dit-elle en s'approchant de la table devant la fenêtre.

Zach fit semblant d'incliner un chapeau imaginaire puis lui tira une chaise devant le festin.

— C'était une commande un peu précipitée, mais il y a plein de protéines et de graisse. Et du jus d'orange, ajouta-t-il. Sers-toi. J'ai besoin de la douche.

Julia remarqua à peine qu'il s'éloignait, tant le bacon croustillant qui craquait dans sa bouche déclenchait un mini-orgasme culinaire dans son corps. À la dernière seconde, elle se souvint de ses bonnes manières et lança derrière lui :

— Merci !

Il leva une main alors qu'il passait tranquillement la porte de la salle de bains, faisant disparaître son incroyable derrière de sa vue.

Elle lança un regard noir au morceau de bacon devant elle et se dit sévèrement :

— Reluquer son derrière n'est pas une chose qui se fait entre *amis*.

Un rapide coup de dent, et le délicieux bacon se brisa en mille morceaux sur sa langue.

Zach ne fut pas absent longtemps, mais quand la porte de la salle de bains s'ouvrit, Julia avait assez mangé et bu de jus d'orange pour que la pièce ne tourne plus.

Elle avait aussi fait des pauses pendant son festin pour chercher dans son bagage des sous-vêtements et des habits à enfiler. Rien de chic, mais une tenue assez propre pour pouvoir quitter la chambre sans avoir l'air d'avoir passé une nuit de débauche alcoolisée.

Son téléphone était complètement déchargé, alors elle

l'avait branché dans la prise murale et était retournée au bacon aussi rapidement que possible.

— Juste une seconde. J'ai oublié mes affaires, dit Zach en traversant la pièce jusqu'à sa valise.

La serviette enroulée autour de sa taille était dangereusement basse. Les extrémités étaient rentrées pour qu'elle tienne en place pendant qu'il utilisait ses deux mains pour sortir des affaires de sa valise.

Il se tenait assez près pour que son ilion soit visible, les longues lignes qui menaient à son entrejambe ressortaient vivement. Ses muscles abdominaux se contractèrent alors qu'il prenait un t-shirt et un jean, pivotant pour retourner dans la salle de bains.

Seigneur.

Julia s'essuya les lèvres, sans savoir si c'était de la graisse de bacon ou de la bave aux coins de sa bouche. Elle remplit sa tasse de café et essaya de ne pas trop y penser.

Un instant plus tard, Zach ressortait et se joignait à elle à table. Ses mains se déplaçaient fermement, empilant du bacon, un œuf au plat et au moins trois tranches de jambon sur un toast. Il badigeonna le tout de ketchup, le porta à sa bouche et prit une énorme bouchée.

— Je suis vraiment contente de ne pas avoir la nausée, dit Julia.

— C'est toujours comme ça quand je bois, l'informa Zach. Je meurs de faim.

Elle fit un geste magnanime vers ses restes.

— N'hésite pas.

Il était trop occupé à manger pour répondre, mais ses yeux étincelèrent d'amusement.

Elle but son café et attendit qu'il ait terminé son interprétation de bête vorace.

La pause lui donna le temps de regarder la pièce autour

d'elle. La vue depuis la fenêtre était spectaculaire. Elle donnait directement en face de la fontaine que Julia avait vue tant de fois à la télévision et dans les films. La chambre était somptueuse et relaxante, et à l'évidence ce n'était pas une chambre double standard.

Depuis le lit king-size jusqu'au coin salon, c'était loin de ce qu'elle aurait imaginé dans ses rêves les plus fous.

— Nous ne sommes plus au Kansas, Toto[1], chuchota-t-elle.

Zach eut un reniflement amusé.

— Dans un autre registre, maintenant que ma tête semble avoir décidé de rester attachée à mes épaules, peut-être que nous pourrions parler.

— Parler, ça serait bien. Je me souviens du mariage de Karen.

— Et du dîner au Paris. J'ai pris un énorme steak, ajouta Zach en fronçant les sourcils. Tu as pris des pâtes, Karen et Lisa ont pris un genre de fruits de mer, et Finn des côtelettes.

— Josiah a pris des lasagnes végétariennes.

Zach fit un grand sourire.

— Lisa lui a dit qu'il commettait un légumicide, à manger toutes ces pauvres créatures de la terre.

Donc ils se souvenaient tous les deux du dîner. Ils se souvenaient d'être allés danser ensuite avec Josiah et Lisa. Seulement, quand sa sœur et son chéri avaient commencé à se faire les yeux doux bien trop souvent...

— Nous sommes allés boire, dit-elle à Zach. Josiah et Lisa voulaient partir de leur côté, mais ils ne voulaient pas non plus nous laisser seuls, alors toi et moi avons dit que nous voulions explorer.

Il hocha la tête et agita la main, tout excité.

— C'est ça. Nous avons trouvé ce club privé au vingt-septième étage.

— Vraiment ? Tu ne te souviens pas de ce que nous avons fait, mais tu te rappelles à quel étage c'était ?

Zach eut l'air surpris.

— Bien sûr que je me souviens de l'étage. Sinon comment est-ce que j'y retournerais si je ne sais pas où c'est ?

Un gloussement lui échappa, et elle mit les bras autour de son ventre.

— Ne me fais pas rire. J'ai mal au ventre.

Les lèvres de Zach se plissèrent en un sourire ironique.

— Nous avons bu des shots de tequila, n'est-ce pas ?

Une seconde plus tard, le souvenir lui revint.

— Tu as dit que c'était tes préférés.

Il jura.

— Quand je suis déjà soûl, ce sont mes préférés. Tu connais cette chanson, « Tequila Makes Her Clothes Fall Off[2] » ?

Julia trouvait ça bien trop amusant, alors qu'elle avait elle-même encore une légère gueule de bois.

— C'est toi ?

— À l'évidence.

— Merci pour l'avertissement, bébé.

Il lui lança un faux regard noir.

— Je ne sais pas où tu as trouvé ces grands chevaux sur lesquels tu es montée.

— Je plaide coupable, dit-elle en levant une main en l'air. La tequila et moi nous nous entendons *super* bien.

Zach fronça les sourcils.

— Où est mon téléphone ? Je parie que nous avons probablement des photos de notre beuverie.

— Le mien était à plat. Je l'ai mis à charger là-bas, répondit Julia en regardant autour d'elle. Je n'ai pas vu le tien.

Ce qui s'ensuivit fut une longue partie de cache-cache, qui impliqua de soulever des objets et de les reposer.

Dans une chambre d'hôtel chic comme celle-ci, il y avait

énormément d'objets à soulever et à examiner, en partant des magazines sur le long secrétaire en bois rose pour passer par une boîte chic remplie de thé sur le comptoir dans un coin de la pièce. Julia se déplaçait prudemment pour ne pas réveiller la gueule de bois qui menaçait de revenir à tout instant.

— Trouvé ! annonça Zach qui s'était à moitié glissé sous le lit.

Le regarder en ressortir en se dandinant signifiait que Julia regardait encore une fois son Très Joli Derrière.

Pour sa défense, elle se retourna vers le bureau et remarqua une bouteille de champagne avec le ruban argenté autour du goulot. Sérieusement, c'était une chambre chicos. Un coup d'œil de plus près et elle remarqua qu'il y avait écrit sur une étiquette qui pendait du ruban « Félicitations aux mariés ».

— Hé, Zach. Nous avons dû acheter un cadeau pour Karen et Finn.

Elle ramassa la bouteille et la tourna vers la table, marquant une pause quand le titre du dossier posé sur le bureau sous la bouteille fut enfin absorbé.

« Votre Mariage. »

Cette ligne ne fut pas ce qui fit battre son cœur et secoua son estomac bien trop fort étant donné son actuel état délicat post-gueule de bois.

C'étaient les larges mots sur le haut du dossier qui étaient problématiques. Écrits en très élégantes lettres d'argent chatoyant de cinq centimètres de haut, qui disaient :

« Jul & Zach pour toujours ».

6

— **B**on sang, ma batterie est à plat aussi.

Zach se leva pour aller vers sa valise chercher son chargeur. Il lança un coup d'œil à Julia.

— Tu as assez de jus pour envoyer un texto à Lisa ? demanda-t-il.

Julia ne bougea pas. Elle continuait simplement à fixer la bouteille de champagne comme si c'était un serpent sur le point de frapper.

— Désolé. Tu as dit quelque chose à propos d'un cadeau de mariage ?

Il s'avança vers elle plus lentement qu'habituellement. Il n'était plus sur le point de tomber mais il était loin d'avoir récupéré.

— Oh, mince. Mince, mince, *mince* ! s'exclama Julia en ramassant un dossier noir brillant sur le bureau pour l'ouvrir.

Curieux de ce qui pouvait produire ce genre de réaction après qu'elle avait fait face au reste de leur étrange matinée aussi calmement, il se glissa derrière elle, lisant par-dessus son épaule.

« Félicitations, car c'est le début du reste de votre vie ensemble. Ici à Mile-High Memories, nous croyons que l'instant où vous avez dit "Je le veux" est à chérir pour toujours. Gardez ceci à l'esprit, et rappelez-vous que vous pouvez accéder à toute votre cérémonie en ligne en utilisant le mot de passe *OuaiSOnlaFAIT*!!! sur notre site web. »

— Comment se fait-il que nous ayons rapporté les souvenirs de mariage de Karen et Finn ? demanda Zach, confus.

Le nom de la chapelle de mariage semblait incorrect, mais à ce moment-là, qui le savait ?

Julia laissa échapper un soupir tremblant. Elle referma fermement la brochure et se tourna vers lui.

— Parce que ce n'est pas celui de Karen et Finn. Pas d'après ça.

Elle secoua violemment le dossier de droite à gauche.

Il devait encore être ivre parce que deux et deux faisaient actuellement quelque chose de bien différent de quatre.

— Comment se fait-il qu'il y ait *nos* noms dessus ?

Elle pressa le dossier contre son torse tout en passant à côté de lui et se dirigea vers son téléphone. Il se retourna et lui emboîta le pas, lançant de nouveau un coup d'œil au dossier pour trouver d'autres indices.

Derrière la feuille avec le code d'accès se trouvait une photo.

— Oh, mince, répéta-t-il, partageant son sentiment.

En l'état, ce n'était pas une mauvaise photo. En fait, elle était plutôt mignonne, mais on n'aurait pas dit qu'ils traînaient dans un bar chic à s'envoyer des shots. Il entourait Julia de son bras, et d'immenses sourires étaient plaqués sur leurs visages. Elle portait un diadème scintillant avec une ample traîne de coton qui tombait à l'arrière. Il supposait que c'était l'équivalent d'un voile de mariée.

Comme compromis en guise de tenue habillée, un nœud

papillon de travers avait été placé autour de son cou. Cela avait l'air encore plus ridicule étant donné qu'il portait un simple t-shirt noir avec le mot « GROOM[1] » sur le torse.

Il était assorti au blanc de Julia qui disait « RIDE ».

« RIDE » ? C'est quoi ce bazar ?

— C'est quoi le code d'accès déjà ? demanda Julia avant de jurer doucement. Mon téléphone charge à la vitesse d'un escargot soûl.

Il lui donna le morceau de papier sans détacher les yeux de la photo.

— On dirait qu'on s'est sérieusement bien amusés.

— J'espère encore que c'est une sorte de canular élaboré que Lisa a concocté, avoua Julia. Tiens. C'est prêt.

Ils se blottirent sur le lit pour laisser le chargeur branché. Julia tenait le téléphone, et Zach plaça la main sous la sienne pour pencher l'écran afin de voir la vidéo qui commençait à défiler.

Au premier plan, on voyait un canapé deux places rouge vif, des petites tables d'appoint de chaque côté chargées d'énormes bouquets de roses blanches.

— Par ici, mademoiselle, monsieur.

L'accent français bien trop ringard et très faux de l'homme résonna par-dessus la délicate mélodie au piano en arrière-plan.

L'instant d'après, c'étaient eux, Julia et Zach, qui apparaissaient.

Le Zach de la vidéo s'assit, et le canapé émit un son distinctement impoli.

Julia ricana, s'assit près de lui et croisa les chevilles timidement.

— Pardon ?

Il la souleva – lui, le Zach sur l'écran – ignorant les gloussements de Julia alors qu'il l'installait sur ses cuisses.

— Sois gentille, l'avertit-il.

79

— Je suis toujours gentille.

Le sous-entendu sexuel dans ses paroles était patent, surtout combiné au regard sensuel qu'elle lui lança.

Près de lui sur le matelas, la Julia présente frissonna.

— Seigneur, je ne joue pas très bien les minettes.

Zach n'allait pas protester parce qu'il appréciait son anatomie telle qu'elle était. Elle n'avait pas besoin de savoir qu'il avait réagi instantanément au ton de sa voix.

— J'espère que ce n'est pas une *sex tape*.

Julia appuya sur l'écran du téléphone, posant le doigt sur le bouton « pause ». Elle se tourna vers lui, le poing sur ta hanche, bouche bée.

— Tu ne viens pas de dire ça.

Nom d'un chien, les idées qui traversèrent son esprit !

— Pourquoi ? Parce que tu espères que si ?

— Bien sûr que non ! s'exclama-t-elle en se pinçant l'arête du nez. Tais-toi.

Un ricanement lui échappa avant qu'il ne puisse se retenir.

— Oui, m'dame.

L'ignorant, elle remit le téléphone dans la bonne position et appuya sur « lecture ».

La voix hors champ se fit à nouveau entendre.

— Avant que nous n'arrivions à la cérémonie officielle, nous aimerions commencer par quelque chose que nous appelons le « Test du véritable amour ». Je vais vous poser des questions, et vous aurez l'occasion de montrer combien vous connaissez bien la personne avec laquelle vous allez vous marier.

— Cette partie-là devrait être bien, marmonna Zach.

À l'écran, Julia posa la tête sur l'épaule de Zach, et lui tapota d'une main le torse.

— Bisounours et moi sommes prêts.

Le gémissement de la Julia présente fut bruyant et sincère.

— Quel est le plat préféré de Zach ?

Julia répondit instantanément.

— La glace !

— Et celui de Julia ?

— Les boulettes de viande et la saucisse.

Le Zach en ligne l'avait dit avec un visage sérieux, fixant la caméra comme si sa vie en dépendait.

Près de lui sur le lit, Julia rit plus fort que sa version soûle. Mais encore une fois, seule l'une d'elles avait les idées assez claires pour avoir saisi la blague.

— Et quelle est la boisson préférée de votre partenaire ?

La réponse unanime arriva avec une synchronisation si parfaite qu'on aurait dit qu'ils s'étaient entraînés pendant un mois.

— *La tequila* !

— Voilà la confirmation de la manière dont nous nous sommes retrouvés dans ce pétrin, dit Zach.

S'ensuivit encore une demi-douzaine de questions et de réponses, interrompue quand la Julia de la veille eut une crise de hoquet. Le Zach de la vidéo essaya de l'aider en la tapant violemment dans le dos. Heureusement, cela se termina quelques secondes plus tard quand il glissa du canapé.

Tous deux disparurent sur le sol, hors du cadre.

La vidéo se coupa brièvement et un nouvel endroit apparut. La chapelle de mariage Mile-High avait un style distinctement western. L'homme qui se tenait à l'avant avec Zach à ses côtés portait un large chapeau de cow-boy d'un blanc tout sauf immaculé.

Quelques chaises pliantes étaient placées de chaque côté de la pièce et formaient un chemin vers l'autel. Des personnes attendaient pour assister à la cérémonie. Toutes se tournèrent vers la caméra, attendant que Julia fasse son entrée.

Zach pencha un peu plus le téléphone vers lui parce que ce qu'il voyait ne pouvait pas être réel.

— Comment as-tu convaincu Dolly Parton de venir à notre mariage ?

— Je suis très fière qu'elle soit là. Dolly est génialissime, déclara Julia avant de baisser la voix. J'avoue que je tuerais aussi pour avoir des lolos comme les siens.

Un vif éclat de rire échappa à Zach.

— Tes lolos sont très bien. On dirait que nous avons eu aussi Roy Rogers, mais je ne sais pas qui sont les autres.

— Je suis amèrement déçue, Zach Sorenson.

Elle prononça ces mots avec une conviction si absolue qu'il appuya sur le bouton « pause », arrêtant la marche nuptiale qui venait tout juste de commencer.

— Pourquoi ?

Julia croisa les bras sur sa poitrine et cligna intensément des yeux, avec une expression débordant d'agacement.

— Tu n'as pas demandé à un seul sosie d'Elvis d'assister à notre mariage.

Seigneur, il allait mourir. Son sourire était si large que son visage lui faisait mal, mais l'arrière de sa tête était douloureux, et son cerveau bouillonnait de questions sans réponse.

— Qu'avons-nous fichu, Julia ?

Elle laissa échapper un gros soupir, le téléphone posé sur ses cuisses.

— Nous nous sommes soûlés. C'est évident.

— Je suppose que le point positif, c'est que nous avons fait comme mon mentor disait toujours : « Si tu fais quelque chose, fais-le aussi bien que tu en es capable. »

— Eh bien, alors. Dans notre cours de folles aventures pour débutants, nous venons d'avoir vingt sur vingt.

Julia leva une main en l'air, et il lui en tapa cinq.

Ils gémirent tous les deux lorsque le choc de l'impact se répercuta à travers leur corps.

— Pas de gestes brusques, lui rappela Julia alors qu'elle pressait la main contre son front.

— Compris, répondit-il en pointant le téléphone du doigt. Tu veux regarder le reste ?

Cette fois, quand elle appuya sur « lecture », ils réussirent à rester silencieux et laisser le cirque se dérouler sous leurs yeux.

Cela venait notamment de ce que Zach n'avait plus envie de faire des commentaires impertinents, car il y avait quelque chose dans le fait de regarder Julia marcher vers lui et prendre sa main, et dans l'expression sur son propre visage, qui semblait trop réel pour être sujet à plaisanterie.

Les vœux furent courts et directs, mais à l'instant où les « Je le veux » furent échangés et où l'officiant qui feignait de parler français les interrogea sur les alliances, la solennité s'écroula.

— Bon sang... Pas d'alliance ! jura le Zach de la veille en regardant autour de lui. Une seconde.

Il s'avança vers le mur et attrapa une décoration, une des longes pendues à un crochet.

La Julia sur l'écran poussa un cri perçant, se cachant derrière Dolly Parton alors que Zach faisait tourner le lasso. Le chaos s'ensuivit. Les chaises se renversèrent, les témoins s'éparpillèrent...

Quand Julia fila, prenant l'allée vers la caméra, Zach l'attrapa proprement, tirant étroitement le nœud autour de ses bras, et la ramena contre lui alors qu'elle riait.

À l'instant où il la libéra, elle leva les mains vers son visage et se rapprocha.

Là, sur le lit, le cœur de Zach martelait. Bon sang, il était excité et attendait en retenant son souffle que la Julia de la vidéo l'embrasse.

À la dernière seconde, elle tourna la tête et pressa les lèvres contre sa joue, émettant un bruit de pet qui résonna sur l'enregistrement.

La demi-douzaine de témoins réapparut sur l'écran, les acclamant bruyamment. Des pétales de rose volèrent, puis Julia et Zach furent conduits dans l'allée vers la caméra, d'immenses sourires aux lèvres.

Julia s'arrêta brusquement. Elle baissa les yeux sur son t-shirt et attrapa le B de « BRIDE[2] ». Un coup sec arracha la lettre attachée à peu de frais de sa poitrine. Elle se retourna et la tendit gracieusement à Dolly avant de revenir et d'attraper de nouveau Zach par la main.

Il pencha la tête sur le côté.

— RIDE[3] ?

Le sourire effronté de Julia apparut.

— Salut, cow-boy. C'est toi qui m'as attrapée avec un lasso.

Heureusement, la vidéo s'arrêta là, à part la musique qui continuait et le générique.

Julia la laissa jouer, mais elle posa son téléphone sur la table de chevet près du lit et se leva brusquement.

— Eh bien. C'était excitant.

Oui. C'était une façon de voir.

— Tu penses toujours que nous n'avons pas couché ensemble ?

Étrangement, ce fut le déclic qui la fit rougir.

— Non. Je veux dire si, je pense que nous n'avons pas couché ensemble. Plus pertinemment, que faisons-nous maintenant ?

C'était la mauvaise réponse. Zach le savait avant de le dire, mais il ne pouvait pas plus se retenir qu'empêcher les saisons de revenir.

— Je suppose que nous devrions partir en lune de miel.

~

Julia faillit se froisser un muscle en roulant des yeux alors qu'elle retournait à table.

— Il doit rester du bacon.

Impossible d'enchaîner convenablement après la vidéo qu'ils venaient de regarder. Mariés ? Toute cette idée était une bêtise, et ils le savaient tous les deux.

Mais la suggestion taquine de Zach sur une lune de miel avait chatouillé son intérêt plus fort qu'elle ne l'aurait jamais cru possible.

Tiens-t'en aux faits. Tiens-t'en à l'amitié.

— Nous trouverons quelque chose, dit Zach d'un ton bien plus sérieux. Désolé, mais cela n'a été qu'une suite de choses ridicules. Nous devrions découvrir s'il existe vraiment une chapelle de mariage appelée Mile-High Memories.

C'était quelque peu rassurant.

— À quelle heure sommes-nous censés retrouver les autres ?

Zach fronça les sourcils comme si réfléchir lui était encore difficile.

— Pour déjeuner.

Elle mordilla le seul morceau de bacon qu'elle ait découvert, caché sous une feuille de laitue.

— D'accord. Nous avons le temps de faire des recherches et d'établir un plan avant de retrouver qui que ce soit.

Il la rejoignit à table et se versa une nouvelle tasse de café. Il souleva la cafetière en une question muette.

Encore plus de caféine ? Le désespoir fit tendre son mug à Julia.

— D'accord, puisque nos téléphones ont besoin d'encore quelques minutes pour se recharger, faisons une liste.

Son sac à main était à sa portée – Dieu merci elle ne l'avait pas perdu la veille en plus de sa tête. Il ne lui fallut qu'une seconde pour sortir son journal et l'ouvrir à une nouvelle page.

Le petit sourire narquois de Zach était de retour.

— C'est génial.

— Quoi ? demanda Julia.

Il agita un doigt vers le journal ouvert.

— Les boy-scouts peuvent aller se rhabiller.

Un énorme soupir lui échappa avant qu'elle ne puisse s'en empêcher. Elle posa son stylo et croisa les bras sur sa poitrine.

— D'accord, sors toutes tes taquineries d'un coup pour que nous puissions en finir.

La surprise se lut sur l'expression de Zach.

— *Humm...*

— Tu portes ton cerveau de rechange, Julia ? Quel est le programme aujourd'hui, Julia ? Tu veux des étoiles pour ton carnet, Julia ?

Zach leva la main.

— Holà. J'ai touché un point sensible. Ce n'était pas mon intention. Enfin, je suis impressionné. Et reconnaissant.

Elle marqua une pause, la colère en elle vacillant face à l'incertitude.

— Reconnaissant ?

— Nous avons besoin d'idées. Vu l'état mon cerveau en ce moment, nous pourrions trouver la solution pour la paix dans le monde et je l'aurais oubliée trois secondes plus tard. Je suis content que tu prennes des notes.

Ce fut au tour de Julia d'être submergée par une gêne penaude.

— Désolée d'avoir réagi de manière excessive. Tenir un journal m'aide à me concentrer, et je le fais depuis aussi longtemps que je me souviens. Mais les gens peuvent être bêtes.

Il posa la main sur son bras et le serra.

— Rien que du respect ici. Honnêtement.

Elle reprit son stylo et écrivit un simple « À faire » en haut de la page. Même s'il lui avait assuré qu'il ne pensait pas que tenir un journal était idiot, elle ne se donna pas la peine d'essayer de faire ça chic.

— Vérifier la chapelle de mariage... même si je suis presque certaine qu'elle existe. Avoir un portail en ligne ça va un peu loin pour un canular élaboré.

— Tu as raison. J'avais de l'espoir.

Zach tendit la main vers le dossier pour le rouvrir, fouillant un peu plus pour en sortir des photos et des papiers.

— ... et on dirait que nous avons un certificat de mariage officiel. Zut.

Il le posa entre eux sur la table.

— *Rah.* OK, alors s'il n'est pas rempli correctement, est-ce que nous sommes tirés d'affaire ?

Elle se pencha, soudain pleine d'espoir.

— Mon prénom est écrit comme Jul sur la couverture du dossier, et je suis bel et bien Julia.

Il grogna, passant un doigt sous leurs noms.

— Julia Gigi Blushing.

Surpris, il cligna des yeux, puis l'amusement surgit alors que le regard de Zach se levait vers le sien.

— Gigi ?

— Je ne sais pas pourquoi ma mère m'a infligé ça, à part pour me causer des tourments sans fin au collège.

— Je te comprends.

Il pointa la ligne suivante.

Julia ricana en lisant son nom complet.

— Zachary Beauregard Damien Sorenson ? Sérieusement ?

— Je sais. Tout ceci est tellement prétentieux.

— Beauregard est inhabituel, mais Damien en plus ?

Il soupira profondément.

— Je porte les prénoms de mon père et de mes deux grands-pères.

— C'est... un nom à rallonge.

Julia attrapa un verre d'eau, elle avait soudain besoin de s'occuper les mains. Elle savait si peu de choses sur Zach, en fait, que cet instant où elle entrouvrait la porte semblait important.

Cela semblait intime.

Zach se pencha en arrière et hocha la tête.

— Après avoir eu quatre filles, je pense que mes parents voulaient faire en sorte d'utiliser tous les noms masculins possibles de la famille tant qu'ils le pouvaient.

— Quatre filles... répéta-t-elle, bouche bée. Tu as *quatre* sœurs ?

— Cinq. Ma petite sœur va avoir trente ans cette année.

Elle réévalua tout. L'envie de s'excuser la saisit de nouveau, et Julia enchaîna :

— Je suis vraiment désolée de t'avoir mêlé à mes bêtises.

— De quoi tu parles ? Ce n'est pas ta faute, répondit Zach en haussant les épaules. Enfin, c'est notre faute à tous les deux d'avoir trop bu, si nous sommes honnêtes, mais en dehors de ça, ne t'en veux pas pour le mariage de minuit.

— Je voulais dire de t'avoir convaincu de te lancer dans cette affaire de fausse petite amie.

Ce n'était pas facile de continuer, mais elle le devait.

— Je n'ai pas beaucoup réfléchi, et maintenant je me rends compte que je ne te connais pas très bien. C'était déplacé de t'embarquer dans cette affaire sans savoir ce que cela signifierait de t'entraîner dans mon bazar.

Zach était toujours détendu, mais son expression paisible fut remplacée par un air plus solennel et franc.

— C'est bon, Julia. Je suis sérieux. Je suis content de pouvoir t'aider à gérer les rumeurs, et nous gérerons ça aussi. Fais-moi confiance.

Le problème était... justement qu'elle lui faisait confiance.

Bien trop, tout bien considéré.

Malgré tout, elle croisa son regard sans détour.

— Merci.

Il hocha fermement la tête.

— OK, c'est l'heure de résoudre les problèmes.

— Quel âge as-tu ?

Une autre question qui lui échappa, mais Zach l'accepta sans sourciller, pointant la paperasse devant eux.

— Trente-trois ans. Trente-quatre le 27 décembre. Et ça dit que tu as... *bon sang*. Tu n'es qu'un bébé.

Elle roula de nouveau des yeux.

— Arrête ça. J'ai vingt-cinq ans.

— Un âge parfaitement convenable pour une bouteille de scotch.

— Ne sois pas agaçant, Beauregard.

Les lèvres de Zach tressaillirent à son commentaire.

— Non ? continua-t-elle. Tu préfères « Beau », bébé ?

— Je préfère « bébé », avoua-t-il. Bon, la liste des choses à faire. D'après ce que je peux en dire en regardant ce certificat, il pourrait être totalement légal ou servir à un feu de joie. Je pense que nous avons besoin de contacter un vrai avocat.

Elle écrivit « avocat ».

— Tu as quelqu'un en numéro abrégé, si je me souviens bien.

— Oui, répondit Zach en secouant la tête. Tout ça va bien trop amuser Alan.

— Si c'est valable, est-ce qu'il pourra nous aider à le révoquer ? Ou l'annuler, ou ce qu'on fait avec les faux mariages. Je veux dire, on peut se passer d'un divorce.

Zach s'étira de nouveau, buvant son café d'un air pensif.

— Détendons-nous sur ce point. Alan saura quoi faire. Tu veux que je l'appelle maintenant ?

Julia jeta un rapide coup d'œil à l'horloge sur le mur et dit :

— Avant midi un dimanche ? C'est juste mesquin.

Zach repoussa sa protestation d'un geste dédaigneux.

— Il est payé pour gérer les bêtises dans lesquelles nous nous fourrons, mais je vais plutôt lui envoyer un message. Comme ça il pourra répondre quand il voudra. Nous ne pourrons probablement rien faire avant d'être rentrés, de toute façon.

Ce qui signifiait qu'ils devaient le dire à ses sœurs.

— Mes sœurs vont mourir de rire quand elles apprendront ce que nous avons fait.

Zach fit la grimace.

— Nous pourrions éviter de révéler la partie « imagine notre choc quand nous nous sommes réveillés nus » de cette expérience.

Répondre était facile.

— D'accord.

Julia hocha vigoureusement la tête avant de se souvenir que ce n'était pas malin.

— *Aïïïïe.*

Il émit un son compatissant.

— Nous sommes tous les deux pas très en forme pour le moment. Pour la liste des choses à faire... tu veux que je nous trouve un spa pour faire disparaître quelques douleurs ?

— Si nous sommes censés retrouver les autres à midi, ça devra être après, répondit-elle en tapotant son stylo sur le carnet. La résolution des problèmes, d'abord. Tout ce que nous avons c'est « contacter un avocat ».

— Ce qui est en gros tout ce dont nous avons besoin.

Zach passa les doigts sur sa mâchoire ombrée d'un début de barbe. Son regard était posé sur elle, devenant plus déterminé.

— Sauf que là, il faut que je sois tout à fait sérieux et cela va nous sérieusement embarrasser. Concernant cette histoire de se réveiller nus.

Julia se prépara.

— Tu vas vraiment reposer la question ?

— Le problème est que je ne suis pas sûr à cent pour cent que nous n'ayons pas couché ensemble. Et même s'il n'y a rien de mal à ce que nous couchions ensemble à un moment donné, ne pas m'en souvenir pas me terrife. Je ne suis pas le genre de gars qui couche avec une femme après qu'elle a bu, Julia. Le fait que tu étais ronde comme une queue de pelle aurait dû signifier que le sexe n'était plus au programme.

C'était vraiment un des bons. Ce qui rendit plus facile à Julia de cracher les détails qui le rassureraient même si elle détestait devoir avouer quelque chose d'aussi personnel.

Elle posa son stylo et se pencha en avant.

— Nous étions *tous les deux* soûls. Mais je te crois, absolument, quand tu dis que tu n'aurais pas profité de moi. Vu combien j'avais les mains baladeuses dans cette vidéo de mariage, il est possible que tu aies dû me rappeler moi à l'ordre. Peu probable, mais possible.

C'était un peu comme arracher un pansement... plus facile si elle y allait d'un coup.

— Je n'ai couché avec personne depuis deux ans. Si nous avions couché ensemble hier soir, je suis presque sûre que je le sentirais aujourd'hui.

— Oh.

Zach leva une main comme s'il allait dire autre chose, mais il ferma la bouche et son front se plissa. Il hocha lentement la tête, la regardant avec curiosité.

— C'est un long passage à vide.

— C'est volontaire. Ne t'inquiète pas, je ne suis pas sur le point de prendre feu ou quoi que ce soit.

Elle voyait bien que cela le démangeait de lui en demander

plus, mais qu'il ne savait pas où la limite entre eux se trouvait et où la politesse s'arrêterait. Et même si elle pouvait en révéler davantage, ce n'était pas nécessaire.

À la place, Julia retourna à son carnet et écrivit « examen ».

— Enfin, si quoi que ce soit de sexuel s'est produit, je dois faire un de mes check-up réguliers dans le mois à venir. Ce qui signifie que je serai testée pour tout, de toute façon, avec mon poste en tant que TSU. Une MST possible dont je doive être informée ?

Les lèvres de Zach tressaillirent de nouveau.

— C'est comme avoir une conversation avec ma mère l'infirmière. Bien trop directe, et pourtant je suis assez malin pour ne pas essayer d'éviter l'interrogatoire. Non, je ne suis porteur d'aucune maladie transmissible.

— Ta mère est infirmière ?

— À la retraite maintenant, mais oui, répondit-il, son sourire s'agrandissant. J'ai supplié mon père de me parler de la petite graine, mais en vain. Le temps qu'il s'y mette, ma mère et mes grandes sœurs m'avaient déjà traumatisé.

Elle pouvait l'imaginer.

— Ma mère...

Ce souvenir s'interrompit avant qu'elle ne puisse lui en faire part. Sa mère lui avait parlé de la mécanique du sexe au moment approprié. Avec le recul, ses descriptions très ennuyeuses et cliniques n'avaient pas été la meilleure introduction.

S'en rendre compte envoya un autre coup sec à des souvenirs déjà douloureux.

Puis, bon sang, Zach fut de nouveau là, agenouillé près d'elle et levant les yeux, l'inquiétude inscrite dans toute sa posture.

— Ça va ?

Elle se força à sourire.

— Je suppose que je trimballe quelques casseroles en ce qui concerne ma mère. Désolée. Je ne voulais pas me perdre dans mes pensées.

Il lui lança un clin d'œil.

— Pas de problème. Je vais prendre mon téléphone et envoyer ce message à Alan. Tu veux contacter Lisa ? Peut-être déterminer un lieu pour nous retrouver. Nous pourrons partager les horribles détails en personne. Ensemble.

— Ça me convient.

Il lui serra le genou puis se dirigea vers son téléphone qui chargeait.

Julia le regarda pendant un instant avant de se lever résolument et d'allumer son appareil. Tout ça n'était qu'un bug temporaire. Une fois qu'ils auraient géré les taquineries, il serait facilement résolu.

Pourtant, ce fiasco royal l'aida : il était beaucoup plus facile de réaffirmer sa conviction sur le fait qu'il serait mieux de strictement jouer la comédie une fois qu'ils seraient rentrés à Heart Falls.

Zach était un homme bien, et il n'avait pas besoin d'être embarqué dans d'autres complications. Elle ferait en sorte qu'ils restent amis même si, honnêtement, cela risquait d'être spécial en soi.

Elle ouvrit ses messages et choisit ceux de sa sœur.

7

*Z*ach leur trouva un box dans un coin du restaurant où tous les six prirent place. Suffisamment privé pour que leur bombe puisse être lâchée sans que trop d'autres personnes les entendent. Suffisamment publique pour qu'il sache qu'il ne serait pas sur le point d'être embroché par qui que ce soit... surtout par les membres les plus dangereux de n'importe quelle famille : les sœurs.

Tandis qu'ils s'installaient, il examina ses amis, cherchant des indices sur la manière dont ils risquaient de réagir. Josiah affichait la même expression triomphante que Finn. Karen et Lisa avaient l'air détendues et pourtant délicieusement satisfaites.

Pendant un instant, Zach lutta contre son premier réflexe, qui était d'attraper Julia par la main et de la ramener dans sa suite pour faire apparaître la même expression sur *son* visage.

Cette idée était tentante, mais il n'en avait pas le droit, bon sang.

Avec les deux autres couples qui s'étaient glissés sur le banc circulaire, Julia et lui étaient assis sur les bords extérieurs l'un en face de l'autre.

Il était sur le point d'aborder le truc marrant qui s'était passé la veille quand Julia le prit de vitesse.

— Hé, Lisa. Je te parie vingt dollars que j'ai fait quelque chose à Vegas que tu n'as pas fait.

Ce qui était la manière parfaite d'attirer toute leur attention. Lisa et ses paris étaient célèbres.

Lisa haussa un sourcil.

— *Vraiment* ? Qu'est-ce que vous avez fait après que Josiah et moi vous avons laissés sur la piste de danse ?

— Tellement de trucs cool ! Par exemple, Zach nous a trouvé un club privé au vingt-septième étage et nous a obtenu l'accès d'une manière ou d'une autre.

Josiah eut l'air impressionné, inclinant la tête vers Zach.

— Monsieur a le bras long, dis donc ? *Joli*. Tu as vraiment dû baratiner quelqu'un pour y avoir accès sans une invitation.

Comme Zach ne se souvenait pas de quelle influence il avait usé, il sourit simplement comme s'il était magicien.

— On a le talent ou pas.

— Ce n'était qu'une partie de notre aventure, continua Julia. J'ai aussi rencontré un sosie de Dolly Parton, j'ai goûté de la très bonne tequila, Zach et moi nous nous sommes mariés, et j'ai découvert que le bacon du room service est...

— Minute, papillon, l'interrompit Karen en levant la main, les doigts écartés. Tu as dit que vous vous *êtes mariés* ?

Julia hocha la tête puis grimaça.

— Excusez-moi. Léger mal de tête. Oui, c'était une de ces fois où *une chose en entraîne une autre*, finissant par un *oups*. Mais c'est bon. Zach a déjà contacté son avocat, alors nous allons arranger ça en un rien de temps.

Pendant tout le temps où elle fit ses révélations, son ton

resta léger. Elle était si manifestement amusée qu'il était impossible pour qui que ce soit à table d'être contrarié.

Seul Finn examinait Zach avec ce regard insondable signifiant que *lui* savait exactement à quel point c'était pourri. Heureusement, son meilleur ami ne dit rien. D'un point de vue pratique, Finn n'aurait de toute façon pas pu en placer une parce que Lisa, Karen et Josiah parlèrent tous en même temps.

— Est-ce que tu plaisantes ? dit Josiah en riant.

— Je n'arrive pas à croire que vous avez fait ça !

— Est-ce qu'il y avait un sosie d'Elvis aussi ?

Cette dernière question venait de Lisa, ce qui provoqua un reniflement moqueur chez Julia.

— Non. Je suis vraiment déçue.

Elle tourna son attention de l'autre côté de la table vers Zach.

— Tu vois ? S'il fallait avoir un mariage impromptu à Vegas, Elvis était *censé* être présent.

— Je m'en souviendrai pour la prochaine fois, dit Zach d'une voix traînante. Tu pourrais aussi bien leur montrer la vidéo.

— Il y a une *vidéo* ?

Lisa tendit la main vers le téléphone que Julia avait préparé, et un instant plus tard tous les quatre étaient penchés pour regarder la comédie.

Zach croisa le regard de Julia au-dessus de la table. Elle sourit et lui lança un clin d'œil. Tout en elle disait qu'elle était détendue et heureuse...

Sauf que c'était un mensonge total.

La répétition du moment où il lui avait semblé qu'elle allait lui raconter son histoire amusante sur la petite graine. Un voile était tombé, révélant quelque chose de lourd et de triste.

Maintenant ? Elle se donnait en spectacle pour prendre la

situation à la légère devant leurs amis et sa famille, mais à l'intérieur, elle souffrait terriblement.

Cette perspective le frappait à tant de niveaux ! Avant tout parce qu'il voulait apaiser sa douleur. Elle ne méritait pas d'être triste, et cette douleur semblait aller au-delà de la pagaille désordonnée de l'instant présent.

La seconde vérité qui le frappa...

Il pouvait lire en elle comme dans un livre ouvert.

Julia Blushing était une très bonne menteuse, mais il était encore meilleur pour repérer ses tics. Et tandis que des rires s'élevaient de la table devant la vidéo qui continuait, Zach s'efforçait de ne pas trahir ses nouvelles révélations par sa mine.

Quel imbroglio !

Il avait toujours été chanceux. Son instinct lui disait toujours quand il était temps de prendre un risque. Quand le moment était opportun.

Tout en lui lui disait que Julia cachait quelque chose de grave, peut-être même qu'elle se cachait des vérités à elle-même. Mais plus que cela, son instinct lui disait qu'ils étaient faits pour être ensemble. Mariage bidon, faux petit ami, rien de tout ça ne comptait.

Julia et lui étaient destinés à être ensemble.

Mais c'était une sacrée conviction qu'il venait de découvrir, alors que l'idée qu'ils soient un couple amusait maintenant follement tout le monde à table.

Son téléphone vibra avec l'arrivée d'un message, il le sortit et découvrit une réponse d'Alan à sa question « Que faisons-nous ensuite ? »

Alan : *Eh bien, je peux honnêtement dire que vous m'amusez, les garçons. De plus, vous me maintenez en activité. Je vais faire d'autres recherches, mais au premier coup d'œil, il n'y aura pas de solution claire et nette. Juste pour info. Ça pourrait finir par être plus compliqué que vous l'espérez.*

Zach baissa la tête et tapa sous le bord de la table pour que personne ne le voie : *Tu es un vrai rayon de soleil !*

Alan : *Tu ne me paies pas pour soulever ta jupe et te faire de la lèche.*

Zach : *encore heureux. Un kilt en Alberta, ça serait bien frisquet des fois.*

Alan : *Ha ha. Tu veux que je me précipite à Vegas ou que j'attende que tu sois rentré au ranch lundi ?*

Zach : *Au ranch. C'est censé être le moment de Karen et Finn. Julia et moi te retrouverons à la maison lundi soir et nous réglerons ce bazar.*

Alan : *Transmets mes félicitations aux jeunes mariés. Au couple qui* avait l'intention *de se marier ce week-end, je veux dire.*

Zach : *Entendu.*

Maintenant Zach comprenait pourquoi Finn le charriait toujours en disant que ses blagues n'étaient pas si drôles que ça. Alan avait le même problème.

Zach rangea son téléphone avant que les autres ne le remarquent, ce qui lui convenait. Il ne voulait pas révéler devant eux que cela allait être plus compliqué qu'ils l'espéraient. Lundi arriverait bien assez tôt pour commencer à réparer leur erreur.

Une acclamation retentit, puis des applaudissements alors que la vidéo arrivait à sa fin.

Lisa croisa son regard.

— Je dois abandonner mon badge de « Whiskeytaire la plus espiègle » après ces frasques. Bien joué, Julia et Zach.

Zach posa une main sur son torse.

— Ne me déçois pas. Dis-moi que tu as vraiment un badge à donner à Julia.

— Oh, non, Lisa n'a pas besoin d'encouragement pour fabriquer d'étranges accessoires comme si on appartenait à un club, dit Karen. Une année, elle a essayé de confectionner des oreilles à la Mickey Mouse pour nous toutes.

— C'étaient de très bonnes oreilles, insista Lisa.

Karen haussa un sourcil.

— Tu en avais posé sur la tête de Tamara avant que la colle n'ait séché. J'ai dû couper ces satanés trucs dans ses cheveux.

Le nez de Lisa se plissa d'une manière qui rappelait étrangement l'expression préférée de Julia.

— Oh. Tu as raison. J'avais oublié ça.

— Je suis presque sûre que Tamara n'a pas oublié. En fait, elle m'a déjà raconté cette histoire, alors je pense que c'était très mémorable, révéla Julia.

— « Mémorable » est une manière de dire « traumatisant », déclara Karen en faisant un geste vers les serveurs qui apportaient leur déjeuner. Dégagez la piste d'atterrissage. Le repas est sur le point d'arriver.

Et on en resta là. Zach devait admettre que, même s'il savait s'y prendre avec les gens, Julia était à un autre niveau. Personne en dehors de Finn ne semblait avoir la moindre inquiétude au sujet de la situation actuelle.

Enfin, personne en dehors de Finn et de lui-même, bien sûr. Parce que les questions s'entassaient au lieu de diminuer. Malgré tout, Zach se concentra pour profiter de son repas et de la compagnie de ses amis au lieu de s'inquiéter de la situation.

Ce ne fut que lorsqu'ils poussèrent les femmes à profiter du forfait spa luxueux pour l'après-midi et qu'il ne resta qu'eux trois que tout se compliqua de nouveau.

Zach s'installa avec un soupir de contentement sur le fauteuil en cuir à haut dossier dans le bar à whisky. L'odeur de cigare flottait dans l'air juste assez pour être agréable. La serveuse apporta des verres d'un liquide ambré à l'odeur divine puis disparut comme si elle n'avait jamais été là.

À sa gauche, Finn leva son verre et regarda le whisky.

— Une sacrée *boulette*, mon ami.

Josiah ne fit même pas semblant d'être décontracté. Il se pencha en avant sur ses coudes, ignorant son verre.

— Couronne ça par les ragots que ma réceptionniste vient de m'apprendre, puis-je te demander ce que tu fiches ?

Mince.

— Quels sont les ragots ?

— Il paraît que toi et Julia êtes un sujet brûlant.

L'expression habituellement nonchalante de Josiah était devenue impassible.

Bon. Les rumeurs de petite ville avaient fait leur travail. Purée, ils allaient s'en donner à cœur joie quand les nouvelles se répandraient.

— Tu es mon meilleur ami, commença Finn.

Il marqua une pause. Son regard se concentra.

— Quel est le plan ? Est-ce une erreur à corriger ou une occasion à saisir ?

Josiah cilla.

— Holà. Je ne l'avais pas vue venir, celle-là.

Zach pouvait comprendre la confusion de leur nouvel ami.

— C'était une des expressions de notre mentor, Bruce. Une des leçons qu'il nous a apprises... trop souvent, les gens voient arriver sur eux ce qu'ils croient être un désastre et font tout ce qu'ils peuvent pour l'éviter ou le dégager de leur chemin.

— Alors que ce qu'ils devaient faire, c'est trouver comment exploiter cette énergie et diriger le flux dans la bonne direction, termina Finn.

Josiah hésita.

— Se marier accidentellement pourrait être une chance ?

Finn haussa les épaules.

— Pas de quoi paniquer, ça c'est sûr, répondit-il en croisant de nouveau le regard de Zach. Tu sais que tu as mon soutien. Toute cette situation est un peu tordue parce que Julia est la sœur de Karen, mais puisque je ne pense pas que tu veuilles quoi que ce soit qui ne soit pas dans l'intérêt de Julia, je ne vois pas de conflit potentiel.

Il tendit la main, et Zach la prit avec reconnaissance.

— Tu es le meilleur.

Tous trois se carrèrent dans leurs sièges plus confortablement maintenant que Finn avait précisé ce qu'il en pensait, ce qui plaçait Zach dans une meilleure posture.

Profitant de la pause pendant qu'ils buvaient tous leur verre, Zach passa en revue ce qu'il voulait dire. Les deux hommes près de lui étaient dignes de confiance. En tant que conjoints de Karen et de Lisa, tous deux étaient au plus haut point concernés par la manière dont tournerait la relation entre lui et Julia.

Mais ce ne fut pas la raison qui le poussa à parler. Son instinct l'y incita.

— J'en ai envie, admit-il. Je ne sais pas pourquoi ni comment on en arrivera au stade où ce sera plus qu'une idée tordue et pourtant bonne entre deux personnes, mais peu importe comment nous en sommes arrivés là, le mariage entre Julia et moi n'est pas une erreur.

Le coin des lèvres de Finn s'incurva. Il échangea un coup d'œil avec Josiah.

— On dirait que nous sommes les renforts de ce qui pourrait être la plus étrange tentative de séduction du monde. D'abord se marier, tomber amoureux ensuite.

Josiah leva son verre pour porter un toast.

— Aux frères d'armes et aux courageuses femmes qui nous aiment. Quand le calme sera revenu, puisse Julia être comptée parmi elles.

Un frisson remonta le long du dos de Zach. Il leva son verre, acquiesçant silencieusement.

Il avait toujours aimé les défis. Trouver un moyen

d'atteindre l'éternité avec Julia vaudrait la peine de surmonter chaque difficulté.

Il espérait simplement qu'elle serait d'accord le plus tôt possible.

~

Une fois mise de côté la situation surréaliste entre Zach et elle, Julia découvrait beaucoup de choses à apprécier à Vegas. Comme maintenant. Elle posa la tête sur la douce serviette roulée sur le bord de la baignoire et laissa les bulles chaudes du bain à remous éclater autour d'elle tels des centaines de baisers chauds contre sa peau.

— C'est divin.

— J'aurais bien besoin de ça dans mon jardin, dit Karen. Pensez-y. Après avoir terminé vos corvées ou une longue et pénible chevauchée, vous pourriez vous enfoncer dans une de ces baignoires jusqu'à être comme neuve.

— En parlant de longues et pénibles chevauchées...

Lisa laissa sa phrase en suspens, mais les sous-entendus étaient là tout de même.

Julia n'allait pas aborder cette question à moins d'y être forcée. Elle devait réorienter...

— Comment était la nuit de noces, Karen ?

— À toi de nous le dire, signala Lisa en ricanant.

— Tu es terrible, la réprimanda Karen avant de parler d'un ton plus doux. D'accord, j'ai évité le sujet pendant une heure entière, mais je suis au bout de ma patience. Julia, qu'est-ce qui se passe ?

Julia choisit sa plus belle expression de biche au regard écarquillé.

— N'est-ce pas le truc le plus dingue ? Se marier accidentellement. Ça me dépasse, mais ça ira...

Il était évident que les deux personnes qui la regardaient fixement n'avalaient pas son numéro d'innocence.

Elle haussa les épaules et choisit l'honnêteté.

— D'accord. Cette fois avec un peu moins d'enthousiasme. Ce n'est pas une histoire d'amour. Zach est un gars super, et toute cette histoire n'était qu'une soirée alimentée par trop d'alcool.

Elle s'empressa de s'expliquer car leurs expressions avaient suffisamment changé pour provoquer de l'inquiétude.

— Il ne s'est rien passé entre nous en dehors du mariage bidon. Il ne *va* rien se passer de plus qu'être amis. Son avocat va nous aider à nous occuper de cette bévue. En dehors de ça...

Oups. C'était le bon moment pour déballer l'histoire du faux petit ami.

— Enfin, il y a *cette* autre chose.

— Ce qui concerne le fait que lui et toi vous vous envoyez en l'air à Heart Falls ?

Étonnamment, ce commentaire provint de Karen, pas de Lisa, qui en resta bouche bée.

— Vraiment ?

Étrangement, Lisa avait l'air horrifiée et offensée en même temps.

— C'est *vrai* ? demanda-t-elle à Julia. Je n'arrive pas à croire que tu ne me l'aies pas dit !

— Parce qu'il n'y a rien à raconter, insista Julia. Nous... C'est compliqué.

— C'est aussi la rumeur du jour à la maison. Tamara m'a dit par texto ce matin qu'elle l'a entendue de la bouche d'au moins cinq personnes différentes en l'espace d'une heure, dit Karen en sortant ses orteils de l'eau pour examiner son vernis d'un regard critique. Alors... qu'est-ce qui se passe ? Les sœurs partagent leurs secrets.

Ces mots déclenchèrent une sensation gênante, mais Julia

essayait d'embrasser les changements dans sa vie. Ajoutez à cela que les deux femmes qui étaient avec elle maintenant faisaient partie des meilleures qu'elle ait jamais rencontrées, liées par le sang ou pas.

Julia rassembla son courage tout en se redressant un peu.

— D'accord, voilà le scoop.

Quand elle eut expliqué la situation concernant les ragots, d'une manière ou d'une autre le récit de tous les événements de la soirée avait franchi ses lèvres. La seule chose qu'elle n'avait pas complètement expliquée était la situation avec son stalker-kidnappeur. Moins elle passait de temps sur ce sujet, mieux c'était.

Ses sœurs l'écoutèrent sans faire de commentaires mais avec une grande concentration.

Quand elle eut terminé, Karen hocha la tête.

— Une des premières choses que Finn m'a annoncées quand nous avons renoué, c'était à quel point il faisait confiance à Zach. Il considère cet homme comme un frère... et c'est en quelque sorte mon cas aussi. Déjà.

La légère hésitation de Lisa ne fut visible que parce qu'elle bondissait habituellement avant de réfléchir. L'inquiétude s'attardait dans ses yeux.

— Je n'ai aucun moyen de dire ça sans être directe. Tu es dans nos vies depuis presque six mois. Pendant tout ce temps, tu n'as jamais parlé de petits amis ou petites amies passées. Dis-moi de te lâcher si tu veux, mais même faire semblant d'être avec Zach requerra des contacts physiques. Est-ce que ça ne va pas être compliqué ?

Julia n'allait pas déballer tous ses problèmes, mais ça, elle pouvait le révéler.

— Je ne cherche pas de relation sur le long terme. Si c'était le cas, ce serait avec un gars, je suppose. D'un autre côté, c'est à mon tour d'être directe : les moments pénis ne me manquent pas.

Une toux discrète résonna.

Toutes trois levèrent les yeux et découvrirent un jeune homme rougissant qui se tenait au bord du jacuzzi, un plateau d'en-cas à la main.

— Je vais simplement poser ça là.

Il disparut avant que Julia ne puisse s'enfoncer sous l'eau pour cacher sa gêne. Bien sûr, Karen et Lisa souriaient d'un air narquois et n'essayaient même pas de le cacher.

— Merci pour l'avertissement, marmonna Julia.

— Pauvre gars, dit Lisa en évitant le coup de Karen. Hé !

— Pauvre gars ? Pauvre Julia, corrigea Karen avant de sourire plus doucement. Taquinerie mise à part, nous te soutenons. Je comprends pourquoi tu veux arranger les choses pour Brad. Les rumeurs qui courent sur Zach et toi, comme quoi vous êtes ensemble, devraient aider, mais au-delà de ça, tu n'es pas tenue de faire quoi que ce soit qui te mette mal à l'aise. Tu peux faire ce qu'il faut avec Zach juste en tant qu'amie. D'accord ?

— Je le sais. Et...

Peut-être que c'était stupide, mais elle croyait au meilleur de la part de Zach, c'était confirmé par son horreur à la possibilité d'avoir profité d'elle.

— Je ne pense pas que Zach soit du genre à insister. Il me taquinera, mais ce n'est pas une brute de mâle alpha en herbe.

— Je suis d'accord, assura Lisa en plissant le nez, ses yeux étincelant d'espièglerie. Quoique, si on parle du facteur sex-appeal, si éloigné qu'il soit du genre de gars « c'est ça ou rien », Josiah est très exigeant dans la chambre. Sincèrement. Le sex-appeal n'est pas seulement accordé aux gars qui grognent « à moi, à moi, à moi ».

— Et moi j'aime bien quand Finn grogne, admit Karen

avant d'agiter un doigt vers Julia. Dis-le-nous si tu as besoin de nous. Appelle... jour et nuit. Tu es notre sœur, mais tu es aussi notre amie. Nous sommes là pour toi. Si tout ce que tu veux avec Zach, c'est que vous soyez amis, alors il en sera ainsi.

Julia avait la gorge serrée.

— Merci.

Lisa se leva pour l'étreindre mais glissa, disparaissant pendant une seconde. Quand elle réapparut, dégoulinant et riant, le sérieux laissa place à un sentiment doux et chaleureux qui dura pendant tout le reste de l'après-midi.

Les gars les récupérèrent au spa, et même si Julia finit assise à côté de Zach durant le dîner et le spectacle, sa compagnie était confortable.

Il se rapprocha quelques fois pendant la séance, chuchotant quelques commentaires. Elle fit de même. Et avec la douce pensée « amis » les entourant, leur lien était naturel et tombait dans la catégorie « pile ce qu'il lui fallait ».

— Dieu merci mon mal de tête a disparu, murmura-t-elle à son oreille après un numéro particulièrement bruyant.

— Je te comprends, dit-il avant de lui lancer un sourire. Plus de tequila pour nous ?

— Plus de tequila.

Elle lui tendit son petit doigt.

Le reniflement moqueur de Zach fut assez bruyant pour attirer l'attention de ses sœurs. Lisa le fit taire d'un clin d'œil.

Zach pressa un doigt contre ses lèvres, mais dès que Lisa détourna les yeux, il se pencha de nouveau, frôlant de ses lèvres l'oreille de Julia.

— Attends de rencontrer ma sœur, Petra. Elle fait tout le temps des promesses du petit doigt.

C'est une rencontre qui n'aura jamais lieu.

Cette pensée envoya errer l'esprit de Julia pendant le reste du spectacle.

Toute la bande termina la nuit par un dernier verre dans la suite de Karen et Finn avant que Lisa et Josiah ne les suivent dans le couloir vers la chambre privée de Julia, à quelques portes de celle de Zach.

— Fais la grasse matinée si tu veux, lui rappela Josiah. Notre vol de retour n'est pas avant l'après-midi, alors j'ai réservé un brunch pour onze heures et demie, après avoir libéré les chambres.

— C'est une bonne idée. Bonne nuit, tout le monde.

Julia agita rapidement la main avant de se glisser dans les ténèbres fraîches. Leurs voix résonnèrent dans le couloir pendant encore quelques minutes avant de disparaître.

Elle s'approcha de la fenêtre, regardant les lumières étincelantes. Cela s'était avéré être une journée fantastique, et maintenant elle la terminait avec un lit king-size pour elle toute seule et pas de réveil pour la sortir du lit le lendemain matin. Quel cadeau !

Le cauchemar sembla arriver seulement quelques secondes après qu'elle avait éteint les lumières et remonté les draps jusqu'à son menton.

Des vagues la bousculaient, lui faisant perdre l'équilibre à chaque fois qu'elle essayait de s'échapper. Quand son dos toucha le sable, l'eau monta rapidement et recouvrit sa tête alors que le courant l'emportait loin du rivage. De longues algues s'emmêlaient autour de son corps, l'entraînant sans relâche vers le fond de l'océan.

Julia se réveilla, interrompant un cri de peur en plein milieu.

Le cœur battant, elle déglutit péniblement et essaya de déterminer si sa gorge était sèche ou douloureuse. Depuis combien de temps hurlait-elle ? Ou pouvait-elle au moins espérer avoir geint cette fois ?

Les draps étaient emmêlés autour d'elle et les oreillers

avaient atterri sur le sol. Un coup d'œil au réveil sur la table de chevet lui annonça que seulement deux heures s'étaient écoulées depuis qu'elle était entrée dans la chambre.

Elle regarda le matelas et se demanda si elle allait prendre le risque d'essayer de dormir encore un peu.

Appelle-nous si tu as besoin de nous. Jour et nuit.

Les paroles que Karen avait prononcées plus tôt dans la journée résonnèrent dans sa tête. Elles avaient été sincères, et Julia était tentée de les contacter. Sauf que...

Impossible qu'elle interrompe les nuits d'escapade de ses sœurs avec leurs mecs. Ce qui signifiait qu'elle avait deux options. Non, trois.

Prendre sur elle et essayer de se rendormir.

Abandonner et rester éveillée. Elle serait épuisée le lendemain, mais au moins elle n'avait pas à travailler.

Ou...

Julia sortit son téléphone, le posa, le reprit, le reposa.

Bon sang. Décide-toi donc.

Elle laissa le destin décider et envoya un texto à Zach. S'il avait éteint son téléphone pour la nuit, qu'il en soit ainsi.

Julia : *si tu es réveillé... est-ce que je peux venir dormir sur ton canapé ? J'ai fait un cauchemar.*

Elle regarda fixement le téléphone une minute, sans savoir si elle voulait une réponse ou si elle espérait devoir expliquer son SMS comme une plaisanterie au matin.

Un léger coup à sa porte déclencha une poussée d'adrénaline à travers elle. Julia bondit et regarda par l'œilleton.

Zach.

Elle le fit entrer immédiatement.

— Je suis vraiment désolée...

— Ne t'excuse pas, l'interrompit-il en passant à côté d'elle pour entrer, chuchotant comme s'ils n'étaient pas seuls. Retourne au lit et dors. Je vais m'installer sur ton canapé.

Cette idée était tout à fait déplacée.

— C'est ridicule. Je vais prendre le canapé. J'insiste.

— Julia Gigi Blushing, pose tes fesses sur ce lit immédiatement, dit-il en l'attrapant par les épaules et la poussant gentiment vers le lit. Allez. Un compromis. Je vais dormir au-dessus des draps, alors.

Le corps de Julia frissonnait encore du cauchemar, et elle était épuisée après la nuit précédente et toutes les activités de la journée. Se faufiler sous les draps était agréable, et la manière dont le matelas s'affaissa légèrement lorsque Zach se coucha près d'elle ressemblait au balancement lent et réconfortant d'une balancelle sous un porche.

Elle se tourna sur le côté, comme d'habitude, et finit par fixer directement le visage de Zach. Il avait fermé les yeux, ses longs cils reposant sur ses pommettes. Son torse se soulevait et retombait à un rythme régulier qui l'hypnotisait et la calmait.

Sa respiration déferla sur elle, douce et rassurante, et sa présence à elle seule la réchauffait.

La relaxation l'envahit lentement. Julia se surprit à tendre la main pour repousser la mèche de cheveux qui était tombée sur le front de Zach.

Ses lèvres s'incurvèrent, et il attrapa ses doigts entre les siens, les guidant vers le lit entre eux. Posant la paume sur sa main, il chuchota de nouveau :

— Dors.

Elle s'exécuta. Un repos réparateur et réconfortant qui dura jusqu'à ce que les rayons du soleil qui tombaient sur le lit la réveillent.

Zach était parti, et son côté du matelas était froid au toucher.

8

_____

*L*e voyage du retour le lundi matin avait été génial. Julia devait admettre que c'était surtout parce que Zach et Josiah avaient enchaîné les commentaires ininterrompus dignes d'un numéro comique.

Entre l'avion confortablement aménagé et le chauffeur qui les attendait à l'aéroport en Alberta – Cody, le contremaître du ranch de Red Boot –, ils se retrouvèrent devant le futur foyer de Karen et Finn sans avoir eu à dépenser plus de temps et d'énergie à discuter de son mariage accidentel avec Zach.

Et Julia était reconnaissante que Tamara n'ait pas été leur chauffeur. Ce serait plus facile de passer à autre chose sans avoir à expliquer ce qui s'était passé à une personne de plus.

Ils étaient assis dans ce qui serait un jour une grande salle de séjour avec de hautes baies vitrées faisant face aux montagnes Rocheuses. Pour l'instant elle était encore remplie de matériaux de construction et meublée de deux chaises pliantes de jardin.

L'avocat de Zach était assis en face d'elle, son expression

indéchiffrable. Il ne cessait de prendre son stylo et de le retourner, de le baisser, de le faire cliqueter, de le baisser...

Pendant tout ce temps, il fixa son visage comme s'il attendait qu'elle avoue un terrible crime.

— Est-ce que tu factures à l'heure pour ce voyage, Alan ? demanda Zach d'une voix traînante.

Alan Cwedwick ne cilla même pas.

— J'essaie simplement de trouver le meilleur moyen de procéder.

— Pas de ça avec moi. Tu as déjà une liste et une frise chronologique, et tu dois simplement nous expliquer ce dont tu as besoin de notre part, dit Zach en posant un pied sur son genou, tapotant des doigts sur sa cuisse. À moins que tu ne me dises que tu ne sais pas quoi faire cette fois, ce qui me décevrait.

— Oh, je sais exactement ce qui est prévu dans ce genre de circonstances. Je pense simplement que ça ne te plaira pas beaucoup.

La concentration d'Alan s'aiguisa, et son regard fila sur Julia.

— Avez-vous déjà été mariée ?

Julia cilla. Instinctivement, elle leva une main pour pointer sa poitrine.

— Qui, moi ?

— Fiancée ?

Que se passait-il donc ?

— Je ne vois pas quel est le lien avec Zach et moi qui voulons faire annuler cette bévue.

Le porte-bloc dans les mains d'Alan s'inclina, son stylo se déplaçait rapidement sur les papiers.

— Diriez-vous que vous avez des difficultés à maintenir des relations sur le long terme, mademoiselle Blushing ?

Zach n'était plus détendu ni d'humeur légère. Il se pencha en avant et lança un regard noir à son avocat.

— Je ne sais pas où tu crois aller, mais fais attention, Alan.

— Je fais mon travail.

Il lança le porte-bloc sur la table et croisa les bras sur son torse.

— Julia, si je vous donnai une somme d'argent, accepteriez-vous de quitter Heart Falls immédiatement et de ne jamais revenir ?

Julia avait cru que se réveiller nue au lit avec Zach avait été surréaliste et ahurissant, mais cette conversation dépassait même la vidéo invraisemblable de leur mariage.

— Excusez-moi ? J'ai un travail. Je ne quitterai Heart Falls qu'après avoir fini mon stage, et même là, j'ai de la famille ici. Bien sûr que je vais revenir. Pourquoi est-ce que vous me posez des questions aussi ridicules ? Zach et moi voulons simplement que ce mariage disparaisse. C'était un accident, d'accord ? Et nous avons tous les deux commis cette erreur, alors je n'apprécie pas que vous insinuiez que j'ai fait quelque chose d'immoral.

— Étiez-vous au courant que votre sœur Karen a reçu une grosse somme d'argent une fois qu'elle s'est engagée avec Finn Marlette ?

Zach s'était levé.

— Assez, Alan. Viens-en au fait. Et aussi, parle-moi et laisse Julia en dehors de ça puisque tu sembles avoir perdu toute trace de professionnalisme.

Être ignorée était tout aussi surréaliste que de recevoir l'intense attention d'Alan.

Mais l'avocat tourna son regard vers Zach comme demandé, lui faisant signe de se rasseoir sur sa chaise.

— Malheureusement, tu te souviens que Bruce aimait envisager toutes les situations possibles. L'une d'elles impliquait que toi et Finn trouviez un jour des partenaires. Certains critères étaient signalés comme potentiellement dangereux, pas simplement pour vous-mêmes, mais pour l'héritage qu'il vous a transmis.

— Tu penses que le fait que Julia et moi nous soyons mariés soûls est dangereux ?

Alan soupira, relâchant en partie sa sévère inflexibilité.

— Zach, ce que je pense n'a pas d'importance. Ce qui compte, c'est ce qui est requis par le contrat que toi et Finn avez tous les deux signé quand vous avez repris les parts de Bruce. Tu t'es marié sans contrat de mariage, et aussi sans aucune sorte d'échange préalable entre ta nouvelle partenaire et moi-même en tant que représentant de Burly, Evans et Ives. Ces deux points ont maintenant déclenché certaines conséquences.

— Nous avons déjà eu un échange, lui rappela Julia. Je vous ai rencontré la nuit où j'ai suturé Zach et un autre de vos clients après qu'on leur a tiré dessus.

Julia lui lança son plus beau regard disant « et toc ».

— Même si c'était un charmant échange, et que je peux dire le plus grand bien de vos compétences de soignante, je pensais davantage à une conversation normale qu'à des procédures médicales d'urgence, répondit Alan en inclinant la tête vers elle. Je veux bien reconnaître que vous semblez avoir la capacité de garder le silence quand c'est requis. Ça ne change pas ce qui va se passer ensuite.

Zach s'approcha à l'avant de sa chaise de jardin.

— Je pense toujours que c'est absolument ridicule, mais d'accord. Parle-nous de ces fichues conséquences.

— Si tu veux, nous pouvons en discuter en privé, commença Alan.

Zach repoussa la suggestion dédaigneusement.

— Julia est impliquée, accidentellement, mais quand même. Elle mérite d'être là pendant que tu en viens au fichu fait.

Pendant un instant, Alan eut l'air presque désolé en

regardant vers elle, puis il devint professionnel et tira le porte-bloc vers lui.

— Très bien. La règle en question stipule que si un des partenaires commet un acte qui risque de provoquer un potentiel préjudice financier au...

— Parle-moi français, commanda Zach. Et pour l'amour du ciel, la version abrégée.

— Vous devez rester mariés pendant un an.

Alan serra les lèvres.

La réaction de Julia fut complètement déplacée, vu combien il avait l'air sérieux, mais elle ne put se retenir. Elle éclata de rire.

Deux têtes se tournèrent vers elle. Alan était surpris, Zach avait l'air perplexe.

— Je suis désolée, mais vous venez de dire que nous devons rester mariés pendant un an. Il n'est pas possible que ce soit le conseil légal que vous nous donniez. Surtout après que vous m'avez posé un tas de questions qui impliquaient que j'étais une sorte de croqueuse de diamants qui cherchait à se faire entretenir.

— Je suis content que vous trouviez ça amusant, dit M. Cwedwick d'un ton pince-sans-rire. Mais soyez assurée que, aussi alambiquée que soit la réflexion de Bruce, ce sont les règles. Vous devez rester mariés pendant un an. À ce moment-là, si vous voulez dissoudre le mariage, je serai ravi de préparer les papiers dès que possible.

— Et si nous faisions ce que je pense être plus prudent et que nous allons voir un autre avocat pour gérer ça ? demanda Julia.

Alan lança un coup d'œil à Zach.

— À ta place, je n'envisagerais pas cette idée. Tes finances sont attachées à celles de ton partenaire, et dans ces circonstances, ce choix l'affecterait aussi. Je crois que Bruce a pensé que cette condition serait un bon moyen d'empêcher votre amitié de te faire prendre une décision peu judicieuse, avant que Finn ne te renfloue.

La confusion de Zach n'avait pas du tout diminué. Il avait l'air aussi perplexe que Julia.

— Donc, nous devons rester mariés ?

— Oui.

Zach secoua la tête et son regard croisa celui de Julia.

— Je suis d'accord avec toi. C'est de la pure folie. Ça ne peut pas être vrai.

Enfin, quelqu'un d'autre dans la pièce qui ne disait pas de bêtises.

— *Merci.*

— Cela dit, je n'ai jamais vu Alan raconter de salades de sa vie, dit Zach avant de faire la grimace. Ça te dérange si je lui parle une minute seul ? Il pourra me lancer du jargon légal, et je pourrai jurer plus facilement si tu n'es pas dans la pièce.

Pouvoir se lever était agréable car une fébrilité inquiète était revenue en force.

— Bien. Je serai dehors, à communier avec la nature et à discuter avec les oiseaux qui auront atterri suffisamment près pour m'entendre dire que le système légal me semble être d'une stupidité criminelle.

Dehors, l'air frais automnal enveloppa autour Julia, apportant un certain calme à ses pensées enfiévrées. Elle s'avança vers le manège le plus proche et s'accouda à la barrière en bois, son regard dérivant sur les chevaux rassemblés à l'autre bout.

Rester mariés pendant un an ? Ridicule qu'elle ait entendu ça sortir de la bouche d'un avocat. Zach trouverait quelque chose.

Elle ne savait même pas ce qu'elle allait faire dans plus d'un mois. Et même si elle prévoyait de revenir à Heart Falls de temps en temps, il était plus que temps d'accepter un poste pour l'hiver à venir. Il y en avait un à High River qu'elle pouvait prendre. La ville n'était pas si loin, alors elle pourrait continuer à passer du temps avec ses sœurs.

Un léger coup contre ses doigts ramena son attention sur le manège. Le petit poulain que Karen avait sauvé se tenait de l'autre côté de la barrière, ses naseaux se dilatant alors qu'il reniflait les mains de Julia.

— Hé, petit gars.

Elle tendit la main à travers la barrière et caressa la tache blanche sur son front. La grattant légèrement, elle le regarda d'un air pensif.

— Tu as meilleure mine que la dernière fois que je t'ai vu. Tu as pris un peu de poids. C'est bien.

Moonbeam inclina la tête et repartit en caracolant, presque comme un chiot, dansant sur ses sabots avant puis faisant volte-face avant de revenir.

Un autre moment incroyable à ajouter à tous ceux qu'elle avait vécus à Heart Falls. Cela lui manquerait quand elle partirait.

Julia lança un coup d'œil vers la maison. Zach et Alan Cwedwick étaient visibles à travers la fenêtre. Zach avait dû passer une main dans ses cheveux parce que les mèches étaient en pagaille.

Cette situation ridicule allait être résolue, et elle pourrait passer à la suite.

Même si une pensée taquine demeura... *la vie n'est jamais aussi simple.*

∼

À L'INSTANT où Julia quitta la pièce, Zach tendit la main vers Alan.

— OK Donne-moi la lettre.

Alan secoua la tête.

— Je ne sais pas de quoi tu parles.

Zach eut très envie de claquer des doigts.

— Bruce faisait *toujours* ça. Il inventait ces situations invraisemblables, puis il nous écrivait une fichue lettre nous expliquant ce qu'il essayait d'accomplir. C'est exactement ce qui s'est passé avec cette histoire de défi pour mettre sur pied le ranch éducatif. Bon sang, il a écrit une lettre à *Karen* avant même qu'il sache qu'elle existait. Tu ne peux pas me dire qu'il n'y a pas de lettre de Bruce, cette fois.

— Oh, il y a une lettre de Bruce, acquiesça Alan.

— *Ha.*

— Mais pas pour toi.

Zach marqua une pause, la main toujours tendue. Puis il la ramena brusquement.

— Pour Finn ?

— Pour moi, répondit Alan en fourrant les mains dans ses poches et en secouant la tête. Écoute. Ça ne me plaît pas non plus. Je suis désolé d'avoir eu l'air d'un enfoiré tout à l'heure quand j'ai posé toutes ces questions à Julia. Mais je dois faire mon travail.

— Qui en ce moment devrait être de trouver comment nous obtenir à Julia et moi un divorce vite fait.

Alors même qu'il les prononçait, Zach détesta ces mots.

— Je *ne peux pas.* Et tu ne peux pas. C'est sérieux, Zach. Si tu prends cette décision, elle déclenchera la dissolution de toutes vos parts. Les tiennes et celles de Finn.

Le ridicule venait d'entrer dans le territoire de l'impossible.

— Tu me dis que Bruce Travers, lui-même un homme divorcé, avait un a priori tellement négatif à l'idée que Finn ou moi ayons besoin d'annuler un potentiel mariage que toute la corporation est en jeu ?

— Oh, Finn peut divorcer s'il veut. Toi, tu ne peux pas. Pas pendant un an.

Et l'impossible passa dans le territoire des contes de fées.

— Maintenant, c'est simplement idiot.

— Je suis d'accord. Pourtant c'est légal à cent pour cent... J'ai vérifié à nouveau toutes les failles moi-même, assura Alan en faisant la grimace. Et je suis un très bon exploiteur de failles. Désolé.

L'envie d'aller chercher une bouteille de tequila n'avait aucun sens, mais elle insistait. Zach se pinça l'arête du nez.

— Alan, nous entretenons une longue relation, alors j'espère que tu prendras ça dans le bon sens. En ce moment, je te déteste, punaise.

— Je suis désolé, répéta Alan. Déteste-moi autant que tu veux, ne va simplement pas demander un divorce à quelqu'un d'autre.

Zach croisa son regard.

— Le truc, c'est que je n'en avais pas l'intention, avoua-t-il. Mais vu cette situation pourrie, ça va m'être beaucoup plus difficile de convaincre Julia que mon intérêt n'est pas simplement financier.

La première minute amusante de l'heure écoulée arriva. Il avait réussi à surprendre son avocat. Alan resta là, ouvrant et fermant la bouche plusieurs fois avant de cligner des yeux et de retrouver sa vivacité d'esprit.

— Tu... *veux* rester marié ?

— Tu ne dois pas le répéter, surtout pas à Julia. Pas à ce stade. Mais oui, me marier était un accident, mais ce n'était pas une erreur, déclara Zach en se passant une main dans les cheveux. OK. D'une manière ou d'une autre, je dois trouver un moyen de faire en sorte que ça marche.

Alan avait perdu une bonne partie de sa contenance au cours des cinq dernières secondes.

— Eh bien ça, alors. C'est intéressant.

C'était trop espérer.

— Est-ce que ça veut dire que tu changes de position juridique ?

— Oh, bon sang, non. C'est juste... intéressant.

Alan sourit. Puis il chercha dans sa poche et en sortit une enveloppe.

— Ce n'est pas la lettre que tu espérais, mais les règles de base concernant ton mariage. Encore une fois, si tu veux te plaindre, vois ça avec Bruce.

Zach lui arracha l'enveloppe.

— Rentre bien. Je te suggère de partir avant que Julia ne décide de tester ses compétences en autopsie ou un truc du genre.

— Tiens-moi au courant si tu as besoin de moi pour quoi que ce soit. Comme toujours, ça a été un plaisir de travailler avec toi, dit Alan sans aucune hésitation.

— Tout le monde est comique, grommela Zach en suivant Alan dehors.

Il attendit qu'Alan ait quitté la cour avant de rejoindre Julia près du manège. Ça n'allait pas être facile. Jongler entre convaincre Julia de faire ce qui était juste, car c'était nécessaire, et parce que c'était ce qu'il désirait...

Il était rare qu'il lance des jurons à son mentor, mais cette fois... Bruce Travers avait royalement foiré.

Julia croisa les bras sur sa poitrine.

— Le fait qu'Alan soit parti sans que nous ayons eu de la paperasse à signer ne me semble pas bon signe.

Zach secoua la tête.

— Je suis désolé. Je ne sais même pas comment expliquer la manière dont ils ont réussi, mais cet embrouillamini est complètement légal. Si nous divorçons, cela signifie que Finn et moi perdrons tous les deux le contrôle financier de nos parts de la corporation. Elles auront disparu. C'est tout.

— Une corporation qui est assez importante pour posséder un avion privé, dit-elle, semblant abasourdie à juste titre. C'était une soirée bien arrosée. Nous ne pouvons pas rester mariés après nous être unis en état d'ivresse.

— Ne pas rester mariés pourrait faire tout perdre à beaucoup de gens. À moi, à Finn, ce qui signifierait aussi changer radicalement la vie de Karen.

Julia grimaça.

— Je suis censée terminer mon stage en octobre. Puis je quitterai Heart Falls.

— Tu pourras trouver un nouveau travail.

— Aussi facilement ? De plus, je n'ai un logement que jusqu'à la fin du mois.

Zach n'allait pas abandonner cette affaire.

— Tu ne loges plus dans ce coupe-gorge, tu te souviens ? De plus, regarde autour de toi. Un ranch pédagogique. De multiples bâtiments avec ton nom dessus. Même si je pense qu'il pourrait y avoir une ligne là-dedans qui stipule que nous devrons partager. Pour rendre le mariage légal. Alan a dit que ce sont les règles.

Il sortit l'enveloppe et l'agita.

Elle tendit la main.

— M. Cwedwick a été très serviable. Je vais absolument le mettre sur ma liste de cartes de Noël.

— Pouvons-nous lui envoyer une lettre piégée ?

Elle marqua une pause avant d'ouvrir l'enveloppe.

— Je dois m'asseoir avant que nous ouvrions ça.

— Ton idée est bien plus intelligente que la mienne. J'allais suggérer de la tequila, mais tout bien considéré, ça ne serait peut-être pas sage. Ne t'inquiète pas. Nous trouverons une solution.

Julia passa devant lui, se dirigeant vers le chalet dont il avait pris possession.

— Tout est simple, n'est-ce pas ? demanda-t-elle avec un regard si noir qu'il aurait pu jurer que ses cheveux grésillèrent. Je pourrais te dire que je suis fiancée à un vampire, et tu balaierais cette idée en me proposant d'être le troisième membre du couple.

Un reniflement moqueur lui échappa.

— Désolé, non. Batifoler avec un mec, ça ne le fait pas pour moi. À moins que ton mariage arrangé vampirique soit avec une dame. Alors nous pourrons discuter.

Son regard noir passa de l'agacement à l'amusement alors qu'elle marquait une pause sous le porche.

— C'est la répartition des sexes dans le ménage à trois qui te fait hésiter, pas le plan à trois en lui-même ?

— Mon plus gros problème est l'idée de sucer de sang, mais oui... peu importe. Quand il s'agit de sexe, je n'ai aucun problème avec ce qui fait rugir le moteur de quelqu'un. Mais *mon* moteur est adapté aux dames, du genre nanas sexy de secours d'urgence sexy avec des attitudes bagarreuses.

Zach ouvrit la porte, mais au lieu de rentrer, Julia fit un détour et se dirigea vers les chaises qu'il avait placées sur un côté du porche... celles avec une superbe vue sur le panorama.

Elle s'immobilisa alors qu'elle allait prendre place. Son regard croisa le sien, et elle sembla se calmer tout en ignorant son dernier commentaire pour parler très sérieusement.

— Je comprends que c'est important. Je ne vais pas m'enfuir ni faire quoi que ce soit pour blesser mes nouvelles sœurs. Ou Finn.

Zach ignora son incapacité totale à mentionner le fait de ne pas le blesser *lui*.

Julia regarda le paysage.

— C'est gênant pour de nombreuses raisons, mais disons

que nous sommes d'accord.

— Pour rester mariés ?

— Rester *faussement* mariés, clarifia-t-elle. Si nous devons être colocataires, nous avons besoin de règles de base.

C'était parfaitement logique. Et puis son instinct lui disait d'arrêter de s'inquiéter de la folle situation et de s'adapter. D'en profiter, même.

— Quel genre de règles de base ?

Elle agita l'enveloppe.

— Nous allons vérifier ce que ton méchant avocat nous a balancé et nous découvrirons à quelle proximité nous devons vivre. Partager une maison, je peux faire avec. Partager un lit, c'est non.

Zach se redressa alors qu'il riait de la manière dont elle jaugeait Alan.

— Je suis parfaitement capable de partager un lit sans qu'il se passe quoi que ce soit que tu ne souhaites pas.

— J'aime avoir mon espace, clarifia Julia d'une voix traînante. Partager un lit est sur la liste des *non*.

— Bien, mais puis-je signaler que nous avons déjà en quelque sorte partagé un lit deux fois et que rien de terrible ne s'est produit ?

Elle en resta bouche bée.

— *Nous nous sommes mariés.*

Oh. C'était vrai. Le jury délibérait encore quant à savoir si c'était l'erreur la plus brillante qu'il avait jamais commise ou la pire.

— Bien. Pas de lit partagé.

Il dissimula son soupir... elle était bien trop belle pour qu'il fasse abstinence pendant un an.

Attendez.

Il se raidit.

— J'ai un sujet pour cette liste.

9

*J*ulia approcha le tabouret pour l'utiliser en tant que table alors qu'elle sortait son éternel carnet de son sac à main.

— Vas-y. Je vais prendre des notes. Nous pourrons les soumettre à Alan plus tard pour nous assurer qu'elles sont réglo.

Il aurait voulu lui dire que c'était une brillante idée, mais il était trop concentré sur la règle sur laquelle il voulait insister.

— Cette année, si tu veux batifoler avec quelqu'un, ce sera avec moi.

Ses expressions étaient marrantes. Cette fois ce fut un sourcil haussé et un regard qui disait « tu te moques de moi » ?

— Crois-moi, ça ne m'intéresse pas de trouver *qui que ce soit* pour batifoler, et tu ne fais pas exception, dit-elle en enfonçant un doigt dans son torse. Mais tu ne me trompperas pendant cette année. Parce que si tu t'en vas batifoler avec quelqu'un d'autre, les gens penseront que je pourrais te tromper, et comme tout ce bazar a commencé pour empêcher des rumeurs impliquant ma vie sexuelle... c'est non.

Étant donné que la seule personne avec laquelle il voulait batifoler était assise à soixante centimètres de lui...

— D'accord. Ce qui me ramène à ce que je disais... Si tu veux t'amuser, tiens-moi au courant.

— Merci, mais je m'en occupe, dit-elle d'un ton pince-sans-rire en écrivant « RÈGLES » en haut de la page. Numéro un. Pas de tromperie. Numéro deux sur la liste, pour que ce soit clair. Pas de sexe.

Il hésita.

— Pendant un an ?

Julia releva le menton.

— Les testicules n'explosent pas et ne deviennent pas bleus, tu sais. De plus, il y a ce truc fantastique appelé la masturbation. C'est agréable et ne requiert que soi, soi-même et... Enfin, l'expression c'est, moi, moi-même et bibi, alors je ne sais pas ce que donne la fin quand je la passe à la troisième personne.

— *Troisième* personne ? C'est ça le problème. Tu as bien moins de trois personnes là-dedans.

Elle roula suffisamment des yeux pour qu'il se mette à rire.

— Regarde-nous, à parler de masturbation comme si j'étais prêt à faire ça pendant toute une année.

— Si ça ne te plaît pas, tu n'es pas obligé, signala-t-elle. *Je* ne veux pas rester mariée avec toi pendant un an, mais je vais prendre sur moi et en tirer le meilleur parti.

C'était loin d'être la même chose pour lui, puisqu'elle lui plaisait, qu'il la désirait.

Ce qu'il souhaitait, c'était que cette relation bidon qu'ils avaient entamée devienne bien plus.

Malgré tout, il lui semblait qu'il valait mieux acquiescer pour l'instant et s'occuper de la faire changer d'avis au cours des mois à venir...

Seigneur, un an sans scxe ?

Au diable tout ça ! Il n'était pas un obsédé qui ne pouvait pas se retenir, mais il aimait le sexe, et appréciait Julia, et il voulait...

D'accord. Pour l'instant ce qu'il voulait et ce qu'il négociait étaient deux choses différentes.

— Si nous devons passer un an ensemble, je veux que ce soit quelque chose que nous apprécions, dit-il en tapotant la ligne sur son carnet qui disait « Pas de sexe ». Je te comprends sur cette règle, mais sérieusement, tu as dû avoir des petits amis pourris si la seule chose que tu négocies, c'est le sexe. Nous aurons beaucoup de temps à passer ensemble en devant donner l'impression que c'est assez réel pour que les gens ne devinent rien. Nous devrions écrire les choses que nous *voulons* faire ensemble.

En dehors du sexe, bon sang.

Julia hocha la tête et, de l'autre côté de la page, ajouta un nouvel en-tête. « Activités à faire ensemble ».

— C'est une bonne idée. Pourquoi tu ne penserais pas à trois choses que tu veux, et moi, je penserais à trois autres ? Nous pourrons commencer par là.

Enfin un domaine où il pourrait poser quelques règles de base en sa faveur. Il réfléchit avant de hocher la tête.

— J'ai les trois.

Son stylo gratta la surface de son carnet, des fleurs griffonnées apparurent sur la page.

— Attends. Donne-moi une minute.

Zach se cala sur son siège. Avec elle qui fronçait les sourcils devant ses notes de la plus adorable des manières, il était trop facile de glisser en mode admiratif.

Le pli de ses lèvres juste avant qu'elle ne morde celle du bas...

Tant pis. Zach se tourna sur sa chaise et pria pour qu'elle

ne lui lance pas de coup d'œil avant que son érection ne menace plus de jaillir de son jean.

Les yeux de Julia s'illuminèrent, et elle écrivit quelque chose avant de le raturer une seconde plus tard, son froncement de sourcils s'accentuant.

— Tu as du mal ? demanda Zach.

Julia hocha la tête puis haussa les épaules.

— Commence. Je parie que ça me donnera des idées.

Ça lui convenait.

— D'abord : nous irons danser une fois par semaine.

Elle cilla.

— Vraiment ?

Il hocha vigoureusement la tête.

— J'aime danser. C'est un super exercice, j'adore la musique, et c'est un bon moyen de s'assurer que les gens nous voient ensemble.

Cela la placerait aussi dans ses bras régulièrement.

— Je suppose.

— N'essaie pas de me dire que tu n'aimes pas danser, toi aussi. Rose, Tansy et Karen et... bon sang, toute ta bande de filles m'a pris à part à un moment au cours des quatre derniers mois pour me dire à quel point tu aimes ça et que tu aimerais pouvoir y aller plus souvent.

Il leva les mains et haussa modestement les épaules.

— Et je suis un fantastique partenaire.

Le nez de Julia se plissa de façon craquante avant qu'elle n'écrive le chiffre un suivi de : « Aller danser ».

— D'accord... mais nous danserons. Nous n'avons pas besoin de nous peloter dans les recoins du dancing pour que les gens pensent que c'est réel.

Un sourire malveillant apparut sur ses lèvres.

— J'ai trouvé, dit-elle.

Cette fois, elle écrivit fermement dans son carnet du côté « règles » de la page.

Zach se rapprocha pour lire par-dessus son épaule.

— « Pas de marques d'affection en public. »

Rien à faire.

— Je suis d'accord.

Elle parut surprise.

— Vraiment ? répéta-t-elle.

Bon sang, non.

— Avec un ajout.

Il lui vola son stylo et inséra le mot clé en sa faveur.

Julia soupira.

— « Pas de marques d'affection *inutiles* en public » ?

— Tu l'as déjà dit. Les gens doivent croire que nous sommes un couple. Si nous ne nous tenons jamais la main ou quoi que ce soit, les gens se demanderont ce qui ne va pas, expliqua-t-il avant de lui lancer son plus beau sourire de chiot battu. Les femmes du coin avec qui je suis sorti sont habituées à ce que je sois... affectueux.

— Tu veux dire que tu as les mains baladeuses, dit-elle d'une voix traînante.

Il ne voulait pas sourire, mais il lui était impossible de se retenir.

— Ce ne sont pas leurs oignons ce que nous... commença-t-elle avant de s'interrompre. Bien. Le truc que je veux qu'on fasse, c'est monter à cheval. Puisque, comme tu l'as dit, nous sommes sur un ranch éducatif. Est-ce possible ?

— Absolument.

Et c'était une activité qu'il apprécierait aussi.

— Ma deuxième... continua-t-il. J'ai besoin que tu viennes avec moi quand je ferai des recherches pour ma microbrasserie.

La Julia suspicieuse était de retour.

— Des recherches ?

Elle pencha la tête et le regarda comme s'il était un insecte sur une épingle.

— Tu vas me faire boire de la bière ?

— Tu n'aimes pas la bière ?

La tête de Julia oscilla.

— J'aime *certaines* bières, mais Karen m'a avertie de ce qu'impliquent tes expériences.

— Fais-moi confiance. Je ne te ferai essayer que les bonnes.

La recherche requerrait qu'elle voyage avec lui à des endroits encore confidentiels, mais il y viendrait. Avoir l'occasion de la gâter un peu ferait beaucoup pour l'aider à les diriger adroitement vers la relation qu'il voulait.

Les lèvres de Julia s'incurvèrent en un très léger sourire narquois, mais elle écrivit son activité avant d'en ajouter une autre pour elle.

— Ma deuxième... Je veux que nous fassions du yoga.

— Waouh, vraiment ? C'était censé être mon troisième truc, dit-il aussi sérieusement que possible.

Elle lui lança un regard noir.

— Tu n'es pas drôle.

— Je suis hilarant. D'accord, nous jouerons les bretzels régulièrement. C'est toi qui t'en occuperas de ça, au fait. Tout ce que je sais, c'est que c'est amusant à regarder.

Le son qui échappa à Julia était plus ou moins un rire, mais elle l'étouffa rapidement.

— C'est affreux.

— Je suis un mec. Pour ma dernière requête, une fois par semaine nous dînerons ensemble. Fait maison, cuisine familiale, vaisselle ensemble, pas de télé.

Cette demande la fit s'arrêter plus brusquement que les deux autres. Quand elle leva les yeux, son expression était un mélange de confusion et de méfiance.

— C'est très familial.

— Mes parents le font. Une soirée en famille. C'est...

Il marqua une pause, ne voulant pas la faire flipper. Il écarta les premiers mots auxquels il avait pensé, qui parlaient de l'importance des traditions familiales, parce qu'il pensait que cela lui ferait prendre ses jambes à son cou.

Il choisit la voie la plus sûre.

— C'est moins cher que de sortir une fois par semaine, mais c'est le genre de trucs que tout le monde boira comme du petit-lait. Ça donnera l'impression que c'est plus réel.

Elle soupira de nouveau, mais c'était à l'évidence pour l'effet dramatique.

Un instant plus tard, un bâillement lui échappa.

— Désolée. Je suis encore crevée après la nuit qui a mis notre vie sens dessus dessous.

Elle regarda le jardin avant de se tourner vers lui.

— J'embauche demain à midi. Tu as mentionné que tu ne veux plus que je loge dans mon appartement. Je ne tiens pas à argumenter parce que je sais que tu as raison... Rester là-bas, c'était courir à la catastrophe.

— Nous t'installerons ici. Nous devons passer en revue les règles d'Alan, puis aller chercher tes affaires, y compris ta voiture.

Julia hocha la tête, mais elle avait encore quelque chose à l'esprit. Il lui fallut environ trois essais avant de se lancer, mais quand elle y arriva, cela sortit sans ambages.

— Je ne veux pas que Karen connaisse les détails. Ce qui concerne le fait que, si nous n'allons pas jusqu'au bout, elle et Finn perdront leurs biens.

Il hésita.

— D'accord ?

Elle croisa directement son regard.

— Mes sœurs ont eu beaucoup à encaisser quand je suis apparue. Que je me retrouve soudain avec autant de pouvoir sur elles serait terrible. Enfin, ça reste en quelque sorte le cas, mais je ne veux pas qu'elle le sache. S'il te plaît, je m'attends bien à ce que tu doives dire quelque chose à Finn, mais cette partie spécifique doit rester secrète. Enfin, pouvons-nous seulement leur dire qu'il y a une complication et que, comme nous n'avons pas de contrat de mariage, nous devons rester mariés pour que *tu* ne perdes pas tout ? Je ne veux pas impliquer Karen. Je ne veux pas que quelque chose dont elle n'est pas responsable pèse sur sa relation naissante.

Qu'elle y ait pensé avant lui était une leçon d'humilité. En même temps, il n'avait pas caché un secret à Finn depuis...

Eh bien, franchement, *jamais*.

Malgré tout, il voyait la sagesse de cette demande et hocha lentement la tête en signe d'approbation.

— Je vais prévenir Alan dès que je pourrai pour m'assurer qu'il garde les détails pour lui.

Julia l'examina avant de lui lancer un faible sourire.

— Merci. Vraiment. Merci de ta compréhension.

— Hé, ce sont des eaux inconnues pour moi. Toute cette affaire de relation sur un an. Je suppose que nous devrons garder les lignes de communication ouvertes pour ne pas finir par nous entre-tuer pour des trucs absurdes, et ce que tu viens d'évoquer est loin d'être absurde.

— Oui, dit-elle avant de tapoter son carnet, changeant de sujet. Je n'ai pas de troisième activité pour l'instant.

— Ne t'en fais pas. Tu trouveras quelque chose plus tard, et nous l'ajouterons.

Ils devaient encore lire cette fichue lettre, et il pensait qu'il était temps d'agir au lieu de laisser Julia ruminer ce qui ne pouvait pas être changé.

— Tu sais quoi ? Je suis sûr que tu veux mettre tes sœurs au courant de ce qui se passe, et nous devons aller chercher tes affaires à ton appartement. Pourquoi ne les appellerais-tu pas pour leur demander de te retrouver là-bas ? Je t'y conduirai et, avec nos trois camionnettes, nous pourrons t'installer au ranch assez vite.

Julia fit une autre grimace, celle-ci plus gênée.

— Je ne pense pas qu'il faudra trois camionnettes.

— Il faut ce qu'il faut, dit-il en poussant l'enveloppe vers elle. Appelle-les, puis tu pourras me lire ça pendant le trajet jusqu'à ton appartement.

∼

C'ÉTAIT le calme avant la tempête. Julia lança un coup d'œil autour d'elle dans son appartement silencieux et se demanda quand elle avait perdu le contrôle de sa propre vie.

Zach l'avait escortée à l'étage et avait attendu qu'elle se soit barricadée avant d'aller chercher des cartons de déménagement supplémentaires.

Ses sœurs étaient toutes les deux en chemin, la promesse d'une explication complète une fois qu'elles seraient arrivées les faisant probablement rappliquer en quatrième vitesse.

Julia fourra une main dans sa poche, et un papier crissa. Le fichu mot de l'avocat avec d'autres exigences inexplicables. Heureusement, la liste était courte, mais les trois conditions avaient suffi pour bien lui faire comprendre qu'il n'y avait pas de marge de manœuvre pour simplement mener des vies séparées.

« *Vous vivrez sous un seul toit.*

Vous ne serez pas séparés pendant plus de deux jours et nuits par mois, excepté toute urgence médicale.

Une fois par mois, vous écrirez et échangerez une lettre listant les inquiétudes auxquelles vous faites actuellement face. Même s'il n'y a pas de décompte de mots spécifiques requis, tout ce qui fera moins d'une page sera estimé inacceptable. [Le *contenu de ces lettres ne sera lu par personne d'autre, mais vous devrez m'informer que vous vous êtes exécutés.] »*

Zach avait grogné devant cette dernière directive et avait fait un commentaire à propos des « fichus devoirs ».

Les lèvres de Julia tressaillirent en un sourire avant qu'elle ne puisse s'en empêcher. Au moins, il gardait son sens de l'humour.

Au moins, cet homme *avait* le sens de l'humour – Seigneur, elle ne pouvait pas s'imaginer être piégée dans cette situation avec un rabat-joie qui ne l'aurait pas eu.

Et la capacité à rire allait être utile, puisqu'à tout instant, maintenant, elle allait devoir improviser pour faire passer le plus gros mensonge de sa vie.

La porte cogna contre la malle qui la bloquait, et Julia se secoua.

— J'arrive.

— Bon sang, Julia !

Karen se tenait de l'autre côté, lançant un coup d'œil par la fente qu'elle avait réussi à ménager. Julia écarta la malle et se retrouva prise dans une étreinte à toute épreuve un instant plus tard.

— Hé, petite, continua-t-elle. Tu passes un sacré week-end.

L'inquiétude dans la voix de sa sœur faillit achever Julia.

— Oh, ça a été excitant, c'est sûr.

— J'arrive. Livraison de cartons.

Lisa arriva, un tas de cartons dans les bras alors qu'elle entrait dans l'appartement pour célibataire. Elle plissa le nez.

— D'accord, ajouta-t-elle, je peux enfin admettre à quel point je déteste cet endroit. Préparons tes cartons.

— Seulement si tu peux emballer et parler en même temps, décréta Karen en serrant Julia une dernière fois.

— Je vais m'occuper de la cuisine, Karen de la salle de séjour. Toi, Julia, commence par tes vêtements. Et oui, parle pendant que tu emballes, dit Lisa en donnant ses ordres et les cartons.

— Elle aime diriger la vie de tout le monde, dit Julia d'un ton pince-sans-rire.

— J'espère encore lui faire perdre cette habitude, avança Karen. Bien sûr, maintenant qu'elle a Josiah à mener à la baguette, nous devrions moins la subir.

Lisa lui tira la langue avant de se diriger vers la minuscule cuisine et d'ouvrir les portes du placard.

— Quelles sont les nouvelles, Julia ?

Peut-être qu'avec un peu plus d'entraînement ce serait moins bizarre à dire.

— Zach et moi sommes mariés.

— Nous savons déjà ça, la sermonna Karen.

— Nous sommes mariés et allons le rester pendant un an. Il y a des complications avec les biens que Zach a hérités. Que nous nous soyons mariés sans contrat de mariage a un impact financier. Donc, je ne sais pas exactement comment tout va fonctionner, mais j'ai accepté de rester pour l'année.

Elle sortait des vêtements de sa commode pour les mettre dans un carton, tirant les coins de chaque habit soigneusement en parlant.

La pièce devint silencieuse.

Elle leva la tête et découvrit que ses deux sœurs clignaient intensément des yeux.

— Tu restes mariée, répéta Karen en fronçant les sourcils. C'est quelque chose qui a à voir avec leur mentor et toute l'affaire d'héritage ?

— Oui. Si je pars, Zach perd tout.

Karen jura.

— Je sais que les mecs tiennent Bruce en haute estime, mais cet homme est un enfoiré, parfois. Était un enfoiré ? Excusez-moi de dire du mal des morts.

— Oh, je suis d'accord, avança Julia. Il en était un, il en est un... et je n'aime pas beaucoup leur avocat non plus.

— Vous deux, vos vies sont des plus bizarres, déclara Lisa en secouant la tête avant de croiser les bras sur sa poitrine. Est-ce que tu es sûre de vouloir faire ça, Julia ?

Julia haussa les épaules.

— Ce n'est pas si grave. Zach et moi allions déjà faire croire que nous étions ensemble pendant les deux prochains mois.

— Deux mois et douze mois, c'est légèrement différent, au cas où tu ne serais pas portée sur les mathématiques, lui signala Karen.

— Nous trouverons une solution.

Bon sang. Maintenant elle parlait comme Zach. Elle leur fit son meilleur speech.

— Nous avons fixé des règles de base, et je crois que nous nous entendrons très bien. Je pense que quand tout cela sera terminé, nous serons de bons amis.

Elle leva un doigt en l'air.

— Mais puisque je ne vais pas quitter la ville, nous avons besoin que les rumeurs sur Brad et moi disparaissent rapidement. Les gens doivent croire que Zach et moi sommes vraiment un couple.

Lisa fixait le plafond, réfléchissant intensément.

— Je me demande...

— Quoi que tu décides de dire aux gens, je pense que moins ce sera élaboré, mieux ce sera, conseilla Karen en faisant tourner un doigt vers la pièce. Tu emménages avec lui, non ?

Hocher la tête lui parut étrange.

— Eh bien, je n'emménage pas, je partage un logement. Oui. Ce n'est pas un gros sacrifice, vu que cet endroit n'est pas très douillet et que Zach a un chalet avec deux chambres.

— Vous aurez besoin d'alliances, dit Karen.

Un coup vif comme l'éclair frappa Julia aux tripes.

— D'accord, je le lui dirai. Quelque chose de simple.

— Simple c'est bien, lui assura Karen.

— Karen a raison, dit Lisa, son expression devenue franchement joyeuse. Pas seulement au sujet de l'alliance. Je pense que plus tu garderas ça simple et proche de la vérité, mieux ce sera. Personne ne vous croira si vous dites que vous êtes si follement amoureux que vous avez spontanément décidé de vous marier. Les gens *croiront* que vous avez pris une cuite et, qu'en état d'ivresse, vous avez fait quelque chose que vous *vouliez* secrètement faire. Et maintenant, vous avez décidé qu'il n'y a aucune raison de divorcer puisque vous sortiez ensemble de toute façon.

— C'est absurde.

— Oui, confirma Lisa, son sourire s'élargissant encore. Tout le monde parlera de toi et Zach, comme de deux gamins déchaînés et impulsifs, unis accidentellement et qui maintenant sont trop têtus, ou trop radins, pour se donner la peine de divorcer.

Les yeux de Karen s'illuminèrent.

— Oh, c'est bon !

C'était brillant.

— Tout le monde parlera de *Zach et moi.*

Ce qui était exactement ce que Julia voulait. Exactement ce qui était nécessaire... parce que, franchement, qui se souciait de ce que les gens disaient sur elle et Zach ? Du moment que les rumeurs les concernaient tous les deux.

Seule restait une question.

— Vous connaissez la vérité, et Zach va le dire à Finn et à Josiah. Mais qu'est-ce que je dis à Tamara ?

La confusion se lut dans les yeux de Karen.

— Ça dépend de toi.

— Je vous demande ce qui vous paraît le mieux, insista Julia. Toutes les trois, vous avez été une équipe pendant des années. Je ne veux pas qu'une des premières choses importantes que je fais soit de vous demander de lui cacher un secret.

À ces mots, Lisa traversa la pièce, l'attrapa par le poignet et la mit debout. L'instant d'après un doigt s'agitait devant son visage.

— Julia Blushing, même des sœurs ne se disent pas tout. Ce n'est pas une sorte de sororité où nous te mettrons à la porte parce que tu n'as pas effectué correctement la poignée de main secrète.

— Si tu veux dire à Tamara que tu vas bien, et que tu viendras la voir si tu as besoin de conseils, c'est plus que suffisant, dit Karen en haussant doucement les épaules. C'est tout ce que tu as besoin de dire à n'importe laquelle d'entre nous. Tes secrets t'appartiennent. Nous voulons simplement que tu sois heureuse. Honnêtement.

Elle avait dû hésiter trop longtemps, parce que l'instant d'après, Julia se retrouva enveloppée dans les bras de deux personnes.

Ce qui se crispait en elle se détendit, et sa voix sortit étouffée contre l'épaule de Karen.

— Vous êtes des filles bien.

— Oh, hé, une étreinte en groupe.

— Je peux participer ?

Deux voix masculines familières brisèrent l'étreinte de soutien impulsive, mais pas avant que Lisa n'ait serré une dernière fois le bras de Julia.

— Trop tard, répondit Karen avec légèreté à la question de Finn. Mais les meubles semblent t'appeler, ils meurent d'envie que tu les prennes dans tes bras.

Zach ricana.

— Qu'il les prenne dans ses bras ? Et pourquoi pas les

caresser ? C'est déprimant à entendre de la part d'une jeune mariée.

— *Prends-moi dans tes bras et caresse-moi, supplie le bois,* chantonna Julia. Ça ferait de super paroles de chanson, je trouve, Zach, lança-t-elle malicieusement.

Un sifflement amusé s'éleva de la part de Lisa et de Karen, puis chacun retourna à sa tâche, toute tristesse écartée, l'inquiétude également.

Julia replia le dessus du carton le plus proche et le tendit à Zach quand il entra de nouveau dans la pièce. Il hésita assez longtemps pour qu'elle surprenne son sourire franc.

— Ça va ? demanda-t-il.

— Je t'expliquerai les détails plus tard. J'ai des sœurs très intelligentes, l'informa-t-elle.

— L'intelligence se transmet dans votre patrimoine génétique, dit-il en lui lançant un clin d'œil avant de quitter la pièce.

Il ne leur fallut pas si longtemps pour vider son appartement, mais quand ils eurent terminé, une foule de spectateurs curieux s'était rassemblée. Quelques-uns faisaient semblant de se reposer sur le banc de l'autre côté de la rue. D'autres regardaient par les fenêtres du restaurant de Connie alors que les possessions de Julia étaient empilées à l'arrière des camionnettes.

— Je dois aller chercher ma voiture à la caserne, dit-elle à Zach après que les derniers cartons eurent été emportés.

— Je vais te déposer avant de retourner au ranch, dit-il en faisant la grimace. Ça va me prendre un moment pour te faire de la place.

— Empile simplement mes affaires sous le porche ou dans un des chalets vides pour l'instant, suggéra Julia. J'ai ce dont j'ai besoin pour ce soir dans ma valise. Et j'ai des vêtements de travail de côté dans ma voiture, que je prendrai pour demain.

— C'est une bonne idée.

Une seconde plus tard, tout l'air quittait les poumons de Julia. Zach s'était approché. Tellement près que leurs poitrines se touchaient. Mais ça ne semblait pas suffire, parce que soudain sa main l'entoura, se pressa au creux de ses reins. Leur contact s'accentua alors qu'il penchait la tête.

Julia pressa les paumes contre son torse pour freiner son mouvement.

— Qu'est-ce que tu fais ? chuchota-t-elle.

— Nous avons du public, répondit-il en chuchotant. Désolé.

Ses lèvres frôlèrent les siennes. Juste un effleurement. À peine sensible. Qui la taquinait juste assez pour que son cœur s'emballe.

Les doigts de Julia se serrèrent involontairement, pris dans le doux coton de son t-shirt. Les méplats durs de son torse musclé se soulevaient sous ses paumes. Le souffle de Zach frôla sa peau.

Il se pencha de nouveau, sa langue taquinant ses lèvres. Il suivit leur contour jusqu'à ce qu'elle les entrouvre, et il en profita nettement. Entre eux, la chaleur monta, le feu déferla dans le ventre de Julia. Le goût de Zach s'infiltra, submergeant ses sens et lui faisant tourner la tête.

Il ajusta leur position, déplaçant leurs corps jusqu'à ce qu'ils s'emboîtent comme deux briques de Lego parfaitement alignées. Son érection se pressait contre elle, et elle fut surprise de découvrir que ses mains s'étaient déplacées toutes seules. Ses doigts glissaient maintenant dans les cheveux de Zach alors qu'elle se rapprochait et participait avidement au baiser. Au contact.

À la... marque d'affection très publique qui attirait les cris et les sifflets de leur public fasciné.

Zach diminua la pression entre eux, mais il ne s'arrêta pas.

Pas tout de suite. Il prit bien son temps. Tellement lentement, en fait, qu'avant que ses lèvres ne quittent les siennes, elle les sentit s'incurver en sourire.

Ses pupilles étaient sombres et captivantes quand il baissa les yeux et respira profondément.

— Ça va ?

— Tu es terrible, chuchota-t-elle.

— Toi aussi, la taquina-t-il. Mais puisque le but est que nous paraissions terribles ensemble, mission accomplie.

Il la lâcha assez longtemps pour entrelacer leurs doigts alors qu'il la menait vers la portière passager de la camionnette.

— Viens, continua-t-il. Rentrons à la maison.

10

Zach n'insista pas quand ils arrivèrent enfin au ranch. En fait, il s'assura de rester aussi loin d'elle que possible après l'avoir aidée à porter les cartons dont elle avait besoin pour organiser sa chambre.

Elle l'informa de l'idée de ses sœurs, être trop têtus pour divorcer, ce qui rendait plus facile d'annoncer la nouvelle. Cela signifiait aussi qu'il avait une période d'un an garantie avec laquelle travailler, ce dont, tout bien considéré, il n'allait pas se plaindre.

Après qu'elle eut mentionné la nécessité d'avoir des alliances et qu'il eut promis de s'en occuper, il lui sembla approprié de lui donner un peu d'air pour s'adapter à tout ce qui s'était passé en un peu plus de quarante-huit heures.

— Je dois m'occuper de certaines corvées, l'informa-t-il. Il y a des restes de pizza dans le congélateur que nous pourrons manger pour le dîner, si ça te paraît acceptable.

Elle ne marqua pas de pause dans sa tâche de faire le lit.

— J'ai un tas de trucs que j'ai récupérés dans mon frigo pour faire une salade. À quelle heure veux-tu manger ?

— Dix-huit heures trente, ça te convient ? Enfin, je serai revenu, alors je pourrai commencer à préparer. Nous pourrons manger un peu plus tard.

— D'accord. Je me serai peut-être organisée aussi.

Elle lui fit un signe d'adieu de la main et plongea dans une pile d'oreillers.

Il s'en alla lentement. La banalité de la situation lui semblait extrêmement bizarre.

Dehors, l'air était devenu plus frais, le vent automnal arrivant des montagnes à l'ouest. Malgré tout, il n'avait pas vraiment de raison de se plaindre alors qu'il se dirigeait vers l'écurie à la recherche de Finn.

Il trouva d'abord leur contremaître. Cody Gabrielle marqua un temps d'arrêt, lâchant le sabot qu'il nettoyait avant de tapoter la jument sur le postérieur et de fermer la porte du box derrière lui.

— Hé.

Zach lui lança un rapide sourire.

— As-tu vu Finn ?

Cody pointa le doigt plus loin dans l'écurie.

— J'ai entendu dire que les félicitations étaient de mise.

Les nouvelles s'étaient rapidement propagées. Zach décida de faire l'idiot, juste pour voir quelle partie intéressait le plus Cody.

— Pourquoi ?

— Oh, allez, dit Cody, inclinant le menton d'un air désapprobateur. Tu aurais au moins dû me mettre en garde. J'envisageais de faire des avances à Julia, avoua-t-il.

L'accès de possessivité qui frappa Zach... ce n'était pas bon.

C'est ma femme...

Zach s'arrêta net et laissa le sens de ces mots l'envahir. Il avait une épouse. Julia était son *épouse*.

Seigneur, il était marié à Julia. Ce qui faisait de lui un...

— Ton visage est trop drôle, dit Cody d'un ton pince-sans-rire. Je ne sais pas si je dois t'arroser à grande eau ou te frapper dans le bide parce que tu jubiles.

Zach lui lança un sourire et se reprit.

— Épargne-moi les directs dans le ventre. Tu devrais porter un toast en mon honneur.

Cody hocha la tête, mais une trace d'inquiétude se faufila dans son expression.

— Hourra. Mais, bon sang, mec ! C'est une sacrée méthode pour sortir avec quelqu'un.

Son haussement d'épaules décontracté lui vint naturellement.

— Quand c'est bon, inutile d'attendre.

— Je t'en prie, répondit Cody avec un reniflement moqueur. N'essaie pas de faire semblant d'être tombé amoureux aussi vite. Enfin, vous vous accordez peut-être bien ensemble, comme l'huile et le vinaigre, mais c'est quand même ridicule. Vous mijotez quelque chose.

Zach fut frappé de curiosité. Cody ne l'enguirlandait pas pour l'affaire du mariage à Vegas.

— Oui ? Tu as compris notre noir et profond secret ?

Cody lui lança un bref sourire.

— Il doit y avoir de l'argent en jeu, d'une manière ou d'une autre.

C'était un euphémisme. Cependant, moins il en disait, mieux ce serait.

— La météo a l'air correcte pour les prochains jours.

Cela lui attira un léger ricanement et un clin d'œil.

— En attendant, tu as Julia dans ton lit... Ce n'est pas une punition, mec. Pas le moins du monde.

En dehors de la fichue règle « Pas de sexe ». Zach conserva son sourire.

— Surveille la manière dont tu parles de ma femme, l'avertit-il.

Le contremaître se mit à rire.

— En tout cas, nous devons discuter de certaines choses. Viens. Le travail d'abord, puis tu pourras retourner à ta lune de miel.

Zach n'aurait-il pas aimé que ce soit la vérité ?

Malgré tout, l'heure passée avec Cody à examiner la liste des tâches à accomplir dans le ranch éducatif donna à Zach une bonne occasion de reposer son cerveau.

Il avait un an devant lui. Inutile d'aller trop loin, trop vite et d'énerver Julia. Même s'il l'appréciait quand elle était bagarreuse tout autant qu'il goûtait son sens de l'humour.

La seule humeur qu'il n'appréciait pas, c'était quand la peur luisait dans ses yeux.

Après avoir dit au revoir à Cody quelques minutes avant dix-huit heures trente, Zach retourna au chalet à grands pas, son inquiétude grandissant.

Elle avait mentionné le kidnapping d'un ton si décontracté, et pourtant cela avait dû être un enfer. Peut-être que ça l'était encore. L'étouffer n'était assurément pas à l'ordre du jour.

Heureusement, il avait toutes sortes d'autres options quand il s'agissait d'orienter lentement le faux vers le réel.

Il monta les marches de leur chalet, remarquant avec intérêt les petites piles de boîtes et de mobilier bien rassemblées. Un pas de plus, et il passa la porte.

— Salut, chérie, je suis rentré, lança-t-il effrontément.

Le coin salle de séjour-cuisine était vide. Des voix provenaient de l'arrière du chalet, et il suivit le bruit. Sa curiosité grimpa en flèche en entendant le rire de Julia flotter par-dessus une voix grave et masculine.

— Vous avez probablement raison, dit Julia alors que Zach

passait prudemment la tête par la porte ouverte de la chambre d'amis.

— Bien sûr que j'ai raison.

La voix semblait s'élever de nulle part avant que Zach ne remarque son téléphone appuyé contre une pile de livres.

— Oh, bonjour. Vous devez être Zach.

Julia se tourna sur le bord du lit, tout en lui faisant signe d'approcher.

— Hé. Je pensais que j'aurais terminé à cette heure. Viens faire la connaissance de Tony.

Zach s'installa près d'elle comme demandé, espérant recevoir un indice pour savoir si c'était une personne à qui il fallait franchement mentir ou non. Devait-il l'embrasser ? Ne rien faire ?

Il s'en tint à la simplicité pour l'instant.

— Bonjour Tony.

Dieu merci, Julia lui lança un grand sourire et ne fit pas languir Zach.

— Tony est mon thérapeute. Il sait tout. Désolée, j'aurais dû te demander avant, mais il a appelé à l'improviste.

— C'est notre secret à tous les deux. De plus, les thérapeutes ont droit à beaucoup d'indulgence, lança Zach alors qu'il examinait le visage de Julia.

Elle semblait un peu plus calme que d'habitude.

— Ça va ? lui demanda-t-il.

Elle hocha la tête, faisant un geste vers son téléphone.

— Avec l'excitation du week-end, j'ai oublié de reprogrammer mon prochain rendez-vous. Tony a appelé pour voir ce qui se passait.

Sur le minuscule écran, l'homme le regardait avec dureté. Un type à l'air convenable, qui approchait peut-être de la cinquantaine.

— Sacrée situation pour vous deux, dit Tony d'une voix traînante.

— En effet, avoua Zach sans réticence. Mais Julia a une grande famille ici qui fait attention à elle, et je vais l'aider à traverser ça aussi facilement que possible.

— C'est bon à savoir, commenta Tony. Elle a dit que vous étiez digne de confiance. J'aime entendre ça. Je suis aussi prêt à discuter avec vous quand vous voulez. Ou avec vous deux. Vous savez, pendant que vous gérez cet arrangement pour l'année à venir.

Zach ouvrit la bouche pour dire qu'il ne serait jamais intéressé puis hésita. En matière de faire tout ce qu'il fallait pour s'assurer que ça marche, pourquoi pas ?

— Si Julia le souhaite, bien sûr.

L'homme hocha la tête avec approbation, mais son regard restait aiguisé et évaluateur avant qu'il ne se retourne vers Julia. Son expression s'adoucit.

— Je dois y aller, termina Tony. Appelez-moi dans une semaine pour me donner des nouvelles, d'accord ?

— Absolument, répondit Julia.

Tony leva le doigt pour l'empêcher de raccrocher.

— Oh, et réfléchissez à ce que j'ai suggéré.

Pour une raison ou une autre, ce commentaire la fit rougir.

— Au revoir, Tony.

— Au revoir, J.

Elle récupéra son téléphone, évitant de regarder directement Zach, beaucoup moins à l'aise qu'un instant plus tôt.

— Désolée.

— Pas de problème. Content d'avoir pu le rencontrer, dit Zach en se détournant pour la laisser respirer avant de se diriger vers la cuisine. Est-ce que je commence à préparer le dîner, ou tu as besoin d'aide pour quelque chose avant ?

Julia arriva avant lui au frigo et commença à sortir les légumes.

— D'abord le dîner. Je meurs déjà de faim.

Ils s'activèrent en silence pendant à peine trente secondes avant qu'elle ne parle à nouveau.

— Tony est plutôt cool.

C'était la plus longue entrée en matière que Zach allait probablement avoir.

— Il m'a semblé du genre décontracté.

Elle marqua une pause alors qu'elle déballait une laitue.

— Oui et non. Quand il essaie d'atteindre un objectif, il est comme un rat terrier avec la mâchoire bloquée. J'ai commencé à le voir après l'histoire du kidnapping avec Dwayne. Parler à Tony m'a aidée.

— C'est bien, dit Zach sincèrement alors qu'il posait des parts de pizza congelées sur les plaques du four. Il n'y a rien de mieux que de se faire aider pour se remettre la tête à l'endroit.

Julia le regarda un instant.

— C'est vrai, mais ce n'est pas ce que tout le monde croit. Enfin, certaines personnes pensent que tu devrais simplement prendre sur toi et gérer. Ou que parler avec un pote devrait suffire.

— Si ça leur suffit, génial. Qu'y a-t-il de mal à avoir un ami qui a suivi une formation et est un peu plus malin dans un domaine particulier qui pourra te pointer un chemin plus facile ?

Il enfourna les deux plaques remplies et régla la minuterie.

Quand il se redressa, elle le regardait comme s'il avait un troisième œil.

— Quoi ?

Elle secoua la tête.

— Tu veux des tomates dans ta salade ?

— Oui. Bon, ne me raconte pas de fadaises, Jul. Il y a un problème ?

Sous les doigts de Julia, le couteau tranchait rapidement la chair tendre des accompagnements de la salade. Elle hésita deux fois avant de laisser sortir un long et lourd soupir.

— Tu dis tout ce qu'il faut, Zach. Comme « Ne t'inquiète pas, cette année ce sera du gâteau. » « Ne t'inquiète pas pour ton travail ou du fait que nous devions vivre ensemble. » Et maintenant ce que tu dis ne ressemble pas aux propos des gens qui pensent qu'avoir un thérapeute signifie que je suis brisée.

C'était déplacé, mais il ne put empêcher un petit rire de lui échapper.

— Ce ne sera pas du gâteau, mais nous pourrons nous amuser. S'inquiéter ne change pas les choses, les actes si. La thérapie est un outil à utiliser quand nous en avons besoin... Ce sont toutes des remarques que ma mère a faites de nombreuses fois au cours des années, au fait. Si ça me donne raison, merci. Content que tu aies remarqué.

Il obtint enfin un rire de Julia.

— C'est un ego sain que tu possèdes là, Beau.

Zach frissonna.

— Hé, je croyais que nous avions convenu d'utiliser le surnom beaucoup moins offensant de « bébé ».

Un sourire dansa sur les lèvres de Julia alors qu'elle servait la salade dans deux bols.

— Ce sera amusant avec Karen et Finn.

— On s'amusera comme des petits fous, l'encouragea-t-il.

Une minute plus tard, ils étaient installés à table, s'attaquant à la salade pendant que la pizza finissait de réchauffer.

Julia marqua de nouveau une petite pause pour réfléchir, la fourchette levée comme si elle rassemblait ses pensées avant de prononcer les mots.

— Tony m'a rappelé de t'avertir de mes cauchemars. Même si tu es déjà plus ou moins au courant.

Zach hocha la tête, la bouche trop pleine pour répondre autrement.

Elle continua avec détermination.

— Je n'en ai plus très souvent, honnêtement. C'est simplement une fois de temps en temps, une embrouille qui s'attarde et qu'il faut gérer, et c'est agaçant. La meilleure chose à faire est de me parler. Tu peux allumer la lumière ou simplement me dire de me réveiller.

— D'accord. Je peux faire ça.

— Désolée par avance d'être une colocataire difficile, s'excusa Julia en plissant le nez.

— Arrête de t'excuser, répondit Zach en attrapant un jeu de cartes sur le plan de travail latéral. La seule vraie question, maintenant, c'est de savoir si je peux te mettre la pâtée au rami.

— Gin ou régulier ?

Le stress la quitta au changement de sujet.

— Je suppose que nous devrons essayer les deux. Ou de multiples variations.

Les cartes furent distribuées, la pizza dévorée. Quand ils eurent lavé la vaisselle, écrit leurs emplois du temps de la semaine et posé l'agenda sur le frigo, Zach avait agréablement mal aux joues d'avoir constamment souri.

Le contraste entre la liste de Julia et la sienne était semblable à celui entre le jour et la nuit.

La sienne – de simples lignes de griffonnage insouciant, même s'il avait réussi à le rendre déchiffrable. L'écriture parfaite de Julia était agrémentée de petites étoiles et de lunes sur le bord de la page, et elle avait inclus deux parties latérales, une avec un espace pour les repas et une pour une liste de courses.

Alors qu'elle terminait de réarranger les magnets du frigo,

Zach attrapa une autre feuille blanche et fit de son mieux pour créer un titre prout-prout.

— Qu'est-ce que c'est ? demanda-t-elle en regardant par-dessus son épaule.

Il la lui tendit.

— « Planning des trucs sympas ». Tu sais, ce qui fait passer le temps plus vite.

Entre les services de Julia et les engagements sur le calendrier de Zach, il leur fallut un moment pour le composer, mais ils finirent par réussir.

L'approbation de Julia était claire alors qu'elle l'accrocha près des autres.

— Mercredi soir, sortie à cheval, jeudi matin, yoga, samedi, danse, dimanche, dîner.

— En tout cas cette semaine. Tes services changent constamment, n'est-ce pas ?

— Pendant les deux prochains mois, je suis sur deux jours, deux nuits, quatre jours de repos.

Il hocha la tête. Sa situation professionnelle au-delà du mois suivant était sur sa liste de choses à prévoir le lendemain. Non pas qu'il s'apprête à le lui dire.

Un bâillement échappa à Julia, puis elle se secoua.

— Désolée. Ça a été une grosse journée.

— Grosses journées au pluriel, acquiesça-t-il alors qu'elle se dirigeait vers sa chambre.

Il marqua une pause pour ranger la vaisselle sèche, surpris de voir le reflet de Julia dans la vitre alors qu'il s'occupait. Au lieu de disparaître, elle s'attarda dans l'embrasure de la porte. Elle l'observait, son regard dérivant de haut en bas alors qu'il se déplaçait. Le jaugeant ? S'inquiétant ? Est-ce qu'être sous le même toit allait être trop difficile pour elle ?

Puis sa langue glissa sur ses lèvres, les humectant. Zach sentit son corps se durcir alors que son expression devenait gourmande. Il était à une seconde de se retourner et de demander ce qu'elle voulait ajouter d'autre à leur liste de choses à faire – il aimerait commencer par goûter de nouveau sa douce bouche – quand elle secoua la tête et s'échappa vers sa chambre.

Bon sang. Deux pas en avant, un pas en arrière. Zach envisagea de prendre une douche et de gérer son problème…

Pas de doute. Être couché dans la chambre à côté de la sienne avec une érection était bien l'idée qu'il se faisait de la torture.

Douche salace en approche.

LE MATIN se leva clair et lumineux alors que le soleil se déversait sur son lit et au-delà du rideau que Julia n'avait pas tiré la veille. La lumière du soleil était une bénédiction, mais la sensation de paix qui s'emparait d'elle était une joie encore plus grande.

Pas de bruit de pas lourd dans le couloir, inutile d'écouter anxieusement si quelqu'un essayait d'ouvrir sa porte.

Elle avait dormi comme une masse – ce qui était un miracle en soi tant son cerveau était embrouillé la veille quand elle s'était couchée. Chaque étape du processus avait été logique en elle-même, mais en y repensant, tout ça était tellement incroyable !

Elle était mariée et allait le rester, pendant un an.

Non. Toujours pas possible.

Aller et venir dans sa chambre accroissait encore ces deux émotions. La reconnaissance l'envahissait d'avoir un logement sûr, propre et qui sentait bon. Et elle était gagnée par une incrédulité tout aussi forte en étant *ici* et sachant que c'était réel.

Malgré toute l'aisance du moment qu'elle avait passé avec Zach la veille, découvrir qu'elle avait la cuisine pour elle seule ce matin-là lui permit de se détendre de nouveau alors qu'elle fouillait dans le frigo pour préparer son petit déjeuner. Un rapide coup d'œil à l'emploi du temps lui montra que Zach était sorti du chalet depuis déjà deux heures. Elle n'avait rien entendu quand il était parti. Un homme prévenant... comme elle l'avait dit à Tony la veille.

Julia se surprit à grogner. Qu'il soit maudit, d'ailleurs.

Tony, pas Zach, parce que la source numéro un actuelle de son trouble était son thérapeute. Un homme bien, mais un vrai dur à cuire quand il s'agissait de faire admettre des vérités difficiles à Julia.

Tandis qu'elle s'endormait, la voix de Tony n'avait pas cessé de résonner dans sa tête.

Il lui avait demandé dans quelle mesure elle faisait confiance à Zach, et il avait été plus facile de répondre à cette question qu'elle ne s'y attendait. Ils avaient passé assez de temps ensemble au cours des mois écoulés pour qu'elle se sente à l'aise avec lui. Si on ajoutait les bonnes opinions de ses sœurs et le fait qu'elle savait que Finn ne laisserait jamais rien de mal lui arriver, Zach était quelqu'un de sûr.

Cela avait été une grande révélation, mais il avait fallu que Tony aille encore plus loin. Ses suggestions concernant le sexe et Zach...

Non. Elle n'allait même pas se remémorer ces idées, étant donné qu'*envisager* d'y penser la faisait déjà rougir.

Et y penser la nuit avait produit des rêves très intéressants.

Non. « *Colocataires. Concentre-toi là-dessus, Blushing, et tiens-t'en aux amis.* »

De plus, Zach était le cadet de ses soucis pour aujourd'hui. Retourner au travail signifiait faire face au peloton d'exécution.

Quand elle gara sa voiture devant la caserne, Julia n'avait toujours pas décidé de son histoire.

Il était temps de faire semblant.

Bien sûr, c'était un de ces jours où tout le bâtiment semblait plein à craquer de tous les volontaires de la ville. Ce qui était peut-être aussi bien. Elle n'aurait à faire ça qu'une fois.

Les cris et les rires commencèrent à l'instant où elle mit le pied au deuxième étage de la caserne. C'était là que se trouvait la vaste cuisine, et une table assez grande pour accueillir vingt personnes occupait toute la longueur de la pièce.

Il n'y eut pas d'échauffement, on alla droit au but.

— Un mariage à Vegas ? Vraiment ?

Alex, un cow-boy du coin et un des superviseurs du service, s'avança devant elle.

— Tu n'as jamais entendu parler de personne ayant gagné le jackpot dans la ville du péché ? demanda Julia joyeusement en le contournant et décidant de faire ça de la manière la plus extravagante possible.

Elle grimpa sur la table la plus proche et siffla vivement.

Ce ne fut qu'une fois que tous les regards furent sur elle qu'elle continua.

— Je suis sûre que vous en avez tous entendu parler maintenant, mais oui, c'est vrai. Zach et moi, nous nous voyons en douce depuis un moment, et il semble que pendant que nous étions sous l'influence de Jose Cuervo, nous nous sommes accidentellement dit « oui ». Comme nous avions déjà prévu d'emménager ensemble, on a décidé de laisser courir. Je vais répondre aux questions des spectateurs maintenant...

Quelques mains se levèrent tandis que certains lançaient des suggestions salaces.

Julia regarda les impolis avec désapprobation puis pointa du doigt l'autre superviseur volontaire, Ryan Zhao, qui levait la main.

Ses yeux sombres étincelaient.

— Sauter à pieds joints... c'est une manière de faire. Tu veux que nous lancions un fonds pour divorcer ? Ou que nous commencions une cagnotte pour un bébé ?

La volontaire la plus proche lui tapa sur le bras avant de parler.

— Félicitations, Jul. Zach est une bombe.

— Je suis d'accord, Crystal. Cela fait aussi de lui un bon partenaire pour moi, étant donné que je travaille à la caserne des pompiers.

Les joues de Julia devaient être rouges comme une tomate.

Parce que Zach était une bombe, et bon sang les suggestions de Tony remplirent de nouveau son esprit, détaillées et obscènes.

— Blushing ?

Julia se débarrassa de sa vilaine rêvasserie.

— Oui ?

Encore Alex, avec un ricanement cette fois.

— Nous avons remarqué.

Elle roula des yeux puis croisa les bras sur sa poitrine tout en lui lançant un faux regard noir.

— Un comique. Donc, en tout cas, juste pour dévoiler la vilaine vérité. Oui, je suis mariée, oui, c'est une bombe, et non, vous n'aurez pas d'autres détails.

Des rires résonnèrent dans la pièce, et soudain une idée brillante lui vint. Elle leva une main une dernière fois.

— Nous serons au Rough Cut samedi soir si certains d'entre vous veulent nous aider à fêter ça. Pas de cadeaux, mais apportez quelque chose pour la banque alimentaire. Nous compléterons la collecte sous la forme d'un cadeau de mariage inversé pour la communauté.

D'autres cris résonnèrent et Julia descendit de la table alors que la foule se séparait en groupes selon les heures d'entraînement ou de repos de chacun.

Alex et Ryan firent leurs adieux de la main avant de sortir avec leurs équipes, si bien qu'en un temps record elle se retrouva seule dans la pièce avec ses camarades de service.

Ce qui incluait Brad.

Elle avait évité tout contact visuel durant son petit speech improvisé, mais elle ne pourrait pas échapper aux prochaines minutes.

La performance digne de gagner un Oscar commençait maintenant...

Elle s'avança et, encore une fois, choisit l'approche audacieuse.

— Tu ne l'avais pas vue venir, celle-là, n'est-ce pas ?

Brad ne bougea pas, appuyé contre le plan de travail de la cuisine, ses larges bras croisés sur son torse. Il ne dit rien non plus pendant un instant, il l'examina simplement avec ce regard évaluateur de grand frère qu'elle en était arrivée à si bien connaître au cours des deux dernières années.

Les autres dans la pièce étaient occupés à une table à quelques pas de là, rendant cette discussion parfaitement publique. Pourtant, sa réponse quand elle arriva fut assez discrète pour ne pas être entendue.

— Je n'ai pas vu le mariage venir, non.

Le regard de Brad resta sur elle. Elle était sur le point de lancer un trait d'esprit impertinent quand il parla de nouveau.

— Mais je suis content de savoir que c'est arrivé.

Ce fut au tour de Julia de rester silencieuse. Ses pensées tourbillonnaient alors qu'elle luttait pour empêcher son sourire de disparaître de surprise.

— Vraiment ?

Brad hocha la tête.

— C'est un mec bien. Tu mérites quelqu'un qui te tient en haute estime... et c'est son cas.

Cela devenait intéressant *et* bizarre.

— Hum, merci.

Il se mit à rire.

— Tu croyais que tu allais me choquer ? Enfin, le mariage était à l'évidence un accident, mais vous deux ? J'avais des soupçons depuis un moment.

Une autre dose de bizarrerie, mais à cet instant, Julia était prête à l'accepter.

— On ne peut rien te cacher, je suppose.

Il sourit encore plus, puis baissa davantage la voix.

— Je suis heureux pour toi. Hanna et moi le sommes tous les deux. Si nous pouvons t'aider pour quoi que ce soit, tu n'as qu'à demander.

— Merci. Je n'y manquerai pas.

Il se redressa et se dirigea vers la table, la laissant légèrement déroutée que cela ait été aussi simple.

Sinon qu'il avait davantage interprété sa relation avec Zach avant l'épisode alcoolisé à Vegas, il semblait qu'elle avait la bénédiction du seul gars dont elle avait besoin d'avoir l'approbation.

Elle sortit son téléphone et envoya une rapide mise à jour à Zach avant de passer en mode alerte pour son service.

Julia : *L'équipe a été informée, et en dehors de quelques suggestions cochonnes, ils y ont cru. Brad aussi, alors tout va bien.*

Julia : *Il se peut aussi que je leur aie dit que nous organisions une fête samedi soir au Rough Cut. Oups.*

Zach lui répondit presque instantanément : *Une fête, c'est une super idée. Et bon sang, oups, c'est comme ça que nous dirigeons ce cirque. On discutera des détails au dîner. C'est moi qui cuisine.*

C'était tout. Il y eut assez de chuchotements et de regards furtifs pendant le reste de la journée pour montrer clairement que des histoires se répandaient dans tous les sens, mais elles ne parlaient toutes que de Zach et d'elle. Pas un mot sur Brad et elle.

Julia n'aurait pas pu être plus heureuse alors que la journée avançait, gérant des appels pour divers seniors de la communauté et une classe de maternelle où un garçon avait décidé que la sieste était une super occasion de s'enfoncer une bille dans le nez.

Et s'il lui arrivait de se souvenir bien trop souvent des suggestions de Tony concernant Zach, elle mettrait ça sur le compte des taquineries sexuelles non-stop qui allaient main dans la main avec la réussite de leur supercherie.

Elle n'allait pas mettre ses idées en applications. Non, monsieur.

Peu importe combien le diable sur son épaule insistait en disant qu'elle devrait au moins l'envisager.

11

*Z*ach ne savait même pas pourquoi il l'avait remarqué, mais tel fut bien le cas. Le rouleau de papier toilette était à l'envers.

D'accord, il l'avait probablement remarqué parce qu'il n'était pas un animal. Il avait été bien dressé par ses sœurs et sa mère, laisser un rouleau vide ou presque vide était un crime passible de mort.

Il avait utilisé le reste du rouleau précédent, alors il l'avait remplacé. Tout simplement.

Seulement, il était maintenant tourné dans le sens inverse de celui dans lequel il aurait dû, et au lieu que le papier sorte facilement quand il tirait la première fois, il dut taper le rouleau plusieurs fois pour que l'extrémité apparaisse. Puis quand il tira dessus, il se déchira après seulement quatre feuilles.

Quelle crotte, sans vouloir faire de jeu de mots.

Il enleva le dérouleur du mur, inversa le papier et le replaça.

Satisfait d'un travail bien fait, il se lava les mains puis

termina de mettre la dernière touche au dîner alors qu'il attendait que Julia rentre à la maison.

Troisième journée en tant que colocataires, et jusqu'ici tout allait bien. Il avait maintenu les échanges légers et simples, et elle avait fait de même.

Une vérité était déjà claire... Julia était une maniaque de la propreté. L'approche désordonnée qu'il avait consistant à lancer ses affaires sur n'importe quelle surface quand il entrait dans le chalet avait déjà été remarquée et considérée avec désapprobation.

Mais c'était une habitude difficile à changer.

En fait, il remarqua sa veste en jean jetée sur l'accoudoir du canapé, et le pull qu'il avait porté l'après-midi sur le coin d'une chaise de cuisine. La culpabilité lui donna de l'élan, et un instant plus tard, il les avait pendus tous les deux sur les crochets près de la porte, apparus par magie la veille pendant qu'il faisait ses corvées.

Un coup ferme à la porte retentit à travers la maison.

— Entrez.

Un instant plus tard, Finn s'encadrait dans l'embrasure de la porte, son visage arborant l'expression indéchiffrable qu'il affichait quand il avait des plans machiavéliques.

Zach ne connaissait que trop bien ces signes avant-coureurs. Malgré tout, il n'en montra rien, il laissa simplement son ami passer à côté de lui.

— Quoi de neuf ?

Finn marqua une pause près de la table, regarda la collection de sacs éparpillés partout.

— Tu t'enfuis de la maison ?

— Tu parles. C'est un dîner pique-nique.

— Avec Julia ?

— Non, avec Dandelion Fluff. J'ai pensé que le chat de Karen aimerait explorer le réseau de sentiers avec style.

Finn ne laissa paraître son amusement qu'une fraction de seconde.

— Tiens-moi au courant. Comment ça se passe ?

— Tu en sais autant que moi à ce stade, admit Zach. C'est trop tôt pour avoir avancé. Je ne m'attendais pas à ce que Julia se retrouve dans mon lit à l'instant où nous rentrerions.

Son ami sourit pendant un instant.

— Dommage.

— Je vais te cogner, l'avertit Zach. Veinard.

Finn lui lança un clin d'œil puis redevint sérieux.

— Je te préviens. Karen a dit que quelque chose du genre rassemblement se préparait la semaine prochaine.

— Du moment que ce n'est pas le week-end. J'aurai besoin que Julia vienne à Nelson avec moi.

— Le rassemblement est familial.

Finn marqua une pause pour insister.

— Familial au sens *large*.

— D'accord.

La manière dont Finn continuait à le fixer signifiait que Zach ratait quelque chose d'important, mais il n'arrivait absolument pas à trouver...

Oh.

Oh, *bon sang.*

— La famille, c'est-à-dire que le père de Julia sera là ?

— Exactement.

Bon. Rien de tel qu'une bonne vieille crise de panique pour faire battre le cœur d'un homme.

— Est-ce que George Coleman a précisé qu'il apportait un fusil ? Je pense que Karen a appris à tirer avec quelqu'un, mais j'espérais éviter d'être de nouveau une cible pendant très longtemps.

Finn lui lança un grand sourire.

— Ça ira. Je voulais simplement t'avertir pour que tu sois prêt quand Julia t'annoncera la nouvelle.

— Tu es le meilleur.

Zach leva le poing, et Finn le cogna du sien.

La porte s'ouvrit brusquement, et Julia entra précipitamment, parlant tout en marchant.

— Zach, tu es là ? Désolée je suis...

Elle percuta son corps.

Il passa les bras autour de Julia pour la rattraper avant qu'elle ne tombe en arrière.

— Reste debout, beauté.

Le poids de Julia dans ses bras était parfait à bien des égards, mais à l'instant où elle se tortilla pour se libérer, il la lâcha.

— Encore désolée. Je ne voulais pas me précipiter comme une boule de flipper. Hé, Finn. Tu restes ?

— Hé, Julia. Et non. Karen et moi avons des projets, répondit Finn en tendant le menton vers Zach. À demain.

Le tourbillon continua. L'excitation de Julia la faisait pratiquement bondir alors qu'elle se dépêchait d'aller se changer.

— Nous mangeons avant ou après avoir chevauché ? lança-t-elle par-dessus son épaule.

— Pendant, répondit-il. Change-toi d'abord, les détails ensuite.

Une demi-heure plus tard, ils étaient sur le sentier. Le sourire de Julia s'étirait d'une oreille à l'autre. Elle se pencha et tapota l'encolure du hongre couleur brun gris, Corncob.

— Quelle manière parfaite de terminer la journée !

Ça l'était, même si Zach pouvait trouver une douzaine d'autres choses qu'il aimerait aussi faire avec Julia qui n'impliqueraient pas de quitter le chalet.

— Les randonnées à cheval sont sur la liste des trucs sympas.

Elle se redressa soudain et l'examina.

— Tu aimes bien monter à cheval, n'est-ce pas ?

— Oui.

Julia soupira de soulagement.

— Dieu merci. Pendant une minute, j'ai cru que je te tourmentais au lieu de faire quelque chose que nous apprécions tous les deux.

— Ça, ce sera demain pour le yoga, dit-il avec un clin d'œil avant de la rassurer rapidement. Je te taquine. Ça ne me dérange pas du tout d'essayer. Mes sœurs s'extasient toujours en disant que ça améliore énormément leur flexibilité et que ça contribue à leur concentration.

— En effet, acquiesça Julia.

Elle marqua une pause, puis reprit d'un ton parfaitement détendu :

— Lesquelles de tes cinq sœurs ?

Parler de sa famille était un sujet agréable et sans risque.

— Au moins la moitié d'entre elles à un moment donné. N'essaie pas de mémoriser leurs prénoms, parce que je te les rappellerai quand ce sera nécessaire. Lindsey, Mattie, Rachelle et Quinn sont plus âgées que moi. Petra est plus jeune.

— C'est celle qui fait des promesses avec le petit doigt, dit Julia en souriant.

— C'est elle. Elle me volait aussi mes jouets, elle m'a cassé mon vélo et une fois, elle nous a enfermés dans le vide sanitaire de la maison. C'était ma camarade de jeu quand nous étions enfants.

La conversation dévia vers des anecdotes sur ce que c'était de vivre avec autant de femmes sous un seul toit. Il parla, et elle posa des questions, interrompant le flot de paroles chaque fois que l'un d'eux repérait quelque chose dans les champs, ou qu'un faucon volait au-dessus d'eux, ou quand les arbres au loin remuèrent pour révéler un cerf qui les regardait avec intérêt et prudence.

La soirée d'automne était assez chaude pour que, lorsqu'il étendit la couverture sur le sol près de la rivière, Julia s'y installe avec un soupir de contentement.

Elle roula sur le dos et regarda vers le ciel.

— C'est si paisible et silencieux ! C'est exactement ce dont j'avais besoin.

Zach s'allongea à côté d'elle, après avoir posé le panier-repas sur le côté. L'expression de Julia était de pur contentement.

Le regard de Zach dériva sur ses courbes d'un air appréciateur.

— Moi aussi.

Étrangement, les mots n'étaient pas sortis *trop* emplis de désir.

Julia inspira profondément, et pendant un instant leurs regards se croisèrent. Il voulait la recouvrir lentement, étendre son corps sur le sien et prendre ses lèvres boudeuses, qu'elle venait d'humecter, dans un baiser qui échaufferait l'air autour d'eux et ferait du moment une soirée printanière.

Le charme de l'instant fut rompu lorsque Julia se mit à rire et tendit la main vers le panier pique-nique.

— Je meurs de faim.

Lui aussi. Seulement, pas de nourriture.

Zach repoussa son désir et se força à sourire d'un air insouciant.

— Mangeons.

Elle ramena la conversation sur sa famille, et lorsqu'ils eurent mangé, elle savait combien de ses sœurs étaient mariées (trois), combien il avait de nièces et de neveux (sept, plus un en route), et à quelle fréquence il les voyait tous (souvent, mais à petites doses).

Ils chevauchaient sur le trajet du retour, et sa conversation digne d'un moulin à paroles s'était asséchée. Mais cela ne semblait pas gênant. Simplement deux personnes qui partageaient un silence confortable, plongées dans leurs propres pensées.

Les siennes étaient focalisées sur le fait que passer du temps avec elle soit tellement naturel. Enfin, pour être honnête, plus d'une pensée se concentrait sur la vitesse à laquelle il pourrait la convaincre qu'il était inutile d'attendre pour devenir intimes...

La chaleur entre eux était indéniable.

— Je ne suis pas habituée à avoir de la famille près de moi.

Les mots de Julia interrompirent une rêverie très torride. Zach cligna des yeux pour redevenir attentif.

— Qu'est-ce qui a évoqué ce sujet ?

Elle haussa les épaules.

— Mes sœurs sont ensemble depuis toujours. Tu as aussi beaucoup de personnes autour de toi.

— Pour mieux me tourmenter, tu veux dire.

Julia se mit à rire.

— Te tourmenter, te taquiner, jouer avec toi, échanger des idées... Il n'y a toujours eu que ma mère et moi. Parfois, c'est comme si vous parliez tous une langue étrangère que je ne comprends pas.

Une remarque intéressante.

— Tu as raison. Même si la meilleure des familles est celle que tu choisis. Parfois, ça renvoie à celle dans laquelle tu es née, et parfois ça signifie que ce sont les personnes que tu choisis d'avoir dans ta vie. Finn est mon frère à tous égards sauf par le sang.

Les yeux de Julia s'illuminèrent.

— C'est mignon.

— Ne lui répète pas que j'ai dit ça, insista Zach. Je n'ai pas besoin qu'il vienne me voir pour un emprunt familial.

Elle ricana.

— Je t'en prie. Apparemment, vous avez tout l'argent dont vous avez besoin...

Elle s'interrompit.

Il ne lui demanda pas de clarifier. Il le savait. La raison pour laquelle ils subissaient toute cette mascarade était pour pouvoir garder l'argent intact. Il aurait voulu pester que c'était déjà plus que ça, mais il était bien trop tôt pour ce genre de propos rassurants.

À la place, Zach lui adressa un grand sourire.

— Assez d'argent pour avoir fait des folies pour le dessert. Il y a deux variétés de tartes dans le frigo. Puisque je ne connaissais pas ta préférée.

— Ma tarte préférée, c'est la tarte, plaisanta-t-elle.

Le moment gênant était passé.

Mais c'était un rappel qu'il restait du boulot. Les racines d'une relation étaient là, mais ce ne serait pas gagné d'avance pour l'avenir.

Il devait être très patient et mesuré pour bien faire comprendre que leur relation avait bien plus de valeur que n'importe quel solde sur un relevé de comptes.

C'était un chalet assez agréable, et jusque-là, Julia l'avait considéré comme spacieux. Elle avait son espace, il avait le sien, et la salle de bains qui se trouvait entre leurs chambres et qu'ils partageaient était vaste et confortable.

Mais même écarter la table basse n'avait pas créé assez

d'espace dans la salle de séjour pour leur permettre d'étendre leurs tapis de yoga sans être très proches.

Intimement proches, du genre à ce que leurs membres se cognent occasionnellement.

Plus agaçant encore était le fait que chaque inspiration que Zach prenait résonnait à travers elle comme si elle avait un sonar et qu'elle captait sa fréquence.

Ils n'avaient commencé que depuis dix minutes, et elle avait déjà rougi.

Elle lança un coup d'œil sur le côté. Zach demeurait dans la complexe position assise dans laquelle elle l'avait guidé. Ses yeux étaient fermés, et même si sa flexibilité n'était pas incroyable, il essayait. Inspirer. Expirer et se tourner davantage, comme elle le lui avait dit.

Pendant qu'il était occupé, il était impossible de résister à la tentation de prendre le temps de le regarder. Il portait un pantalon de jogging large et un t-shirt gris qui moulait son torse et ses biceps. Lorsqu'il se tourna, le t-shirt remonta, se relevant assez pour montrer une mince bande de peau bronzée.

Des pieds nus. De *jolis* pieds nus... ce qui était une chose bizarre à remarquer, mais elle avait été à proximité d'assez de mecs dans des douches et dans des situations médicales pour savoir que certaines personnes en avaient de bons pieds solides, mais pas très beaux.

Ses pieds étaient... sexy.

« *Bon sang, cerveau, arrête de m'entraîner là.* »

— D'accord, passons à la suite.

Julia détacha son regard du corps de Zach, orteils et tout le reste, et se leva.

Zach l'imita.

— Jusqu'ici tout va bien, la taquina-t-il. Je ne me suis pas coincé une fois.

Elle se mit à rire.

— Pas de mouvements en bretzel, je te le promets.

— N'hésite pas. Ça ne me dérange pas de regarder. Son regard dériva sur elle, et elle le sentit comme une caresse. Il changea de position, les pieds appuyés sur le tapis. Ce pantalon de jogging ne semblait plus aussi large... Mince. Fixer son attirail pour essayer de déterminer s'il était vraiment excité en la regardant n'était pas une bonne idée.

« *Tiens-t'en au programme, Blushing.* »

— Nous allons faire un mouvement basique, maintenant, et le répéter des deux côtés.

— Vas-y, murmura-t-il, copiant sa position sur le tapis.

Un mouvement après l'autre, elle le guida dans une salutation au soleil. Il ne la taquina pas ni ne fit aucun autre commentaire. En fait, chaque fois qu'elle lui lançait un coup d'œil, il semblait complètement concentré sur son équilibre.

Elle prit le rythme et l'ignora du mieux qu'elle put. C'était un étrange exercice, étant donné la place qu'il prenait. Il semblait si proche à chaque instant ! L'oxygène semblait plus rare que d'habitude dans la pièce alors qu'elle avait la tête qui tournait parce qu'il était près d'elle.

Quand elle se tourna dans une nouvelle position, elle aurait pu jurer que son regard s'attarda sur son corps.

Elle avait enfilé un pantalon de yoga et une brassière de sport. Rien de chic, mais c'était confortable. Ce qu'elle avait porté durant l'entraînement un million de fois avec ses collègues. Cela semblait... différent. Plus sexy, plus intime.

Dangereux ?

Non, pas ça. Pas avec Zach.

« *Alors pourquoi ne pas essayer avec lui ?* » Le petit démon était de retour sur son épaule.

Elle fit une fente avant trop vigoureusement, tentant de retrouver la raison. Le geste trop rapide fit basculer son point d'équilibre et elle pencha sur le côté, se contorsionnant pour essayer de se rattraper.

— Je te tiens.

Les bras forts de Zach l'entourèrent, l'attirant près de lui alors qu'ils tombaient sur le sol. L'atterrissage fut beaucoup plus doux qu'il aurait pu l'être, pourtant ferme malgré tout alors qu'elle terminait sur ses cuisses.

— Désolée.

Julia resta immobile, ne voulant pas faire de dégâts dans sa précipitation pour s'éloigner.

Le large sourire de Zach en disait long.

— Il n'y a pas de quoi être désolée. J'ai pensé que c'était un nouveau mouvement interactif de yoga, et je suis à cent pour cent partant.

Julia était de profil par rapport à lui, et une de ses mains était pressée contre son torse. Une des mains de Zach tenait son dos, et en dehors de sa gêne, la chaleur était la sensation qui grandissait le plus vite.

— Tu es terrible, dit-elle aussi calmement que possible.

Le regard de Zach était tombé sur ses lèvres, ses yeux bleus les fixaient.

— J'avais entendu parler du yoga tantrique, mais je n'aurais jamais cru le vivre.

Elle renifla moqueusement.

— Seigneur, on aurait dit le début d'une très mauvaise lettre de *Penthouse*[1].

— Y a-t-il vraiment de bonnes lettres de *Penthouse* ?

Il la fixait toujours de son regard avide.

Il était bien trop tentant de se pencher et de combler la distance entre eux, de presser ses lèvres contre les siennes et d'encore une fois profiter du goût de cet homme et de ses merveilleux baisers.

Mais ils avaient douze fichus mois à traverser, et cela n'allait pas rendre ça plus facile.

Elle était sur le point de trouver un moyen de se dégager quand il roula. Un cri perçant lui échappa, et il se mit à rire, continuant le mouvement pour se lever et la laisser derrière lui sur le tapis de yoga.

Il lui tendit la main et son regard de braise sexy fut remplacé par un amusement jovial.

— Viens. J'ai une idée.

Son idée impliquait d'enfiler leurs chaussures, de prendre leurs tapis de yoga sous le bras et d'aller vers le chalet voisin.

— Notre propre studio de yoga privé, dit-il avec un grand geste en lui faisant signe d'entrer.

Le chalet était plus petit que celui de Zach, mais ça manquait de meubles dans la salle de séjour et la salle à manger, laissant un parquet dégagé pour pouvoir s'installer et avoir largement la place de bouger.

Julia hocha la tête.

— Génial. Pourquoi n'avons-nous pas commencé ici ?

— J'ai oublié.

Il se plaça au milieu de son tapis et la regarda, dans l'expectative.

— Prêt quand tu veux.

La rapide interruption de sa libido était une bonne chose. En tout cas, ce fut ce qu'elle essaya de se dire alors qu'ils terminaient la séance. Toute trace du Zach séducteur avait disparu, et quand ils retournèrent dans leur logement partagé, c'était comme si elle avait tout imaginé.

— Super séance de yoga, lui dit Zach, la main levée en l'air jusqu'à ce qu'elle y pose la paume pour lui en taper fermement cinq. Mais preums pour la douche. Je dois retrouver Cody dans une demi-heure.

— Pas de problème.

Il disparut dans sa chambre, et elle se retrouva avec un fouillis de pensées qui lui laissait l'impression de ne plus savoir où se mettre.

Imaginer Zach sous la douche, ses mains fortes se déplaçant sur son torse, sur son corps...

Son corps ferme...

Non. Le danger rôde.

LES DEUX JOURS suivants passèrent en un clin d'œil alors qu'elle était de service de nuit deux jours de suite. Travailler de dix-huit heures à huit heures du matin signifiait qu'elle quittait la maison avant que Zach ne revienne de son propre lieu de travail ce jour-là, s'endormant sans le voir le lendemain matin.

Elle lui était reconnaissante pour le lit doux et la pièce sécurisée dans laquelle rentrer. Inutile de le nier.

Mais le samedi matin, quand elle rentra péniblement au chalet après un nombre d'appels plus élevé que d'habitude, elle découvrit Zach qui l'attendait.

— Hé. Tu sors ?

Elle réussit à peine à se couvrir la bouche avant de lui bâiller au visage.

Il émit un petit rire.

— Non. Journée de repos.

— Moi aussi. Après avoir dormi. La douche. La douche d'abord.

Elle renifla puis grogna.

— Ne t'approche pas. M. Heller a décidé de sauter de son fenil.

— Ça paraît excitant. Et dangereux.

— Heureusement, il a atterri dans le tas de fumier qu'il a mis juste à l'extérieur de l'écurie.

Zach lui avait retiré son manteau et... ses chaussures ?

— Mais malheureusement, atterrir dans le tas de fumier, ce n'est pas l'endroit le plus sympa où se trouver avec une jambe cassée.

— Ça fera une super histoire, lui assura Zach.

Ils se tenaient dans la salle de bains. Comment était-ce arrivé ?

— Douche.

Elle retira sa chemise, concentrée sur l'idée d'être assez propre pour pouvoir s'écrouler dans son lit.

Un doux grognement résonna dans l'air, mais l'eau coulait, l'appelant. Elle vira son pantalon et sa petite culotte, jeta son soutien-gorge et se glissa sous le déluge divin.

Julia se réveilla six heures plus tard sans aucun souvenir d'avoir quitté la douche, simplement avec le besoin très pressant d'aller faire pipi et son estomac qui grondait comme si elle jeûnait depuis des jours au lieu de quelques heures.

Elle termina aussi vite que possible puis alla droit vers le frigo, à l'intérieur duquel se trouvaient une assiette couverte et un mot.

« J'ai préparé des lasagnes hier soir. Je t'en ai gardé une part. Rappelle-toi que nous allons au Rough Cut ce soir pour fêter notre mariage. Ça devrait être génial. »

Julia plaça en trois secondes chrono les lasagnes dans le micro-ondes, l'odeur la faisait baver pendant qu'elles chauffaient.

La fête de ce soir serait quelque chose, même si « génial » n'était pas nécessairement le mot qu'elle aurait choisi. Malgré tout, c'était un autre clou enfoncé dans le cercueil des rumeurs, et ça ne ferait pas de mal d'en profiter pour danser et passer du temps avec ses sœurs.

Une bonne excuse pour être dans les bras de Zach ne sera

pas mal non plus. Le fichu diable sur son épaule prononça ces mots avant de disparaître.

Oui. Il y avait bien trop de bonnes raisons de s'en tenir au statu quo, mais la tentation d'ouvrir cette porte latérale continuait de grandir. Julia commença à manger avec détermination, parce qu'au moins pendant qu'elle mangerait, elle ne prévoirait pas de commettre de grosses erreurs.

Les heures restantes seraient bien assez difficiles à gérer.

12

---

*Z*ach se gara sur une place devant le Rough Cut et se tourna vers Julia en souriant.

— C'est l'heure de la fête. Prête ?

Elle lui lança d'abord un regard noir.

— Tu n'as pas besoin d'être aussi enjoué.

— Quoi ? demanda-t-il, légèrement confus. Nous allons danser, prendre quelques verres et lever des fonds pour la banque alimentaire. Il y a de quoi se réjouir.

Elle plissa le nez.

— Je suppose. Seulement, pas de tequila, d'accord ?

Zach dessina solennellement une croix sur son cœur.

L'expression inquiète de Julia faiblit.

— Tu es impossible, se plaignit-elle. J'essaie d'être à peu près sérieuse avant que nous entrions à l'intérieur, et tu continues à tout prendre à la légère en disant des bêtises.

Il haussa les épaules.

— Inutile de prétendre que c'est autre chose que ce que c'est. Les gens espèrent probablement qu'on boive encore un coup de trop et qu'on lâche quelques détails croustillants. Je pense que la meilleure réponse, c'est de beaucoup sourire et de les déconcerter avec des idioties.

Après la fichue séance de yoga qui l'avait envoyé prendre une douche froide et le strip-tease innocent que Julia lui avait fait ce matin-là, Zach avait été à deux doigts de mettre la main sur ce qu'il voulait.

Pourtant, la confiance absolue qu'elle lui avait montrée en étant à quatre-vingt-dix dans le cirage n'était pas une faveur qu'il supporterait de gâcher.

Il avait réfléchi à la question sans relâche, délibérant jusqu'à arriver à la conclusion qu'il n'y avait qu'un seul moyen de la convaincre.

Faire en sorte qu'*elle* demande d'en avoir plus.

Il fallait que tout tourne autour de ses choix. Même s'il pouvait se pointer et poser ses exigences aussi hardiment que n'importe quel gars, elle avait besoin d'une approche délicate.

Ce qui signifiait qu'il dirait oui à absolument tout ce qu'elle voulait de lui. Il prendrait ses distances et lui laisserait tout l'espace dont elle prétendait avoir besoin. Au lieu d'insister, il l'emmènerait faire des randonnées équestres, ferait du yoga et tout ce qu'elle demanderait, parce que passer du temps ensemble lui permettrait de mettre en place la deuxième partie de son plan.

L'alchimie entre eux était palpable. Avec un peu de temps, la chaleur contenue s'embraserait, et elle exigerait...

— Embrasse-moi.

Zach cilla, se tournant vers Julia. Est-ce que son subconscient parlait à voix haute maintenant ?

— Trop lent, se plaignit-elle.

Elle grimpa sur ses cuisses, mit une main sur son cou et unit leurs lèvres.

Le cerveau de Zach ne l'avait pas encore rattrapée, mais l'instinct fit effet. Il prit ses hanches, l'attira tout contre son corps, et prit la relève, un chœur d'alléluia résonnant à ses oreilles.

Le goût de Julia le transperça... de la menthe poivrée et du plaisir. Sa poitrine était pressée contre son torse et ses seins doux éveillaient son appétit et son désir. Il lui mordilla la lèvre, absorbant son hoquet alors que...

Un cliquetis vif résonna sur la vitre côté conducteur. Ils se séparèrent brusquement, ou en tout cas rompirent leur baiser. Zach maintint sa prise sur ses hanches.

Il n'était pas assez bête pour la lâcher prématurément.

— La fête est à l'intérieur, signala Josiah avant de s'éloigner de la camionnette, montant les marches avec Lisa à son bras.

Derrière eux, un duo de femmes passa nonchalamment, lançant de brefs coups d'œil par-dessus leurs épaules alors qu'elles avançaient lentement pour ne pas rater une seule seconde.

Zach sourit mais parla doucement à Julia.

— Je suppose que tu avais vu quelque chose ?

— Deux des plus grandes commères de la ville, d'après Tamara. Je parie qu'elles essaient de se surpasser en faisant savoir que nous ne pouvons pas arrêter de nous sauter dessus.

Voilà qui était une bonne introduction pour une soirée très divertissante.

— Quand tu veux. Nous devrions aller sur la piste de danse et leur donner d'autres raisons de bavasser.

Il la souleva prudemment... encore un peu excité malgré la brièveté de leur étreinte.

Son ami et la sœur de Julia souriaient comme des idiots lorsque Zach accompagna Julia pour monter les marches.

— Vous semblez bien vous entendre, murmura Josiah à Zach alors que les femmes passaient la porte devant eux.

— La ferme, rétorqua Zach, mais il souriait aussi.

Oui, il allait dire « oui, oui, oui » à chaque requête que Julia lui adresserait. Et si le karma continuait à lui être favorable, il pourrait y avoir des résultats très agréables tôt ou tard.

Les murs sombres en bois brillaient sous les projecteurs dorés, et l'odeur de la bière et de la nourriture de bistro flottait dans l'air. La musique créait du vacarme, mais les saluts et les vœux de bonheur enjoués étaient encore plus bruyants.

Zach se dépêcha de rejoindre Julia, glissant la main dans la sienne.

Elle sursauta de surprise avant de se rapprocher délibérément au bout d'un instant, tout en agitant la main vers des amis.

Elle pencha la tête en arrière, ses lèvres frôlant l'oreille de Zach.

— Droit vers la piste de danse ? Nous pourrons éviter les questions pendant un moment comme ça.

Pas de protestations de sa part. Il l'aida à enlever son manteau, retira sa veste en jean, et pendit les deux à un crochet sur le côté de la piste de danse.

Il prit ses doigts entre les siens et la mena dans la mêlée. Un instant plus tard, elle était dans ses bras, et la planète se déplaça légèrement sur son axe.

C'était parfait.

Le visage de Julia s'inclina vers lui, illuminé d'un large sourire.

— Tu es un rigolo, dit-elle.

Il l'attira plus près, la faisant tournoyer loin de la foule environnante.

— Je ne vais pas protester, mais il y a une raison particulière à ce commentaire ?

Elle brisa le contact entre leurs mains et lui tapota son torse.

— Tu portes ton t-shirt GROOM.

— Je suis fier de ce t-shirt, insista-t-il. Même soûl, j'ai réussi à sortir de la chapelle de mariage sans que tu me transformes en GROO, ou ROOM, ou le pire possible, G OO[1].

Un rire résonna bruyamment à ces paroles, l'amusement se lisant clairement jusqu'aux orteils de Julia.

— Bien vu. Et je te signale que j'ai envisagé de porter mon t-shirt RIDE, mais que j'ai décidé que je n'avais pas l'endurance de supporter les vannes continues que cela déclencherait chez les équipes de la caserne.

Elle avait mis un chemisier jaune pâle qui scintillait sous les lumières, avec une jupe en jean qui s'arrêtait au-dessus des genoux.

— J'aime bien ce que tu portes. C'est mignon.

Et sexy. *Absolument* sexy avec ses longues jambes musclées qui attiraient le regard sur le moindre de ses mouvements, mais dans le but de continuer à voir son expression radieuse, comme s'il venait de lui tendre un trophée, il garda pour lui ses commentaires sur le fait qu'elle était *à croquer*.

Il se contenta de l'attirer contre lui et de tournoyer. Julia s'accrocha à lui, aussi proche de lui que possible alors qu'elle le laissait diriger. La prise de Julia était sûre et son souffle chaud déferlait sur sa peau.

Ce n'était pas simplement la danse qui faisait battre son cœur.

Quand la musique changea enfin de tempo, passant à une lente ballade, Zach était plus qu'impatient de changer de posture. Il pressa une de ses paumes contre le dos de sa partenaire, joignant son autre main à celle Julia au niveau de la poitrine. Se tenant la main, ils se balançaient d'avant en arrière alors que les yeux de Julia brillaient.

Oui. Il pouvait supporter ça, et bien, bien plus.

Le regard de Julia se détacha puis revint, un secret vacillant sur ses lèvres.

Zach pressa la joue contre la sienne.

— Quoi ?

Elle remonta les mains sur son torse et les lui passa autour du cou. Sa voix s'éleva à peine assez fort pour qu'il l'entende.

— Il y a beaucoup de chuchotements et de regards fixes.

— Ce sont mes talents de danseur.

Zach la cambra, la tenant sur son bras, leurs hanches collées, leurs jambes entrecroisées.

Julia roula des yeux alors qu'il la ramenait à la verticale.

— Mais oui, bien sûr. Ce doit être ça.

— Chuuut. Ne gâche pas ma concentration.

De nouveau joue contre joue, Zach se balançait et profitait bien plus du contact entre leurs corps qu'il n'était sage.

— Je dois me concentrer sur mes mouvements de *Danse avec les stars* ou nous aurons des problèmes.

Julia inspira profondément, se détendant contre lui. La chaleur et le feu chatouillaient sa colonne vertébrale, et la tentation de tourner la tête et presser ses lèvres contre celles de la jeune femme devenait plus forte.

Le fait qu'elle bouge contre lui d'une manière parfaitement sensuelle devrait suffire pour l'instant, peu importe qu'il veuille tellement plus.

La chanson se termina, et Julia se nicha contre lui puis le tira vers les chaises à côté de la piste de danse.

— Viens. Je dois me désaltérer.

Ses sœurs étaient là. Toutes les trois, ce qui impliquait Tamara Stone aussi. Son regard aiguisé fila vers Zach d'une manière annonçant qu'elle ne savait pas si elle devait lui serrer la main ou lui éclater les genoux.

Julia n'avait aucun scrupule et se précipita dans les bras de sa sœur pour l'étreindre brièvement.

— Désolée de ne pas être venue à Silver Stone cette semaine pour te parler. Je suis contente que toi et Caleb ayez pu venir ce soir.

— Évidemment que nous avons pu venir. Ce n'est pas tous les jours que nous pouvons fêter le mariage de quelqu'un de la famille, répondit-elle alors que son regard filait vers Zach. Enfin, *deux* nouveaux beaux-frères en un week-end... C'est spécial.

Elle avait l'air dangereuse. Zach fut heureux que Julia l'éloigne davantage de Tamara et de son mari baraqué, Caleb.

La petite table laissait à peine assez de place pour huit, surtout avec les verres qui les attendaient dessus.

Finn en attrapa et le leva bien haut.

— Je n'aurais jamais imaginé faire ça aussi tôt après mon mariage, mais quand le destin parle, nous devons l'écouter. À Julia et Zach. Ce n'est pas le passé qui compte, mais l'avenir. Puissiez-vous profiter des jours à venir. Trouvez la voie qui est la vôtre et suivez-la là où elle vous mènera.

Caleb leva son verre aussi.

— Et si je peux ajouter quelque chose, vous avez de la famille près de vous. Ne pensez jamais que vous êtes seuls.

Zach lança un coup d'œil à Julia. Elle aussi avait pris un verre, mais ses yeux étaient suspicieusement brillants. Il passa un bras autour d'elle et la serra tendrement.

— En mon nom et en celui de Julia, merci. Ça représente tout pour nous.

Julia se racla la gorge, mais sa voix était encore tremblante quand elle parla.

— À l'avenir.

Toute la tablée leva son verre pour porter un toast.

— À l'avenir !

L'acclamation retentit à travers la pièce, suivie par de grands éclats de rire.

Le regard de Julia fila derrière Zach vers la porte de devant. Un instant plus tard, elle se plaquait une main sur la bouche.

Lisa se tourna pour voir ce qui se passait, et elle écarquilla les yeux.

— Oh mon Dieu.

Zach se tourna lentement, veillant à garder Julia dans ses bras. La source de l'amusement de tout le monde devint claire.

Sa surprise était arrivée.

L'HOMME qui entrait dans le bar était habillé de la tête aux pieds d'un tissu métallique brillant. Ses cheveux bruns étaient minutieusement peignés en arrière selon un style bien trop familier.

Elvis était dans la place.

Il se dirigea droit vers leur table, la lumière scintillant sur les sequins de ses larges manches.

Julia sentit le rire monter vite et fort jusqu'à ce qu'elle hoquette tellement que sa respiration en était devenue difficile. Un bras passé autour du cou de Zach, elle se rapprocha et frotta le dos de sa main contre sa tête.

— Tu es un véritable pitre.

Il lui lança un grand sourire.

— Hé, tu étais très contrariée que je ne l'aie pas fait venir à notre mariage. J'ai pensé que c'était la meilleure alternative.

Cela avait déjà été la plus étrange des soirées, mais pile quand la solennité avait été sur le point de la submerger, Zach avait joué une carte gagnante.

Elvis se tenait devant eux, s'inclinant formellement pour les saluer.

— J'ai entendu dire qu'il y a un couple de jeunes mariés qui a besoin d'une petite sérénade.

Zach attrapa la main de Julia et la ramena sur la piste de danse.

À l'arrière, la musique se tut tandis qu'Elvis positionnait sa guitare et grattait quelques accords endiablés.

La musique commença dans les haut-parleurs au-dessus d'eux, et une seconde plus tard le chanteur l'accompagna, grattant « Blue Suede Shoes » sur sa guitare et chantant à pleine voix – et assez bien – alors que toute la foule du pub Rough Cut se joignait à lui.

Zach fit tournoyer Julia puis la ramena dans ses bras, son sourire plus que ravi.

L'instant avec sa famille avait failli la submerger. Karen et Lisa connaissaient peut-être une partie de la vérité, mais leur cacher l'essentiel des raisons pour lesquelles Zach et elle restaient ensemble *et* cacher toute l'histoire à Tamara et Caleb...

Ils leur avaient quand même offert un soutien inconditionnel.

Ce genre de lien n'était pas facile à accepter. Pas avec le peu de famille qu'elle avait eu. Pas avec la culpabilité troublée qui bouillonnait dans ses tripes sur le fait d'être en colère contre la seule famille qu'elle avait connue.

La famille était une chose bien compliquée. Elle ne s'y serait jamais attendue.

C'était la raison pour laquelle l'improbabilité de ce qui se produisait en ce moment lui facilitait les choses pour continuer et ne pas avoir l'impression que le poids du monde reposait sur ses épaules.

— La Terre à Julia, dit Zach en inclinant la tête pour que son regard croise le sien. Tu as une chanson préférée pour Elvis ?

Le chanteur interprétait tous les classiques, ou en tout cas tous ceux entraînants et joyeux. Et même si elle avait bien une ou deux chansons d'amour préférées, elle n'allait pas les demander.

Le niveau de tentation avait grandi pendant la semaine passée, et Julia était toute proche de céder et d'engager une conversation intéressante avec l'homme qui la tenait actuellement dans ses bras.

Mais elle ne prétendrait pas que ce qu'il y avait entre eux était autre chose que de l'amitié et de la passion.

Malgré tout, il était plutôt approprié de danser avec Zach alors que les paroles de « Fever[2] » emplissaient les couloirs du pub.

Ils dansèrent et burent, puis dansèrent encore un peu. Tout le monde changea de partenaire pendant au moins une chanson.

Il semblait que tous les amis de Zach étaient déterminés à donner des conseils à Julia.

— Je sais qu'il a l'air décontracté, avança Finn, mais il a un cœur tendre. Je pense que c'est dû au fait d'avoir grandi avec autant de filles.

— Tu veux dire qu'il a des germes de fille ? demanda Julia avec l'expression la plus joyeuse qu'elle put.

Les lèvres de Finn tressaillirent très légèrement.

— Quelque chose comme ça.

Josiah attendit presque la fin de la danse avant de passer d'une conversation légère à quelque chose de plus sérieux.

— Je sais que je n'ai rencontré Zach qu'assez récemment, mais s'il y a une chose que je peux te dire, c'est que cet homme sait comment travailler. On dirait qu'il s'amuse tout le temps, mais il accomplit une tonne de trucs pendant ce temps-là. C'est une qualité que je respecte.

— Une bonne éthique de travail ? demanda Julia avec curiosité.

— Plutôt le fait qu'il ne s'attend pas à recevoir une tape dans le dos. S'il y a quelque chose à faire, il s'en occupe, répondit Josiah avec un clin d'œil avant de la faire tournoyer vers les bras de Zach.

— Je suppose qu'ils parlent tous de moi ? demanda Zach alors qu'ils se déplaçaient gracieusement sur la piste de danse. La raison pour laquelle je dis ça, c'est que je me suis fait tirer les oreilles par tes sœurs à *ton* sujet.

— Que disent-elles ? demanda Julia avec une sincère curiosité.

Zach marqua une pause un instant.

— Eh bien, il y a eu les habituelles menaces contre ma personne si je fais quoi que ce soit pour te blesser.

Elle en resta bouche bée, mais réussit à se reprendre.

— Tu plaisantes.

— Je suis mortellement sérieux, mais je m'y attendais un peu.

Il la fit tournoyer avec lui un instant avant de se reculer assez pour qu'elle puisse voir clairement son visage.

— Elles m'ont toutes dit à quel point elles voulaient que tu sois heureuse, et que maintenant, c'était de ma responsabilité.

Elle ne put se retenir. Elle roula des yeux.

— Eh bien, c'est un tas de fadaises.

Il cilla de surprise.

— Je ne suis pas censé te rendre heureuse ?

— Bon, j'apprécierais vraiment que tu ne me rendes pas malheureuse. Mais que ce soit ta *responsabilité* ? Oh que non. Nous sommes tous les deux des adultes. Nous allons faire de notre mieux pour nous entendre et nous amuser, mais si je suis une pimbêche et que je suis ronchon ? Ce n'est pas ta faute. Je m'attends à ce que tu me dises de me reprendre.

Zach hocha vivement la tête.

— Exactement ce que je pensais. Ne t'inquiète pas, aucune d'elles ne m'a vraiment menacé d'une mort *immédiate*. Enfin, à toi de me le dire. Est-ce que Tamara te paraît être un peu plus violente que les deux autres ? Et ça veut tout dire, étant donné que j'ai vu Karen tirer sur un homme sans ciller.

Julia jaugea Tamara pour son compte et fut forcée d'acquiescer.

— Je pense que c'est dû au fait d'être mère. Du genre être protectrice et tout ça.

La douleur la tirailla, inattendue et malvenue. Les mères étaient censées être protectrices et... eh bien... même si cela s'était avéré être le cas, Julia découvrait maintenant qu'être *sur*protectrice était possible.

Sa propre mère – la seule famille qu'elle ait jamais connue – avait caché les origines de Julia. À l'époque, elle n'avait pas cherché à en savoir plus. Maman l'aimait, l'avait désirée. Fin de l'histoire.

Seulement, ce que représentait le fait d'avoir une grande famille la frappait tous les jours au visage...

Encore une fois, Julia repoussa la douleur. Ce n'était pas le moment de titiller la boule de gêne dans son ventre. Mais à un moment, elle devrait libérer sa frustration et sa colère sur Tony et en parler.

Après quelques autres tours de danses, la fête se termina lentement. Pendant le trajet du retour jusqu'à leur petit chalet, Zach la divertit par un compte-rendu théâtral de la soirée, la faisant rire tout du long.

Quand ils arrivèrent à la porte d'entrée et se glissèrent dans la chaleur de la salle de séjour, Julia hésita.

Ce fut seulement le malaise persistant après avoir pensé à sa mère qui lui fit choisir de repousser au lendemain. Elle n'avait aucune idée de ce qui allait se passer entre elle et Zach, mais ça ne commencerait pas pendant qu'elle gambergeait sur des choix familiaux gênants, sur des épisodes de son passé qui l'agaçaient immensément.

Malgré tout, il fallait dire quelque chose.

Elle se tourna vers Zach et s'approcha pour poser les mains sur son torse.

Il s'immobilisa.

Julia fixa son visage. L'expression de Zach était bienveillante et enthousiaste.

— Merci d'avoir rendu cette soirée beaucoup plus amusante que prévu.

— De rien.

Avant qu'elle ne perde courage, elle se rapprocha et lui déposa un rapide baiser sur la joue avant de battre en retraite pour qu'il ne puisse pas passer les bras autour d'elle ou rendre la soirée encore plus compliquée.

— Bonne nuit.

Julia s'échappa dans sa chambre. Il n'y avait pas d'autre manière de le formuler.

Bon sang, elle avait probablement été à deux doigts d'un sprint, mais en même temps, tandis qu'elle retirait ses vêtements et se préparait à se coucher, la plus étrange et merveilleuse des sensations l'enveloppait, comme une chaude couverture autour des épaules.

Comme si quelque chose planait à l'horizon, avec la promesse d'être merveilleux et positif.

Se pelotonner dans son lit, proche de Zach mais sans lui, fit agréablement monter son excitation. Comme se réjouir des vacances ou des cadeaux qui attendaient sous le sapin de Noël.

De merveilleux cadeaux qui pourraient être déballés très, très bientôt.

Se réveiller le lendemain matin avec l'odeur du bacon amplifia simplement cette délicieuse impatience.

La cloche annonçant le repas résonna, et Zach lança joyeusement :

— C'est l'heure du petit déjeuner, la marmotte !

— Je suis réveillée, répondit-elle en repoussant la couette.

Elle enfila une robe de chambre et des pantoufles et le rejoignit dans la cuisine qui sentait merveilleusement bon.

Il avait préparé le petit déjeuner, qui consistait en quatre sortes de protéines accompagnées d'une pile de toasts parfaitement beurrés.

— Tu es un dieu, l'informa Julia en empilant du bacon sur un morceau de pain et en le badigeonnant de moutarde. Merci.

— Tu es une barbare, rétorqua-t-il avec un grand sourire. On est censé mettre du ketchup. Mais de rien.

Elle attendit de ne plus avoir la bouche pleine pour parler, savourant le goût tout en l'examinant de près.

— Qu'est-ce que tu fais aujourd'hui ?

— Pas grand-chose. Finn est sérieux quand il dit vouloir mettre sur pied le ranch éducatif sans avoir à se presser. Puisque nous n'avons pas besoin que tout soit prêt avant le printemps, nous avons tous les deux le temps de gérer d'autres tâches.

— Je n'ai jamais compris pourquoi vous êtes passés d'un rythme de fou à une promenade de santé.

Ce fut ainsi que, pendant de longues minutes, Zach passa en revue ce qui s'était passé concernant le ranch de Red Boot, le défi pour Finn et lui qui finalement s'était avéré ne pas être un défi.

Tout ça semblait très improbable, du moins jusqu'à ce que Julia considère leur étrange et délicate situation.

— Maintenant je comprends mieux pourquoi Karen a dit que votre mentor n'est pas nécessairement son meilleur ami.

Julia empila leurs assiettes vides et les emporta vers le plan de travail, se préparant à faire la vaisselle et un peu de nettoyage.

— Bruce pensait bien faire, avança Zach. C'était un homme incroyable, mais il ne faisait vraiment pas les choses dans les règles.

Il lui lança un coup d'œil.

— Je suis encore désolé que tu sois coincée par son ingérence. Je ferai tout ce que je peux pour faire passer le temps du mieux possible.

Julia hocha la tête, plongea les mains dans l'eau chaude et commença à faire la vaisselle.

— Je pense que nous nous entendons bien... Jusqu'ici tout va bien.

Elle ignora le grand sujet qui devrait être abordé dans un futur proche, mais pas quand elle était jusqu'aux coudes dans la graisse de bacon.

— Nous devons parler de mes possibilités d'embauche, continua-t-elle. Quelles sont les chances que tu sois prêt à déménager un peu plus vers le nord pendant un moment ?

Il semblait qu'elle avait réussi à le surprendre. Il resta bouche bée.

— Pourquoi veux-tu t'éloigner de ta famille ?

— Parce que mon stage se termine à la fin du mois d'octobre. Il y a un emploi disponible à High River, mais je n'aimerais vraiment pas devoir conduire deux heures tous les jours pour aller travailler.

Zach se rapprocha d'elle pour essuyer et ranger la vaisselle.

— Maintenant que tu en parles, j'ai en quelque sorte déjà un boulot pour toi.

Ce fut à son tour de se figer.

— Quel genre de boulot ?

— Responsable médical ici, au ranch de Red Boot, répondit Zach en levant la main. Écoute-moi. Ce n'est pas moi qui invente un boulot pour te faire la charité à cause de la situation dans laquelle nous nous trouvons. C'est un poste qui doit être pourvu. Je peux même te montrer... C'est dans les registres depuis le premier jour.

— Tu veux que je sois la responsable médicale pour un ranch pédagogique.

Julia s'entendit prononcer les mots, mais ça ne semblait pas possible.

Encore ce mot. Il semblait que « possible » pouvait ne pas vouloir dire ce qu'elle croyait...

— Nous devrons passer en revue les besoins spécifiques, et bien sûr le salaire reste à fixer...

— J'accepte. Oh, bon sang *oui*, j'accepte.

Elle l'entoura de ses bras, ignorant les taches mouillées qu'elle laissait derrière elle alors qu'elle le serrait fort.

— Je veux travailler dans un ranch éducatif depuis la minute où je suis partie. J'ai adoré grandir dans l'un d'eux, et j'ai détesté devoir partir pour aller étudier. Et je sais que c'est un vrai poste... vous *devez* avoir quelqu'un, et je serais parfaite pour ça, je te jure.

Zach lui tapota doucement le dos.

— Je t'ai déjà proposé le poste. Tu n'as pas besoin de me montrer ton C.V.

Elle souriait d'une oreille à l'autre. C'était contraire aux règles par certains aspects, mais la situation dans laquelle ils se trouvaient était... oui, pas habituelle.

— Je suis sûre que nous trouverons comment peaufiner les détails, mais *merci*. C'est un soulagement.

Il lui lança un clin d'œil.

— De rien.

Ils venaient de terminer de faire la vaisselle, et Julia était sur le point d'aller dans la salle de bains pour se préparer pour la journée quand des coups bruyants résonnèrent à la porte.

Zach roula des yeux.

— Voilà ce qui se passe quand Finn dit qu'il va prendre une journée de repos.

Il s'avança vers la porte d'entrée, parlant fort en s'approchant comme s'il espérait que Finn l'entendait.

— Ça ne ferait pas de mal si tu posais ton cul pendant une journée et que tu laissais le reste d'entre nous faire pareil.

Il ouvrit brusquement la porte.

Mais ce n'était pas Finn. C'était le père de Julia, George Coleman, qui se tenait là plus vrai que nature avec une expression très peu avenante sur le visage alors qu'il faisait plier Zach du regard.

— Je ne passe habituellement pas beaucoup de temps sur mon cul, surtout quand une de mes filles se marie sans m'en avertir. Il y a un dîner de famille lundi. J'ai pensé que ça pourrait être le bon moment pour venir et apprendre à connaître un peu mieux mon nouveau gendre.

13

« **U**nattendu » était un mot faible pour rendre compte de cette visite. Zach resta figé sur place, alors que Julia resserrait brusquement sa robe de chambre autour d'elle. Elle s'éloigna lentement du centre de la pièce.

— Hé, dit-elle. Donne-moi une minute pour m'habiller, et je viendrai dire bonjour.

Elle s'éloigna, disparaissant dans la salle de bains.

Rester seul avec son père déclencha un tressaillement sur la nuque de Zach. Malgré tout, il garda suffisamment de sang-froid pour lui faire signe d'entrer.

— Puis-je vous servir un café ?

George Coleman hocha vivement la tête, retira ses bottes près de la porte et s'avança vers la table.

— Je suis arrivé plus tôt que je ne m'y attendais. Je pensais que ça me prendrait au moins la moitié de la matinée d'arriver ici.

Zach mit en marche la machine à café.

— Vous avez quelqu'un qui s'occupe de vos corvées pendant votre absence ?

L'homme s'installa sur la chaise où peu de temps auparavant Zach avait regardé joyeusement de l'autre côté de la table une Julia ébouriffée après sa nuit de sommeil. En fait, il avait eu toutes sortes de projets délicieux pour la journée qui marinaient dans son esprit.

Et même si l'information sur le boulot était sortie un peu plus tôt que prévu, l'étreinte impulsive de Julia représentait beaucoup pour lui.

Il aimait la rendre heureuse.

Zach posa la verseuse sur la table avec une tasse, de la crème et du sucre. En s'installant sur sa chaise, il se rendit compte que le père de Julia n'avait pas répondu à sa question. Il était simplement assis là, le foudroyant du regard.

Zach haussa un sourcil.

— Quelque chose ne va pas ?

George croisa les bras sur son torse.

— Tu crois que je viendrais ici sans que quelqu'un s'occupe de tout chez moi ?

Bon sang. Zach s'enorgueillissait de pouvoir discuter avec presque n'importe qui de n'importe quoi. Habituellement, il pouvait les baratiner et les convaincre d'investir dans des aventures profitables pour lui et Finn en prime.

Mais là, il semblait qu'il avait rencontré un os.

Il était sur le point de se justifier quand Julia réapparut, entrant dans la cuisine, maintenant habillée d'un jean et d'un t-shirt.

Zach cligna des yeux. Elle était rentrée dans la pièce en sortant de sa chambre à *lui*.

— Hé, papa. C'est une surprise.

Julia s'approcha pour lui donner un rapide baiser sur la joue avant de s'installer sur la chaise la plus proche de Zach.

Quand elle entremêla ses doigts aux siens, Zach retrouva

enfin le sourire. Un vrai sourire, parce qu'elle les affirmait comme un vrai couple.

C'était agréable.

George les regarda avant de remplir sa tasse et d'ajouter un nuage de lait. Il fixa le liquide tout en le remuant.

— Tamara m'a invité à venir dîner lundi soir, mais j'ai pensé que j'allais arriver un peu plus tôt pour passer du temps avec vous.

Il montra Zach du doigt, sans croiser son regard.

— J'aimerais discuter avec lui.

L'expression de Julia se tendit.

— J'espère que tu n'as pas l'intention d'essayer un truc du genre « quelles sont tes intentions envers ma fille ? » avec Zach. Notre relation est *notre* affaire.

George hocha la tête, apparemment fasciné par sa tasse de café.

— C'est ce que Tamara m'a dit. Mais il n'y a rien de mal à ce qu'un homme veuille s'assurer que ses filles soient bien traitées.

Près de lui, Julia vibrait pratiquement. Même si Zach comprenait en partie sa frustration, il comprenait beaucoup mieux les motivations de George Coleman.

— Bien sûr que vous êtes inquiet. Mais je vous assure, Julia et moi allons très bien. Nous avons trouvé des solutions.

— Ce serait quand même bien de prendre le temps de discuter, soutint George brusquement.

Il lança un coup d'œil à Julia.

— Mes autres filles m'ont dit que vous aviez une autre chambre dans le chalet. J'ai pensé que je pourrais loger chez vous cette fois. Ça sera plus facile pour discuter pendant que je serai là.

La première réponse qui vint à Zach fut une fervente envie de jurer à voix haute et à profusion. Avoir un invité allait compliquer les choses. Mais la seconde chose qui lui traversa l'esprit ?

Avoir un invité pourrait rendre les choses très intéressantes, effectivement.

Julia hésita avant de réussir à faire un sourire tremblant.

— Bien sûr. Donne-moi simplement quelques minutes pour ranger. Je me suis étalée un peu partout.

De vraies bêtises. Elle ne laissait jamais rien qui ne soit pas à sa place, et sa chambre donnait l'impression qu'une recrue de l'armée s'était installée avec lui. Malgré tout, Zach pensait savoir ce qu'elle prévoyait.

— Pourquoi je n'emmènerais pas ton père visiter le ranch pendant que tu t'occupes de ça, ma puce ? demanda Zach en serrant le bras autour de sa taille.

L'expression de Julia alors qu'elle le fixait du regard était à mi-chemin entre l'amusement et la terreur.

— Ça me paraît être une idée géniale, *bébé*.

Il réprima un reniflement amusé, termina le reste de son café avant de pencher la tête vers George.

— Prêt à y aller ?

C'était assez surréaliste de se promener dans le ranch de Red Boot avec le père de Julia, qui lui posa quelques questions générales, mais resta surtout à côté de lui, à regarder dans les coins et les recoins comme s'ils étaient d'un intérêt crucial.

Ils venaient d'entrer dans l'écurie principale où les chevaux se trouvaient, quand Finn apparut. Dieu merci, un peu de miséricorde.

L'expression de George s'éclaircit très légèrement.

— Finn.

Il semblait que l'arrivée de leur beau-père – voilà une étrange prise de conscience : son *beau-père* ! – était aussi une surprise pour le meilleur ami de Zach.

Mais Finn se reprit rapidement et s'approcha pour lui tendre la main.

— Je ne m'attendais pas à vous voir ici aussi tôt. Le dîner n'est que demain soir.

— J'ai pris quelques jours de congé, répondit George en croisant de nouveau les bras sur son torse, lançant un coup d'œil qui passa de Finn à Zach. Maintenant, lequel de vous deux va me dire ce qui se passe ?

Alors que Zach se préparait à l'affrontement, Finn émit un petit rire, apaisant la tension.

Son meilleur ami avait de l'expérience pour gérer cet homme. Si Finn pouvait trouver un moyen de faire passer les choses plus en douceur, Zach soutiendrait son plan sans broncher.

Un léger mouvement des épaules de Finn s'ensuivit.

— Je ne sais pas si vous l'avez vu vous-même à l'œuvre, mais ce que je pense, c'est que ce gars, dit Finn en tendant le pouce vers Zach, a vu que ce qui se passait entre Karen et moi était génial et a décidé qu'il était prêt.

Le froncement de sourcils de George persistait.

— C'est un peu rapide.

Zach suivit l'exemple de Finn.

— Pas vraiment. Julia et moi nous sommes rencontrés au printemps dernier. C'est vrai que nous n'avons commencé à sortir officiellement ensemble que cet été, mais comme Finn l'a dit, il y a beaucoup de choses à apprécier chez Julia.

L'expression de George Coleman changea à peine.

— N'essaie pas de m'embobiner, mon garçon. Quoi qu'il se passe, ce n'est pas parce que tu es fou amoureux.

Mentir, ou dire la vérité ?

Il n'eut pas l'occasion de décider quelle voie prendre car des rires féminins résonnèrent derrière eux. Karen et Julia apparurent, comme si elles s'étaient retrouvées au même endroit par hasard.

— Hé, papa. Julia m'a dit que tu étais arrivé. Contente que tu sois venu en avance, dit Karen l'étreignant brièvement avant de reculer avec un sourire en apparence excité. En fait, le timing est parfait. Finn et moi voulions t'emmener en balade sur certains des nouveaux chevaux que nous avons achetés.

L'expression de George marqua son hésitation.

— Je voulais passer du temps avec Julia. Et lui.

Le mouvement de son doigt ressemblait pratiquement au geste pour éloigner une mouche indésirable.

Zach se frotta la main sur les lèvres pour dissimuler un sourire.

Julia était à ses côtés et sa main se glissa de nouveau dans la sienne.

— Nous adorerions faire une promenade à cheval. Il n'y a pas de raison pour que nous ne sortions pas tous les cinq.

C'était visiblement tout ce qu'il fallait. Finn fit signe à George d'avancer dans l'écurie.

— Venez. Je vais vous en montrer deux pour que vous choisissiez.

La tentation était à l'évidence trop irrésistible pour le père de Julia. Il esquissa un sourire et suivit Finn.

— Karen m'a dit que tu as fait de bonnes acquisitions.

L'agacement déforma le visage de Julia à côté de Zach.

— C'est Karen qui a fait ces acquisitions, murmura-t-elle en s'appuyant contre lui.

La bévue prévisible de la part de son père n'était pas ce qui préoccupait Zach.

— Je croyais que tu étais en train de nettoyer ta chambre pour que ton père puisse l'utiliser ce soir.

— J'ai commencé, mais ensuite je me suis rendu compte qu'il n'y avait pas moyen que je te laisse seul avec lui trop longtemps. J'ai appelé Karen, et nous avons pensé que, puisque nous étions ici, nous serions l'équipe de sauvetage la plus rapide. Lisa arrive. Elle se faufilera dans le chalet et déplacera mes affaires dans ta chambre.

Le travail d'équipe dans toute sa splendeur. Zach hocha la tête.

— Ça signifie que nous n'avons pas grand-chose à faire à part' profiter d'une autre balade à cheval. Ton père ne dépassera pas les bornes avec Finn dans le coin. Il le respecte trop.

Ce qui signifia que les deux heures suivantes passèrent agréablement, en un clin d'œil. George Coleman était bien distrait par Finn qui signalait les dernières évolutions du ranch.

En plus, Karen demandait régulièrement l'opinion de son père sur divers animaux. Un conseil dont elle n'avait pas besoin, mais ses questions caressaient juste assez l'ego de son père pour le déstabiliser.

Zach était forcé de comparer la situation avec les derniers échanges qu'il avait eus avec ses propres parents. Zachary Senior et Pamela Sorenson exigeaient bien que leurs enfants réalisent leur plein potentiel – mais ledit potentiel était toujours basé sur ce qui rendait chacun d'eux personnellement heureux, il ne réclamait pas de s'aplatir devant les attentes parentales.

Il semblait que son expérience n'était pas des plus communes. Sa famille avait toujours été là pour lui. Même maintenant, il savait qu'elle le soutiendrait et l'aiderait à atteindre ses objectifs – une fois qu'il arriverait à parler de sa situation actuelle, quoi qu'il décide de raconter.

Ce n'était pas le cas dans la famille de Finn. Zach avait saisi aussi des allusions au cours des mois passés qui suggéraient que les filles de Whiskey Creek n'avaient pas toujours eu l'impression d'être soutenues.

En regardant George Coleman passer la matinée avec ses filles et Finn – et, il fallait en convenir, un gendre inattendu –, Zach se demanda s'il avait la capacité de changer suffisamment pour être celui dont Julia avait besoin.

Cette vieille sensation de possessivité le frappa, mais cette fois avec un petit changement. Zach ne se souciait pas vraiment de ce que George pensait de *lui*, mais il se souciait immensément de ce que Julia ressentait au bout du compte.

Cela donna à Zach une raison supplémentaire d'être attentif. Peut-être que sa récente résolution avait été de dire « oui » à toutes les requêtes de Julia, formulées ou non, mais il était tout aussi important de dire « non » à tout ce qui la ferait souffrir.

D'une manière ou d'une autre, il devait le faire de sorte à bien faire comprendre qu'il subviendrait à ses besoins, mais aussi qu'il l'écouterait. Si le fait que Zach soit cette personne dans la vie de sa fille posait un problème à George Coleman, plus tôt ils le découvriraient, mieux ce serait.

La famille à la rescousse.

Même cette simple pensée semblait étrange, bien qu'aussi agréablement réconfortante. Julia se rapprocha doucement de Zach, en partie comme prétexte pour rester hors de la conversation de l'autre côté du feu où son père les divertissait tous en leur racontant une histoire sur quelque chose de majeur et de soi-disant important.

Même si le dîner familial officiel n'était prévu que pour le lendemain soir, Lisa avait proposé un barbecue impromptu chez elle et Josiah.

Un barbecue signifiait moins de temps à passer assis à table et davantage de temps pour se détendre près de Zach.

En parlant de Zach... toute la journée, il avait été merveilleux et horrible à la fois. Toujours à portée de main, pourtant jamais envahissant. Quand c'était approprié, il lui tenait la main ou passait un bras sur ses épaules.

Julia devait faire face à la vérité. Ce truc factice entre eux ne suffisait plus. À peine une semaine que ça avait commencé, et elle était prête à abandonner tout bon sens. Ce qui faisait d'elle la pire fausse petite amie possible – oups, la pire fausse *épouse* possible au monde.

Parce qu'en vouloir plus allait simplement leur causer des problèmes.

Alors qu'il commençait à se faire tard et que le soleil se couchait derrière les montagnes Rocheuses, Julia décida qu'elle pourrait aussi bien prendre le risque. Zach était digne de confiance. Il n'allait pas s'enfuir et raconter ses affaires à qui souhaitait les entendre.

Ça ne voulait quand même pas dire qu'il accepterait sa proposition.

Le feu crépita, et un bâillement lui échappa.

Zach prit ça comme un signe pour lui serrer la taille.

— Prête à rentrer à la maison ?

Elle lança un coup d'œil vers son père, toujours engagé dans une vigoureuse conversation avec Finn et Josiah.

— Lui n'a pas encore l'air d'être prêt à partir.

Zach haussa les épaules.

— Il a des jambes. S'il insiste pour loger chez nous, il pourra se faire raccompagner par Finn et Karen, puis marcher jusqu'au chalet pour rentrer.

Lisa, qui se trouvait de l'autre côté de Julia, lui tapota la jambe d'une main pour attirer son attention. Elle recourba le doigt, attendant que Julia se penche assez pour entendre ses mots prononcés discrètement.

— Rentre. Papa t'a surprise, mais nous avons la situation en main. Tu passeras toute la journée de demain à te débrouiller avec lui.

Lisa écarquilla les yeux, puis sa mine se fit espiègle.

— Même si je voulais te rappeler, continua-t-elle, que toi et moi avions dit que nous nous retrouverions au Buns and Roses à dix heures.

— Ah bon ?

Lisa hocha solennellement la tête.

Julia comprit brusquement.

— Oh, *c'est vrai*. C'était prévu.

Le sourire éclatant de sa sœur s'agrandit.

— Amène-le avec toi. Nous diviserons pour mieux régner.

Impulsivement, Julia attrapa les doigts de Lisa et les serra étroitement.

— Merci.

— De rien. Pour tout.

Julia n'était pas vraiment sûre du sens de ces derniers mots, mais alors qu'elle pressait son épaule contre celle de Zach, elle lui lança un clin d'œil puis éleva la voix pour qu'on l'entende de l'autre côté du feu.

— Zach et moi rentrons à la maison. Veux-tu venir avec nous maintenant, papa ? Ou préfères-tu que Karen te ramène ?

George Coleman leur lança un bref coup d'œil avant de hocher la tête.

— Partez devant. Finn s'occupera de moi.

Julia croisa le regard de Karen un instant. Tellement d'émotions partagées passèrent entre elles ! Cela lui demanda un effort de se reprendre et de lancer une réponse légère.

— D'accord. Nous te verrons demain matin.

S'échapper n'était pas tout à fait aussi simple que ça. Tout le monde les étreignit, y compris son père. En quelque sorte. Il posa une main sur son épaule et celle de Zach et les serra.

— Laissez simplement la porte ouverte. Je veillerai à être discret.

Passer la porte du chalet était comme prendre une profonde inspiration. Hésitant alors qu'elle s'apprêtait à prendre une décision, Julia savait qu'elle devait faire un choix. Il était temps d'avancer ou d'arrêter de les tourmenter tous les deux pour de bon.

Zach se retourna au milieu de la cuisine, lui donnant largement la place alors que son expression devenait penaude.

— Je suppose que nous redevenons littéralement des concubins.

Elle hocha la tête.

— N'essaie pas de me sortir une idée irréfléchie au sujet de dormir par terre. Le plancher c'est agréable, mais pas comme matelas.

Il hésita.

— Eh bien, pourquoi tu ne te préparerais pas pour te coucher ? Avec un peu de chance, Lisa aura tout mis au même endroit pour que tu t'y retrouves.

— Vas-y, insista-t-elle. Je dois prendre des notes pour demain pendant que je m'en souviens.

Elle ramassa son journal et l'agita.

— Je n'en ai pas pour longtemps, termina-t-elle.

Il lança un coup d'œil au carnet dans ses mains, puis se retourna docilement.

— On se voit quand tu auras fini.

Le son de l'eau qui venait de la salle de bains se mêla à celui de son stylo qui glissait lentement sur la page. Si elle voulait faire ça, elle pouvait aussi bien rendre ça officiel.

Il lui fallut trente secondes pour écrire les mots, mais il lui sembla qu'elle avait à peine terminé quand, dix minutes plus tard, Zach entrouvrit la porte de la chambre.

— La salle de bains est toute à toi.

Levant le menton, elle s'avança hardiment à travers la pièce et passa le seuil, refermant fermement la porte derrière elle.

Au premier coup d'œil, il n'y avait pas grand-chose à elle dans la pièce. Mais d'un autre côté, elle n'avait pas tendance à avoir beaucoup de babioles.

Zach pointa la commode du doigt.

— On peut dire qu'elle est efficace. Lisa a rassemblé mes affaires dans les tiroirs sur la gauche. Les tiennes sont sur la droite.

Elle fit la grimace.

— Désolée. Je ne m'étais pas rendu compte qu'elle envahirait ta vie privée en m'aidant.

Un reniflement moqueur échappa à Zach.

— Je suis dévasté qu'elle ait découvert que j'ai des chaussettes dépareillées dans mon tiroir !

Julia croisa les bras sur sa poitrine puis le fixa du regard.

Il haussa les sourcils.

— Quoi ?

— Tu es encore bien trop raisonnable.

— La sagesse causera ma perte, avoua-t-il. Un jour, tu devras voir ça avec mes sœurs. Je suis sûr que c'est leur faute.

— J'en suis sûre.

Riant encore, Julia attrapa ce dont elle avait besoin dans les tiroirs sur la droite puis disparut dans la salle de bains.

Cinq minutes après, elle s'adressait un sévère discours d'encouragement en se fixant dans le miroir.

— C'est une situation qui ne ferait de mal à personne. Soit il dit oui, soit il dit non, et dans tous les cas, nous saurons comment avancer.

Un ferme hochement de tête plus tard, elle ouvrit la porte et s'avança vers le côté du lit.

Zach était sous les draps. Il portait un t-shirt gris pâle, ses larges épaules et son torse musclé visibles alors qu'il était redressé, appuyé sur une pile de coussins. Il avait une liseuse à la main, et...

Nom d'un chien, c'était sexy.

— Tu portes des lunettes ?

Le plus adorable des rougissements lui couvrit les joues.

— Parfois ?

Elle s'assura que son expression correspondait à son approbation.

— Elles me plaisent.

— Elles me plaisent aussi, puisqu'elles m'aident à voir clair.

Malgré tout, il les enleva et les posa sur la table de chevet.

— Ce sont des lunettes spéciales teintées. Elles m'aident à mieux suivre sur des appareils numériques. Je n'ai pas vraiment de problème avec la paperasse, mais avec les écrans, c'est une autre affaire. Ma mère a compris que c'était pour ça que j'avais de méchants maux de tête au lycée.

— Bien joué, maman.

Julia inspira profondément et s'installa au-dessus des draps de ce qu'elle supposait être son côté du lit.

— Pouvons-nous parler de quelque chose ? demanda-t-elle.

L'expression de Zach devint interrogative, il lui accorda toute son attention.

Elle tendit son journal.

— Puisque je pense que nous serons tout gênés de devoir partager un lit parce qu'il ne faut pas laisser mon père découvrir la vérité, j'ai décidé que nous pourrions aussi bien aller jusqu'à l'embarras total.

Zach lui prit le carnet.

— Qu'est-ce que c'est ?

— J'ai décidé de quelle troisième chose faire ensemble.

Elle l'annonça d'un ton aussi pince-sans-rire que possible.

L'expression de Zach changea très légèrement. Une trace

de déception, ce qui était terriblement satisfaisant, étant donné ce qu'il était sur le point de lire.

Il ouvrit le carnet à la page qu'elle avait marquée. Son regard la parcourut, et elle sut à quel instant il arriva à l'ajout.

Zach leva le regard, ses yeux bleus écarquillés.

— Tu plaisantes.

— Non.

Son expression resta hésitante pendant environ trois secondes encore, avant que son sourire ne s'épanouisse avec un air de satisfaction pure.

— Trésor, je n'ai aucun problème à accepter ta troisième requête. C'est un défi, mais je suis plus que prêt à faire un sacrifice pour l'accomplir.

Julia se mit à rire.

— Très contente que tu sois prêt à te jeter sur l'autel du batifolage. Mais parlons de ça une minute, avant que tu ne t'excites trop.

Il agita les sourcils.

— Très drôle.

Un autre frisson d'amusement lui échappa, mais ils devaient encore en discuter. Elle s'appuya sur ses coudes.

— Nous devons définir ce qu'est batifoler.

14

$\mathcal{S}$i le karma avait été une personne avec une adresse, Zach lui aurait envoyé toute une boîte de donuts fourrés à la crème, recouverts de chocolat, peut-être aussi avec des vermicelles en sucre.

Ce n'était pas ainsi qu'il s'était attendu à ce que la soirée se termine.

Oh, il avait été optimiste, étant donné la situation qui les laissait coincés dans une chambre, mais même dans ses rêves les plus fous il n'avait pas imaginé que Julia lui tendrait son carnet avec écrite noir sur blanc sa requête pour batifoler.

Même s'il n'était pas aussi emballé par l'idée de devoir définir les termes, il y était disposé. Il tapota la place vide plus près de lui.

— Parlons.

Les lèvres de Julia s'incurvèrent ironiquement.

— Je pense que je vais rester ici pour l'instant, merci, répondit-elle en penchant la tête alors qu'elle l'observait. D'abord, je te fais confiance. C'est la raison pour laquelle nous avons cette discussion.

— Merci.

Il croisa les bras derrière la tête, se mettant à l'aise pour le temps qu'allait prendre cette explication.

Maintenant que la soirée finirait avec Julia non seulement au lit à côté de lui, mais en plus au lit avec lui, il venait soudain de découvrir qu'il avait une masse de patience.

Elle ouvrit et referma la bouche deux fois. Son nez se plissa... bon sang, pourquoi trouvait-il ça tellement adorable ?

Les mots se déversèrent comme si elle avait décidé que son aveu devait être terminé le plus vite possible.

— Je n'aime pas le sexe. Je parle de la partie où le pénis du gars pénètre mon vagin. J'aime bien un tas d'autres choses. Embrasser c'est génial... t'embrasser était plutôt spectaculaire l'autre jour. Et j'aime bien la nudité et le contact, mais quand il s'agit de... eh bien, *jouir*, seule c'est mieux qu'à deux.

Il avait essayé de suivre, mais pour être sincère, son cerveau s'était en quelque sorte arrêté dès qu'elle avait commencé à parler.

— Tu vas peut-être devoir répéter ça plusieurs fois pour que je puisse saisir toutes les nuances. Tu n'aimes pas le sexe ?

Elle secoua résolument la tête.

— Non.

C'était bien ce qu'il avait entendu. Ensuite...

— Mais tu aimes embrasser, et toucher, et... C'est là que je suis encore un peu perdu.

Curieusement, elle n'avait plus l'air gênée du tout mais très déterminée et peut-être un peu en colère.

— Je n'ai aucun problème à profiter d'un orgasme quand je me masturbe. J'en ai rarement un quand quelqu'un d'autre est impliqué.

— Ça craint.

Ces mots avaient été les premiers qui lui étaient passés par la tête, alors il les avait prononcés. Seulement, d'après l'expression sur le visage de Julia, peut-être qu'il aurait dû être un peu plus diplomate.

Elle le fit plier du regard un instant, puis haussa les épaules.

— Un peu. C'est vraiment frustrant, alors je veux simplement bien te faire comprendre quelque chose. Je ne cherche pas à y remédier ou quoi que ce soit. Je sais exactement comment prendre mon pied, mais c'est plus amusant d'être excitée *avec* un mec que sans.

Le cerveau de Zach tournait à un million de kilomètres heure, et le fait qu'il bandait rien qu'à cause de cette conversation faisait bien comprendre que, même si elle n'envisageait pas de sexe pour l'instant, il était quand même intéressé.

— D'accord. Nous devrons discuter de ce que ça signifie au fur et à mesure, mais je suis partant.

Elle soupira profondément, comme s'il avait accepté de garder un secret bouleversant.

— Merci.

— Donc.

Il pouvait aussi bien mettre les choses sérieuses sur la table tout de suite. Ou sur le lit, encore mieux.

— Tu as dit que le contact, ça allait. Est-ce que ça veut dire sur tout le corps ? Que je peux poser ma bouche partout où je veux ? Mes doigts ?

Un frisson la traversa, ce qui plaisait vraiment à Zach.

— Oui, mais dans la limite du raisonnable. Il n'y a rien de plus agaçant qu'un gars qui tienne tellement à pouvoir me faire jouir qu'il continue à s'obstiner. Si tu t'amuses en me touchant, vas-y. Mais ne continue *pas* juste parce que tu penses qu'à un certain moment, *badaboum boum boum,* tu réussiras à me faire voir des étoiles.

Cette conversation était fascinante, mais Zach était forcé de se demander...

— Je ne te contredis pas, mais puis-je te demander quelque chose ? Avec combien de gars as-tu été ? En allant jusqu'au bout sexuellement ou autrement ?

Elle haussa un sourcil.

— Est-ce que tu vas me livrer ton passé sexuel aussi ?

Zach haussa les épaules.

— Si tu veux. J'ai batifolé sérieusement ou non avec probablement deux douzaines de femmes au cours des années, plus ou moins. Pour la pénétration complète, quatre.

Elle cilla. Julia ne s'était à l'évidence pas attendue à ce qu'il prenne sa question de manière littérale et y réponde.

— *Vraiment* ?

Il se mit à rire.

— Qu'est-ce que tu n'arrives pas à croire ?

Elle rougit.

— OK, j'ai couché avec trois mecs. J'ai batifolé avec une dizaine.

— Et avec combien d'hommes avec qui tu as batifolé as-tu pris du plaisir au lieu d'être frustrée ?

Elle poussa un gros soupira.

— Trois.

Bon sang. Probablement les trois avec lesquels elle avait essayé de coucher.

— Tu as vingt-cinq ans, n'est-ce pas ?

Les lèvres de Julia tressaillirent.

— Tout comme le dit notre certificat de mariage.

Il était trop facile de lui rendre son sourire.

— D'accord, je te promets que je n'essaie pas de remédier à ça, mais en même temps, à cet âge, on n'a pas une tonne d'expérience. Il est possible que tu puisses apprécier le sexe un jour.

— C'est possible, oui, mais je ne signe pas pour des frustrations supplémentaires pour l'instant. J'aime bien les doigts. Le point G n'est pas un mythe, mais à moins que tu puisses démontrer que tu as un pénis très inhabituel, tu n'arriveras pas à toucher ce point avec comme les doigts le peuvent.

C'était une bonne chose qu'il n'ait pas été en train de boire parce qu'il aurait craché partout.

— Un *pénis très inhabituel* ?

Julia renifla.

— PTI pour faire court, si tu veux.

Il renifla moqueusement.

— Je croyais que les petits pénis étaient un problème.

Au lieu de rire, elle eut l'air pensive.

— En fait, le mieux dans n'importe quelle sorte de contact à cet endroit est pile au début. Alors peut-être qu'un petit pénis épais ferait mieux l'affaire. Le *bang, bang, bang* comme un piston est un gaspillage d'énergie avec moi. C'est gênant, pour être honnête.

Cette conversation n'aurait pas dû être aussi amusante, mais elle l'était vraiment.

— L'honnêteté, c'est mieux. Pas de marteau-piqueur pour Jul, j'ai compris.

— Pas de pénétration pour nous, lui rappela Julia.

Cette dernière phrase rendait la conversation complètement surréaliste.

— Je ne suis pas cassée, et je ne cherche pas un pénis magique.

— Uniquement du batifolage. Ça me convient.

Zach décida de choisir la franchise absolue vu que c'était ce qu'elle semblait vouloir.

— Tu as des objections à ce que je me branle au moment approprié ?

— Ne te prive pas. Et même, je n'ai aucune objection à t'aider parfois.

Ce devait être la conversation la plus bizarre qu'il avait eue de toute sa vie. Or étant donné les bizarreries auxquelles il avait été forcé de faire face, entre sa mère infirmière et ses sœurs qui racontaient trop leurs vies, ça en disait long.

Julia était assise immobile de son côté du lit, lui du sien, sa liseuse toujours posée sur ses cuisses.

Il la récupéra et la posa en toute sécurité sur la table de chevet, puis se retourna.

— Devons-nous programmer ta requête de batifolage sur le calendrier des trucs amusants, ou est-ce que ça te convient si on improvise ?

Une partie de son assurance disparut tandis que ses joues rougissaient.

— Je pense qu'il y a quelque chose entre nous qui est plutôt brûlant. Je ne me trompe pas, si ?

Nom d'un chien.

— Sur une échelle de un à dix pour tes trois requêtes, et mon intérêt envers elles, le yoga est à sept, l'équitation est à dix, et le batifolage est un bon vingt-neuf.

Elle resta immobile, le fixant du regard. Son t-shirt extra-large enveloppait son corps, remontant sur ses seins. Sa main était emmêlée dans le tissu trop grand au niveau de son ventre et tirait dessus.

Il semblait que la prochaine étape dépendait de lui.

Zach recourba le doigt.

— Tu as dit que tu me faisais confiance.

Julia avait les yeux écarquillés. Elle hocha la tête.

— Alors fais-moi confiance là-dessus aussi.

Il l'avait dit doucement, mais cela sembla suffire. Julia rampa sur le lit pour s'installer près de lui, mais laissa de l'espace entre eux. Son expression était audacieuse une seconde et pourtant hésitante la suivante. Comme un chaton qui n'est pas encore sûr qu'il ne coure aucun risque en procédant à l'approche finale.

Zach pouvait faire avec.

Il la souleva, ignorant son petit hoquet de surprise alors qu'il l'installait sur ses cuisses. Les genoux de Julia reposaient de chaque côté de ses hanches, leurs nez au même niveau.

Il la regarda fixement alors qu'il levait une main pour lui caresser doucement la joue, le bout de ses doigts descendit jusqu'à ce qu'il puisse prendre son menton et lui incliner le visage à l'angle parfait.

Une peau tellement douce. Des yeux tellement immenses. Une telle confiance, comme si elle attendait qu'il fasse de la magie.

Avec plaisir.

Il glissa les doigts sur sa nuque puis dans ses cheveux et plaça son autre main au creux de ses reins. La position était déjà aussi familière que l'action de respirer. Leurs corps si proches, il s'avança et pressa ses lèvres contre les siennes.

Son intention était de la taquiner un peu, de remuer les cendres autour des braises assez lentement pour que le lien entre eux soit indéniable.

Il semblait que Julia avait d'autres idées. À l'instant où leurs lèvres s'unirent, elle passa à plein régime, se cambrant contre lui, pressant leurs bouches plus fort. Elle darda la langue pour l'entremêler à la sienne, et il grogna devant une telle perfection.

Elle lui attrapa la tête, caressant ses cheveux alors qu'elle l'embrassait avec enthousiasme, avec appétit. Ses hanches remuaient contre sa verge maintenant très dure, comme si elle était possédée.

Seigneur, Julia était le feu, la passion et toutes sortes de problèmes. Parce qu'en cet instant, ils étaient sur une trajectoire filant vers la stratosphère, ce qui n'était pas du tout son objectif pour leur première fois.

Il resserra la main sur ses cheveux et tira. Le mouvement fut assez vif pour arracher à Julia un hoquet alors que leurs lèvres se séparaient.

Zach lui lança un grand sourire, ravi de sa réaction, et pourtant cherchant désespérément à reprendre le contrôle.

En tout cas, au moins de lui-même.

— Ralentis, trésor. Inutile de se précipiter. Je te promets que le buffet sera ouvert toute l'année.

Elle rougit et se mordit la lèvre inférieure.

— Désolée.

L'amusement saisit Zach, s'échappant en un doux petit rire.

— Je ne cherchais pas des excuses. Mais pour en revenir à cette question de confiance... Prenons notre temps et amusons-nous. Nous ferons le truc rapide plus tard, mais je rêve de te toucher depuis un moment, de t'embrasser. Ce n'est pas un plaisir que je veux précipiter.

Elle cilla.

— Tu en as rêvé ?

— Oh que oui. Des rêveries, des rêves salaces, répondit-il avec un clin d'œil. Des rêves érotiques. Me réveiller avec ma queue dans la main et toi à l'esprit a été plus ou moins le statu quo depuis un mois.

Les mots avaient à peine quitté sa bouche qu'il se rendit compte de son erreur.

Elle écarquilla les yeux.

— Je ne t'ai embrassé au bar qu'il y a dix jours.

Il haussa les épaules.

— Je t'avais dit que ça m'intéressait vraiment de sortir avec toi.

JULIA ÉTAIT SOUS LE CHOC. Savoir que Zach avait eu des pensées salaces à son égard depuis plus longtemps qu'elle ne s'y attendait ? C'était un rebondissement intéressant. Mais alors qu'elle tremblait de désir, cette information n'était pas le plus important.

— Embrasse-moi, exigea-t-elle.

Il avait l'air bien trop amusé. Plus que cela, la prise qu'il avait dans ses cheveux ne varia pas, ce qui signifiait qu'elle n'avait aucune marge de manœuvre.

— Ralentis, répéta-t-il.

Elle interrompit le grondement qui lui avait échappé, ferma les yeux et s'imagina au milieu d'une séance de yoga pour essayer de retrouver un peu de sang-froid.

Les mains de Zach, toujours contre son corps, glissèrent davantage autour d'elle jusqu'à ce qu'elle se retrouve enveloppée dans son étreinte.

La grande inspiration qu'elle avait prise s'échappa lentement alors que, très progressivement, elle se détendait contre lui. Inutile de lutter contre l'étreinte tellement forte qui l'entourait.

Pour dire la vérité, cette étreinte inébranlable était agréable.

Sa joue appuyée contre la sienne, Julia se permit de l'étreindre aussi. Leurs corps se fondaient l'un dans l'autre alors qu'elle se détendait contre son torse musclé.

Il tint bon, et pendant combien de minutes elle resta là, elle n'en avait aucune idée. Son sang martelait toujours, des sensations de picotement filaient sur les parties délicates de son anatomie, mais la plus grande sensation était... le confort.

Lentement, très lentement, l'étreinte s'adoucit. Julia resta détendue, désormais curieuse de la prochaine étape.

Zach tourna très légèrement la tête, frotta son nez contre

son cou. Ses lèvres se déplaçaient contre sa peau en une caresse taquine, la mordillant, la pinçant.

Les frissons étaient revenus, mais cette fois au lieu de l'agripper des deux mains et d'essayer de piloter le bateau, Julia permit à Zach de diriger.

Ce qui s'avéra être une merveilleuse décision, parce que les baisers qu'elle avait appréciés avant n'étaient que le début. Maintenant qu'il avait le feu vert, il ne se contentait pas d'unir leurs lèvres. Il explora sa mâchoire, taquina et lécha le lobe de son oreille, trouva un point magique à la base de son cou qui semblait être en lien direct avec son intimité.

Elle laissa ses mains errer où elle voulait, s'adaptant à la vitesse qu'il avait choisie. Le bout de ses doigts suivit lentement les épaules de Zach et descendit le long de son dos. Ses paumes dessinèrent des cercles sur ses muscles fermes alors que ses biceps se bandaient.

Les caresses sur son torse provoquèrent un frisson chez Zach alors que ses tablettes de chocolat se tendaient sous ses mains exploratrices.

À un certain stade, elle s'envola, et soudain elle se retrouva à plat sur le dos, levant le regard vers des yeux bleu vif.

Les doigts de Zach la titillèrent le long de sa clavicule.

— Tu as dit qu'être nue était au programme.

Assurément.

— Pour toi aussi, j'espère.

Il lui lança un bref sourire qui dévoila ses dents blanches, puis il tendit la main par-dessus sa tête. Un instant plus tard, il avait retiré son t-shirt et l'avait lancé sur le sol.

— Je suis à fond pour l'égalité des chances.

Alors qu'elle l'aurait aidé en retirant ses propres vêtements, elle découvrit qu'il lui avait cloué une main sur le lit. Il l'attrapa par l'autre poignet, puis planta fermement la paume de Julia sur son pectoral droit.

Sans un mot, il glissa la main sous le t-shirt de Julia, au niveau de la taille, et écarta les doigts sur son nombril.

L'éclair de chaleur fut instantané.

— Tu as de grandes mains, lui dit-elle sérieusement.

Zach lui lança un grand sourire.

— Merci.

Seigneur. La réaction de Zach était hors du commun.

— Est-ce que je viens de faire une référence sexuelle que je n'ai pas comprise ? Genre, est-ce que les gars avec de grandes mains sont censés avoir de gros pénis ?

Le regard de Zach était fixé sur ses seins, mais l'amusement plissait le coin de ses yeux.

— Puisque nous avons établi que de très gros pénis ne sont pas nécessairement mieux que des petits, non.

Le bout de ses doigts était désormais en mouvement, taquinant sa peau et faisant lentement remonter son t-shirt de plus en plus haut, jusqu'à ce qu'il ait exposé sa poitrine.

— Je t'avertis simplement que j'ai bel et bien de grandes mains, donc de gros doigts, alors si je fais quoi que ce soit qui ne te plaît pas, dis-le-moi.

Le bout de ses doigts dessinait maintenant des cercles concentriques qui se rapprochaient de plus en plus de son mamelon qui se tendait.

— D'accord. Je te dirai aussi ce qui me plaît.

— Avec plaisir.

Le regard de Zach se leva vers ses lèvres, et il se pencha et l'embrassa de nouveau. Son corps se pressa étroitement contre le sien, il lui caressa la cage thoracique avant de retourner légèrement là où elle brûlait de le sentir. Les petits pincements qu'il donnait à son mamelon ne suffisaient pas, mais ce n'était pas le même genre de frustration que lorsqu'elle savait que quelqu'un essayait de la faire jouir et s'ennuyait.

Elle baissa les yeux, mais tout en lui confirmait ce qui

semblait se produire. Zach était à cent pour cent captivé en la touchant.

Julia ferma les yeux, le tirant légèrement pour l'amener à elle. Son corps se pressa contre elle, la clouant sur place pendant à peine une seconde, disparaissant avant que la peur n'ait eu le temps de surgir.

Puis il l'embrassa, et aucune pensée sur des traumatismes passés n'eut la moindre place dans l'instant présent.

Il repoussa le tissu de son t-shirt jusqu'à son cou et baissa la bouche pour sucer et mordiller ses seins. Une main les caressait pendant que sa bouche les taquinait.

Elle glissa une main entre ses jambes, puis dans sa petite culotte, touchant à peine son clitoris. Un réveil doux, parce que tout ce qui se passait d'autre en cet instant était tellement spectaculaire qu'il y avait un risque que lorsqu'elle commencerait réellement à se toucher...

Ce soir-là, ça risquait d'arriver vite.

Il valait mieux ne pas y penser. Il valait mieux ressentir, et oh, il y avait tant de choses à apprécier, tant de choses qui pouvaient la distraire !

Quelque part à l'arrière, elle aurait juré entendre une porte s'ouvrir et se fermer, mais Zach murmurait des mots contre sa peau. Il jurait, en fait. Elle entendit des grondements, des gémissements et un son comme s'il venait de goûter quelque chose d'absolument délicieux.

Le t-shirt de Julia avait disparu, sa petite culotte aussi. Là où elle jouait entre ses jambes, ses doigts étaient humides. Mais son propre contact n'allait pas suffire.

— Une minute.

Elle roula sur le côté. Zach tendit la main derrière elle, jurant de désarroi.

Instantanément, elle alla vers son tiroir à sous-vêtements, en sortit le sac où elle gardait ses jouets. Ce soir-là, il n'était pas question de prolonger quoi que ce soit. Ce soir-là, il s'agissait de s'y mettre. Elle attrapa un vibromasseur droit et pragmatique et rejoignit Zach sur le lit.

Elle gigota sous son corps, refusant de se sentir gênée.

— Désolée. La prochaine fois, je serai mieux préparée.

Il avait levé un sourcil en une jolie imitation vulcaine et tendit une main.

— Je peux ?

Elle lui passa le vibromasseur.

— Je vais conduire ce soir, l'avertit-elle.

Cela lui attira un autre petit rire doux alors qu'il faisait tourner l'extrémité de l'appareil et le faisait vibrer.

— Ne t'inquiète pas. Je comprends à quel point les gens peuvent être possessifs avec leurs jouets. Je ne laisse pas n'importe qui conduire Delilah non plus.

Sa décapotable de collection. Julia renifla moqueusement.

— Exactement la même chose.

Zach plaça le vibromasseur contre ses lèvres et le lécha lentement.

La palpitation de chaleur qui la frappa entre les jambes atteignit le niveau d'un mini-orgasme. Puis il baissa le jouet entre les cuisses de Julia, retirant ses doigts alors qu'elle s'en emparait.

À l'instant où elle plaça l'extrémité contre son clitoris, un grondement bruyant résonna près d'elle. Elle lança un coup d'œil sur le côté et vit le visage de Zach, crispé comme s'il avait mal.

Il regardait fixement entre ses jambes, la bouche entrouverte alors qu'il haletait.

— Bon sang. C'est tellement sexy.

Il glissa une main dans son boxer et enroula son poing autour de sa verge.

Un autre frisson s'empara d'elle.

— Laisse-moi voir.

Il semblait que ce soir-là serait une des rares fois où elle jouirait rapidement. Ça n'arrivait pas souvent, mais c'était une bonne soirée pour ça. Julia se réjouit de l'orgasme rapide et intense qui arrivait vers elle à la vitesse d'un train de marchandises. Entre le vibromasseur stratégiquement placé là où elle en avait le plus besoin, et Zach qui baissait très volontiers son boxer...

Les articulations de celui-ci avaient blanchi tant il serrait alors qu'il pompait son membre. Il était agenouillé, suffisamment près pour pouvoir laisser traîner les doigts de sa main libre sur la cuisse de Julia. Le dos de ses doigts caressa son ventre et remonta vers ses seins.

Le regard de Zach était fixé sur les doigts de Julia alors qu'elle se rapprochait de l'extase.

La tension s'accentua en elle, et Julia ignora tout ce qui était étrange dans cet arrangement, elle se concentra à la place sur le plaisir qui la frappait comme la foudre. Elle hoqueta, ses hanches tressaillirent. Son regard passa du visage de Zach au rythme régulier de sa main.

Muscles tendus, les abdos de Zach étaient une œuvre d'art, mais ce fut la vue de sa verge qui apparaissait entre ses doigts encore et encore, combinée à la pression incessante du vibromasseur, qui l'envoya au septième ciel.

— Oh mon Dieu. *Zach.*

Le rythme rapide de Zach faiblit. Il s'inclina vers elle, un hoquet ressemblant à un sifflet à vapeur formant son prénom s'échappa de sa gorge alors qu'il jouissait. Il était assez proche pour que le jet les touche tous les deux. Le sperme gicla sur le ventre de Julia, le bras et les doigts de Zach, écartés sur sa peau.

Il s'écroula sur le dos près d'elle, son torse se soulevant toujours violemment. Ils restèrent là silencieusement pendant quelques minutes.

Cela avait été étonnamment sexy, et vraiment obscène. Exactement ce qu'elle avait espéré.

Julia ressentait chaque centimètre du sourire qui étirait son visage, et il lui fut impossible de retenir le ton jubilatoire dans sa voix.

— Eh bien. C'était amusant.

Il tourna assez la tête pour qu'elle puisse le voir lui lancer un clin d'œil.

— Je pense aussi.

Dans ses veines flottaient assez d'endorphines pour que Julia soit tentée d'attraper un drap et de le tirer sur son corps, mais cela n'allait évidemment pas se produire, pas sans s'être lavée avant.

Avec réticence, elle se redressa en position assise, attrapa son jouet et alla droit vers la salle de bains.

— Je reviens dans une minute.

— Attends.

Zach se leva et rejoignit la porte avant qu'elle n'ait pu l'atteindre.

— Laisse-moi m'assurer que c'est sans risque.

La chaleur monta aux joues de Julia. Oh Seigneur. Elle n'avait même pas pensé au fait que son père couchait de l'autre côté du mur.

Se tenir là avec du sperme qui coulait sur son ventre n'était *pas* la chose la plus embarrassante en cet instant. Pas quand elle pensait au genre de sons qu'ils avaient émis en jouissant.

Après que Zach eut terminé de vérifier la salle de bains, il revint avec un gant de toilette à la main.

— J'ai verrouillé l'autre porte de la salle de bains. Tu es en sécurité.

Même en se tenant là nue, dégoulinante, elle fut forcée de demander :

— Avons-nous été bruyants ?

Les lèvres de Zach tressaillirent.

— J'aimerais te mentir et te dire que nous avons été aussi discrets qu'une souris.

Oh là, là. Elle secoua la tête.

— Génial.

Il ricana.

— Eh bien, le bon côté des choses, c'est que ton père ne peut plus vraiment avoir de doute concernant notre couple, maintenant.

Julia disparut dans la salle de bains, parce qu'il n'y avait vraiment pas de réponse à ça. Elle prit une brève douche et revint enroulée dans une serviette. Elle rangea son vibromasseur maintenant propre et se tourna vers le lit.

Zach l'attendait. Se nettoyer lui avait demandé moins d'effort qu'à elle. Il était torse nu, de nouveau appuyé contre les oreillers.

— Juste pour info, je porte un caleçon. Quoi que tu portes pour être à l'aise, vas-y. Moi, cependant, j'espère pouvoir me mettre en cuillère pour te câliner. Si tu es d'accord.

Il lui avait dit ce dont elle avait besoin. Elle enfila une petite culotte propre et récupéra le t-shirt de Zach abandonné sur le sol.

— Tu es vraiment un colocataire désordonné, l'informa-t-elle vivement alors qu'elle se mettait au lit à côté de lui.

Il la serra contre lui. Un bras fort l'attira contre son corps, accueillant tendrement sa tête sur son autre bras.

— Oui, désolé pour le désordre.

Il prononça ces paroles avec un tel amusement qu'elle ne sut pas s'il parlait du t-shirt ou du bazar bien plus intime.

— Dors, sale gamin.

Zach émit un « hum » et fourra son nez dans les cheveux de Julia. Il inspira profondément, puis soupira de contentement.

Le cerveau de Julia tourna à un million de kilomètres heure

pendant seulement trois minutes. Puis, dans la chaleur du corps de Zach et le rythme régulier de sa respiration, elle s'endormit.

Quand elle se réveilla, il n'était plus enroulé autour d'elle. À la place, ils s'étaient tous les deux retournés. Elle, pressée contre son dos, le bras coincé sous le sien comme si elle lui permettait de la porter sur son dos.

Ce n'était pas là qu'elle s'était attendue à se retrouver, mais en même temps, c'était étrangement le bon endroit. Ce n'était même pas gênant de quitter le lit, même s'ils souriaient tous les deux bien trop.

Mais il lui était impossible de regarder son père dans les yeux pendant qu'ils prenaient le café. Dieu merci, elle avait l'excuse d'aller voir Lisa ce matin-là.

George Coleman fut celui qui aborda le sujet.

— J'ai entendu que tu étais censée retrouver ta sœur aujourd'hui.

— Ce matin, acquiesça Julia. Tu es le bienvenu.

Son père secoua la tête.

— Vas-y sans moi. Josiah m'a invité à l'accompagner lors de ses visites. Il vient me chercher dans environ quarante-cinq minutes.

Encore une fois, elle était sauvée par sa famille.

Ce ne fut que lorsque le petit déjeuner fut débarrassé et que Zach l'accompagna à la porte qu'elle se rendit compte qu'ils avaient pris un tournant auquel elle ne s'était pas attendue. Il l'aida à enfiler sa veste, gardant une prise sur le tissu pour l'attirer près de lui. Son regard l'examina de près, et il dut aimer ce qu'il voyait, parce qu'il hocha fermement la tête.

— Amuse-toi avec tes copines. Ne parle pas trop de moi, lui chuchota-t-il avant de presser les lèvres contre les siennes et de faire accélérer son cœur.

Elle était sous le porche de devant quand la porte se ferma derrière elle et qu'elle se rendit compte...

Qu'allait-elle donc pouvoir dire à ses sœurs ?

15

*I*l se passait quelque chose de bizarre. Pas que Zach veuille se plaindre, seulement, étant donné que George Coleman était expressément venu avec un jour d'avance à Heart Falls, soi-disant pour lui tailler les oreilles en pointe...

Julia avait quitté la maison et... il ne s'était rien passé.

Zach débarrassa la table, puis finit par rejoindre George dehors.

Il était tentant de rester caché, mais à un certain stade, Zach pensait qu'ils devraient régler ça entre eux.

Seulement, au lieu de s'en prendre à lui, le père de Julia semblait plus intéressé par leur environnement.

— C'est un joli morceau de propriété que Finn a acheté, déclara George.

Finn *et* lui, mais le lui signaler n'était pas vraiment nécessaire.

— Finn sait bien juger les terres de ranch. Je peux voir le ranch de Red Boot tirer un joli profit en peu de temps.

C'était l'occasion parfaite pour que George commence à le cuisiner, et il la saisit enfin.

— Tu as grandi dans un ranch ?

— J'ai grandi dans le Manitoba rural, mais mes parents louaient leurs terres aux gens du coin pour les cultiver ou leur servir de pâturages. Ils voulaient de grands espaces dans lesquels nous pouvions vagabonder et assez de place pour que mon père travaille sur ses expériences sans faire exploser le voisinage.

L'autre cilla.

Zach était prêt à s'engager dans une explication, parce que c'était normalement ce qui se produisait quand il mentionnait les habitudes de travail de son père.

Mais c'était comme si George n'éprouvait aucune curiosité, contrairement aux autres. À la place, il se renfonça sur la chaise sur laquelle il s'était installé sous le porche alors qu'ils attendaient que Josiah arrive.

— Tes parents y vivent encore ?

Suivre le mouvement.

— Maman est infirmière à la retraite, mais papa bricole encore. Il dit que, du moment qu'il a son atelier et de l'espace pour faire des expériences, il s'amusera toujours. Et mes sœurs se sont toutes installées à proximité, alors mes parents ont largement le temps d'être mamie et papy.

— Je ne me serais jamais attendu à ce que ce soit aussi amusant, avoua George sans crier gare. Effrayant aussi. Je ne suis jamais sûr de ce que les filles de Tamara vont manigancer quand je suis là. L'autre jour, Emma a décidé de sauter de la balançoire. Mon cœur a failli exploser dans ma poitrine quand j'ai à peine eu le temps de la rattraper.

C'était bien trop facile à imaginer. Zach se mit à rire doucement.

— J'ai vu ces filles à l'œuvre. Je suppose que le bon côté,

c'est que vous avez réussi à élever trois filles tout en vivant dans un ranch. Toutes sont intelligentes et capables d'accomplir tout ce qu'elles décident. Julia aussi.

La conversation s'interrompit pendant une seconde. Zach leva les yeux et découvrit George qui le fixait attentivement.

Zach aurait dû tenir sa langue, mais il ne pouvait simplement pas résister.

— Est-ce que c'est là que vous me demandez quelles sont mes intentions ?

— C'est un peu tard pour ça, étant donné que tu l'as déjà épousée, répondit George d'une voix traînante.

Il se pencha en avant, les coudes posés sur ses genoux.

— Comme je l'ai dit hier, je sais qu'il se passe quelque chose qu'aucun de vous ne révèle. Même si j'aimerais exiger des réponses, on m'a rappelé hier soir que je n'en avais pas le droit. Je dois encore apprendre comment être le père de Julia. La seule chose que je sais avec certitude, c'est qu'elle mérite d'avoir des gens bien dans sa vie.

Zach était d'accord avec ces deux constats, surtout celui sur le fait d'apprendre ce dont Julia avait besoin.

— C'est ce que je veux être pour elle. C'est ce que j'ai l'intention d'être, assura-t-il.

De la poussière s'éleva au loin alors que le véhicule de Josiah se rapprochait.

George Coleman ramassa son chapeau sur la table à côté de lui et le mit en place en se levant.

Il se tourna encore une fois vers Zach.

— Ne le prends pas mal, mais je garde un œil sur toi.

— Je ne le prends pas mal, répondit Zach en croisant les bras sur son torse. Je fais la même chose avec vous.

Le père de Julia se raidit.

Zach avait veillé à le dire aussi poliment que possible, mais la vérité était que cela allait dans les deux sens.

La camionnette s'arrêta devant le porche et Josiah en sortit, inclinant rapidement la tête pour les saluer. Sa chienne, Ollie, fit le tour à l'arrière de la camionnette et alla droit vers Zach, agitant rapidement la queue.

Une caresse pour la chienne, un geste de la main pour Josiah, puis Zach resta là, souriant aussi largement que possible alors que George Coleman le foudroyait du regard à travers la vitre comme s'il essayait de lui enflammer les cheveux rien que par la pensée.

Oui. Il n'y avait pas beaucoup de sentiments chaleureux qui circulaient entre lui et Papa Coleman. Zach réexamina rapidement leur conversation dans sa tête, mais il ne pensait toujours pas avoir dépassé les bornes.

Il ne voulait pas que George Coleman le déteste, mais peu importe qu'il dise qu'il essayait, Zach trouvait qu'il ne faisait pas assez d'efforts. Julia avait passé vingt-cinq ans sans père, et il avait l'impression que, même si certaines des nouvelles réjouissances familiales dans lesquelles elle avait été projetée ne la dérangeaient pas, la frontière était mince. Elle avait des opinions, et elle avait des inquiétudes.

Ce qui la faisait vibrer à un niveau plus intime, Zach était très impatient de l'explorer.

Il s'attela à quelques tâches qu'il avait sur sa liste alors que son cerveau continuait à chercher des solutions. La veille avait été incroyable en matière de rapport physique, mais ils avaient du chemin à parcourir. Il ne la voulait pas simplement dans son lit. Il voulait une partenaire qui lui parlait, partageait ses objectifs et ses rêves, et toutes les choses qu'il avait vues dans la relation de ses parents au cours des nombreuses années.

Quand son téléphone sonna à peine une heure plus tard, Zach fut obligé de sourire. S'il avait une chance instinctive et avait souvent ce pressentiment qu'il était temps de sauter le pas, ses parents avaient un talent différent.

S'il pensait trop à eux, ils téléphonaient.

Il accepta l'appel et découvrit ses parents qui lui souriaient, chacun sur son téléphone avec des arrière-plans différents derrière eux.

— Comment se fait-il que vous ne soyez pas partis faire des bêtises ? demanda Zach.

Sa mère roula des yeux.

— Je t'en prie. Ton père provoque clairement des problèmes. Moi, au contraire, je suis une parfaite sainte, comme d'habitude. Je viens de finir de préparer trois fournées de sablés.

L'amusement chatouilla les tripes de Zach, non seulement devant le sourire ravi de sa mère, mais face à la capacité de son père de s'empêcher de rire.

— Laisse-moi deviner. Quinn va vous rendre visite ce soir avec les filles.

— Je t'avais dit qu'il devinerait, releva Zachary Senior avec un petit hochement de tête. Tu veux nous dire quand tu viendras la prochaine fois pour qu'elle puisse faire *tes* gâteaux préférés ?

— Puisque mes gâteaux préférés sont aussi les tiens, je sens qu'il y a une touche d'intérêt personnel dans cette requête, répondit Zach d'une voix traînante.

Son père lui lança un clin d'œil.

Sa mère agita une main vers eux deux.

— Question sérieuse, cependant. Quand vas-tu venir nous voir ?

C'était la question.

— Bientôt. Peut-être.

Il voulait vraiment présenter Julia à sa famille, mais il ne voulait pas aller trop loin et trop vite. La dernière chose dont elle avait besoin, c'était qu'on lui présente encore plus de personnes.

Puis il se demanda quel était son gâteau préféré. Elle aimait vraiment les sucreries, mais pendant tout le temps passé à parler, avait-elle mentionné une préférence ?

Un peu trop lentement, il se rendit compte qu'il se perdait dans ses pensées et avait raté une partie de la conversation pendant qu'il rêvassait. Cela était évident, parce que lorsqu'il lança un coup d'œil à son écran, ses parents avaient tous les deux les sourcils haussés et des expressions interrogatives.

— Quoi ?

Sa mère croisa les bras sur sa poitrine.

— Zachary Beauregard Damien. Qu'est-ce que tu ne nous dis pas ?

Son père fit la grimace.

— Waouh, Pam. Les trois prénoms d'entrée de jeu ?

— Il garde un secret, insista-t-elle. Tu ne crois pas qu'il garde un secret ?

— Bien sûr qu'il garde un secret, c'est la raison pour laquelle nous l'appelons. Mais tu es censée aborder discrètement ces choses-là, pas au pas de charge.

— Peuh. Être franche, voilà le meilleur moyen.

Étrangement, il était évident que son attention était maintenant focalisée davantage sur son mari que sur son fils.

— Nous ne gardons pas de secrets dans cette famille. N'est-ce pas ?

Son père réussit à avoir l'air indigné et coupable en même temps.

— Le nouveau contrat que j'ai accepté n'avait rien d'un secret. Je n'avais simplement pas encore trouvé le temps de t'en parler.

Toute cette conversation ressemblait tellement à ses parents que Zach ne put s'empêcher de ricaner.

— Je vous aime.

Ils cessèrent leur conversation pour lui sourire

radieusement. En parfaite synchronisation, ils répondirent :

— Idem, fiston.

Au diable tout ça.

— Je vois quelqu'un, annonça-t-il.

Son père cilla, mais un sourire incurva lentement ses lèvres.

Sa mère écarquilla les yeux.

— C'est Julia, prononça-t-elle vivement. J'approuve. Quand pourrons-nous la rencontrer ?

Ils étaient impossibles.

— Comment fais-tu ça ? demanda Zach. Je devrais absolument te dire que ce n'est pas Julia. Que c'est quelqu'un que j'ai rencontré le week-end dernier à Vegas, et que j'ai décidé de m'enfuir avec elle et de refaire ma vie en m'engageant dans un cirque.

Son père haussa les épaules.

— Tu as déjà fait le truc du cirque quand tu avais huit ans. De plus, Zach, tu n'es pas si subtil. À chaque fois que nous nous sommes parlé au cours des quatre derniers mois, tu nous as raconté ce qui se passait à Heart Falls.

— Et inévitablement tu parles de Julia. Et de Karen et Lisa, mais étant donné qu'elles sont toutes les deux prises, Julia était un pari assez sûr, signala sa mère.

— D'accord. C'est Julia.

Il était très tenté de cracher le morceau à propos du mariage, mais puisque l'idée était d'essayer de leur annoncer la nouvelle en douceur, il résista à l'envie de provoquer un choc.

— La question tient toujours. Quand allons-nous la rencontrer ? demanda son père en se penchant vers son téléphone. Attends. Si elle est TSU, son emploi du temps doit être craignos. Fais-nous savoir vos disponibilités, et si tu veux que nous venions à la place, nous prendrons le temps.

— Et si tu préfères que nous attendions un moment, nous le ferons, déclara sa mère en faisant la grimace. S'il le faut.

— Pour l'instant, je pense qu'elle est un peu submergée par la famille, admit Zach. Et tu as raison, papa, son emploi du temps est assez dingue. Mais j'apprécie de passer du temps avec elle. Il y a quelque chose de très confortable dans le fait d'être avec elle, mais pas confortable comme un canapé usé. Plutôt comme un confort intéressant.

Ses parents lui sourirent de nouveau radieusement, et son père était sur le point de dire quelque chose quand soudain, une explosion se déclencha à l'arrière, des volutes de fumée s'élevant derrière lui.

Zachary Senior fit rapidement au revoir de la main, puis son écran devint blanc.

Pamela Sorenson cilla à peine, les petits désastres faisaient partie intégrante du travail de son mari depuis des années.

— Eh bien, je ne vais pas te cuisiner beaucoup plus, mais je suis contente d'apprendre la nouvelle. J'espère que les choses se passeront bien pour toi et Julia.

— Moi aussi. Et je sais, si je veux parler, *et patati et patata*.

— Je t'en prie, dit sa mère en roulant des yeux. Si tu n'as toujours pas compris la sexualité maintenant, je ne suis pas sûre de vouloir essayer...

— Maman, la coupa Zach avec un rire râleur.

Elle lui lança un grand sourire.

— Tu es tellement facile à taquiner. Si tu veux parler de grands sentiments exubérants, appelle ton père. C'est lui le romantique. Mais fais-nous savoir si tu as besoin de quoi que ce soit. Nous t'aimons.

— Embrasse Quinn et sa famille pour moi, dit-il avant de raccrocher.

Il monta dans sa voiture et alla en ville sans y réfléchir à deux fois. Il ne restait probablement plus beaucoup de jours pour en profiter et sortir Delilah. Passer un peu de temps à conduire lors de cette superbe journée automnale, capote baissée avec l'air frais qui l'entourait, confirma simplement ce qui était déjà une partie importante de cette journée.

Il y avait quelque chose de bien entre Julia et lui. Peut-être que George Coleman n'était pas fan, mais *Julia* avait dit qu'elle lui faisait confiance. Cela était suffisant pour rendre la voie à suivre plus facile.

Il se gara sur une place de parking devant le café Buns and Roses, sifflant alors qu'il passait la porte.

Il était bien trop tôt pour penser à des choses comme : comment est-ce que Julia et lui se comporteraient dans quarante ans ? Mais alors qu'il la repérait à une table, riant avec sa sœur, il ne put s'empêcher de l'imaginer.

LA MATINÉE OFFRAIT un doux réconfort, de plus d'une manière. Lisa avait apporté à Julia et Karen un excellent café et certaines des meilleures pâtisseries de la ville, puis elles avaient parlé discrètement de tout et de rien.

C'était le genre d'instants fugaces et ordinaires dont Julia avait désespérément besoin. Cela l'avait aussi aidée à tisser davantage de liens avec les deux femmes. Elles comprenaient que parler de leur emploi du temps, de leurs hobbies ou de leur paire de sandales préférées, qui leur manquerait une fois que la neige commencerait à tomber, était important.

Ce ne fut que lorsque Lisa se leva pour aller discuter avec Tansy Fields au comptoir que Karen posa une main sur le bras de Julia.

— Comment est-ce que ça s'est passé avec papa hier soir ?

Les joues de Julia s'enflammèrent probablement quand elle pensa qu'il les avait entendus pendant qu'ils batifolaient.

— J'avais presque oublié qu'il était là, avoua-t-elle.

Sa sœur aînée haussa les sourcils.

— C'est... bien ?

Non. Pas vraiment, mais Julia n'était pas prête à expliquer le changement physique dans la relation entre elle et Zach.

Il y avait un autre sujet qu'elle voulait aborder.

— Il ne se rend compte de rien parfois, n'est-ce pas ?

— Papa ? demanda Karen en reniflant moqueusement, un son peu féminin. Hum, oui.

Julia inspira profondément.

— Je suis désolée que ma présence le fasse venir plus souvent. On dirait que c'est dur pour toi qu'il soit là.

Karen la regarda longtemps avant de laisser échapper un soupir.

— Je ne veux pas gâcher ta relation avec lui en ramenant mes casseroles. Tu dois déterminer toute seule ce que tu veux dans *chacune* tes relations avec le clan Coleman. J'aime passer du temps avec toi, et je veux que tu t'amuses. C'est là que mes pensées commencent et s'arrêtent.

— Mais tu t'es délibérément mise en quatre hier pour m'aider à aplanir les choses. Je l'ai vu, dit Julia doucement. Et je sais que ce n'était pas facile. Alors, merci.

— De rien, répondit Karen avec un clin d'œil. Ce que tu dois comprendre, c'est que nous les filles du clan de Whiskey Creek, nous avons appris à nos dépens que nous devons nous soutenir. Ça n'a pas d'importance que je ne te connaisse que depuis peu de temps, tu *es* ma sœur. Je serai toujours là pour toi.

Bon sang. Les larmes menaçaient. Julia avait des pensées compliquées concernant sa mère et tous les secrets qui n'avaient pas été révélés au cours des années. Maintenant, il y avait aussi des émotions mélangées concernant George Coleman et ses tentatives de s'impliquer dans sa vie.

Cependant, malgré ses émotions très confuses concernant ses parents, une chose était claire comme du cristal.

Julia attrapa la main de Karen.

— Ce que vous avez en tant que sœurs est fort et réel. J'ai l'impression de tricher, en recevant l'autorisation de débarquer en plein milieu, mais il est impossible que je refuse. Je me sens très chanceuse d'être ta sœur.

Karen cligna vivement des yeux, qui étaient aussi humides que ceux de Julia. Quand elle rapprocha sa chaise et serra fort Julia, la sensation fut incroyable.

L'étreinte dura une bonne minute. Quand elles se furent enfin séparées, juste assez pour échanger un petit sourire, Karen reprit la parole.

— Il y a des choses chez papa que je n'apprécie pas. J'apprends à l'accepter. J'apprends que ce n'est pas mal d'être en colère au sujet du passé, mais aussi que j'ai le droit de contrôler mon avenir. Je veux le meilleur pour le futur. C'est ce que Finn ne cesse de me rappeler.

Lisa revint, s'assit sur la chaise de l'autre côté de la table et leur lança à chacune un coup d'œil avec une expression entendue.

— Vous avez besoin de plus de chocolat, dit-elle fermement en posant devant elles une assiette avec trois énormes donuts fourrés à la crème et nappés de chocolat.

Karen haussa un sourcil.

— Merci. As-tu apporté un couteau pour couper le troisième ?

Instantanément, Lisa prit possession du donut supplémentaire.

— Est-ce que tu plaisantes ? J'ai besoin de chocolat aussi. Les conversations sérieuses s'attardent dans l'air et ne peuvent être dissipées que par la consommation de quantités massives de calories.

Julia était plus que d'accord. Leurs rires résonnaient encore lorsqu'elle mordit dans le gâteau fondant. Le chocolat et la crème renversée fouettée explosèrent sur sa langue pile au moment où une main se posait sur son épaule.

Zach se glissa sur la chaise près d'elle.

— Ça a l'air délicieux.

La bouche de Julia était bien trop pleine pour répondre. Il fixait ses lèvres, ce qui rendit le fait de mâcher et de déglutir bien plus difficile.

— Tu viens chercher des trucs pour le ranch ? demanda Lisa quand enfin elle n'eut plus la bouche pleine.

— J'en doute, étant donné que Finn et Cody sont partis à Calgary ce matin, dit Karen qui léchait le chocolat sur ses doigts tout en le regardant.

— Je ne fais que veiller sur mes amies, avança Zach malicieusement. Vous avez besoin que j'en achète une autre fournée ?

— Peut-être, répondit Lisa en se penchant, un sourire intéressé sur les lèvres. Aucune de nous n'est assez bête pour refuser d'autres donuts au chocolat.

Il tendit le bras le long du dossier de la chaise de Julia.

— Prenez votre temps. Peut-être que lorsque vous aurez terminé, je pourrai t'emmener faire un tour.

Cette dernière phrase s'adressait à Julia. Elle avala enfin ce qu'elle avait dans la bouche et se lécha les lèvres.

— Je suis venue en voiture.

Il haussa les épaules.

— Nous reviendrons chercher ta voiture quand nous aurons terminé. C'est une belle journée, et puisque Josiah distrait ton père jusqu'au dîner, nous devrions profiter de ton temps libre.

— Tu pourrais toujours faire du yoga, suggéra Lisa.

Zach sourit brièvement.

— Peut-être plus tard. Difficile de faire le chien tête en bas dans Delilah.

Quand ils eurent terminé de se taquiner et de discuter, Lisa et Karen portaient toutes deux des boîtes de donuts, avec une de plus mise de côté pour apporter à Tamara.

Julia s'installa sur le siège passager de la décapotable de Zach, et un instant plus tard, ils roulaient sur la nationale, se dirigeant vers Highwood Pass.

Avec la capote baissée sur la Corvette customisée, la température de l'air était parfaite. La brise dans ses cheveux donnait à Julia la sensation d'être vivante. Ils ne parlaient pas ni n'écoutaient la radio, ils roulaient simplement sur la nationale qui montait et descendait, longeant les grands pins qui les dominaient comme des tours, leurs aiguilles d'un vert sombre contrastant contre le ciel bleu.

Ici et là, des mélèzes changeaient de couleur, leurs aiguilles s'éclaircissaient vers le jaune et l'orange. Quelques-uns des arbres à feuilles caduques avaient aussi commencé à changer, l'occasionnel éclair rouge formant un contraste vif sur une mer de vert.

Trente minutes plus tard, Zach se gara à côté un point de vue observation sur les montagnes Rocheuses. Le cœur de Julia martelait de la joie pure d'être en vie, et ses joues lui faisaient mal de sourire autant.

Elle se tourna vers lui.

— C'est superbe ici.

Le regard de Zach fila sur son visage, s'attardant sur ses lèvres.

— Absolument superbe.

Elle rougit.

La chaleur de ses joues devint encore plus intense quand le pouce de Zach frôla le coin de sa bouche. Et quand il se pencha pour chuchoter le mot « chocolat », elle ne savait pas si son cœur martelait à cause de l'adrénaline de la promenade ou parce qu'elle savait qu'il était sur le point de l'embrasser.

Ses baisers étaient à tomber. Ils lui donnaient des frissons, l'excitaient et étaient addictifs.

Il y avait tant de choses à apprécier dans ce moment, alors qu'elle se tournait vers lui et emmêlait ses doigts dans ses cheveux. N'oubliant pas la veille, elle n'essaya pas d'aller trop vite, elle profita simplement de l'endroit où ils se trouvaient maintenant.

Ce fut Zach qui monta d'un cran, l'appétit grandissant. Sa main caressa le côté de son cou jusqu'à ce qu'il prenne l'un de ses seins dans sa paume. Le tenant simplement alors que ses lèvres se déplaçaient, comme s'il tentait de mémoriser chaque centimètre de sa bouche.

Quand il s'écarta, Julia chercha son souffle, la tête lui tournant légèrement.

Zach ouvrit la portière, tendant la main vers elle.

— Viens. Allons faire un tour.

Il la mena sur un large sentier. Le chant des oiseaux s'élevait au-dessus de leurs têtes avec le souffle du vent dans la cime des arbres. Aucun d'eux ne parlait, ils appréciaient simplement la vue et le son d'une chute d'eau.

À peine cinq minutes plus tard, ils sortirent des arbres. Près de la rivière, un petit banc se trouvait le long de la crête, placé stratégiquement derrière un garde-fou.

Julia se pencha en avant jusqu'à ce que la chute d'eau en dessous d'eux devienne visible.

— Je ne savais pas que c'était là.

Zach posa les coudes sur la rambarde, le regard fixé droit devant lui.

— La plupart des gens en ville se dirigent vers Heart Falls au lieu de venir ici. Ce n'est qu'une petite chute comparée à celles, spectaculaires, qui se trouvent près du ranch de Silver Stone.

— Elles sont plutôt incroyables, acquiesça Julia.

Elle inspira profondément, la brume légère de l'eau envahit

ses sens avec la riche odeur de mousse et d'humidité.

— Mais j'aime bien ce genre de chutes aussi, continua-t-elle. Elles sont sauvages et vivantes, dansant sur les rochers.

Zach pointa le doigt vers l'amont.

— Absolument sauvage.

Elle suivit la direction de son doigt et regarda avec joie une biche sortir la tête des arbres. S'avançant lentement, deux faons la suivirent prudemment.

Julia lança un coup d'œil à Zach.

— Tu penses qu'ils sont nés cette année ?

Il hocha la tête, son regard fixé sur le trio alors qu'ils s'avançaient vers l'eau pour s'abreuver. Le bonheur sur son visage était si clair que Julia était fascinée.

Elle avait rarement vu des gars être aussi ouverts dans leurs émotions. Enfin, d'accord, ils avaient tendance à afficher volontiers la colère ou la frustration. Mais cela ne semblait poser aucun problème à Zach de montrer aux autres que les choses allaient bien, qu'il passait une bonne journée. Et n'aimeriez-vous pas passer une bonne journée avec lui ?

Une sorte de Mister Rogers[1] dans un décor de western. Elle ricana, amusée, incapable de se retenir.

Zach lui donna un coup d'épaule.

— Quoi ?

Il ne serait probablement pas ravi de savoir qu'elle le comparait à l'artiste pour enfants, mais d'un autre côté...

Peut-être que si.

Tout ce qu'elle savait avec certitude, c'était que passer du temps avec Zach était beaucoup plus facile qu'elle ne s'y serait attendue.

Ils marchèrent et roulèrent en voiture, profitant d'une conversation aisée, et l'après-midi passa trop rapidement. Il la ramena pour prendre sa voiture, et ils allèrent chez Tamara et Caleb pour le dîner.

La soirée se passa sans heurt, avec toutes ses sœurs qui travaillaient à l'unisson, œuvraient en équipe sur George Coleman quand c'était nécessaire, mais même cela semblait naturel. Et ce ne fut pas indispensable très souvent, parce que Papy George, ou Gygy, était d'excellente humeur. Il avait des histoires à raconter sur sa journée avec Josiah, et les petites filles les buvaient comme du petit lait.

Avec Zach à ses côtés, et ses sœurs qui guidaient la soirée, la seule chose que Julia avait vraiment à l'esprit, désormais, c'était ce qui se passerait plus tard quand ils rentreraient.

Quelle que soit son envie de batifoler à nouveau, être bien trop consciente de savoir son père de l'autre côté du mur freinait nettement à l'envie de se précipiter.

Quand elle se retrouva enfin avec Zach dans la chambre, Julia se mit à rougir comme une folle. Elle plia ses vêtements comme si les ranger aussi nettement que possible était vital avant de le rejoindre.

Il était déjà couché de son côté du lit, livre à la main, lunettes en place. Julia lui lança quelques coups d'œil avant qu'il ne renifle moqueusement, le regard toujours fixé sur son livre.

— Peu importe l'intensité de ton regard, je ne vais pas disparaître, l'avertit-il.

— Je ne sais pas si je veux que tu disparaisses, ou que ce soit mon père, avoua-t-elle.

Zach croisa son regard, tendit la main et tapota le lit près de lui.

— Trésor, détends-toi. Ce soir est une nuit pour les câlins, rien d'autre.

Elle marqua une pause alors qu'elle tirait la couette. Elle fronça les sourcils.

— Oh, vraiment ?

— Oui, oui, confirma-t-il en agitant un doigt vers son

journal qui se trouvait sur la table de chevet. Vérifie ta liste de choses à faire.

Confuse, Julia s'installa en lui tournant le dos. Elle feuilleta son journal jusqu'au tout nouveau marque-page qui y avait été inséré. Sa surface était brillante et représentait une scène bucolique qui montrait un ranch, des montagnes et un cerf au milieu d'un champ. Le galon doré glissa sur ses doigts.

Elle le retourna et vit une écriture qui commençait à être familière. L'écriture de Zach.

« Un jour à la fois. Cherche les moments spéciaux. »

Elle était sur le point de se retourner pour le remercier quand elle se rendit compte qu'il avait mis le marque-page sur la page des RÈGLES. Il avait effectué des ajustements et ajouté des notes.

Un astérisque avait été placé au niveau de la règle qui spécifiait « Pas de pénétration ». En dessous, la note disait : « *Étreintes illimitées. Baisers illimités. »

Son troisième point sur l'autre page avait deux astérisques d'ajoutés, et la note principale en dessous disait : « **une fois par semaine jusqu'à nouvel ordre. »

C'est quoi ce bazar ? Julia se retourna instantanément.

— Quel est ce genre de règle ?

Zach lui lança un coup d'œil par-dessus ses lunettes.

— À quel sujet ?

Soudain consciente qu'elle avait parlé plutôt fort, elle baissa la voix pour chuchoter.

— Une fois par semaine ? Je croyais que nous avions dit hier soir que nous n'avions pas besoin d'ajouter batifoler à l'emploi du temps.

L'expression de Zach resta enjouée, mais une connotation plus sérieuse se glissa dans ses yeux.

— J'avais tort.

16

Quelque part entre la conversation avec ses parents et le moment où il avait observé tout le clan de Whiskey Creek s'unir pour faire en sorte que la soirée se passe sans heurt, Zach en était arrivé à une conclusion stupéfiante.

Sa décision de dire « oui » à absolument tout ce que Julia voulait requérait un ajout.

La seule manière pour qu'ils puissent construire quelque chose de durable serait de poser des bases solides, et même si le feu entre eux était brûlant, il voulait tellement plus ! Un petit peu de frustration ne ferait qu'améliorer les choses en ce qui le concernait.

En attendant, il devait faire de son mieux pour la convaincre qu'ils étaient ensemble pour bien plus de raisons que de sauver ses finances ou parce qu'ils s'amusaient bien dans la chambre.

Même si la veille avait été fantastique, et qu'il attendait impatiemment le deuxième round, quels que soient la manière et l'endroit où cela se produirait.

Mais maintenant Julia le regardait fixement, les joues rouges, un pli entre les sourcils.

— Continue.

Il haussa les épaules.

— Je me suis mis à réfléchir. Même s'il y a des choses qui sont amusantes à faire tous les jours – et oui, le sexe tous les jours serait amusant à un certain stade de notre relation –, pour l'instant, ça me plaît d'avoir quelque chose à attendre avec impatience. En plus, nous serons souvent ensemble, surtout une fois que tu commenceras à travailler dans le ranch. Nous définissons encore nos attentes et la manière de passer du temps ensemble. Savoir très clairement que rien ne se passera ce soir signifie que nous pouvons nous détendre sans commencer à nous demander « et si » dans nos têtes.

Elle se retourna franchement vers lui, abandonnant son carnet.

— Genre, « Et si nous sommes encore trop bruyants ce soir ? Est-ce que je me sentirais complètement gênée ? » Ensuite « Et si je veux te dire d'arrêter, mais qu'après je m'inquiète que tu puisses penser que c'est parce que je n'aime pas ce que tu fais, et si ensuite cette inquiétude fait que je ne peux pas passer un bon moment ? »

Waouh. Il cilla.

— OK, c'était une description bien plus exacte que ce que j'aurais pu trouver.

Julia sourit avec ironie.

— Une imagination fertile. Je passe beaucoup de temps à me demander « et si ».

Il attendit alors qu'elle rangeait précautionneusement son carnet en prenant soin de le placer parallèlement au bord de sa table de chevet. Elle passa un doigt sur le ruban puis se glissa sous les draps et se retourna pour le regarder de ses grands yeux marron. Ses cheveux détachés contre l'oreiller luisaient dans la lumière provenant de chaque table de chevet.

Elle portait un autre des t-shirts de Zach. Pas le même que la veille, ce qui signifiait qu'elle avait fouillé dans ses tiroirs et avait pris ce qu'elle voulait.

Il lui sourit.

— Tu t'endors directement ?

— Je ne peux pas lire avant de dormir, au cas où je serais embarquée par l'histoire. J'ai passé bien trop de temps à lire quand j'aurais pu dormir. Ce n'est pas recommandé dans mon métier.

Zach posa son livre et ses lunettes de lecture, avant d'éteindre sa lampe. Cela les laissa baignés par la lumière de la lune qui brillait à travers la fenêtre.

Il se tourna vers elle et tendit la main vers ses doigts posés au-dessus des draps.

— Es-tu en colère ?

— Non.

Il y avait assez de luminosité pour la voir froncer les sourcils.

— Un peu confuse, mais honnêtement... Surtout soulagée. J'étais très embarrassée ce matin et à chaque fois que je me suis souvenue que George Coleman nous avait probablement entendus hier soir.

— Je comprends, dit-il en souriant. Ta situation est un peu différente, mais je dirais que mes parents *vivent* pour nous embarrasser, mes sœurs et moi. Je pense qu'ils comptent les points, et qu'à la fin de chaque année, ils comparent leurs notes pour voir qui a réussi à être le plus énervant dans nos vies.

— Comme quoi ?

— Laisse-moi réfléchir.

Zach roula légèrement sur le dos et fixa le plafond, les mains sous la tête.

Ses jambes s'étiraient jusqu'au pied du lit, et alors qu'il changeait de position, ses genoux heurtèrent ceux de Julia.

Elle remua, mais au lieu de s'éloigner, elle se lova un peu plus étroitement contre lui. Elle l'avait fait de manière presque instinctive, mais s'immobilisa soudain.

— Est-ce que c'est bon ?

Impossible qu'il la laisse s'éloigner. Zach tendit un bras, la souleva légèrement pour que sa tête repose sur son torse et qu'il puisse la serrer plus facilement.

— Voilà. Maintenant, c'est parfait.

Enlacés l'un contre l'autre, dans une chaude intimité, et pourtant complètement chastes.

C'était vraiment l'heure d'une histoire.

— Oh, en voilà une bonne. Ma sœur aînée numéro deux avait un petit ami régulier au lycée. La règle familiale était de ne pas recevoir le sexe opposé dans nos chambres. Ce qui signifiait simplement que, lorsqu'ils voulaient se bécoter, ils devaient le faire dans le salon, ce qui nous dégoûtait tous.

Julia ricana.

— Même sans avoir grandi avec mes sœurs aînées, j'imagine que ça faisait probablement partie du plaisir.

— Tout à fait. Mais souviens-toi que c'était dans le salon, et que si nous voulions regarder quelque chose à la télé, c'était là que nous devions rester. Après un moment, nous avons appris à les ignorer. Seulement, maman est entrée un jour et a décidé pour je ne sais quelle raison que c'était un bon moment pour un cours d'éducation sexuelle supplémentaire. Elle a sorti un préservatif et une banane, et l'instant d'après, le petit ami de Mattie avait disparu.

— Oh mon Dieu !

La lumière dansait dans les yeux de Julia.

— C'est horrible, conclut-elle.

Zach haussa les épaules. Il aimait la sensation de son poids contre son corps. Il aimait la manière dont elle était lovée contre lui, et il n'avait aucun désir de s'échapper.

— Je suppose qu'au final, ce n'était pas si mal. Ronan et Mattie sont mariés depuis plus de dix ans maintenant.

Cela lui attira un autre rire de Julia.

— Je suppose qu'il savait dans quoi il s'engageait.

Ils restèrent silencieux pendant un moment. Julia laissa glisser ses doigts sur son torse, presque inconsciemment au début. Puis un peu plus audacieusement.

— C'est bon ?

Il lui attrapa les doigts et les porta à ses lèvres.

— Tu fais ce dont tu as envie. Tu prends ce que tu as besoin de prendre.

— Et qu'est-ce que tu en retires ? demanda-t-elle avec encore une fois une note d'incrédulité dans la voix.

Avec un peu de chance, l'éternité.

Zach émit un son pensif.

— Des baisers illimités, des étreintes illimitées. Ce n'est pas un mauvais point de départ. Et nous *allons* beaucoup batifoler. Ne te méprends pas, Julia. Je n'ai pas éteint le bouton « sexe » de manière permanente...

Il marqua une pause alors qu'elle gloussait.

— D'accord, mauvaise formulation. Nous gérerons ce qui est agréable dans le sexe au fur et à mesure, mais tout le reste s'est produit rapidement aussi.

— C'est vrai, acquiesça Julia d'un air songeur. Je dois admettre qu'aujourd'hui était le premier jour où j'ai enfin eu l'impression de pouvoir respirer après avoir couru pendant les dix derniers jours.

Elle pencha la tête et le regarda, frôlant de la paume de sa main son menton et ses joues ombrés d'un début de barbe.

— Tu es un individu très compliqué, Zachary Beauregard Damien Sorenson.

Il était sur le point de le nier, mais se rappela quelque chose après des années à regarder son père l'inventeur.

— Parfois, la solution la plus simple arrive une fois que tu as retiré tout l'équipement compliqué qui recouvre la surface. Je suis essentiellement le genre de gars sans faux-semblant, mais j'ai beaucoup appris au fil du temps pour en arriver au stade où j'ai retiré ce qui n'est pas important pour moi.

— Et prendre notre temps est important ?

Il haussa de nouveau les épaules.

— C'est plutôt *nous* qui sommes importants. Ce dont nous avons besoin pour nous en sortir pour l'instant n'est pas ce dont nous aurons besoin la semaine prochaine, le mois prochain, etc. Inutile de se précipiter.

Julia resta silencieuse avant de hocher légèrement la tête, comme si elle y avait réfléchi et était prête à reconnaître la vérité.

Elle s'endormit dans ses bras à peine cinq minutes plus tard, une masse de chaleur et de peau douce et féminine. Son odeur envahissait les narines de Zach. La sensation de sa présence dans ses bras le pénétra jusqu'à l'os et le changea de l'intérieur.

L'intuition viscérale qui lui avait dit que cet imbroglio entre eux était une chance ne cessait de s'affermir.

Il *construirait* les fondations dont ils avaient besoin, en commençant par des étreintes illimitées et des baisers illimités, en y ajoutant ce qu'elle demanderait qui renforcerait leur relation.

Dans la matinée, George Coleman s'en alla en ayant fait seulement quelques commentaires qui pouvaient être interprétés comme des avertissements. Julia rata la plupart d'entre eux dans l'agitation pour accueillir Karen et Finn, qui étaient venus pour lui dire au revoir.

Finn croisa les bras sur son torse tandis que son beau-père disparaissait sur la nationale. *Leur* beau-père, se corrigea Zach.

— Quels sont tes projets pour la semaine ? demanda Finn.

Zach pencha la tête vers Karen et Julia, qui entraient dans le manège le plus proche. Une demi-douzaine de chevaux s'approchèrent, y compris le poulain sauvage que Karen avait sauvé, Moonbeam.

Zach et Finn avancèrent pour les rejoindre.

— Julia est de service cette semaine de mercredi à samedi. J'ai pensé que pendant ce temps-là je pourrais t'aider dans tes tâches. Dimanche, je l'emmène faire une balade en voiture à Nelson.

— Elle le sait, ça ?

— Non, avoua Zach.

Son meilleur ami ricana avant de se frotter la bouche pour dissimuler son amusement.

— Un petit conseil. Tu devrais commencer à impliquer un peu plus Julia dans tes projets. Ce truc que tu fais en naviguant à vue est distrayant, mais à un certain moment, ça va revenir te hanter.

Peut-être.

— Tout le monde ne peut pas diriger sa vie en ayant des plans de trois couches d'épaisseur prêts à être exécutés.

— Non, répéta Finn comme lui quelques instants plus tôt.

Il marqua une pause près de la barrière avant de l'ouvrir pour laisser entrer Zach.

— Tu penses que Julia est davantage comme moi ou comme toi là-dessus ?

Mince.

— Je déteste quand tu as raison, se plaignit Zach.

Alors qu'ils rejoignaient les femmes, il devint évident que Karen avait entendu ce dernier commentaire.

— Est-ce que Finn te donne des conseils ?

— Toujours, répondit Zach d'un ton pince-sans-rire. Heureusement que je n'ai besoin de l'écouter qu'occasionnellement.

Julia se mit à rire, mais le son se transforma en un cri perçant lorsque Moonbeam appuya le museau au milieu de son dos et la poussa.

Un instant plus tard, elle était dans les bras de Zach, pressée contre son corps après qu'il l'eut rattrapée.

Julia passa instinctivement les bras autour de lui, et cela semblait naturel qu'elle lui sourie. Il y avait de l'amusement sur son visage et ses lèvres esquissaient une moue de gratitude.

— Merci de m'avoir rattrapée.

— Pas de problème, répondit-il. Alors, à propos de cette semaine...

∼

— JULIA. Attends.

Elle avait pointé à la fin de son dernier service de nuit et attendait maintenant avec impatience quatre magnifiques journées de repos de suite, pendant lesquels Zach avait promis qu'il y aurait de la bonne bouffe, de la bonne bière et une occasion de batifoler en privé.

Rentrer aussi vite que possible pour commencer cette folle aventure était en haut de sa liste des priorités.

Malgré tout, elle se retourna vers la caserne des pompiers et attendit que Brad quitte son camion et s'avance vers elle.

— Hé. Bonjour. Je ne m'attendais pas à te voir avant de rentrer.

Il s'arrêta près de sa voiture.

— Je suis venu en avance. Je dois te tenir au courant de quelque chose.

Julia hésita.

— Y a-t-il un problème ?

Brad fit la grimace.

— Pas avec ton travail ou ton stage. Et, au fait, félicitations pour ton embauche au ranch de Red Boot une fois que tu auras fini ici. Je suis seulement désolé que nous n'ayons pas pu t'engager à plein temps à partir du mois de novembre.

— Merci. Je dois admettre que je suis plutôt excitée par ce boulot. Si je ne peux pas travailler pour toi, travailler dans un ranch éducatif est globalement le job de mes rêves.

Il hocha la tête, mais de l'inquiétude était apparue.

— Je sais que tu pars pour les prochains jours. Je me suis demandé si je devais mentionner ça maintenant, mais tu as le droit de savoir. Dwayne a été libéré de son centre d'hébergement et de réinsertion sociale.

Un frisson glacé la traversa bien qu'elle ait déjà su que ça approchait. Cette réaction était encore plus agaçante parce qu'elle n'était vraiment pas inquiète qu'il s'en prenne à elle.

Son kidnappeur avait clairement des problèmes mentaux, alors au lieu d'être emprisonné dans le système carcéral traditionnel, il avait légitimement suivi une thérapie et reçu des conseils pendant qu'il était en détention.

— C'est vrai. Je ne l'avais pas inscrit sur mon agenda, mais je savais que c'était pour bientôt.

Elle voyait bien à la manière dont Brad observait sa réaction de près qu'il n'était pas heureux de lui faire part de cette nouvelle. Julia resta bien droite et garda une expression aussi neutre que possible.

— La mesure d'éloignement est toujours en place, alors tu ne devrais pas avoir à t'inquiéter de quoi que ce soit.

Brad hésita un instant, puis soupira profondément.

— Il est entré en contact avec moi.

— Quoi ?

L'exclamation était sortie d'un ton bien plus tranchant qu'elle n'en avait l'intention.

— Pourquoi a-t-il fait ça ? Que voulait-il ?

Brad fit la grimace.

— Il m'a encore présenté ses excuses. Il a dit qu'il avait essayé de te présenter ses excuses, mais que tu n'avais jamais répondu.

— Parce que je n'y étais pas obligée. Ce n'est pas mon travail d'essayer de faire en sorte qu'il se sente mieux, rétorqua Julia d'un ton cassant avant d'inspirer profondément. Pardon, ce n'est pas ta faute.

— Non, je suis content que tu dises ça, insista Brad. Encore mieux, je suis content que ce soit ce que tu ressens.

— Beaucoup de thérapie, admit Julia d'un ton pince-sans-rire. Tony m'a enfin fait comprendre que je n'avais pas à pardonner à Dwayne pour ce qu'il m'avait fait.

— Bien.

Brad l'avait dit très fermement. Il se racla la gorge, légèrement gêné.

— Je l'ai réprimandé. Et je lui ai aussi dit que s'il essayait de reprendre contact avec toi, à travers moi ou par tout autre moyen, il y aurait de graves conséquences.

Julia voulut étreindre Brad mais se reprit et, à la place, hocha la tête.

— Merci.

— Bonne escapade, et si tu as besoin de quoi que ce soit, appelle-moi.

Il fit mine de se retourner puis s'arrêta, croisant son regard sans détour.

— Tu en parleras à Zach, n'est-ce pas ?

Elle ouvrit la bouche pour lui assurer que ça irait et qu'elle n'avait pas besoin de baby-sitter, quand elle se rendit compte qu'elle avait déjà prévu de lâcher sa frustration en en parlant à Zach dès que possible.

Ce constat semblait très étrange.

Elle hocha la tête.

— Ne t'inquiète pas. Zach surveille mes arrières.

— Je suis content.

Brad agita rapidement la main en guise d'au revoir avant d'entrer dans la caserne.

Le trajet du retour au ranch de Red Boot passa assez rapidement tandis que pensées déroutantes et souvenirs se mélangeaient dans la tête de Julia. Elle entra dans le cottage, se prépara pour se coucher et dormir. Elle en avait besoin avant que Zach et elle ne partent cet après-midi-là comme prévu.

Elle avait réintégré la chambre d'amis après le départ de son père. Cela lui avait semblé approprié de prendre cette mesure pour ralentir sérieusement les choses. De plus, avec les projets de Zach de leur faire quitter la ville pour une escapade, elle pensait que le batifolage arriverait bien assez tôt.

S'endormir alors que la matinée avançait devint de plus en plus dur, mais à un certain moment, elle avait dû fermer les yeux assez longtemps pour ignorer les souvenirs qui se bousculaient, parce que soudain elle entendit son prénom répété, fort .

— Julia. Réveille-toi, dit Zach d'une voix inquiète.

Elle se redressa brusquement dans son lit, se tournant vers sa voix. Son cœur martelait, et elle était collée aux draps comme si elle avait transpiré abondamment.

Elle se sentait encore oppressée, comme piégée. Le froid glacé de l'eau qui l'entraînait.

— Cauchemar.

Le mot sortit de ses lèvres en un chuchotement.

— Zach ?

Le lit s'inclina légèrement lorsqu'il s'assit près d'elle.

— Juste là, ma douce.

Un instant plus tard, elle était accrochée à lui, lovée contre lui, les bras enroulés autour de sa taille.

Il la serra fort, lui frottant le dos. Il chuchotait des mots apaisants. Ses tremblements ralentirent, jusqu'à ce qu'elle en arrive enfin à un point où elle put prendre une profonde inspiration et la laisser sortir par petits paliers.

Zach pressa ses lèvres contre sa tempe.

— Voilà. C'est mieux.

Elle recula assez pour regarder son visage.

— Bon sang, je déteste ce cauchemar.

— Je sais.

Il ne lui servit pas de banalités sur le fait qu'elle irait mieux un jour. Ni sur le fait qu'elle allait beaucoup mieux maintenant qu'avant. Ce qui était bien, parce que même si elle se sentait beaucoup plus forte dans ses réactions actuelles face au kidnapping, en dehors des cauchemars, Tony avait été clair... le but n'était pas de *s'en remettre*.

Il y avait des choses dont une personne ne se remettait jamais.

Elle réussit à sourire et tapota la joue de Zach.

— J'ai besoin d'une douche, puis je serai prête à partir.

— D'accord, répondit Zach en reculant légèrement. Tu as besoin de quoi que ce soit ? Tu veux que je te prépare un déjeuner pique-nique pour le trajet en voiture ?

— Tu me laisserais manger dans Delilah ?

Julia avait mis autant de stupéfaction dans son ton de voix que possible.

— Bien sûr. Entre amis, quelques miettes, ce n'est rien.

Il marqua une pause.

— J'emporte l'aspirateur de table. Tu pourras l'utiliser quand tu auras terminé.

Julia gloussa jusque sous la douche, cela lui avait

249

totalement changé les idées, tout comme Zach en avait eu l'intention.

Le voyage entre Heart Falls et Nelson durait en tout quatre heures en voiture. Il faisait assez froid pour que Zach laisse la capote. Julia utilisa le Bluetooth pour brancher sa liste musicale sur la stéréo, et le temps fila.

Encore une fois, la conversation fut aisée. Zach avait une liste de super sujets à introduire à chaque fois qu'il y avait un blanc, mais ce ne fut pas souvent nécessaire. Ils passèrent assez naturellement d'une conversation à une autre, parlant parfois tous les deux en même temps alors que chaque histoire qu'ils racontaient rappelait à l'autre quelque chose dont ils voulaient parler.

Le seul sujet que Julia n'aborda pas fut l'information que Brad lui avait apprise ce matin-là.

Ce n'était pas qu'elle essayait d'éviter cette discussion, mais cette histoire n'était pas une nouvelle qu'elle voulait annoncer à Zach pendant qu'il conduisait.

Et plus ils se rapprochaient de leur destination, moins elle avait l'impression qu'elle devait aborder un sujet pesant avant, alors que c'était censé être une escapade amusante et tranquille.

La route sinueuse sur laquelle ils étaient depuis une heure et demie s'ouvrit à l'improviste sur un grand parking au bord d'un énorme lac.

Julia se pencha en avant avec intérêt.

— Où est la route ?

— Là, nous prenons le ferry. Il y a une autre route pour Nelson qui passe par le col, mais j'ai pensé que tu apprécierais de passer par ici pour la première fois.

— Cool. Combien de temps dure la traversée ? demanda Julia en regardant le lac par la vitre. Oooh. C'est le ferry, là-bas ?

Zach gara Delilah, faisant un geste vers la surface lisse de l'eau, où une péniche de forme étrange approchait lentement.

— C'est ça. C'est une traversée de quarante-cinq minutes seulement une fois que nous serons à bord. Ce n'est pas comme les énormes ferries qui vont sur l'île de Vancouver, juste une navette basique. Nous montons à bord en voiture, puis tu peux rester assise à l'intérieur ou aller sur un des ponts d'observation.

Quinze minutes plus tard, ils étaient sur le large bateau à pont plat.

Zach l'attrapa par la main et l'attira vers l'escalier.

— Viens. Je vais te montrer ma vue préférée.

Il la mena vers une zone au deuxième étage où de solides sièges qui permettaient de contempler la large étendue du lac Kootenay tandis que les moteurs grondaient et les faisaient avancer régulièrement vers l'autre côté.

Le vent était frais. Julia fixait les montagnes qui s'élevaient tout autour du lac, certaines blanches à leur extrémité.

— Il fait plus froid ici qu'à Heart Falls.

— Il y a des glaciers dans la région. Le vent passe dessus si bien que les brises sont toujours fraîches, ici.

Zach passa un bras autour de Julia, la blottissant contre lui pour la protéger de son corps.

Une traversée de quarante-cinq minutes. Julia regarda l'eau dérouler ses vagues derrière le bateau et envisagea ses options. Elle ne voulait pas jeter un froid sur cette sortie, pas si on considérait à quel point cette escapade excitait Zach.

Mais il lui avait dit d'être honnête, et qu'elle devrait faire ce qui la rendait heureuse, et même si parler du passé ne la rendait pas *heureuse*, en soi, ce serait bien d'en parler ouvertement.

Julia se tourna vers lui, recula assez pour lui attraper les mains et croiser son regard sans détour.

— Je dois te dire quelque chose.

Il pencha légèrement la tête, mais resta silencieux.

— Juste pour info, si je t'en parle, ce n'est pas parce que c'est important et effrayant, ni parce que ça change quoi que ce soit à ce que nous allons faire pendant les deux prochains jours. Nous allons à Nelson faire des recherches pour l'alchimie future de ton truc de bière. Je veux toujours le faire. C'est important pour moi.

Le grand sourire de Zach n'était plus tout à fait aussi sûr.

— Jul, si cette entrée en matière était censée être rassurante... Tu as raté ton coup.

— Bon sang. C'est juste... Brad m'a dit ce matin que le gars qui m'a kidnappé a été libéré. Je savais que ça approchait, mais j'avais en quelque sorte délibérément oublié. Ça ne me fait pas flipper, et il ne m'inquiète pas, mais je me suis rendu compte que je devais te le dire parce que... Eh bien, je pense qu'il faut que tu le saches.

Zach hocha lentement la tête.

— C'est pour ça que tu faisais un cauchemar, n'est-ce pas ?

Julia laissa échapper un soupir.

— Oui. Un jour, je pourrai mentionner ce qui s'est passé ou entendre quelqu'un d'autre aborder le sujet sans avoir cette réaction. Mais pour l'instant, Tony dit que les réponses physiques en réaction à certains déclencheurs font partie des ressources de notre cerveau pour gérer des souvenirs malheureux. Mais puisque ça ne me fait pas de mal, en dehors d'être pénible, je ne dois pas m'en inquiéter.

— D'accord, répondit Zach, l'air un peu gêné. Je veux dire, *d'accord*, je comprends, mais il y a une partie de moi qui n'accepte pas l'idée que tu fasses des cauchemars.

Il était tellement chou !

Julia prit son visage entre ses deux paumes.

— Je sais. Mais tu m'as bien aidée aujourd'hui, en me réveillant.

Elle déposa un rapide baiser sur ses lèvres, en partie pour se donner un instant pour rassembler ses pensées avant de reculer. L'eau autour d'eux reflétait le ciel bleu avec des nuages blancs. Personne d'autre n'était assis dehors, les laissant avec plus qu'assez d'intimité.

De plus, parler à Zach de ce qui s'était passé pendant qu'ils étaient sur le ferry signifiait qu'elle pouvait en parler puis ne plus s'en occuper, ce qu'elle appréciait vraiment.

— Ce n'est pas une longue histoire. La formation de TSU... je logeais sur le campus, et comme d'habitude, nous étions un groupe qui traînait plus ou moins ensemble. Je ne sortais avec personne. C'était déjà assez écrasant de gérer les cours, de vivre dans une nouvelle ville, et de ne pas être à la maison avec ma mère pour la première fois.

Elle ajusta la prise entre leurs mains, les doigts forts de Zach lui donnaient quelque chose de solide auquel s'accrocher.

— Nous faisions plein de choses en groupe. Des activités amusantes comme des soirées cinéma, plus des activités scolaires qui impliquaient des projets en groupe. Dwayne et moi étions assignés à un groupe de quatre où un de nos équipiers a abandonné et l'autre est tombé malade. Nous avons travaillé dur tous les deux pour tout réussir sans eux. J'étais vraiment fière que nous ayons rendu le devoir à temps.

— Seulement, Dwayne pensait que vous étiez plus que des camarades ?

Julia secoua la tête.

— C'est ce qui est bizarre. Il ne s'agissait pas d'être ensemble, dans une relation amoureuse. Dwayne avait des problèmes mentaux non diagnostiqués, et pour une étrange raison, il s'est mis en tête que j'étais en danger.

La main de Zach serra brièvement la sienne.

— D'accord.

— Il pensait que les deux autres personnes de notre projet avaient disparu parce que quelqu'un les avait éliminées. Il a commencé à dire que nous devions être prudents.

Elle avait repensé à ce moment-là si souvent qu'elle se demandait parfois où ses souvenirs s'estompaient et si elle avait peut-être inventé des choses pour expliquer ce qui s'était passé. Ce n'était pas sa faute si elle n'avait pas reconnu que la maladie mentale de Dwayne avait franchi un niveau dangereux, mais il arrivait encore qu'elle souhaite avoir pu faire davantage.

— J'ai essayé de le convaincre que ce n'était que son imagination, et j'ai cru que j'y étais arrivée. Un jour où j'étais allée faire des courses, quand je suis sortie du magasin, il était là. Il m'a proposé de me ramener, ce que j'ai accepté bien sûr.

Un doux juron s'échappa des lèvres de Zach.

— Il ne t'a pas ramenée chez toi.

— Non. Il a insisté en disant qu'il devait me mettre en sécurité, alors il m'a emmenée dans une cabane à côté d'un hangar à bateaux près d'un lac avoisinant. J'ai compris assez vite que Dwayne ne réfléchissait plus correctement à ce moment-là, mais il était plus baraqué que moi, et plus fort, et même si j'ai essayé de m'enfuir, j'ai fini attachée sur une chaise.

Un instant plus tard, Julia fut soulevée du banc et réinstallée sur les cuisses de Zach. Il la serra fort, la tête enfouie dans son cou, vibrant pratiquement sous les doigts de Julia.

— Désolé. Donne-moi une minute.

Ses mots avaient été prononcés d'une voix tendue et sèche.

Elle ne savait pas si tapoter Zach dans le dos était approprié, alors elle le serra simplement. Elle avait raconté cette histoire un certain nombre de fois maintenant, mais c'était la première fois que quelqu'un réagissait comme ça.

Comme s'il avait été là tout le temps et ressentait encore maintenant ce qu'elle avait traversé.

17

*L*a fureur bouillonnait dans ses veines alors que Zach luttait pour contrôler sa colère. Qu'il pète un plomb n'était pas ce dont Julia avait besoin.

Il était tellement fier qu'elle ait été prête à s'ouvrir à lui sur ce sujet que cela rendait sa réaction d'autant plus importante. Elle n'avait pas besoin de savoir qu'en cet instant, s'il avait eu Dwayne devant lui, il lui aurait lentement défoncé la tête.

Ce n'était pas de la possessivité. Ce n'était pas parce qu'il pensait que Julia n'avait pas pu s'occuper d'elle-même ou qu'elle n'avait pas magnifiquement surmonté ce qui lui était arrivé.

Mais *nom de Dieu*, il voulait l'empêcher de ressentir de nouveau cette peur, que ce soit dans un cauchemar ou dans la vraie vie.

Il la serra puis la lâcha, reculant pour croiser de nouveau son regard.

— Bien.

Julia haussa un sourcil.

— Nous devons parler de tes problèmes de vocabulaire. Je ne pense pas que « bien » signifie ce que tu crois.

Involontairement, Zach renifla moqueusement.

— Tu as raison. Je n'utilise pas la définition du dictionnaire. C'est plutôt : « Je me suis suffisamment repris, continue s'il te plaît. »

Heureusement qu'il avait si bien feint d'avoir gardé son sang-froid. Parce que Julia continua et décrivit brièvement les quatre jours suivants qu'elle avait passés dans la cabane et les visites de Dwayne qui revenait lui apporter de la nourriture, de l'eau et la laissait faire une pause pipi avant de la laisser étroitement attachée.

Julia inspira profondément.

— Dwayne a commencé à déblatérer que nous devions nous enfuir et que la chose la plus sûre serait de ramer jusqu'à une île qu'il connaissait.

Elle baissa les yeux sur ses doigts entrelacés à ceux de Zach.

— Il ne serait absent que pour un petit moment, a-t-il dit. Alors, il m'a de nouveau attachée et m'a portée jusqu'à la barque dans le hangar à bateaux. Il était à peine parti quand je me suis rendu compte que la quille du bateau était cassée et qu'il était lentement en train de couler.

Pas étonnant qu'elle fasse des cauchemars. Bon sang, Zach allait en faire rien qu'en pensant à l'impuissance où elle était dans cette situation.

Julia lui serra les mains.

— Brad est arrivé environ une demi-heure après le départ de Dwayne. Je n'avais jamais été aussi heureuse de voir quelqu'un de toute ma vie.

Zach secoua la tête.

— Je ne sais même pas quoi dire.

— Tu n'as pas vraiment à dire quoi que ce soit. Enfin, c'était terrible, je sais. Mais rien de tout ça n'était ma faute. Dwayne est censé aller mieux maintenant qu'il suit un traitement, alors je ne peux même pas vraiment lui en vouloir parce que le gars qui a fait ça n'existe plus.

Elle fit la grimace.

— Non, se corrigea-t-elle. C'était *sa* faute, et c'était *son* choix, mais je comprends aussi que la maladie mentale implique que les gens font des choses qu'ils ne feraient pas s'ils n'avaient pas sans ce déséquilibre chimique.

— Tu es bien plus compréhensive que moi, déclara Zach en glissant les doigts sous son menton. Merci de m'avoir raconté tout ça. Et s'il y a quoi que ce soit que je puisse faire, ou quoi que ce soit sur lequel je dois faire des recherches, dis-le-moi.

— Merci. J'ai dit à Brad que je te parlerai de Dwayne. Que je te dirai qu'il avait été libéré et que j'avais appris la nouvelle.

Quelque chose en lui se figea. Zach examina son visage avec attention, luttant pour empêcher l'inquiétude naissante de s'imposer.

L'influence de Brad était-elle la seule raison pour laquelle elle le lui avait dit ?

Il n'était pas habitué à ce que les griffes du doute égratignent son cerveau, mais elles étaient là, en tout cas brièvement, avant qu'il ne se concentre sur le plus important.

Zach repoussa tout, sauf le fait d'assurer à Julia qu'elle pouvait compter sur lui, même quand le sol sous ses pieds semblait instable.

Il leva la main de la jeune femme, embrassa ses doigts et croisa son regard, essayant de deviner ce qu'elle avait besoin d'entendre.

Julia prit les choses en main, enfourcha ses cuisses pour avoir les genoux posés sur le banc en métal de part et d'autre des hanches de Zach. À califourchon, son postérieur était chaud sur ses cuisses alors qu'elle attrapait son col et le redressait méticuleusement.

— Sans vouloir changer de sujet, il est temps de changer de sujet. Tu as dit que c'était un voyage de recherches.

L'amusement le gagna. Bien sûr, cette femme était assez forte non seulement pour lui dire ce qui s'était passé, mais aussi pour ensuite écarter ces événements comme s'ils n'étaient pas bouleversants à bien des niveaux.

Malgré tout, il lui emboîta le pas.

— C'*est* un voyage de recherches, acquiesça-t-il. C'est un voyage de recherches double. Non, ce sont des recherches *triples*.

Les lèvres de Julia s'incurvèrent.

— Pas quadruple ? Que c'est décevant !

— Désolé, je n'ai pas trouvé un quatrième sujet à creuser cette fois-ci, mais peut-être la prochaine fois.

Il posa les mains sur les hanches de Julia, franchement amusé alors qu'elle l'arrangeait très proprement, ajustant son col, passant ses doigts dans ses cheveux, tapotant les plis sur ses manches.

— Laisse-moi deviner. Le premier sujet de recherches a quelque chose à voir avec la bière. J'ai fait une recherche sur Google, et il y a une très bonne brasserie à Nelson. Je présume qu'une dégustation est prévue.

— Absolument. Quelques restaurants ont composé des menus en recommandant des boissons locales pour les accompagner. Nous avons des tapas et des échantillons de prévus dans trois endroits.

— Nous aurions dû demander à Karen et à Finn de se joindre à nous. Et à Lisa et à Josiah. Ils aiment essayer de nouvelles choses.

Cela lui demanda toutes ses ressources de ne pas rester bouche bée, émerveillé. Il se força à répondre, calme et serein.

— Bonne idée. Nous devrons faire ça un jour.

— Quelles sont les deuxièmes recherches ? Et les troisièmes ?

Les moteurs grondèrent légèrement, et ils regardèrent tous deux l'eau.

— Nous nous rapprochons de l'autre côté du lac, constata-t-elle.

Zach l'aida à se relever et l'emmena vers le bastingage. Plaçant un bras autour d'elle, il la serra contre lui alors qu'ils regardaient le ferry manœuvrer dans les goulets jusqu'à la station d'amarrage.

— Les deuxièmes recherches impliquent d'aller dans un des cafés demain matin. Tansy veut que je rapporte une sélection de gâteaux. Elle a reçu de bons échos sur cet endroit et veut essayer d'élargir la carte du Buns and Roses.

Julia se pressa contre lui.

— C'est très gentil de ta part de faire ça pour elle.

Il se mit à rire de bon cœur.

— Oh, oui, c'est vraiment une épreuve qu'on me demande d'aller dans une pâtisserie pour rapporter une douzaine de délices sucrés.

Elle se tourna pour qu'il la regarde.

— Tu vois, c'est ça le truc. Tu donnes l'impression de tirer parti de tout ce pour quoi tu te portes volontaire, mais tu te mets en quatre.

Elle se rapprocha tout en le regardant dans les yeux.

— Je t'ai démasqué, bébé. J'ai bien compris tes combines.

Elle lui tapota le nez, mais avant qu'il ne puisse l'attraper et la chatouiller, elle passa sous son bras et s'éloigna un peu.

Il tendit la main et attendit qu'elle entrelace leurs doigts pour pouvoir la ramener à Delilah.

— Je dis quand même que c'est moi qui profite le plus de ce

deal. Celui qui implique de bonnes choses pour le petit déjeuner.

Julia attendit qu'ils aient débarqué du ferry et soient sur le dernier tronçon de la nationale avant de demander :

— Où est-ce que nous logeons ?

— Dans un Airbnb. Pas que nous aurons besoin de la cuisine, mais j'aime bien avoir assez de place pour m'installer.

Elle hocha la tête puis joua avec son téléphone une minute. Il attendit poliment, sauf qu'il devint évident qu'elle avait l'esprit facétieux quand il s'avéra que la playlist qui démarrait ne contenait que du Elvis.

Lorsqu'elle lança « A Little Less Conversation[1] », Zach se mit carrément à rire. Il tendit la main au-dessus du levier de vitesse et attrapa ses doigts.

— Quelle idée intéressante. Est-ce que tu es fatiguée de me parler ?

Elle lui lança un clin d'œil.

— En fait, non. Raconte-moi une autre histoire sur tes sœurs.

Ce qui amusa Julia pendant la dernière demi-heure jusqu'à ce qu'ils arrivent dans l'allée de la maison dans la partie haute de Nelson.

Julia regarda la demeure avec confusion.

— Où s'arrête exactement ton « installation » ? Nom d'un petit bonhomme, cet endroit est gigantesque !

Il se dépêcha de faire le tour pour lui ouvrir la portière.

— Tout dépend à quel point tes voisins sont bruyants.

— Peut-être. Mais tes voisins pourraient être une fanfare ou un orchestre symphonique, et tu ne les entendrais probablement pas dans cette monstruosité.

Zach poussa la porte et lui fit signe d'entrer.

— Oui, je suppose. D'un autre côté, je ne pense pas que tu

aies déjà entendu combien Finn devient bruyant quand il est lancé dans une partie passionnée de Pictionary.

Julia s'arrêta juste après être entrée.

— Qu'est-ce que tu racontes sur Finn… *Quoi* ?

— Surprise.

Étendues sur le canapé au milieu de la salle de séjour, Karen et Lisa levèrent leurs verres.

Lisa agita un peu le sien.

— J'ai fait quelques mojitos, mais Josiah a pris le relais pour les préparer. Il semble penser que j'ai eu un petit problème de proportions entre le rhum et le reste pour la première tournée.

Josiah apparut, un blender dans une main et un verre rempli dans l'autre, qu'il tendit vers la porte d'entrée.

— J'espère que tu te rends compte qu'aucune de nous ne remplit les critères de capitaine de soirée pour la sortie de ce soir.

— Heureusement que le repas est livré, lui répondit Zach, adorant l'expression qui dansait sur le visage de Julia.

La surprise et le ravissement. Quand elle se retourna vers lui et se jeta dans ses bras pour l'étreindre si fort qu'il pouvait à peine respirer, Zach songea qu'il avait probablement réussi son coup.

— Ça te va ?

— Ça me va, dans le sens « je n'arrive pas à croire que tu aies réussi à faire ça » et « oh que oui, c'est merveilleux ».

Seulement, quand elle recula, ses joues étaient empourprées.

Zach la retint, se délectant de la sensation de son corps pressé contre le sien.

— Ça veut dire quoi cette expression ?

Julia baissa la voix, qui devint un simple chuchotement.

— Tu vas penser que je suis bête, mais qu'*eux* nous entendent batifoler serait tout aussi gênant qu'avec mon père.

Trop drôle.

Il baissa la voix pour s'accorder à la sienne.

— Alors nous ne batifolerons pas avant qu'ils ne soient partis. Nous avons trois nuits, et je ne les ai pas invités à rester tout ce temps.

Ils se sourirent, passant un accord tacite en cet instant, puis Julia se retourna et accepta le verre de Josiah avec un « merci » reconnaissant avant de rejoindre ses sœurs dans la salle de séjour.

— Qu'est-ce que je peux te servir à boire ? demanda Josiah à Zach alors que Finn entrait dans la pièce, marquant une pause pour embrasser sa femme avant de traverser la pièce vers eux.

Zach lança un coup d'œil autour de lui, vers ses amis, avec un plaisir grandissant.

— C'est moi qui devrais te servir un verre. Joyeux anniversaire en retard, au fait.

Josiah hocha la tête.

— Merci d'avoir organisé cette fête impromptue. J'apprécie.

— Merci d'avoir un anniversaire. C'est toujours bien d'avoir une raison de se retrouver une nuit ou deux.

Mais pas trois. Cette troisième nuit serait juste pour lui et Julia.

Parce que, même s'il était un ami génial, il était aussi assez malin pour savoir que certaines choses seraient bien plus agréables une fois que le moment consacré à la famille serait terminé.

DEUX JOURS PLUS TARD, Julia avait l'impression d'avoir un sourire permanent sur le visage.

Non seulement ils s'étaient rendus à ce dîner de recherches

que Zach avait promis et avaient pris ce petit déjeuner avec de multiples variétés de pâtisseries, mais ils avaient aussi recommencé le lendemain.

Ce matin-là, ils étaient tous allés ramer sur le lac dans des kayaks en tandem, puis avaient déjeuné dehors. Les autres devaient rentrer tôt dans l'après-midi, et Julia n'arrivait pas à décider si elle était triste qu'ils s'en aillent ou impatiente de découvrir quelles facéties Zach avait prévues quand ils auraient la maison pour eux.

Dormir dans ses bras avait été une forme raffinée de torture. Elle avait envisagé de l'accoster et de faire monter la température, parce qu'elle doutait que ses sœurs remarquent qu'il se passait quoi que ce soit dans leur aile éloignée de la maison.

Pourtant, Zach avait eu raison la semaine précédente, quand il avait dit qu'attendre avait ses avantages. L'anticipation coulait maintenant dans ses veines aussi fort qu'une drogue.

Le désir était seulement modéré par tout ce qu'elle avait dans l'estomac.

Elle s'écroula dans le canapé, s'enfonçant dans le cuir confortable.

— Je ne pourrais pas avaler une autre bouchée.

— Il reste des éclairs au chocolat, dit Lisa en surgissant de nulle part pour se tenir au-dessus d'elle en agitant une des merveilles à un million de calories entre ses doigts. Oups, pour être exacte, il en reste trois. Étant donné que nous sommes six, tu devras bouger aussi vite que possible.

Lisa plaça dans sa bouche celui qu'elle tenait et gémit avec enthousiasme.

Autour de la table de cuisine, où les hommes se préparaient à jouer une dernière partie de cartes, Josiah jura.

— Excusez-moi, messieurs.

Il recula de la table, s'approcha de Lisa et la lança sur son épaule en ignorant son cri perçant de protestation.

— Trésor, si tu émets ce genre de son, tu demandes à quitter la pièce.

— Soit c'est ça, soit elle auditionne pour un film porno, dit Karen d'un ton taquin avant de l'avertir : Dans tous les cas, nous partons dans une heure.

Lisa se redressa, les bras appuyés sur le dos de Josiah, et lança un clin d'œil à la pièce alors qu'il l'emportait.

— Ne t'inquiète pas. Nous ne serons pas en retard.

Le rire de Josiah résonna, puis s'arrêta derrière la porte menant à leur chambre. Les joues de Julia devinrent brûlantes, et le désir physique bondit d'un cran quand elle croisa le regard de Zach.

Il la regardait avec toutes sortes d'intentions salaces dans les yeux.

Une heure plus tard, quand leurs amis et sa famille eurent enfin quitté la maison, le corps de Julia lui donnait l'impression d'avoir été attachée à un vibromasseur géant et taquinée pendant des heures.

Les mains de Zach étaient posées sur ses hanches. Il se tenait derrière elle alors qu'ils agitaient la main, et il glissa une paume sur son ventre tandis que ses lèvres se posaient sur son cou.

— Je suis content qu'ils soient venus, mais je suis content qu'ils soient partis, admit-il.

Elle arqua le cou sur le côté, la chair de poule apparaissant partout.

— Tu sais, au sujet de toute cette histoire d'impatience ?

Pressé contre son dos, son torse musclé n'était pas la seule chose dure.

— Oui ?

Sa voix était rauque, son souffle court. Dieu merci, parce qu'elle ne voulait pas être la seule à ressentir ça.

— Je suis *absolument* pleine d'impatience.

Elle se retourna dans ses bras et caressa son torse à travers le t-shirt vert pâle. Le coton doux chatouillait les paumes de Julia. Une excitation tactile, mais ça ne suffisait pas. Elle descendit les mains vers la taille et sortit le tissu pour pouvoir les glisser sous le textile et trouver sa peau nue.

Ses abdominaux se contractèrent contre ses doigts.

— Je dois t'avertir que *mon* impatience est assez élevée pour que mon contrôle soit incertain. D'un autre côté, mon temps de récupération sera aussi hors norme, alors fais de ton mieux.

— Tout ce que je veux ?

Julia émit un son joyeux en lui remontant son t-shirt. Il se transforma en un soupir de contentement quand Zach s'empressa de l'aider à retirer l'obstacle.

— Je veux beaucoup de choses, continua-t-elle.

— Oui ? Comme quoi ?

Son sourire rayonnait alors qu'il grognait.

— J'espère vraiment que l'une d'elles, c'est avoir tes mains sur ma queue. Ce serait une bonne chose à ajouter à ta liste.

— Peut-être.

Elle se rapprocha et déposa un baiser sur son torse. Elle lécha sa peau et respira son odeur sexy.

— *Hummmm.*

Il resta immobile alors qu'elle se déplaçait lentement autour de lui, le taquinant du bout des doigts et des lèvres. Elle observait de près chaque réaction parce qu'il était plus qu'évident qu'il en appréciait chaque seconde.

Ici aussi, Zach était honnête. C'était ce qui lui avait manqué dans le fait d'être avec un homme. Pas seulement d'être touchée elle-même, mais de faire en sorte qu'une autre personne ressente des choses merveilleuses.

Et quand elle posa les doigts sous la taille de son jean, elle toucha le jackpot. Les muscles de son cou ressortirent nettement alors que sa tête tombait en arrière et qu'il gémissait bruyamment.

Ce son se transforma en hoquet quand elle enroula les doigts autour de son membre rigide. Julia le caressa du mieux qu'elle pouvait tant qu'il restait piégé sous le tissu épais.

Comme s'il lisait dans ses pensées, Zach défit rapidement son bouton et sa braguette, ouvrant le haut de son jean...

La sonnette retentit, et quelqu'un frappa vigoureusement.

Ils jurèrent tous les deux. Zach l'attrapa et les tourna vers la porte d'entrée. Il la pressa contre le bois robuste un instant plus tard, avant de se pencher pour regarder par la fenêtre latérale.

— Bon sang, dit-il en ouvrant la porte de trois centimètres à peine. Qu'y a-t-il ?

— Désolé.

Josiah semblait très contrit, même s'il était légèrement amusé.

— Lisa a oublié son sac à main.

Il n'y avait nulle part où se cacher. Comme ce n'était pas elle qui était à demi nue, Julia ne savait pas pourquoi elle rougissait autant. Josiah s'approcha du canapé, attrapa le sac à main de Lisa sur le coussin, puis revint précipitamment vers Zach, qui tenait la porte grande ouverte pour une rapide échappée.

Il ne s'était pas donné la peine de fermer son jean. Peut-être pour avertir Josiah de ne pas se donner la peine de discuter. Cela fonctionna, parce que celui-ci partit sans un mot de plus. Même s'il lança un clin d'œil en passant.

À l'instant où Zach referma la porte, Julia et lui pressèrent leur nez contre les fenêtres latérales, regardant attentivement la camionnette disparaître dans la rue.

Lisa et Karen agitaient la main depuis le siège arrière comme si elles savaient qu'on les observait.

Julia ricana, et alors que Zach lui attrapait les doigts et l'emmenait vers leur chambre, leurs rires tourbillonnaient autour d'eux.

— J'aurais dû savoir qu'ils ne pouvaient pas supporter de partir sans nous embêter, se plaignit Zach, mais son ton était amusé.

— Avec des amis pareils, qui a besoin d'ennemis ? demanda Julia d'une voix traînante.

Elle attrapa le passant arrière de son jean et tira pour qu'il s'arrête.

— Pas si vite, continua-t-elle. Je faisais quelque chose d'intéressant.

Zach leva les mains pour lui faire de la place, ses paupières à demi closes.

— Bien.

— Ce qui cette fois veut dire : « vas-y, parviens à tes fins avec moi », hein ?

— *Oh que* oui, gronda-t-il.

Elle avait appris de son erreur précédente et s'occupa du pantalon avant de passer à la suite. Elle descendit son jean et son boxer jusqu'à ses chevilles avant de l'aider à les retirer.

Se relevant, Julia inspira profondément alors qu'elle admirait les longues jambes musclées qui soutenaient le reste de sa nudité parfaite.

— Waouh.

Zach lui lança un sourire alors qu'il lui attrapait les mains, les pressant contre son torse.

— Fais des *waouh* autant que tu veux, mais dis-moi que tu peux le faire pendant que tu me touches.

— Toucher, c'est bien. Embrasser aussi.

Elle se pressa contre lui, glissant les mains au creux de ses reins. Elle pencha la tête jusqu'à ce que leurs lèvres se rencontrent. Le baiser s'approfondissait, devenant plus brûlant chaque seconde.

Qu'elle soit entièrement habillée et lui complètement nu excitait Julia d'une manière inattendue. Elle se sentait puissante et avait totalement le contrôle. Elle glissa une main entre leurs corps et enroula les doigts autour de son érection.

— *Julia.*

Ce n'était pas un avertissement, mais indiscutablement une supplique, à laquelle elle voulait vraiment répondre. Elle posa sa main libre contre son torse et le fit reculer jusqu'au mur. Puis elle prit son temps, le caressant fermement, regardant le gland épais de sa verge apparaître encore et encore entre ses doigts. Elle leva les yeux, examina son visage alors que le plaisir naissait.

Quand elle se pencha et le lécha, l'air sortit entre ses dents dans un sifflement.

— *Seigneur.*

Même s'il y avait beaucoup de choses sur sa liste, soudain la plus importante était d'en mettre plein la vue à Zach. Ce qui signifiait maintenant qu'elle allait s'en mettre plein la bouche.

Elle se mit à rire alors qu'elle s'agenouillait devant lui. Ses doigts se déplaçaient de manière taquine sur son membre alors qu'elle plaçait sa bouche. Elle n'était pas experte, mais l'excitation de Zach, le tremblement de ses jambes, et le contact instable de ses doigts alors qu'il les glissait dans ses cheveux étaient suffisamment aguichants pour qu'elle ne puisse pas résister.

Julia plaça la bouche sur le gland de son sexe puis le suça lentement.

Un flot de jurons doux s'écoula des lèvres de Zach, et sous les doigts de Julia, qui lui agrippait les cuisses, ses muscles se tendirent.

Zach rapprocha ses hanches alors que ses doigts dans les cheveux de Julia se tendaient pour l'avertir.

— Je jouis.

Il se laissa aller instantanément, et elle aurait pu reculer si elle avait voulu, mais elle choisit de ne pas bouger. Elle voulait le goûter, continuer à faire aller et venir sa bouche autour de lui alors que sa verge tressaillait entre ses lèvres. Elle se sentait puissante ? Sans aucun doute. Heureuse ? Elle déglutit puis la lécha et sourit alors qu'il plaquait les mains contre le mur et luttait pour rester debout.

— Nom d'un chien.

Zach prononça ces mots en expirant, tendit la main pour lui agripper le bras et l'aider à se relever. Puis il l'attira contre lui, recouvrant son propre corps nu de celui de Julia, tout habillée.

— Appuie-toi sur moi un moment jusqu'à ce que ma tête arrête de tourner.

Julia se retrouva à sourire.

— OK

Il ricana.

— Petite culottée.

— Il faut que l'un de nous le soit. Je pense que tu as pris une petite « déqueuelottée » pendant quelques instants.

Il se mit à rire et la serra plus étroitement contre son corps.

— « Déqueuelottée » ? Tu traînes bien trop avec Lisa.

— Hé, n'insulte pas le talent incroyable de ma sœur pour inventer des mots !

Elle hoqueta lorsqu'il la souleva pour la porter vers leur chambre.

— Tu as encore assez d'énergie pour être insolente. Je devrais faire quelque chose à ce sujet.

— Tu devrais vraiment, dit-elle d'un ton encourageant.

Julia pointa du doigt son sac qui se trouvait sur la commode la plus proche.

— Les jouets sont dans la pochette de droite.

Il la posa sur le lit et rampa au-dessus d'elle, ignorant ses directives.

— Plus tard, les jouets. Moi d'abord.

Cette déclaration aurait déclenché des signaux d'avertissement par le passé. Tous les gars avec qui elle avait batifolé semblaient penser qu'ils avaient un contact magique.

Mais c'était Zach, et tandis qu'il lui retirait ses vêtements, elle aurait juré qu'il y avait déjà un vibromasseur attaché entre ses jambes, tant il y avait d'énergie électrique dans l'air.

— Promets-moi que tu feras seulement ce qui te fait plaisir, l'avertit Julia. Je veux un orgasme, mais je ne veux pas...

Il chuchota « *chuuuut* » contre sa peau, doux et rassurant.

— Fais-moi confiance.

Elle pouvait, cette fois-ci, mais à l'instant où la frustration commencerait à apparaître ? Elle choperait absolument son sac à malice.

— Bien, ce qui cette fois veut dire « touche-moi ».

Zach était plus que partant pour ça. Il était aussi plus que capable de faire battre son cœur. Peut-être que cela avait quelque chose à voir avec toute cette anticipation, mais alors qu'il l'embrassait et la taquinait, sa peau sembla s'éveiller.

Il se glissa entre ses cuisses, la caressa du bout des doigts des chevilles aux genoux. Ses pouces dessinaient de petits cercles tout en se rapprochant de son intimité alors qu'il lui remontait lentement les genoux, fixait son sexe, et que la faim se lisait dans ses yeux.

— Oui ?

Le plus tôt possible.

Julia se redressa et l'attrapa par les bras.

— Touche-moi, insista-t-elle tout en le rapprochant d'elle.

Partout.

Il se glissa volontiers plus près, ses doigts la dévoilaient et sa bouche couvrait son sexe. Sa langue la taquinait, et ses lèvres se déplaçaient contre elle, un contact doux mais qu'elle ressentait partout.

Quand sa langue toucha son clitoris, elle arqua involontairement le dos, se pressant davantage contre sa bouche. Elle avait besoin de plus.

— J'aime ça. Tu n'as pas besoin d'être doux, lui dit-elle.

Les mots furent prononcés précipitamment, parce que pour l'instant c'était agréable, et la pression montait, mais il n'y avait aucune garantie que cela continuerait. Zach apprenait vite. Le contact doux devint plus ferme. Sa langue ne la taquinait plus mais la caressait à un rythme exigeant qui la faisait hoqueter. Et quand il referma la bouche et aspira, les poils sur sa nuque se redressèrent.

— Oh mon *Dieu* !

Un petit rire résonna entre ses jambes, mais Zach ne s'arrêta pas. Et puis soudain, ses doigts frôlèrent le bord de son sexe, la taquinant, n'allant pas plus loin que la seconde phalange, peut-être.

Quand il continua à la taquiner sans aller plus profondément, la tension qui l'avait envahie à l'idée que Zach allait briser son élan disparut, et elle se concentra sur tout le plaisir qui l'envahissait.

Ses doigts allaient et venaient en elle alors qu'il augmentait la pression sur son clitoris, l'aspirant fort.

Elle jouit. Un orgasme inattendu, puissant et rapide. Le plaisir déferla sur elle, et elle enfonça les talons dans le lit, pressant les cuisses contre le visage de Zach.

Il émit un petit rire, mais continua, en tout cas jusqu'à ce qu'elle glisse les doigts dans ses cheveux et tire dessus assez fort pour qu'il retire sa bouche.

— Lentement, hoqueta-t-elle. Lentement.

Il émit un « hum », recula pour embrasser délicatement ses replis. Il passa légèrement la langue contre sa chair gonflée alors que les endorphines continuaient à se déchaîner à travers son corps.

Quand ses tressaillements de plaisir eurent cessé, il remonta sur le matelas à côté d'elle et s'essuya les lèvres avant de lui offrir un grand sourire.

— C'était amusant. Deuxième round dans quelques minutes ?

Seigneur.

— Ça pourrait bien me tuer, l'avertit-elle.

— Nous irons lentement. Mais tu as emporté toutes sortes de jouets que nous n'avons pas encore utilisés. Et puis je t'en ai acheté un nouveau. J'ai hâte de l'essayer.

Julia se redressa brusquement sur ses coudes et le regarda avec stupéfaction. Tous ses petits amis précédents détestaient quand elle attrapait un vibromasseur.

— Tu m'as acheté un jouet ?

Il hocha la tête et l'enthousiasme rejoignit la joie sur son expression.

— Ça s'appelle un Womanizer[2], et c'est censé être incroyable. J'ai besoin de ton avis avant de croire la publicité. La recherche, c'est important, tu sais.

L'amusement la frappa brusquement.

— Vraiment ? Examiner des sex-toys, c'est ça ton troisième sujet de recherches ?

— Bien sûr.

Il la fit se retourner, leurs corps nus moites de chaleur et de la promesse de très beaux souvenirs.

— Je suis un chercheur rigoureux, l'avertit-il. J'espère que tu as pris tes vitamines ce matin.

18

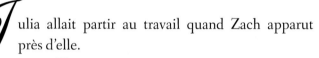ulia allait partir au travail quand Zach apparut près d'elle.

— Tiens.

Elle prit l'enveloppe qu'il lui tendait.

— Qu'est-ce que c'est ?

— Mes devoirs. J'ai envoyé un e-mail à Alan pour lui annoncer que je t'avais remis la première de nos lettres mensuelles comme prévu, dit-il en roulant exagérément des yeux, belle imitation d'adolescent en crise existentielle. Je vais te donner son adresse e-mail pour que tu puisses faire de même plus tard.

Elle avait presque oublié cette partie des règles.

— Je n'ai pas encore écrit la mienne.

Zach agita la main.

— Nous nous sommes mariés le trente et un, alors ce n'est pas comme si nous étions en retard. J'ai pensé qu'il serait plus facile de penser à le faire d'ici la fin du mois qu'au début de celui d'après. Dans tous les cas, voici la mienne.

Julia l'agita.

— La tienne fait quelle longueur ?

Il ricana.

Ce fut à son tour de rouler des yeux.

— Tu es un vrai pitre. Je parle de la lettre.

— Je ris quand même, chérie. Peu importe la longueur de la mienne, ta lettre est ta lettre.

Elle feignit de faire la moue.

— Est-ce que ça veut dire que je n'ai pas le droit de lire la tienne d'abord ?

— Fais ce qu'il te plaît.

Il déposa un rapide baiser sur sa joue, puis descendit les marches du porche deux par deux, sifflotant alors qu'il s'éloignait vers le ranch.

— À plus tard, ajouta-t-il. Ce soir, ce sont les *Aventures en cuisine avec Zach*. Nous tenterons de ne pas faire brûler les bols de nouilles asiatiques.

— Ça m'a l'air d'une super idée.

Elle posa l'enveloppe sur le tableau de bord, où elle l'hypnotisa pendant tout le trajet jusqu'à la ville.

Quand elle se gara sur le parking de la caserne, au moment où les portes s'ouvraient pour la sortie du camion des pompiers, Julia n'eut plus en tête que l'idée de rejoindre le reste de son équipe le plus vite possible.

Ce ne fut qu'après le déjeuner, quand ils furent enfin de retour après avoir éteint un feu de brousse, que Julia eut le temps de s'occuper de son dilemme.

Faire ses devoirs d'abord, ou lire ceux de Zach pour voir à quel point il avait été honnête et ouvert ?

Elle tapota l'enveloppe sur la table devant elle, le débat mental fit rage avant qu'elle ne soupire et pose sa lettre, tirant à elle un des carnets qu'elle avait toujours à portée de main. La vérité était qu'elle se trouvait dans une merveilleuse position pour avoir le beurre et l'argent du beurre. Elle pouvait écrire un mot, puis lire celui de Zach, et si nécessaire, réécrire le sien pour qu'il corresponde au ton choisi par Zach. Ça revenait seulement à tricher un peu.

Puisqu'elle allait le réécrire quoi qu'il arrive, elle ne se donna pas la peine de le soigner. Elle balança tout ce qui avait besoin d'être dit.

« *30 septembre.*

Après qu'on s'est retrouvés dans une situation impossible, je peux repenser à ce premier mois et dire qu'il n'a pas été affreux. Je n'arrive toujours pas à croire que nous nous en retrouvions là, et juste pour être claire, les shots de tequila sont pour toujours hors de question.

C'est la partie de la lettre où je divague pour qu'elle fasse au moins une page de long. Au cas où tu ne le verrais pas.

Trucs positifs : notre liste de choses à faire a été divertissante. Mes trois activités ont été agréables.

Le yoga vaut un bon huit pour moi, parce que c'est physiquement éprouvant, mais aussi divertissant de te regarder. Merci d'être beau joueur. Si tu veux commencer à porter des vêtements plus moulants, ou moins de vêtements, le yoga pourrait même arriver à neuf.

Monter à cheval régulièrement est merveilleux. Je ne m'étais pas rendu compte à quel point ça me manquait. Karen m'a aussi dit qu'elle me laisserait l'aider à dresser Moonbeam quand le moment viendrait, alors c'est une chose que j'attends avec impatience.

Batifoler... ça a été bien plus intéressant que je m'y attendais. C'est tout ce que je veux dire là-dessus pour l'instant. Oui, je rougis en écrivant ça. »

Elle continua encore un peu, mentionna ses trois passe-temps, mais quand elle eut terminé de relire ce qu'elle avait écrit, cela faisait plus d'une page et – pour être honnête – c'était plutôt ennuyeux.

Ce qu'elle avait livré était un rapport très factuel avec les plus minuscules touches de vérité éparpillées dedans.

Est-ce qu'elle voulait dire autre chose ? Est-ce qu'elle voulait dire que les moments qu'ils avaient passés avec les amis de Zach et ses sœurs lui avaient semblé plus importants que de simples soirées entre potes ?

Qu'étrangement, pour la première fois de sa vie, elle commençait à comprendre ce qu'était une famille à un niveau qu'elle n'avait jamais connu auparavant. Que cela la ravissait et la terrifiait en même temps, et qu'elle ne savait pas pourquoi.

Julia chassa le tremblement dans ses tripes et tendit fermement la main vers la lettre de Zach. Elle l'arracha pratiquement de l'enveloppe, la posa sur la table devant elle et s'y plongea.

L'écriture familière et brouillonne de Zach recouvrait deux feuilles de papier.

« 30 septembre.

Il y a un mois, moins quelques jours, tu as accepté de faire un gros sacrifice pour sauver mes fesses. Je t'en suis très reconnaissant.

Je sais que cet arrangement est très lourd. Tu dois écrire une lettre en plus de devoir supporter ma gueule enfarinée quotidiennement. C'est simplement infernal – la lettre, je veux dire. Ma gueule n'est pas infernale, elle est juste agaçante.

J'ai réfléchi à quoi écrire. J'ai pensé que tu ferais probablement une analyse détaillée du mois écoulé ensemble en me basant sur les notes dans ton journal, avec peut-être des numéros ou des puces. Par conséquent, ce mois-ci, je vais essayer de parler ta langue.

LES RÈGLES

•Pas d'autres ajouts pour l'instant.

Je pense que tu devrais quand même dater la page d'origine et en faire une nouvelle qui soit un peu moins désordonnée.

Vraiment, Julia, je ne sais pas comment tu peux suivre alors que tu n'arrêtes pas de changer d'avis :-)

(Note : je suis très *content que tu aies changé d'avis.)*

LES ACTIVITÉS

•*Le yoga : au sujet de ces mouvements où nous sommes sur le ventre, j'aimerais demander qu'il y en ait un peu moins. Surtout si tu insistes pour porter ce pantalon de yoga rose pâle. Je tousse. Trop direct ?*

•*La danse : zéro changement sur notre carnet de bal.*

Attends... oublie ça. Je t'avertis que si Trevor Daniels essaie encore de m'interrompre, ça va lui coûter cher. Ce n'est pas que je ne veuille pas que tu danses avec d'autres gars, c'est qu'il est absolument nul. Les risques que vous percutiez un autre couple augmentent de façon exponentielle à chaque fois que cet empoté essaie. Ne me force pas à intervenir en plongeant à travers la piste de danse pour te sauver.

•*Les promenades à cheval : pas de changements.*

J'apprécie davantage le ranch de Red Boot à chaque fois que nous y allons. Bon sang, c'est beau là-bas.

•*La cuisine : désolé pour le pain de viande. Il était vraiment infect, mais pour ma défense, la recette demandait de l'avoine. Et je ne m'étais pas rendu compte que le paquet que j'avais était aromatisé aux pêches et à la crème.*

•*La recherche : je te préviens. J'aimerais aller aux États-Unis tôt ou tard. Tu veux attendre novembre ? Une fois que tu auras terminé tes services de TSU ? À discuter. En dehors de ça, j'ai vraiment apprécié de t'avoir avec moi. Tu es de bonne compagnie, et tes commentaires sur la bière et la nourriture me sont utiles.*

Concernant l'autre genre de recherches ? Hé, hé. Regarde la prochaine note.

•*Le batifolage : une vraie plainte à déposer.*

Je n'ai pas encore vu le vibromasseur bleu ni le jaune fluo en action, et franchement, c'est un peu la honte.

En avant pour octobre. J'espère que tu profiteras de ton dernier mois de travail avec l'équipe à la caserne. Fais-moi savoir s'il y a quoi que ce soit que je puisse faire pour te faciliter les choses, que ce soit dans la transition pour le travail ou quoi que ce soit d'autre.

Tu es une super fausse épouse, et vraiment quelqu'un de bien. »

Julia fixa le papier puis sa propre lettre.

Il avait tapé dans le mille en prévoyant qu'elle ferait ses commentaires de manière organisée, même s'il l'avait surpassée en utilisant vraiment des puces.

Elle plia la lettre de Zach pour qu'elle puisse rentrer dans la poche extensible à l'arrière de son journal.

Puis elle réécrivit sa propre lettre simplement pour la rendre plus propre et réutilisa son enveloppe. Seulement, elle hésita, sortant ses stylos de couleur. Elle entreprit de décorer l'extérieur avec de minuscules images et des mots.

Quand elle eut terminé, de loin toute la surface avait l'air d'être recouverte de confettis de couleurs vives répandus dessus. Ce n'était que de près que les minuscules mots en majuscules devenaient clairs. « YOGA », « ÉQUITATION » et le reste, y compris celui qui la faisait glousser... « RECHERCHE ».

Et les dessins ? Ses tapis de yoga étaient reconnaissables, même si certains de ses chevaux miniatures ressemblaient à des chiens. Les minuscules petits vibromasseurs, cependant, étaient parfaitement identifiables.

Julia veilla à rester aussi détendue que possible quand elle lui tendit ce soir-là l'enveloppe à la table du dîner.

— À ton tour, bébé.

Zach marqua une pause alors qu'il prenait sa cuillère à

soupe. Il haussa un sourcil, mais accepta l'enveloppe. Son sourire s'agrandissait alors qu'il rapprochait l'enveloppe pour mieux la regarder.

— C'est hilarant.

Elle lui rendit son sourire, se concentrant sur le bouillon savoureux et le bol devant elle alors qu'il en sortait prudemment le papier et le lisait rapidement. Hochant rapidement la tête, il rangea la lettre dans l'enveloppe, se leva et la plaça prudemment sur le dessus du frigo avant de revenir.

— Je m'amuse aussi. Mais à l'évidence, tu l'as lu dans ma lettre.

— J'ai pensé que tes puces étaient très bien utilisées, dit Julia d'un ton pincé.

— Eh bien, merci, répondit-il en se penchant en avant, la regardant dans les yeux, l'espièglerie inscrite sur toute sa mine. Mais je pense que tes vibromasseurs sont un peu disproportionnés en taille. Peut-être que pour notre prochaine séance de recherches nous devrions sortir une règle et...

— Oh mon Dieu, dit Julia en riant. C'est quoi cette obsession que les hommes ont avec les règles et les queues ? Et ce n'est même pas vraiment une question rhétorique, parce que tu n'arriveras jamais à croire le nombre de fois où ce sujet a été abordé à la caserne.

Zach éclata d'un rire jovial.

— Je ne pense pas vouloir savoir.

Julia changea de sujet, mais seulement un peu.

— En parlant de recherches...

L'expression de Zach se chargea de désir.

Elle se pencha aussi en avant, baissant la voix.

— Quand est-ce que notre prochaine sortie est prévue ? J'ai une envie de bière.

Le torse de Zach se mit à trembler d'un rire silencieux, et il recula pour croiser les bras sur son torse.

— Ça, c'est juste méchant. Donner de faux espoirs à un gars pour ensuite le jeter dans une cruelle cuve de houblon et de brassin.

— Ça m'a l'air pervers. Et aussi salissant. Je pense que si nous devons batifoler dans du liquide, ce devrait être sous la douche.

— D'accord.

Il avait répondu instantanément, attrapant le calendrier d'octobre à peine commencé sur le frigo et ajoutant « RECHERCHES » pour le mardi suivant. Pile entre l'« ÉQUITATION » du lundi et le « YOGA » du mercredi.

— Tu apportes les jouets, et moi une règle. Nous nous retrouverons dans la douche... Ne sois pas en retard.

C'était facile d'être avec lui, d'apprécier une touche de fantaisie, même si elle savait qu'attendre que mardi arrive serait une nouvelle occasion de prouver par l'impatience, encore une fois, que la bonne sorte de frustration faisait des merveilles sur sa libido.

Un mois de passé, il en restait onze. Elle n'allait pas s'ennuyer.

À CE STADE de la partie, Zach ne croyait plus que son imagination lui simplement des tours. Non. À un certain moment, vers le milieu du mois d'octobre, il était devenu clair que, quelle que soit la fréquence à laquelle il remettait le rouleau de papier toilette, il finissait toujours dans l'autre sens.

Comme le nombre d'occupants du chalet susceptibles de tripoter ledit papier toilette s'élevait à deux, il savait exactement qui était son adversaire. Même s'il ne savait pas pourquoi Julia avait décidé d'entrer en guerre sur ce sujet en particulier.

Mais c'était plus amusant de ne pas lui demander les détails, et de continuer à batailler allègrement.

La dernière fois qu'il avait remis le rouleau du bon côté, il avait utilisé un des élastiques très épais des bouquets de brocolis et avait attaché le bord du dérouleur pour que, lorsque Julia s'apprêterait à le retourner, cela lui prenne plus de quelques secondes.

La fois suivante, il était revenu et avait découvert qu'elle avait retiré son élastique, retourné le rouleau, et d'une manière ou d'une autre avait collé le rouleau central en carton pour qu'il ne puisse pas le retourner sans tout bousiller, ce qu'il ne ferait pas car il était trop radin. Alors il l'avait laissé tel quel et avait marmonné, amusé, à chaque fois qu'il devait faire face à la preuve qu'elle était actuellement en tête dans le classement de la guerre du PQ.

C'était un amusement anodin qui s'ajoutait à tous les autres plaisirs qu'ils partageaient. Pas seulement leurs activités de la semaine, mais aussi quand il avait demandé à Julia de l'aider pour entreposer Delilah. Il l'avait incluse dans la conversation concernant ses projets pour le bâtiment Brewster dans le centre-ville de Heart Falls. Faire appel à ses lumières et écouter ses nouvelles idées était très amusant.

Il avait bon espoir qu'ils soient partis du bon pied, tout bien considéré.

Alors que la fin du mois d'octobre approchait, Zach commença à prévoir sa prochaine lettre. Il pensait que, mois après mois, il allait lentement faire monter les enchères et révéler davantage ce qu'il ressentait, même s'il lui semblait toujours important d'y aller par étapes.

De plus, il avait décidé que, ce mois-ci, il décorerait les

bords de sa lettre avec des petits dessins, comme Julia l'avait fait.

La maison était calme après le dîner, Julia travaillait de nuit. Zach sortit, une veste chaude sur les épaules pour lutter contre la fraîcheur de la soirée. C'était une des rares années où il n'avait pas encore neigé, même s'il était clair que l'hiver pouvait arriver n'importe quand.

De l'autre côté de la cour, Finn lui fit signe d'approcher. Son meilleur ami avait l'air incroyablement satisfait ces temps-ci, tandis que lui et Karen continuaient à travailler ensemble pour bâtir leur foyer et préparer le ranch de Red Boot pour l'ouverture printanière prévue l'année suivante.

Zach prit le temps de flâner dans le jardin, ravi de se rendre compte que, dans quelques jours, Julia travaillerait aussi à plein temps au ranch. Cela signifierait davantage d'occasions d'être ensemble, et il avait extrêmement hâte.

— Tu as l'air d'un chat qui a réussi à attraper une souris, avança Finn d'un ton pince-sans-rire.

— Demain soir, c'est le pot de départ de Julia. Elle n'a plus qu'un seul service de nuit avant d'être toute à moi.

Zach marqua une pause.

— Je veux dire à *nous*, puisqu'elle sera la secouriste pour tout le ranch à partir de la semaine prochaine.

Son ami émit un petit rire et pencha la tête vers sa camionnette.

— Je pense que tu l'as dit correctement la première fois. Tu as absolument déclaré ta possession.

Zach suivit le pas de Finn sans poser de questions jusqu'à ce qu'ils soient montés dans la camionnette pour aller en ville.

— Est-ce que tu m'as dit où nous allions ?

— Non.

Finn fixait la route droit devant lui.

Zach hésita.

— Suis-je censé savoir où nous allons ?

Finn renifla moqueusement.

— Pas cette fois, non. Ta concentration est absolument lamentable depuis ces deux derniers mois, mais cette fois je ne peux pas te reprocher d'être à la masse parce que tu es obsédé par Julia.

Il ne pouvait pas dire grand-chose pour sa défense, alors Zach se renfonça dans son siège et profita de la balade, souriant lorsqu'ils entrèrent dans la cour de la maison de Josiah.

— Est-ce qu'il a besoin de main-d'œuvre gratuite ?

— Absolument. Sa sœur a envoyé une caisse de spiritueux d'Irlande. Je nous ai portés volontaires pour l'aider à goûter.

Zach serra l'épaule de son ami avant de sortir d'un bond de la camionnette et de le rejoindre sur le chemin menant à la maison.

— Est-ce que je t'ai remercié dernièrement d'être mon deuxième meilleur ami ?

— *Deuxième ?*

Zach les fit entrer dans la maison de Josiah sans frapper, puis siffla bruyamment.

— Hé, mon meilleur pote. Où es-tu ? Et où est la gnôle ?

Un rire résonna une seconde avant que Finn ne le frappe du poing sur le bras.

— Saleté.

Ils se sourirent alors que Josiah les appelait de la cuisine.

— Vous êtes source d'ennuis. Venez. Nous avons des nouvelles à prendre. Sans parler de boire un peu.

Plusieurs heures plus tard, la zone autour du feu de camp était jonchée de carcasses vides de bières importées et d'une jolie collection de bouteilles de whisky ouvertes.

— Je ne dis pas que tu devrais lui dire directement, mais en même temps, pourquoi tu ne lui dis pas directement ? demanda Josiah en faisant tourner le nouveau contenu de son verre alors qu'il en fixait les profondeurs et répétait cette remarque pour la troisième ou quatrième fois de la soirée.

Un soupir très exagéré, même pour lui, échappa à Zach.

— Je lui ai dit au début que je voulais réellement sortir avec elle. Les choses sont devenues sérieusement plus compliquées bien plus vite que je ne m'y attendais.

— Simplifie-les, dit Finn en secouant la tête. Ne t'occupe pas de nous. C'est toi qui as un instinct étrangement sûr. Si tu penses que le meilleur moyen d'y aller, c'est lentement mais sûrement après deux mois de mariage, alors qu'il en soit ainsi.

— Lentement mais sûrement. On dirait que tu es dans les champs à défricher au lieu de passer chaque moment de libre à l'intérieur et à l'extérieur de la chambre à la convaincre que tu es une bonne affaire, déclara Josiah en secouant tristement la tête.

Zach avait dû émettre un son, ou peut-être avait-il encore soupiré, parce que soudain les deux autres hommes le fixèrent attentivement.

Une expression très calculée rétrécit le regard de Finn.

— Chaque moment de libre...

— ... à l'intérieur et à l'extérieur de la chambre ? répéta Josiah, bouche bée. Tu viens de grimacer quand j'ai mentionné la chambre. S'il te plaît, dis-moi que toi et Julia ne faites pas encore chambre à part.

— Nous n'allons pas avoir cette conversation, dit Zach aussi fermement que possible.

Une seconde plus tard, il tendit la main pour attraper des copeaux de bois et pouvoir les lancer sur chacun de ses amis, qui affichaient de grands sourires.

— Dégagez. Je ne vais pas parler de ma vie sexuelle avec vous.

— À l'évidence, puisque tu n'en as pas, avança Finn d'un ton pince-sans-rire. Je croyais que l'idée était que tu sois irrésistible, comme d'habitude. Comment se fait-il que vous ne vous envoyiez pas en l'air ?

— Nous batifolons, admit Zach. Nous nous amusons. Maintenant, laisse tomber, à moins que tu ne veuilles que je discute de la fréquence à laquelle j'ai dû t'écouter te morfondre à cause de Karen ces cinq dernières années.

Ils étaient d'assez bons amis pour lui obéir, ou en tout cas faire semblant pendant un moment.

Des heures plus tard, Lisa et Karen, toutes deux clairement amusées, apparurent près d'eux devant le feu.

Lisa posa une main sur l'épaule de Josiah.

— Hé, chéri. Toi et les garçons vous vous en jetez un derrière la cravate ?

Josiah agita son verre vide avant de lui attraper les doigts et de la faire tomber sur ses cuisses.

— Pas de cravate. Nous pourrions arranger ça, si tu veux.

Elle appuya un doigt sur ses lèvres, riant tout en le réprimandant.

— Ne me fais pas honte devant ma grande sœur. Elle n'a pas besoin de savoir à quels jeux coquins nous jouons.

— Et sur ce, avant que quiconque ne dise quelque chose que je regretterais d'avoir entendu, laissez-moi ramener cet homme éméché à la maison. Ou ces deux hommes éméchés, se corrigea Karen alors qu'elle tirait Finn pour qu'il se lève et courbait le doigt en direction de Zach. Venez, espèce d'épaves. Je vais conduire, et nous reviendrons chercher la camionnette plus tard. Tu ferais bien de dormir un peu, Zach. Julia voudra que tu pètes la forme pour sa fête de demain soir.

— Il n'a pas le droit de faire la fête. Il n'est pas à la fête. Et en plus il n'a pas droit aux réjouissances.

Les paroles de Josiah étaient à peine audibles, ses lèvres enfouies dans le cou de Lisa.

Elle gloussa.

— Quoi ?

Zach envisagea de plaquer une main sur la bouche de son ami mais décida qu'il était juste assez éméché pour que ce soit possible qu'il la rate et que Josiah se retrouve à la place avec un œil au beurre noir. Cela ferait probablement mal.

Ha. Peut-être que ce n'était pas une mauvaise idée après tout.

Zach ne se rappelait pas les détails, mais il était encore au lit quand Julia rentra après son service. Cette partie-là était claire comme le jour, parce qu'elle avait débarqué dans sa chambre et bondit tout excitée sur le matelas.

— J'ai fini. J'ai fini. J'ai passé un bon moment, et je suis contente d'avoir eu ce stage, mais j'ai *tellement* hâte de travailler au ranch de Red Boot !

Elle marqua une pause, perchée à quatre pattes à côté de lui alors qu'elle l'examinait de plus près. Une lueur d'amusement apparut dans ses yeux.

— Est-ce que tu as la gueule de bois ?

— Ne sois pas cruelle[1], chuchota Zach.

L'espièglerie pure la transfigura. Elle se redressa et fit semblant de lever un micro devant sa bouche.

— «To a heart that's blue[2]».

Comme elle continuait à lui chanter Elvis, plutôt mal et de plus en plus fort, Zach abandonna. Il l'enveloppa dans une étreinte et la fit rouler sous lui, lui mordillant le cou et la chatouillant jusqu'à ce qu'elle hurle de rire.

Il la lâcha enfin, roula sur le côté et la releva. Il lui embrassa le front puis la fit pivoter fermement vers la salle de bains.

— Félicitations pour ton dernier jour. Maintenant, va dormir un peu. J'ai entendu dire qu'il y a une fête donnée ce soir en ton honneur.

Il lui fallut énormément de café et deux cachets de

paracétamol, mais quand Zach escorta Julia à la porte du Rough Cut, il avait retrouvé la forme à cent pour cent.

C'était une fête plutôt simple, avec des invités qui arrivaient pour la plupart quand cela leur convenait et venaient serrer la main de Julia ou l'étreindre selon le cas.

Entre-temps, Zach et ses amis se relayaient pour danser avec leurs femmes. La musique et l'énergie montaient à mesure que la soirée avançait.

Quand Brad arriva avec son épouse, Hanna, Julia serra fort Zach et le tira à travers la piste pour les rejoindre là où le couple les attendait.

— Content de vous voir, lança Zach. Merci d'avoir formé ma nouvelle employée du mois.

Hanna lui lança un clin d'œil, puis se tourna vers Julia.

— Je suis contente que tu restes dans le coin. C'est à mon tour d'accueillir la soirée entre filles le mois prochain. Je me demandais si tu voudrais bien m'aider.

— Ce serait super. Je t'appellerai dans la semaine, dit Julia en souriant.

Brad lui tendit la main.

— Ça a été un privilège de travailler avec toi. Et idem, je suis content que tu restes dans le coin.

Il lui offrit une poignée de main, puis la serra contre lui quand elle se rapprocha pour l'étreindre. Il regarda Zach par-dessus l'épaule de Julia.

— C'est bon de te voir t'installer dans la communauté.

— Heart Falls me donne déjà l'impression d'être chez moi, dit Julia en reculant.

Zach lança un coup d'œil autour de lui, mais personne ne semblait leur accorder d'attention indésirable. Malgré tout, prendre les devants n'était pas une mauvaise chose.

Il serra la main de Brad et lui tapa jovialement dans le dos.

— Merci d'avoir été un aussi bon mentor pour Julia. Ça fait toute la différence.

Il aurait voulu dire quelque chose sur tout ce dont il était reconnaissant, mais ce n'était ni le lieu ni le moment.

Tandis que Zach ramenait Julia sur la piste de danse, il se rendit compte qu'il était complètement d'accord avec elle. Tous les sacrifices qu'ils faisaient pour garder la réputation de Brad intacte... ça en valait la peine, à tous les niveaux.

Même si ce n'était pas un grand sacrifice d'avoir Julia dans ses bras.

Ils dansèrent un rapide two-step, puis finirent au bord de la piste quand la musique passa à une lente ballade. Zach changea la position de Julia dans ses bras, posant la main au creux de ses reins, rapprochant leurs corps suffisamment pour se retrouver à l'extrême limite des bonnes mœurs.

— Quelqu'un se sent guilleret, murmura Julia, les mains nouées derrière son cou. Je suppose que tu t'es remis de ta légère indisposition de ce matin ?

Il ne répondit pas. Il prit simplement un risque en glissant une jambe entre les siennes, se nichant encore plus près. Sa cuisse frôlait l'intimité de Julia à chaque pas, et il ne fallut pas longtemps avant qu'elle retrouve le souffle court.

Les joues de Julia rougissaient, et ses yeux brillaient comme si elle hésitait entre commettre un meurtre et créer le scandale.

— Zach. Qu'est-ce que tu fais ?

Il la fit tournoyer, puis la souleva contre lui. Le lent mouvement suivant contre sa cuisse força un gémissement à quitter les lèvres de Julia.

— Si tu ne sais pas ce que je fais, c'est que je ne m'y prends pas très bien.

Une demi-chanson plus tard, la respiration de Julia lui frôlait la joue en halètements rapides.

— Tu me tues, bébé.

Il était doué pour se torturer. Zach lança un coup d'œil autour de lui et remarqua le couloir de service qui menait à la réserve. Il dansa lentement avec elle jusque dans les ombres et ils disparurent.

La musique restait audible, alors il continua de faire semblant de danser, mais c'était une danse érotique qui promettait d'avoir une fin spectaculaire.

Julia se pressa plus fort contre sa jambe, les sons qui s'échappaient de ses lèvres le rapprochaient de plus en plus du moment où il chavirerait. Zach serra les dents pour se retenir de jurer, pour s'empêcher de les déshabiller ici même puis de l'allonger et de la pénétrer brusquement.

Julia l'attrapa par les oreilles, les lui arrachant presque alors qu'elle unissait sa bouche à la sienne. Elle l'embrassa frénétiquement, ses hanches palpitant sur un rythme qui annonçait sans équivoque que la fin était proche. Il se focalisa sur son plaisir à elle, pour lui donner ce dont elle avait besoin. Il resserra sa prise sur son postérieur pour pouvoir lui offrir un peu plus de marge.

Surprise, Julia hoqueta contre la bouche de Zach. Il s'écarta suffisamment pour fixer ses yeux écarquillés alors que son expression se tendait et que ses lèvres s'ouvraient en un O parfait.

Son rythme de balancier faiblit, mais il la tenait étroitement, l'entraînant plus haut.

C'était fini.

— Zach.

Elle gémit son prénom avant que le mot ne se transforme en un long son tremblant qui libéra le cadenas son verrou de sécurité. Il jouit tout en fixant son visage, adorant voir son plaisir qui continua à monter jusqu'à ce qu'elle se détende mollement contre lui.

Un peu trop détendue, à son avis, étant donné que le sang

avait quitté toutes les parties de son corps, sauf dans sa verge. Ses jambes tremblaient, et il réussit à peine à les déplacer avant de glisser vers le sol, le dos appuyé contre le mur. Ils atterrirent l'un sur l'autre, Julia sur ses cuisses, ses jambes à lui tendues dans le couloir.

La respiration de Julia tremblait maintenant, pas simplement de passion car des petits rires s'y glissaient.

— Nous sommes terribles, chuchota-t-elle. Nous sommes en public.

— Au moins, ce n'est pas au milieu de la piste de danse, signala Zach.

Elle renifla moqueusement, tapotant les doigts contre son torse.

— C'est déjà ça.

La musique jouait au loin tandis qu'ils étaient assis là dans l'ombre. À l'abri des regards, et pourtant non. Zach inspira profondément et déposa un baiser sur sa tempe.

— Bonne reconversion. Bienvenue au ranch.

Elle se mit à rire avant de plaquer une main sur sa bouche puis de regarder la piste de danse comme si une certaine personne allait les repérer à un quelconque instant.

Quand elle se retourna pour croiser son regard, elle avait toujours l'air bien trop amusée.

— Merci. Maintenant je pense que nous ferions mieux de filer en douce de ma propre fête.

Zach n'avait pas d'objection. Et aussi gêné qu'il soit à ce moment-là, il n'aurait rien changé à cette soirée.

19

*L*a neige arriva en force à peine deux jours après le début du mois de novembre. Zach prit un grand plaisir à voir l'excitation de Julia lorsqu'elle regarda par la fenêtre du chalet, une tasse de café à la main.

Sa joie illuminait la pièce, et il s'avança près d'elle pour voir ce qui la faisait frémir.

— Qu'est-ce qui te rend toute guillerette ?

— C'est juste si joli ! répondit-elle. C'est pour ça que j'adore être en Alberta. L'hiver est synonyme de champs blancs immaculés aussi loin que l'œil porte, au lieu de cieux gris et de pluie.

— J'adore ça aussi, mais souviens-toi qu'il y a un prix à payer. Nous aurons une vague de froid tôt ou tard. Et ils parlent déjà d'El Niño, ce qui signifie une énorme chute de neige vers Noël.

Julia secoua résolument la tête.

— Non. Tu ne peux pas gâcher mon enthousiasme. En fait...

Elle posa sa tasse de café et lui vola la sienne. Attrapant sa

VIVIAN AREND

main vide, elle l'attira près de la porte où leurs bottes et leurs manteaux étaient soigneusement rangés.

— Viens, continua-t-elle. Allons marcher.

Son excitation était non seulement contagieuse, elle était délicieuse. L'envie de lui prendre la main pendant qu'ils marchaient était presque impossible à ignorer. À la place, il fourra les mains dans ses poches et se balada à ses côtés alors qu'ils flânaient dans l'air frais matinal.

Elle pointa du doigt le bâtiment qui servait de point de rassemblement général pour le ranch.

— Dans le cadre de ma première semaine officielle ici au ranch, je vais installer le poste de premiers secours. Cody a dit qu'il y avait déjà un tas de cartons qui m'attendaient. Tu voudras bien m'aider plus tard dans la journée ?

Zach réfléchit bien à sa liste de tâches et rejeta celles qui l'auraient vraiment empêché de pouvoir l'aider.

— J'aimerais beaucoup. Tu es plutôt heureuse de commencer.

— Avec un peu de chance, ce travail restera assez ennuyeux, même après l'arrivée des clients, mais oui.

Elle fit voler un peu de neige sous son pied, riant alors que les chevaux du manège près d'eux s'approchaient précipitamment, espérant recevoir une gâterie.

— L'ennui, c'est bien. J'espère que ta charge de travail sera suffisante.

Julia marqua une pause, posa les bras sur la barrière et regarda les chevaux.

— Le truc, c'est que je sais que le travail n'est pas le même que d'être sur les appels d'urgence. Ce dont je me souviens en ayant grandi sur un ranch éducatif, c'est que, pour le personnel à temps plein, notre secouriste était plus concentrée sur la personne elle-même. Elle gardait un œil sur tout le monde, et s'assurait qu'ils étaient heureux et en bonne santé, ce qui n'a rien à voir avec s'occuper simplement de blessures dangereuses ou de jambes cassées.

Zach hocha la tête.

— C'est une lourde responsabilité.

— J'ai beaucoup de ressources pour m'aider, signala Julia. Y compris Tony, s'il faut en arriver là.

Elle lui lança un grand sourire, se tournant sur le côté.

— Je suis aussi toujours sur la liste des renforts d'urgence de la caserne. S'il y a une catastrophe dans la communauté, je serai appelée.

— Je ne le savais pas. Je suis content pour toi. S'il faut aménager quoi que ce soit dans ton travail ici à Heart Falls pour que tu puisses te libérer, tiens-moi au courant, déclara Zach en la regardant s'éloigner de quelques pas de la barrière.

— Tout devrait aller. Même s'il y a une chose dont je dois te prévenir.

L'expression de Julia devint solennelle.

— Quoi ?

De la neige glacée frappa sa joue, glissant sur lui alors qu'un frisson de surprise lui remontait brusquement le long de la colonne vertébrale.

Julia se mit à rire tout en esquivant.

— Une boule de neige arrive.

Zach se retourna juste à temps pour éviter une deuxième volée de boules de neige fendant les airs, qui venait de derrière la plateforme de la camionnette où Finn et Karen lui lançaient un coup d'œil.

Ce fut la première de nombreuses batailles de boules de neige au cours des semaines qui suivirent. Julia installa son poste de premiers secours. Ils continuèrent d'apprécier les promenades à cheval et les séances de yoga. Et toutes les autres activités de leur liste de choses à faire.

À la mi-novembre, Julia revint de sa soirée entre filles avec l'air d'avoir désespérément envie de lui dire quelque chose sans le pouvoir.

Quelques jours plus tard, alors qu'il la surprenait sans arrêt à le regarder, un petit sourire narquois aux lèvres, il en eut finalement assez.

— Qu'est-ce que tu manigances ?

Julia haussa les épaules. Seulement, un son entre un gloussement et un reniflement moqueur lui échappa, et elle se frotta la main sur les lèvres comme si elle essayait de dissimuler son sourire.

Il faisait maintenant assez froid pour qu'ils utilisent le poêle à bois dans le chalet, et les fauteuils confortables qu'il avait achetés étaient placés stratégiquement devant pour qu'ils puissent se détendre près de la chaleur.

Zach combla la distance entre eux, l'attrapa par la main et la tira du fauteuil. Un instant plus tard, il était installé à sa place, l'entraînant sur ses cuisses.

— Tu t'es impliquée dans des frasques, l'accusa-t-il.

— Oui, oui.

Cette fois, elle croisa son regard. Seulement, avec son rire, il y avait de la passion dans ses yeux.

— Tu veux connaître mon secret ?

Son expression à elle seule suffisait à lui faire accepter n'importe quoi.

— Oui. Est-ce un bon secret ? Est-ce un secret croustillant ?

— Très bon.

Elle regarda fixement sa bouche, sortant sa langue un instant, laissant ses lèvres humides.

— Croustillant ? continua-t-elle. Pas autant qu'amusant.

— Continue.

— Tu sais, l'autre jour, quand j'étais avec mes amies et mes sœurs ? Nous avons une tradition durant la soirée entre filles, on se relaie pour organiser la soirée.

Zach frotta la main contre la cuisse de Julia. Le doux pantalon de pyjama en coton qu'elle portait lui taquinait la paume.

— *Ooooh*, est-ce que j'ai le droit d'entendre des histoires de la soirée entre filles ?

— En quelque sorte. Cette fois, il n'y avait que des femmes mariées présentes, et Lisa, parce qu'elle a dit que comme elle et Josiah vivent officiellement ensemble, c'est pratiquement comme s'ils étaient mariés. Et ce qu'Hanna voulait organiser avec mon aide, c'était une séance photo « boudoir ».

— Une quoi ?

Un souvenir lui revint avant qu'elle ne puisse répondre.

— Oh, attends. Mes sœurs ont fait un truc comme ça une fois. Comme une séance photo glamour ? Bien habillée et sexy... Mais pas mes sœurs, pour la partie sexy. Concernant la partie sexy, je voulais parler de *toi*.

Julia se mit à rire.

— Oui. Une séance photo glamour. Il s'agissait de nous aimer et de nous sentir bien dans notre corps, et c'était amusant. J'ai aussi entendu parler de ce site web intéressant, mais j'y reviendrai dans une minute. C'était agréable de passer du temps avec elles, en plus, on a parlé de vous tous pendant que nous étions ensemble.

Zach posa les doigts sur sa bouche comme s'il était choqué.

— Dis-moi que ce n'est pas vrai.

Elle le toucha avec le coin de son poing.

— Mais voici mon propos... car j'en ai un.

Son expression devint sérieuse.

— Elles parlaient toutes de choses qui faisaient plaisir à leurs mecs. Et je me suis dit que, même si nous ne sommes pas un vrai couple, nous sommes devenus de très bons amis. Et je pense qu'il y a un truc que nous pourrions faire pour te faire très plaisir.

Le cerveau de Zach avait calé quand elle avait déclaré qu'ils n'étaient pas un vrai couple. Bon sang. Il semblait qu'elle continuait à aller dans le sens opposé au sien.

Les doigts de Julia touchèrent son visage et le tirèrent de ses pensées.

— Zach ?

Il était temps de se concentrer.

— Je vais simplement répéter ce que j'ai toujours dit. Tu dois faire ce dont tu as envie.

Résolument, Julia hocha la tête, puis tendit la main près de son fauteuil, prenant quelque chose qu'elle posa dans sa paume.

Il baissa les yeux. Elle lui avait donné un engin en caoutchouc mou en forme de C écrasé.

— Merci. C'est ce que j'ai toujours voulu, dit-il en lui lançant un clin d'œil. Qu'est-ce que c'est ?

— C'est un vibromasseur que nous pouvons utiliser pendant le sexe. Parce que je veux avoir une relation sexuelle. Avec toi, clarifia-t-elle comme si le début n'avait pas suffi à le faire ciller de surprise.

Nom d'un chien. Zach commanda à son corps de bien se tenir alors qu'il essayait de trouver la bonne manière de répondre.

— *Hummm...*

— Je sais que je t'ai dit que je n'aimais pas vraiment le sexe, mais j'ai *vraiment* aimé batifoler avec toi. Et ce site web que j'ai mentionné... il s'appelle WowYes, et il parle d'orgasmes et de sexualité. Nous pourrons le regarder à un moment si tu veux, mais il y avait quelques bonnes idées, comme ce vibromasseur. Je me suis mise à réfléchir, avec tout ce que nous avons fait d'autre, et tous les jouets que nous avons utilisés, je devrais être prête à faire des expériences. Alors j'ai commandé ça. Et il est arrivé aujourd'hui.

Tout en lui voulait sauter sur place, mais il insista.

— Je ne veux pas que tu fasses quoi que ce soit que tu ne souhaites pas.

Julia laissa descendre ses doigts sur l'avant du corps de Zach.

— Écoute mes mots. Je *veux*. Avoir une *relation sexuelle*. Avec *toi*.

— Bien, répondit-il en souriant. Ce qui cette fois veut dire « oh que oui, mais tu dois me le dire si quelque chose ne fonctionne pas parce que nous avons déjà eu des relations sexuelles et tout était fantastique et... »

Elle couvrit sa bouche de la sienne et stoppa ses divagations. Ce qui fonctionna vraiment.

Ce n'était pas comme si avoir le feu vert pour du vrai *sexe* changeait grand-chose. Il n'avait pas menti. Chaque fois qu'il avait pu la toucher et être avec elle, il en avait éprouvé une satisfaction profonde. Il fallait qu'elle le sache.

Mais alors qu'elle l'embrassait, que ses doigts dérivaient sur son torse et taquinaient ses côtes, Zach se disait que cette conversation, ils l'auraient à un autre moment.

Il la souleva et la porta à l'aveuglette jusqu'à la chambre, l'embrassant tout du long. Il se cogna seulement contre le plan de travail de la cuisine. Et dans l'embrasure de la porte de la chambre.

Julia avait enroulé les jambes autour de ses hanches, s'y accrochant. Il resserra les doigts sur son postérieur, la faisant glisser contre lui, stimulant tous les nerfs de son propre corps.

La poser sur le lit l'enflamma encore davantage.

Ses doigts tremblaient presque alors qu'il lui retirait ses vêtements. Marquant une pause à chaque nouveau carré de peau révélé, il utilisa ses doigts, sa langue et ses dents jusqu'à ce que ses mamelons soient tendus et que Julia se tortille.

Puis il continua encore un peu, parce qu'elle qui gémissait

alors qu'il lui apportait du plaisir... C'était la chose la plus sexy de la planète.

Elle lui attrapa le bras.

— Encore. J'en veux encore.

Il lui tendit le nouveau vibromasseur.

— Voyons comment ça marche.

Elle lui montra où était le bouton on/off, et ensemble ils cliquèrent sur les premiers réglages de la télécommande.

— Ça a l'air amusant. Et si on essayait ?

Il glissa la partie la plus plate du C à l'intérieur de son intimité, ce qui plaça la partie arrondie en haut, directement sur son clitoris.

— Oh, oui, continua-t-il. Ça va être épique.

Julia hoqueta alors qu'il zappait entre différents réglages. Quand le rythme ralentit, devenant une vibration qui palpitait plus haut puis plus bas, elle lui agrippa le poignet.

— Celui-là.

Zach se pencha et utilisa sa langue. Écouter ses « hum » et ses gémissements alors qu'elle se rapprochait de l'orgasme le faisait bander de plus en plus d'anticipation. Ses mains sur les hanches de Julia lui permirent de sentir quand ses tremblements commencèrent, et c'est à ce moment-là qu'il se glissa entre ses cuisses, présentant sa verge recouverte d'un préservatif devant son intimité.

La taquiner déclencha des picotements à la base de sa colonne vertébrale. Pénétrer entre ses replis pressait sans cesse ses bourses contre le corps de Julia. Cela signifiait aussi que le vibromasseur à l'intérieur de Julia se déplaçait contre lui d'une manière étrangement érotique.

Il attira son regard et prit sa joue dans sa paume.

— Oui ?

Elle déglutit péniblement, mais elle hocha rapidement la tête.

— Et toi ?

— Oh que oui.

L'observant toujours, il se glissa plus profondément en elle, lentement, marquant des pauses pour vérifier que rien ne posait de problème.

Les yeux de Julia se révulsèrent pratiquement.

— Oh mon *Dieu.*

— C'est bon ?

« *S'il te plaît, dis-moi que c'est bon* », parce qu'il se sentait merveilleusement bien.

Elle agrippa ses épaules et rapprocha leurs corps.

— Embrasse-moi.

Il prit ça comme un feu vert, commençant sur un rythme régulier. Alors que leurs lèvres s'unissaient, il alterna prudemment entre reculer les hanches et les rapprocher. Lentement au début, leurs langues dansaient au même rythme. En tout cas, jusqu'à ce que Julia lève les jambes et lui enfonce les talons au creux des reins. Les muscles puissants de ses cuisses rapprochaient leurs corps à un rythme qui devenait de plus en plus puissant. Les ongles de Julia lui grattaient le dos, et chaque centimètre de son corps était vivant. Il était tellement heureux.

— Oh mon Dieu, *oui.*

Les jambes soudées autour à ses hanches combinées à la pression autour de sa verge qui l'avertissait de l'orgasme de Julia le firent réagir inopinément. Il ne réussit pas à se retenir davantage alors que la pression explosait à la base de sa colonne vertébrale en une vague de plaisir qui lui fit danser des étoiles devant les yeux. Peut-être que c'était l'ajout du vibromasseur qui avait aussi envoyé cet essai dans l'espace.

Étrangement, il eut la présence d'esprit de se souvenir qu'après l'orgasme, Julia devenait plus sensible. Il remua les hanches et se retira tristement, tendant la main pour récupérer le vibromasseur et l'éteindre.

Il s'écroula à moitié sur elle et se rattrapa sur un coude, empêchant tout juste son poids de l'écraser contre le matelas.

Julia déposa un baiser sur son cou et sur sa joue. Son souffle rapide était haletant contre sa peau en sueur, mais ne faisait rien pour le calmer.

Avant qu'ils ne finissent avec un chantier à nettoyer, Zach s'éloigna pour s'occuper du préservatif. Quand il revint et la prit dans ses bras, Julia se pelotonna contre lui, s'enroula de nouveau autour de lui, sans aucune honte.

Quand il baissa les yeux, les lèvres de Julia étaient relevées en un sourire de contentement.

Elle secoua la tête sur l'oreiller, incrédule.

— Je ne m'attendais pas à ça.

— Amusant, n'est-ce pas ?

— Mieux que dans *tous* mes souvenirs, admit-elle avec ironie. Est-ce que ça veut dire que tu as bien un pénis magique ?

Zach se mit à rire franchement avant de se pencher et de lui embrasser le bout du nez.

— Ça veut dire que tu aimes que ton clitoris soit intensément stimulé. Ça n'a rien à voir avec le fait que ma queue soit magique.

Seulement, elle avait l'air pensive.

— Mais le sexe ne concerne pas que nos corps, Zach. C'est aussi nos cerveaux. Ça n'a jamais semblé te déranger que nous utilisions des jouets, et ça a rendu ça plus facile. Merci. J'ai vraiment apprécié.

— J'ai vraiment hâte de recommencer, dit Zach. Et d'explorer ton site web.

Un bâillement lui échappa.

— Mince. Désolé.

Elle se mit à rire et posa le front contre son torse alors qu'elle inspirait profondément et bâillait aussi.

APRÈS AVOIR TRAVAILLÉ à des horaires atypiques pendant si longtemps, Julia trouvait que la transition pour devenir secouriste sur le ranch était fascinante. C'était en partie dû à ce qu'elle avait partagé avec Zach... Elle voulait une impression différente dans sa routine. Apprendre à connaître tous les membres réguliers de l'équipe du ranch signifiait qu'une partie de son travail consistait à s'asseoir avec différents groupes et à boire trop de café tout en taillant une bavette.

Pas un mauvais job.

Au début du mois de décembre, Karen passa la voir avec des infos.

Elle dégagea la neige qui s'était accumulée sur ses épaules durant le court trajet entre sa maison et leur chalet, puis accrocha son manteau et rejoignit Julia près du feu.

— Merci de m'avoir invitée.

— Tu veux boire quelque chose, Karen ? demanda Zach qui faisait la vaisselle ce soir-là. Avec ou sans remontant, tu choisis.

— Du chocolat chaud ? suggéra Karen. Mais sans remontant. Nous entrons dans la saison des fêtes, et Dieu sait qu'il y aura bien assez d'occasions de boire.

— Deux chocolats chauds, ça arrive.

Karen lança un clin d'œil à Julia.

— Je remarque qu'il ne s'est pas donné la peine de te demander si tu en voulais un.

— Tu as invoqué le mot « chocolat ». Il n'y a jamais de moment où je dirai non à ça, avoua Julia.

Karen se pencha sur sa chaise et tendit les mains vers la cheminée flamboyante.

— La planification des fêtes. Puisque c'est la première année qu'aucune de nous ne sera à Rocky, nous avons parlé de ce que nous voulons mettre en place comme traditions. Les clans Coleman se rassemblent habituellement dans leurs propres familles le jour de Noël, puis se retrouvent dans une énorme mêlée générale pour Boxing Day[1].

C'était un sujet inattendu, mais que Julia aurait dû voir venir.

— Je n'ai rien à dire, alors raconte-moi tout.

Sa sœur hocha la tête, lança un bref coup d'œil vers la cuisine, puis se concentra immédiatement sur le visage de Julia.

— À juste titre, Tamara a dit qu'elle voulait continuer à perpétuer la tradition de la famille Stone. Finn et moi en avons parlé, et nous voulons être seuls pour le réveillon de Noël, mais le jour de Noël pourrait bien réunir la grande famille. Lisa a dit que Josiah et elle partiraient peut-être un moment en voyage pendant les fêtes, alors pour résumer, si nous voulons rendre visite à la famille à Rocky, nous devons le faire avant.

Une légère culpabilité s'insinua en Julia.

— Est-ce que ça veut dire que papa sera seul le jour de Noël ?

Karen secoua la tête.

— Tamara a dit qu'il était toujours le bienvenu à Silver Stone. Papa a aussi dit à Finn que mes oncles l'ont invité à se joindre à eux, ainsi qu'une partie des gars avec qui il traîne régulièrement. Ceux qui n'ont plus d'enfants dans la région non plus.

Malheureusement, c'était plus ou moins la réponse à laquelle elle s'était attendue. Le malaise qui lui nouait le ventre se prolongea, et Julia hésita.

— Ce Noël va être vraiment bizarre, dit-elle. Enfin, avec cette situation entre moi et Zach. Je ne sais pas si je veux participer à un grand truc des Coleman.

Les bruits dans la cuisine cessèrent. Et soudain, Zach apparut, tendant deux tasses de chocolat chaud avec une masse de crème chantilly.

Il se racla la gorge.

— Désolé d'avoir écouté, mais je dois admettre que nous devons discuter d'un problème à propos des fêtes nous aussi.

Encore une fois, Julia aurait dû le voir venir.

— Mince. Est-ce que tes parents s'attendent à ce que tu les rejoignes dans le Manitoba ?

Zach ressemblait étonnamment à un enfant pris la main dans le pot de confiture.

— En quelque sorte. Si tu remplaces ça par « mes parents s'attendent à ce que *nous* les rejoignions », puis que tu remplaces « le Manitoba » par « Hawaï », alors oui.

Karen ricana.

— *Oooh.* Julia, quel sacrifice ! Un voyage vers les palmiers et le sable au lieu des infinis champs de neige ?

— Est-ce que tu plaisantes ?

Julia avait enfin retrouvé ses mots et regardait Zach avec incrédulité.

— Désolé. Je n'ai cessé de vouloir aborder le sujet, mais ça m'est un peu sorti de la tête.

Karen se remit à rire.

— Eh bien, vous pouvez discuter de ce minuscule oubli une fois que je serai partie, mais voici le plan. Les filles de Whiskey Creek et leurs partenaires prévoient d'aller à Rocky le week-end prochain. Si vous voulez vous joindre à nous, vous êtes les bienvenus. On part le vendredi, on revient le dimanche.

— Nous en parlerons, promit Julia avant que la conversation ne passe aux idées de cadeaux pour les enfants de Tamara et Caleb.

Quand elle se retrouva assise en silence près du feu une

fois que Karen fut partie, un million de pensées se bousculèrent dans l'esprit de Julia.

Zach la rejoignit et déplaça son fauteuil pour pouvoir lui étreindre la main.

— Ça va ?

Elle hocha la tête, souriant du mieux qu'elle pouvait.

— Dis-m'en plus sur cette petite réunion à Hawaï.

— Finn va mourir de rire, parce qu'il m'a conseillé de te parler de ça plus tôt. Mes parents ont une maison à Hawaï. Tout le monde peut l'utiliser quand il veut, mais pendant environ dix jours au moment des fêtes, mes parents ouvrent en grand la maison et tout le monde essaie de venir.

Cette idée était sidérante.

— Cinq sœurs, quatre beaux-frères, deux parents, et sept enfants. Et il *se trouve* qu'ils ont une maison qui peut accueillir autant de gens ?

— Tu te souviens que mon père est un inventeur ?

— Qu'est-ce qu'il a inventé ? Une presse à billets ?

Mais il y avait des questions plus importantes sur lesquelles se concentrer.

— Je croyais que tu n'avais pas dit à tes parents que nous nous étions mariés.

— Je ne l'ai pas fait. Je...

Il s'arrêta si vite qu'elle pensa qu'il s'était étouffé avec sa langue. Il avait l'air franchement gêné avant de croiser de nouveau son regard.

— Je leur ai dit que nous sortions ensemble.

Pour une étrange raison, des papillons s'envolèrent dans son estomac. Julia marqua une pause un instant et se remit les idées en place.

Elle pouvait gérer ça. C'était normal, s'il devait aller à Rocky avec elle et gérer tous ceux qui pensaient qu'ils étaient mariés, elle pouvait aller à Hawaï, endurer le sable et le soleil, et faire semblant d'être sa petite amie.

Elle hocha fermement la tête, décidant de régler le problème le plus simple d'abord.

— D'accord, j'irai avec toi. Pas juste parce que c'est Hawaï, mais parce que je pense que j'aimerais les rencontrer. *Et* parce que c'est Hawaï, admit-elle.

Un grand sourire apparut et un bonheur familier emplit les yeux de Zach.

— Dieu merci, parce que j'ai déjà réservé nos vols.

Elle lui lança un coussin.

Puis elle fixa le feu et réfléchit à l'autre problème pendant un moment, jusqu'à ce que Zach la titille gentiment.

— Je crois que tu n'es plus avec moi.

— En effet.

Elle était perdue dans un tourbillon de colère et de regret.

— Tu veux en parler ? proposa-t-il.

— Je ne suis pas sûre de pouvoir expliquer le labyrinthe dans lequel je me retrouve.

Elle se tourna vers lui, passant les bras autour de ses jambes.

— J'ai déjà rencontré des morceaux du grand clan Coleman. Je suis très heureuse d'avoir trouvé mes sœurs. J'en apprends plus sur mon père, et c'est parfois bien et parfois non. Mais toute cette affaire de famille devient suffocante.

Zach fit la grimace.

— Et ensuite, je t'ai balancé toute ma famille aussi, ce qui n'a rien arrangé, j'en suis sûr. Je suis désolé.

Julia cilla.

— Tu sais quoi ? Honnêtement, quand je pense à rencontrer ta famille, ça ne me remplit pas de la même sensation de... Je ne sais pas. C'est... c'est là que je suis coincée. C'est comme si quelque chose de sombre et de négatif planait au-dessus d'un côté de l'équation, mais pas au-dessus de l'autre, alors il ne s'agit pas des inconnus.

Il réfléchit une minute avant de passer en mode solution.

— Je te propose des idées. Est-ce que tu veux y aller toute seule ? Est-ce que tu veux y aller un autre week-end et ne pas t'embêter avec le grand événement Coleman ? Est-ce que tu veux y aller seulement une journée ?

— Ça, dit Julia. Mais pas toute seule. Tu viendras avec moi ?

— Bien sûr. Il n'y a pas de raison pour que nous ne puissions pas partir le matin, passer la journée à Rocky Mountain House, puis rentrer à la maison.

Le soulagement pur et simple qui l'envahit lui annonça que c'était la bonne décision. La paix qu'elle ressentait en l'annonçant quand elle parla à Tony la fois suivante le confirma de nouveau.

Ce qui fut la raison pour laquelle, tôt le samedi matin, elle se réveilla avec un cœur plus léger qu'elle ne s'y attendait. Quelque chose la dérangeait toujours, mais elle n'arrivait pas à mettre le doigt dessus. Avec les histoires amusantes de Zach pour la distraire pendant le trajet, Julia écarta ses inquiétudes.

Ils arrivèrent à Rocky Mountain House peu de temps après le lever du soleil, roulant un peu plus loin dans la campagne pour rejoindre le ranch de Whiskey Creek.

Son père sortit les accueillir avec un énorme sourire et étreignit Julia.

Il serra la main de Zach et lui donna une rapide tape sur l'épaule.

— Tu veux visiter ?

— D'abord le petit déjeuner, papa, annonça fermement Tamara depuis le porche de devant, leur faisant signe d'entrer dans la maison.

Les petites filles se précipitèrent pour attraper Julia par la main.

— Nous avons pu dormir ici, l'informa la petite Emma sérieusement. Tu veux voir nos chambres ou les chatons d'abord ?

Tamara se mit à rire, dirigeant tout le monde vers la table.

— D'abord le petit déjeuner, répéta-t-elle.

Julia s'installa à la vieille table de ferme autour de laquelle des chaises hétéroclites étaient rassemblées. Plein de nourriture, dont beaucoup de bacon, apparut sur la table, et avec Zach à ses côtés, la pièce parut à Julia confortable et chaleureuse.

C'est là qu'elle le garda pour le reste de la matinée. Zach ne disait rien, mais elle l'avait surpris quelques fois à dissimuler son sourire alors qu'elle ne lui lâchait pas la main et refusait de le laisser se faire entraîner par son père.

Quand Zach se mit à passer un bras autour de ses épaules et à déposer affectueusement des baisers sur ses tempes chaque fois que son père les regardait, Julia se retrouva à dissimuler son propre amusement.

Mais Lisa les regardait plus intensément que d'habitude.

Pendant le court moment où Zach fut parti aider Sasha et Emma à capturer une maman chat, sa sœur saisit l'occasion de lui donner un coup d'épaule.

— Zach et toi avez l'air plutôt à l'aise.

Une sensation chaleureuse s'épanouit en elle.

— Il fait diversion, avoua Julia. C'est un bon ami.

— Un ami. Eh bien, tant mieux. Je suppose.

Lisa hocha sagement la tête puis disparut avant que Julia ne puisse la titiller de tant de mystère.

Après le déjeuner, le clan de Whiskey Creek se rendit à la réunion principale, qui s'avéra avoir été répartie entre les deux maisons de la propriété d'origine. Les hommes disparurent dans ce qui était appelé « la maison de Peter », pendant que les femmes se rassemblaient dans ce qui était actuellement le foyer de Jaxi et Blake. Les enfants avaient été distribués comme des paquets entre les deux groupes. Julia ressentit instantanément l'absence de Zach à ses côtés. Elle était certaine que les Coleman étaient des gens bien, mais ils étaient tellement *nombreux* !

Elle resta près de Lisa et laissa ses sœurs faire diversion.

Mais au bout d'un moment, quelques membres de l'énorme foule s'approchèrent, l'attirant dans des conversations d'une manière que Julia apprécia beaucoup. Surtout Beth et Becky, l'une assez âgée et l'autre plutôt jeune. La grossesse de Becky commençait à se voir, elle avait une main posée sur le léger renflement de son ventre tout en parlant à Julia. Les deux femmes affichaient une dignité calme qui lui permettait de se détendre plus facilement en leur compagnie.

Les meneuses de la génération actuelle étaient clairement Jaxi et Dare. Même si...

Julia lança un coup d'œil à Lisa et remarqua sa façon de guider la conversation de manière presque invisible quand c'était nécessaire. Sa sœur, décida Julia, était une dangereuse force de la nature, et elle était très contente qu'elle soit de son côté.

Pour le reste, c'était un peu comme arriver dans la septième saison d'une série télé. Les heures qu'elle passait avec chacun lui offraient des indices sur la personnalité des membres de la famille et conduisaient Julia à se demander quelles étaient les histoires individuelles qui les avaient amenés dans cet endroit.

Mais c'était des gens bien, et même si elle n'en savait pas plus que ça. Julia s'amusait bien.

Pourtant, cette sensation persistante demeurait. Celle sur laquelle Julia n'arrivait pas à mettre un nom. Alors lorsque Zach vint la chercher pour la ramener, elle le suivit avec empressement.

20

*Z*ach dut attraper Julia par la main et l'entraîner dans la bonne direction pour qu'elle continue à avancer.

— Écarquille les yeux en avançant, la taquina-t-il.

— Il y a des palmiers sur le parking ! s'enthousiasma-t-elle.

Elle inspira profondément et faillit pousser un cri aigu.

— L'air a un goût tropical, ajouta-t-elle.

Il la mena vers leur voiture de location.

— C'est pas mal.

Lorsqu'il s'arrêta près du véhicule qui les attendait dans la zone réservée aux clients, elle lui envoya un sourire appréciateur puis narquois.

— Une Jeep. Je me serais vraiment attendue à ce que tu nous réserves une décapotable.

— Et à ce que je trompe Delilah ? Jamais, répondit-il en plaçant leurs valises à l'arrière puis lui ouvrant sa portière. De plus, certaines de mes plages préférées requièrent un tout-terrain pour y accéder.

Le trajet d'une demi-heure jusqu'à la maison de ses parents au nord de l'aéroport passa rapidement avec Julia, qui sortait pratiquement la tête par la vitre tout en commentant sans discontinuer le paysage qui défilait.

Zach lui toucha le bras avec une bouteille d'eau.

— Réhydrate-toi. Tu vas tomber si tu ne respires pas bientôt.

Elle se pencha avec assez d'insistance pour attirer son regard, la joie dansant sur ses traits.

— Merci de m'avoir emmenée à Hawaï pour Noël. Je suis très excitée.

— De rien. Et je n'avais pas remarqué, ajouta-t-il d'un ton pince-sans-rire.

La toute fin du trajet jusqu'à la maison incluait un arrêt devant le large portail de sécurité.

Julia siffla alors que l'énorme dispositif en fer forgé s'ouvrait lentement.

— C'est magnifique. C'est toute une scène sous-marine. Des poissons, du corail et des dauphins. Waouh.

— C'est à quelques minutes à pied de la maison. Nous pourrons revenir et regarder de plus près. C'est vraiment spectaculaire... Il y a une tonne de choses cachées dans les détails.

— Ça me fait vraiment envie. Et je veux marcher sur la plage. Et je veux explorer des mares résiduelles.

Elle resta bouche bée.

— Zach. Ce sont vraiment de grandes maisons.

— Ce n'est pas la taille qui compte, tu te souviens ?

Son ricanement sembla l'aider à retrouver son équilibre. Elle ramena un pied sur le siège et passa un bras autour de son genou.

— Je suis juste un tout petit peu impressionnée... Nom d'un *chien*.

Oui. C'était à peu près ce qu'il avait dit la première fois qu'il avait vu la maison.

— Viens. Je vais te faire faire le tour, puis nous reviendrons chercher les valises.

Il s'était garé au milieu de l'allée puisque personne d'autre n'était censé arriver avant quelques jours. Il avait délibérément fait quitter la ville à Julia suffisamment tôt pour qu'elle puisse s'installer et peut-être se remettre de son choc avant que sa famille n'arrive.

Elle attendait d'un air hésitant devant le chemin qui menait derrière le haut mur en roche volcanique entourant l'ensemble résidentiel. Elle plissa le nez... Bon sang, elle était adorable jusqu'à l'os.

Il passa les bras autour d'elle et la serra fort jusqu'à ce que la tension en elle commence à disparaître.

Zach posa les lèvres sur sa joue et l'en frotta doucement.

— Tu te sens mieux ?

— Je suis toujours un peu nerveuse, avoua-t-elle. S'il te plaît, dis-moi qu'il n'y a rien d'extrêmement précieux que je risque de casser accidentellement.

Il remonta le bras autour de ses épaules, la gardant étroitement contre lui alors qu'ils avançaient vers la porte principale.

— Tu te souviens que j'ai dit que mes parents reçoivent toute la famille ici pour les fêtes ? Ça inclut des enfants, depuis des bambins jusqu'à des enfants de neuf ans, et la maison est à l'épreuve des gamins. Je te promets qu'il n'y a rien que tu risques de casser que je n'aie pas déjà brisé au moins une fois.

Il composa le code de sécurité pour la porte d'entrée et l'ouvrit avant de lui faire signe de passer devant lui.

Julia entra lentement et un « waouh » tremblant s'échappa de ses lèvres.

On ne pouvait nier que la maison était impressionnante. La salle de séjour et le salon sans séparation occupaient toute la longueur de la maison principale. Il y avait deux cuisines, la plus grande faisant face à l'île et la deuxième, pour le bar, plus près de la piscine et de l'océan.

— Ces fenêtres sont incroyables, hoqueta-t-elle avant de se tourner vers lui. Elles sont coulissantes, n'est-ce pas ?

— Viens m'aider. Tu pourras profiter de tout l'effet, comme ça.

Il leur fallut environ quinze minutes pour déverrouiller et faire coulisser toutes les baies vitrées. Avec la porte d'entrée grande ouverte, et les fenêtres donnant sur l'eau, toute la maison semblait se trouver à un pas de la plage.

Julia passa la tête dans les couloirs mais revint vers lui, glissant timidement sa main dans la sienne. Elle sourit.

— Je suis vraiment submergée, mais au diable tout ça. Lisa m'a dit de faire comme si j'étais entrée dans une sorte de conte de fées, et c'est exactement ce que je fais.

— C'est bien, dit Zach en pointant du doigt la section qu'elle n'avait pas encore explorée. Ces deux couloirs mènent aux ailes nord et est de la maison. La chambre de mes parents est au bout de l'un d'eux, et puis il y a quelques suites de deux chambres avec des salles de bains dont les familles de mes sœurs prennent possession. Oui, c'est une grande maison, mais c'est très sympa quand tant de gens se rassemblent et que tout le monde a son propre espace.

Elle hocha la tête, puis à la grande surprise de Zach, elle s'avança vers lui et passa les bras autour de sa taille.

— Est-ce que ça veut dire que nous avons de l'espace pour nous ?

— Pour l'instant ? Toute la maison. Et je loge toujours dans la maison d'invités. Par ici.

Il les fit passer devant la piscine, se dirigea vers la cabane, beaucoup plus petite que le chalet qu'ils partageaient à Heart Falls.

— Il n'y a pas de cuisine, et la salle de bains est minuscule, l'avertit-il. Mais la vue est parfaite.

Il se retourna pour examiner la mine de Julia alors qu'elle entrait pour la première fois. L'émerveillement était là, mais l'expression la plus importante qu'il lisait sur son visage était celle du bonheur.

— Oh mon Dieu ! dit-elle en l'entraînant par la porte vers le mur opposé de la cabane. Elles s'ouvrent, n'est-ce pas ?

— Tout comme la maison, acquiesça-t-il.

Quelques minutes plus tard, tout l'avant de la cabane était ouvert. Un muret qui garantissait de l'intimité sans bloquer leur vue séparait la propriété du sentier public. Au-delà se trouvaient des roches volcaniques et un récif corallien, et les vagues de l'océan roulaient avec un rythme régulier comme si Mère Nature elle-même faisait souffler la paix dans la pièce.

Julia frissonna sur place, puis se jeta dans les bras de Zach, lui embrassant le visage. Elle grimpa sur lui, comme si elle avait désespérément besoin de l'étreindre encore plus fort.

— J'adore ça. C'est *superbe*.

Zach avait le cœur qui martelait, et l'intuition que quelque chose de merveilleux était tout proche le frappa de nouveau.

— En bonus, pendant les dix prochains jours, tu n'auras pas à t'inquiéter qu'il neige.

Elle pressa ses lèvres contre les siennes, plus doucement maintenant, et passa les doigts dans ses cheveux.

— J'ai l'impression d'être très gâtée.

— Bien, dit-il en lui mordillant la lèvre inférieure. Tu as faim ?

Julia secoua la tête.

— Je veux aller marcher sur la plage. Et sauter dans la piscine. Si tu peux attendre.

— Tout ce qui te plaira.

Elle enfila son maillot dans la salle de bains, mais avant

qu'elle n'ait pu se couvrir d'un short et un t-shirt, Zach lui fit signe d'approcher avec le doigt.

— Tu as besoin de crème solaire.

Ce qui mena Zach à être à la fois très heureux et très excité. Ses doigts taquinaient le bord du haut de son bikini et glissaient sur son ventre alors qu'il l'attirait contre son torse.

Son short de bain ne suffisait nullement à dissimuler la réaction de son corps en l'ayant presque nue dans ses bras.

Elle s'éloigna en se tortillant tout en lui lançant un clin d'œil malicieux.

— Nous pouvons ajouter ça à la liste de choses à faire, mais... D'abord la plage ?

Profiter maintenant du paradis, et plus tard... exactement ce qu'il avait espéré.

Ils dînèrent dans un restaurant à quelques minutes de marche sur la plage. Zach déplaça sa chaise pour être plus près de Julia. Tous deux regardaient le sable et l'eau en direction du soleil couchant. Il passa un bras sur le bord de la chaise et entrelaça leurs doigts.

C'était agréable, naturel. *Seigneur, faites en sorte qu'elle ressente l'immensité de ce qu'il y a entre nous.*

Julia leva son verre de vin et trinqua légèrement avec lui.

— À de merveilleux souvenirs.

Leurs verres tintèrent. Ce vœu était exactement ce que Zach voulait. Des souvenirs auxquels ils repenseraient dans des années, ensemble.

Il commanda une demi-douzaine d'amuse-bouche différents pour qu'elle puisse goûter un peu de tout. Chaque fois qu'elle gémissait d'un air appréciateur à une des saveurs différentes, il maudissait son idée brillante.

— C'est mon préféré.

Elle prit un peu de mousse au crabe et le lui tendit.

Zach prit la bouchée, s'empara de ses doigts et les lui lécha.

Le soleil couchant illuminait le visage de Julia de rose et d'or, sublimant la couleur de ses joues. Mais la chaleur... Elle ne venait que d'eux.

Tandis que le soleil se dirigeait vers l'horizon, Julia parla moins. Le son d'une musique hawaïenne flottait dans l'air, mêlé à l'odeur de pétrole provenant des torches tiki.

Elle s'était pelotonnée contre lui sur le canapé deux places, leurs doigts joints tout en regardant l'eau.

— J'ai déjà vu l'océan, mais jamais comme ça.

— Moi non plus.

Parce que même s'il était venu sur l'île de nombreuses fois, et s'était même assis sur ce siège-ci avant, il n'avait jamais regardé le coucher du soleil avec une femme qu'il aimait.

Bon sang.

Zach s'accrocha à cette pensée pendant un instant, la savoura de même qu'ils avaient laissé l'arôme du vin et des mets fins emplir leurs sens avant de les goûter.

Il l'aimait. Ce n'était plus seulement une possibilité. Ce n'était pas quelque chose de bien qui pouvait se produire un jour.

Il l'aimait sincèrement.

Tandis que les couleurs envahissaient le ciel depuis l'horizon jusqu'aux cieux, Zach passa les bras autour de Julia et la serra fort.

D'une manière ou d'une autre, au cours de ces prochains jours au paradis, il devait trouver un moyen de le lui avouer.

Zach réveilla Julia de bonne heure, la lumière du soleil qui se déversait dans la cabane offrant un encouragement supplémentaire pour commencer la journée. Et quand ses baisers et ses caresses passèrent à quelque chose de plus passionné, Julia était partante.

Même si elle se mit à rire quand il sortit un petit sac de sa valise et le secoua au-dessus le lit, faisant rebondir trois nouveaux vibromasseurs.

— Je craignais un peu que l'un d'eux s'allume pendant que nous passions à la sécurité de l'aéroport, avoua Zach.

— J'ai enlevé les piles dans celui que j'ai apporté.

Il lui sourit tandis qu'il en soulevait un et l'agitait, l'appareil émit un bourdonnement bas.

— Rechargeable.

Zach entreprit ensuite de leur donner à tous les deux ce dont ils avaient besoin pour commencer la journée de manière très détendue.

Le sexe fut suivi par un moment sur la plage et à la piscine, le repas, et encore du batifolage. Julia était totalement immergée dans cette expérience. L'après-midi du deuxième jour, elle n'était pas sûre qu'elle pourrait repartir quand le séjour serait terminé.

Son téléphone sonna, et elle tendit paresseusement la main vers la petite table. Quand elle découvrit que c'était un appel FaceTime de ses sœurs, elle l'attrapa avec enthousiasme.

— Hé.

Lisa et Karen apparurent dans des vignettes séparées.

— Est-ce que tu es nue ?

Lisa avait tenté d'avoir l'air scandalisée, mais elle riait trop fort pour que ce soit crédible.

— Oh, je t'en prie. Nous avons besoin de connaître la réponse à cette question, du moment qu'elle garde le téléphone du bon côté, dit Karen d'un ton pince-sans-rire. Hé, *chica*. Dis-moi que tu bois quelque chose de sucré près d'une piscine.

— Zach est à l'intérieur pour préparer des margaritas, et je peux absolument vous montrer la piscine.

Elle se tourna, le dos tourné vers la piscine avec l'océan qui brillait derrière. La réaction de ses sœurs fut très divertissante. Julia ramena la caméra vers elle, la cala sur la petite table pour pouvoir s'allonger avec les mains derrière la tête.

— Je suis presque sûre que tout ça est un rêve, mais que personne ne me pince parce que je m'amuse beaucoup trop.

— J'espère bien ! Voilà notre vue, dit Karen en retournant la caméra pour la diriger vers les montagnes. Enfin, c'est toujours magnifique, mais étant donné que ce n'est qu'une pause dans la tempête, beaucoup de neige viendra sans doute encore rejoindre celle-là.

Les montagnes Rocheuses n'étaient pas seulement couvertes de blanc, elles étaient ensevelies dessous. Même sur l'écran d'un téléphone, le froid glacé et la grande solitude des champs hivernaux apparaissaient très clairement.

Karen tourna le téléphone et fit une moue théâtrale.

— Ça me plairait bien d'avoir une plage en ce moment. Et la piscine.

— Et la margarita, même si j'aimerais emmener mon propre mec. Aussi sexy que soit le tien, dit Lisa avant d'esquiver quelque chose qui vola au-dessus de sa tête. Hé, je te défendais !

Julia ne comprit pas la réponse de Josiah, mais cela fit rire Lisa.

Karen roula des yeux, puis se concentra sur Julia.

— Nous ne te retiendrons pas longtemps, mais nous voulions que tu saches que nous avons une grosse tempête de neige. Ne te sens pas coupable d'avoir abandonné tes sœurs lors du retour de l'Âge de glace.

Un verre apparut sur la gauche de Julia. Elle le prit avec reconnaissance, souriant à Zach.

— Merci, bébé.

Il se pencha et l'embrassa. Sans réfléchir, elle fit de même. Un échange bref, mais intense, qui la laissa le cœur battant.

Quand il recula, ce fut pour lui lancer un clin d'œil avant de retourner vers sa chaise longue pour s'y allonger.

Bon sang, cet homme était beau. Tout musclé, mince et prenant déjà une délicieuse couleur dorée sous le soleil.

Elle cessa de le reluquer à cause d'une légère toux.

Mince.

Elle tourna brusquement la tête vers le téléphone, toujours bien calé.

— Il n'y a rien à voir ici, murmura-t-elle innocemment.

Karen pressa un doigt contre ses lèvres, mais elle ricana.

Lisa, quant à elle, lui lança simplement un grand sourire.

Elle n'avait pas le choix. Julia leur tira la langue, puis raccrocha sous les rires de ses sœurs aînées.

Le troisième jour, la horde – comme Zach les appelait affectueusement – arriva.

Julia s'était attendue à ressentir un certain inconfort, mais à la minute où Pamela et Zachary Senior entrèrent, il y eut trop de chaos pour ressentir autre chose que de l'amusement.

— Zach, trésor. Aide ton père. Je ne sais pas pourquoi il a insisté pour emporter tout ce bazar, puisque ce sont censées être des vacances, dit-elle en lançant les derniers mots par-dessus son épaule au gentleman aux cheveux argentés qui luttait pour sortir les valises surdimensionnées de l'arrière d'un SUV. Tu dois être Julia. Viens, si tu aimes les étreintes, viens me faire un câlin. Sinon... tape-m'en cinq.

Une seconde plus tard, Julia se retrouva enveloppée par deux bras solides qui la serrèrent brièvement avant de la lâcher.

Pamela remplit immédiatement les mains de Julia de paquets à porter dans la cuisine, sur la table basse ou à empiler dans les deux couloirs pour l'arrivée du reste de la famille.

Une fois que le véhicule des parents de Zach fut vidé, une

autre partie de la famille arriva. Mattie et Ronan avec leurs garçons de six, sept et neuf ans, suivis par Quinn et son mari, Drew.

À l'heure du déjeuner, chaque pièce de la maison était peuplée par les sœurs, les beaux-frères, les nièces et les neveux de Zach.

Julia se retrouva à trancher du fromage pour préparer des sandwichs grillés. À sa gauche, Rita, sept ans, expliquait les règles du surf alors qu'elle étalait soigneusement de la mayonnaise sur une pile sans fin de tranches de pain.

De l'autre côté, la sœur de Zach, Petra, coupait des mangues pour une énorme salade de fruits.

— Voulez-vous aller surfer après le déjeuner, mademoiselle Julia ? demanda Rita avec enthousiasme.

— Je ne sais pas surfer, avoua Julia. Quelqu'un va devoir m'apprendre.

Rita hocha fermement la tête.

— Tonton Zach vous prêtera sa planche de surf. Tata Petra, veux-tu surfer ?

— Peut-être, petite. Nous devrons voir avec ta mère d'abord, tu t'en souviens ? rappela Petra en lançant discrètement un clin d'œil à Julia. Les règles en vigueur pour la plage sont que personne ne sort seul sans un adulte, et personne ne sort sans avoir demandé à maman et papa.

Attrapant très fermement le bas du t-shirt de Julia, Rita tira dessus.

— Vous êtes une adulte.

— Oui. Mais ta tata Petra a raison. Ce sont les règles familiales... vois avec ta mère. Si c'est bon, peut-être que ta tata et moi pourrons venir avec toi, et tu pourras me montrer quelques trucs.

Bondissant pratiquement, Rita retourna à sa tâche, sa langue continuant à remuer à un million de kilomètres heure.

Toute la famille se rassembla autour de l'énorme table. Petra se leva et brandit un sac avant de fouiller dedans et d'en sortir une pierre. Elle lança un coup d'œil au nom écrit dessus.

— Jason. Tu as le droit de commencer.

L'enfant de neuf ans recula sa chaise et se leva, les joues empourprées alors qu'il regardait vers Julia. Mais il se concentra sur l'autre côté de la table, vers son père, et parla clairement.

— Je suis reconnaissant d'être ici où il fait bien chaud. Je suis heureux de voir mes cousins. J'espère que nous pourrons voir des tortues.

Il se rassit instantanément, mais il y eut un murmure d'appréciation et des applaudissements fermes alors que la nourriture se déplaçait sur la table.

Zach pressa les doigts sur la cuisse de Julia.

— C'est notre façon à nous de dire le bénédicité. Le nom de tout le monde est dans le sac. Quand c'est ton tour, tu dis ce dont tu es reconnaissant, ce qui te rend heureux et ce que tu espères. C'est plutôt simple.

Plutôt mignon, pensa Julia.

— C'est une magnifique tradition.

De l'autre côté de la table, Petra se servait de la salade de fruits avant de la passer à Julia.

— Veux-tu apprendre à surfer cet après-midi ? lui demanda-t-elle.

— Si ça convient, j'aimerais beaucoup.

Petra pointa l'extérieur de la maison.

— Nous n'avons pas à aller loin, et c'est un assez bon coin pour les débutants.

Le groupe alla sur la plage, installa les parasols et les chaises longues de manière stratégique pour garder les plus petits à l'abri du soleil.

Zach se rapprocha de Julia et lui chuchota à l'oreille :

— Ça va aller si je t'abandonne ? Ou est-ce que tu veux que je te donne des cours ?

Petra posa les deux mains sur lui et le poussa vers ses beaux-frères qui l'attendaient.

— Va-t'en. Je vais lui apprendre.

Rire était tellement naturel ! Julia agita les doigts vers Zach, puis lui fit signe de s'en aller.

— J'ai déjà deux monitrices expertes, lui signala-t-elle, parce que Rita bondissait sur place près d'elles, impatiente de commencer. Va jouer avec les garçons.

Il lui lança un clin d'œil et s'éloigna avec sa planche de surf sous le bras. Les muscles de ses jambes se contractaient à chaque pas, et son short de bain le moulait agréablement.

Bon sang. C'était un beau petit derrière...

Un reniflement moqueur résonna près d'elle.

— OK, Rita. Une fois que Julia aura terminé de baver, nous pourrons lui apprendre comment se tenir sur la planche.

Julia rougit, mais accepta la taquinerie sans sourciller.

Tandis que l'après-midi s'écoulait, il était clair qu'une sorte de magie enveloppait la journée. La famille de Zach l'avait accueillie aussi facilement et confortablement qu'elle pouvait l'espérer. Le moment à la plage et les cours de surf laissèrent place à la préparation du dîner, qui incluait des salades, des glucides et une tonne de viande pour le barbecue.

Mais tout se suspendit juste avant dix-huit heures, quand on tendit à Beau, trois ans, la cloche du dîner qu'il agita vigoureusement. Il écarquilla les yeux devant le son bruyant qui résonna sous ses doigts, mais il ne la lâcha pas.

Zach attrapa Julia par la main et l'attira vers la terrasse.

— Le coucher de soleil. Nous n'avons pas beaucoup de rituels, mais celui-là est sacré.

Toute la famille se rassembla, s'asseyant en petits groupes avec des boissons à la main alors que le soleil descendait lentement sur l'horizon. Un bateau aux voiles triangulaires voguait vers la boule de lumière géante, et même les enfants semblaient trouver le calme dans ce moment.

Julia s'appuya contre Zach.

— C'est stupéfiant.

Il baissa son regard rieur et ses yeux devinrent sérieux.

— Je suis vraiment content que tu sois là. Content que tu t'amuses.

Elle passait un merveilleux moment, et pourtant...

Quelque chose n'allait pas. Parce qu'après qu'ils furent retournés à la maison pour terminer de préparer le dîner, l'odeur des steaks et du saumon glacés au miel sur le barbecue la faisant saliver, elle n'aurait rien dû éprouver d'autre que de la joie.

Cette fois, elle fut placée plus loin de Zach à table. Les personnes les plus proches d'elle étaient Quinn et Mattie, et même si la conversation était agréable, son malaise continua de grandir alors que le repas avançait.

— Une fois que le ranch éducatif sera opérationnel, où est-ce que Zach et toi allez vivre ? demanda Quinn en prenant encore un peu de macaroni sur l'assiette de sa fille avant de ramener son attention sur Julia.

— Pour le moment, nous restons simplement dans le chalet.

Elle lança un coup d'œil vers Zach qui riait avec son père et ses neveux les plus âgés.

— Il y a des terres qui vont être mises en vente au printemps de l'autre côté de notre propriété, annonça Mattie. Zach a toujours dit qu'il voulait construire. Je pourrai leur dire d'entrer en contact avec vous si vous voulez y jeter un coup d'œil à l'avance.

L'impression d'appréhension devint plus forte.

— J'en parlerai à Zach.

Julia tint le coup jusqu'à la fin du repas, mais à l'instant où les assiettes commencèrent à être rassemblées, elle ne put plus le supporter.

Elle sprinta à travers la pièce et attrapa Zach, le tirant avec elle vers leur cabane.

— Nous revenons dans une minute.

Zach vint volontiers avec elle, mais une profonde inquiétude se lut sur son visage quand Julia fermait la porte derrière eux.

— Que se passe-t-il ? Qu'est-ce qui ne va pas ?

— Tout, répondit Julia. Rien. Oh mon Dieu, ta famille est merveilleuse. Et tes sœurs essaient de nous aider à acheter une propriété pour que nous puissions construire une maison près d'elles.

Il haussa les sourcils, mais il attendit patiemment.

— Et... ?

— Et nous leur *mentons*.

Elle réussit à peine à prononcer les mots.

Tout devint limpide. Ce qu'elle voulait, c'était s'asseoir et pleurer un bon coup, mais cela ne changerait rien.

La seule chose qui pourrait arranger ça, c'était de dire la vérité.

Julia inspira profondément et fonça.

— Quand nous sommes allés à Whiskey Creek, j'ai apprécié de voir le ranch. Et les Coleman sont des gens bien, vraiment gentils et attentionnés. Je n'arrivais pas à comprendre pourquoi j'étais si contente de m'en aller. Pourquoi, pendant tout le temps où nous roulions pour rentrer, j'étais tellement en colère.

Zach combla la distance entre eux, la prit dans ses bras et la serra contre lui.

— Je n'en avais pas la moindre idée.

— Ils n'avaient rien fait de mal. En fait, *eux* ont fait tout ce qu'il fallait. Ce n'était pas contre eux que j'étais en colère.

Elle recula assez pour regarder son visage.

— Je suis tellement en colère contre ma mère ! Je l'aime immensément pour tout ce qu'elle a fait pour moi au cours des années et pour tous les sacrifices qu'elle a faits. Mais elle a délibérément choisi de me cacher la vérité... et ce n'était pas bien.

— Oh, Jul. Je suis désolé.

Les émotions continuaient à se déverser, dans une compréhension grandissante. Julia devait formuler les raisons pour lesquelles c'était tellement important, ici et maintenant.

— Maman ne m'a pas seulement caché la vérité, elle l'a cachée à mon père. Elle l'a cachée à mes sœurs. Je ne prétends pas que nous aurions tous eu une fin magique de conte de fées, parce que nous ne savons pas si elle et papa auraient pu être heureux en couple. Mais elle m'a volé un futur où j'aurais pu connaître mes sœurs. Où mon père aurait eu l'occasion d'avoir d'autres personnes dans sa vie, et l'effet boule de neige de tout cela aurait pu être énorme pour les filles de Whiskey Creek.

Elle posa la tête contre le torse de Zach, écoutant son cœur battre.

Il lui frotta lentement le dos.

— Tu as raison. Et je suis désolé, répéta-t-il.

Elle devait continuer.

— Elle a menti, et j'aimerais vraiment qu'elle ne l'ait pas fait. Je dois faire mieux.

Zach s'immobilisa.

— Continue.

— Je ne veux plus que nous mentions.

Elle s'essuya les yeux mais recula, se campant face à lui alors qu'elle croisait son regard.

— OK, ça ne veut pas dire que je veux raconter tous les détails, mais je pense vraiment que nous devons dire à ta famille une partie de ce qui se passe.

Il déglutit péniblement.

— Et que se passe-t-il, Julia ?

— Il se passe que nous nous sommes mariés accidentellement. Que nous avons convenu en tant qu'amis de faire en sorte que ça marche, répondit-elle en fronçant les sourcils. Est-ce que ta famille est au courant pour Bruce ?

Les lèvres de Zach tressaillirent.

— Oui. Bruce était un des meilleurs amis de mon père, alors ils savent plus ou moins que c'était un électron libre.

Le nœud serré dans la poitrine de Julia commença à se détendre.

— Est-ce que ça te va si nous faisons ça ? J'ai l'impression que je dois m'occuper d'au moins un petit coin de mon monde. Et même si ça ne change pas ce que ma mère a fait, ni la manière dont cela a affecté la vie à Whiskey Creek, ça signifie que *ta* famille n'imaginera pas rien qui ne soit pas réel.

Il sourit, même si ses yeux ne s'illuminaient pas comme d'habitude.

— Si c'est ce que tu souhaites, bien sûr que nous pouvons leur en parler. Même si je pense qu'il faudra que nous continuions à dire que nous sortons ensemble. Je ne pense pas que maman et papa seront à l'aise avec le concept d'amis qui couchent ensemble.

Bon sang. Elle n'avait pas pensé à ça. Julia supposa qu'il y avait différentes façons de dire la vérité.

— Du moment que ça ralentit leurs projets de nous marier au printemps.

En ajoutant le petit plus de leur relation, son impression de soulagement continua à grandir.

— Pouvons-nous commencer par tes parents ? Et ne pas faire une grande annonce générale ?

Zach passa les bras autour d'elle, la serra fort avant de la pousser vers la salle de bains avec une tape sur les fesses.

— Mes parents seront convenablement choqués, amusés et horrifiés pour nous. Et mes sœurs aussi, une fois que nous leur aurons dit. Je vais chercher maman et papa et allumer le feu de camp. Débarbouille-toi, et je te retrouve là-bas.

Ce fut ainsi que, à peine quinze minutes plus tard, elle et Zach étaient assis en face de ses parents très curieux de l'autre côté du feu.

Julia attrapa brutalement la main de Zach alors qu'elle redressait le dos et inspirait profondément avant d'avouer la vérité.

— Nous nous sommes mariés accidentellement cet automne.

21

Les paroles de Julia provoquèrent chez les parents de Zach à peu près la réaction à laquelle il s'était attendu. Le choc, naturellement, suivi immédiatement par un mélange égal d'amusement et d'inquiétude.

— Intéressant. Tu veux élaborer ? demanda sa mère en se carrant sur son siège, son regard passant de lui à Julia. Attends. D'abord, Julia ? Est-ce que ça va, trésor ?

Un petit hoquet s'échappa des lèvres de Julia devant l'inquiétude évidente dans le ton de Pamela, mais elle hocha la tête.

— Je suis juste un peu nerveuse.

— Inutile de l'être. Puisque je doute que ce soit un secret pour Zach et qu'il t'a amenée ici, ça veut dire qu'il te fait confiance. Ce qui veut dire que *nous aussi* nous te faisons confiance, insista Zachary Senior.

Il se rapprocha assez pour tapoter son fils sur l'épaule.

— Même si je dois admettre que j'ai toujours pensé que ce serait Petra qui ferait ce genre de coup.

— Attends, avança Zach. Ça signifie qu'elle pourra faire encore plus déjanté.

— Dieu nous en garde. Bon, raconte-nous en détail, demanda sa mère en buvant son mai tai comme si elle n'avait pas le moindre souci.

Zach simplifia l'explication, omettant les passages qui impliquaient de la nudité et minimisant les frasques alcoolisées autant que possible.

Julia restait assise en silence, ses doigts serrant les siens alors qu'il parlait.

Quand il arriva au hic sur l'obligation financière de rester mariés pendant un an, son père laissa échapper un grognement exaspéré.

— Du Bruce tout craché. Il ne pouvait jamais s'empêcher d'intervenir.

Pamela secoua la tête puis se concentra de nouveau sur Julia. Elle ouvrit la bouche puis la referma. Elle recommença une seconde fois, mais cette fois-ci elle tourna son attention sur Zach.

— Bon. Très bien, alors. Tu peux t'installer dans la chambre libre dans la maison, et Julia peut avoir la cabane pour elle.

Mince. Comme il l'avait prévu.

— C'est bon, maman. Nous sortons ensemble, *maintenant*, intervint Zach en espérant que Julia ne changerait pas d'avis et ne céderait pas à cette suggestion.

— Nous ne voulons pas que vous pensiez que c'est...

Julia hésita, réessaya.

— Zach et moi *sommes* amis. Mais...

Elle poussa un soupir, un son extrêmement las.

— C'est compliqué.

Zachary Senior hocha lentement la tête avant de frapper dans ses mains et de les regarder jovialement.

— Eh bien, du moment que tout va bien pour vous, alors

tout va bien pour nous. Mais, pour l'amour du ciel, si vous avez besoin de quelqu'un à qui parler...

— C'est bon, lui assura Zach précipitamment.

Parce que même si lui et son père pouvaient avoir cette discussion, il n'avait pas besoin que sa mère s'en mêle. Elle ferait en sorte que la conversation tourne autour du sexe, et c'était absolument hors de question.

— Nous avons ce qu'il faut.

Zach accorda une pause à Julia et rassembla ses sœurs pour un résumé rapide de la situation. Il ne leur proposa *pas* le code d'accès de leur vidéo de cérémonie de mariage.

Petra fut la première à étreindre Julia, et quand le reste d'entre elles en fit, rendant leur soutien évident par leurs sourires et leurs gestes, Zach saisit l'occasion de s'éclipser hors de la maison pour aller à la plage.

Il avait le cœur brisé.

Son pas vif devint traînant, puis Zach s'arrêta alors qu'il fixait les lumières des maisons autour de la baie qui se reflétaient sur l'eau.

Il trouva un rocher sur lequel s'installer et étira ses jambes devant lui alors qu'il essayait de trouver son équilibre intérieur.

Julia voulait dire la vérité. Il avait honoré cette requête de même qu'il avait essayé de faire tout ce qui la rendait heureuse ces derniers mois.

Mais le fait qu'elle ne les voyait encore que comme des amis le touchait au cœur. Parce que ce n'était pas du tout *ça* qu'il voulait et dont il avait désespérément besoin.

Il ramassa des cailloux, les lançant sans réfléchir dans les vagues.

Derrière lui, des pierres qui s'entrechoquaient l'avertirent que quelqu'un approchait. Quand son père s'installa près de lui, Zach ne fut pas trop surpris.

Malgré tout, il essaya de dévier la conversation.

— Jolie nuit pour observer les étoiles.

Zachary Senior se mit à rire.

— Tu mens mal, fiston.

— Je suis un très bon menteur, insista Zach avant de soupirer en gémissant. Il se trouve simplement que tu as les mêmes tics, alors tu peux tricher et voir ce que j'essaie de cacher.

— Oui, bon. Désolé pour ça.

Son père imita sa position, levant les yeux et hochant la tête.

— C'est une belle nuit pour observer les étoiles. On pourrait même repérer l'ISS plus tard.

Ils restèrent assis pendant encore quelques minutes avant que son père ne parle de nouveau.

— Cette femme te plaît vraiment, n'est-ce pas ?

— Oui.

Une main chaude se posa sur son épaule.

— Bruce a tout gâché pour toi, non ?

— Peut-être. Ou peut-être que ce temps que je partage avec Julia est un bon atout pour moi, déclara Zach en lançant un coup d'œil sur le côté. Je ne suis pas une mauvaise affaire. Ça veut dire que j'ai le temps de le prouver.

— Est-ce que tu lui as dit ce que tu ressens ?

— Comment je le pourrais ?

Il s'était plaint d'un ton sec. Il se leva et commença de nouveau à faire les cent pas.

— Elle est piégée, papa. Peux-tu imaginer à quel point ce serait terrible pour moi d'annoncer que je suis amoureux d'elle alors qu'elle ne peut pas s'échapper avant neuf mois ? Et je ne peux pas me plaindre parce qu'elle fait ça pour moi. Et pour sauver...

Il referma la bouche avant de révéler l'impact que ça aurait sur Finn.

Ça ne fonctionna pas. Soit son père pouvait lire en lui comme dans un livre ouvert, soit il connaissait trop bien son ancien ami.

— Bruce a ajouté une autre clause, n'est-ce pas ?

Zach soupira.

— Ce n'est pas seulement ma fortune, mais toute la corporation qui sera affectée.

— Aah.

Son père se leva aussi, fixant l'eau avec l'expression de qui est prêt à résoudre les problèmes. Il se tourna vers Zach avec un grand sourire.

— Bon. Que vas-tu y faire ?

Zach haussa les épaules.

— Il n'y a rien à y faire. Attendre, et essayer de convaincre Julia de tomber amoureuse pendant les mois à venir.

— Super plan A. Quel est le plan B ?

Il regarda son père.

— Ce n'est pas une expérience où tu essaies douze douzaines de manières différentes d'inventer un machin.

— Non, c'est ta vie, et s'il y a une chance pour que tu sois heureux demain au lieu d'attendre neuf mois, je pense qu'un peu d'expérimentation est chose précieuse.

Zachary Senior claqua la langue d'un air déçu.

— Tu es plus doué que ça pour trouver des idées. Tu as été décontenancé par cette femme, c'est certain.

— Merci, papa. Je suppose que c'est le verdict officiel attestant que je ne sais pas quoi faire ?

Son père haussa les épaules.

— C'est une gentille fille. Tu es un gentil garçon. J'aime la symétrie dans mon monde.

L'amusement s'insinua malgré sa frustration.

— Je t'aime, papa. Je trouverai d'autres plans, mais s'il te plaît, ne t'en mêle pas. Et rends-moi service, ne laisse pas maman commencer à nous faire la leçon sur les rapports sexuels protégés.

Zachary Senior grimaça.

— Tu vas devoir aller dans ta salle de bains avant Julia. Je pense que ta mère a mentionné qu'elle prévoyait de laisser une boîte de préservatifs sur le lavabo avec de la documentation sur les meilleures façons d'éviter les infections urinaires pour Julia.

— *Papa.*

Seigneur. Zach retourna à la maison dans l'espoir d'étouffer ça dans l'œuf.

— Désolé, mais tu vas découvrir que l'avantage d'aimer une femme forte, c'est qu'elles n'en font qu'à leur tête. Tu ne sais jamais ce qu'elles vont faire ensuite. Sinon essayer de mettre leurs enfants dans l'embarras. C'est évident.

Le réveillon arriva, puis Noël. Les fêtes à Hawaï signifiaient que le bruit de l'océan se mélangeait à celui des chants de Noël. Avec sa famille présente, il y avait toujours quelqu'un avec qui discuter.

Julia s'épanouissait. C'était la seule façon de le décrire.

Elle jouait avec ses nièces et ses neveux, discutait avec ses sœurs et taquinait ses beaux-frères. Ensemble ils battirent ses parents si sévèrement au crib[1] qu'ils refusèrent de jouer de nouveau.

Le temps qu'ils passaient ensemble était plein de rires. La joie qui se déversait de Julia emplissait le moindre interstice, jusqu'à ce qu'elle rayonne presque.

Zach s'accrochait à chaque précieux moment comme s'il s'agissait de diamants sortis des profondeurs cachées d'une mine. Tous les jours, il pensait à la question de son père sur ce qui pouvait être fait pour que le bonheur arrive aujourd'hui et non pas dans des mois.

Il n'avait pas encore trouvé la réponse, mais il s'en approchait.

En attendant, pouvoir regarder Julia rayonner, pouvoir la tenir dans ses bras la nuit, la voir trouver sa place dans sa famille – parce que c'était tout à fait ce qu'elle faisait – l'emplissait de sérénité.

Lors du coucher du soleil le jour de Noël, elle se lova contre lui, posa la tête sur son épaule et soupira de contentement.

Il lui était impossible de résister. Zach déposa un baiser sur sa tempe et passa plus étroitement son bras autour d'elle.

— Hawaï te réussit.

— C'est une expérience incroyable, confirma-t-elle alors que ses doigts dessinaient des lignes sur sa cuisse presque inconsciemment. Je n'arrive pas à croire qu'il nous reste encore cinq jours.

— Ça pourra peut-être leur donner le temps de tout déblayer à Heart Falls, la taquina-t-il. Finn m'a dit que la prochaine fois que nous partirons pour une longue période à Noël, il considérera ça comme le signe qu'une nouvelle apocalypse neigeuse est proche.

Elle se mit à rire, puis redevint silencieuse. Il était facile de sentir le bonheur qui émanait d'elle. Son regard resta fixé sur le coucher du soleil tandis qu'elle parlait.

— Je suis contente que tu aies pu parler à Finn.

Lui aussi. Ils avaient eu une longue conversation qui n'avait que trop tardé, dont ils reparleraient plus en détail dans quelques jours. Une fois que Finn et Karen auraient eu une chance de discuter.

— Comment s'est passé Noël pour tes sœurs ?

Julia sourit.

— Ollie a reçu un nouveau jouet qui couine, et Dandelion Fluff lui a volé. Karen m'a dit que Lisa et elle étaient entrées dans la cuisine une heure plus tard et avaient découvert le chat et le chien lovés ensemble dans le panier pour chien, chacun avec une patte autour du mouton en peluche.

— *Oooh*. Ils sont meilleurs potes.

— Oui.

Elle lui lança un coup d'œil, fixant ses lèvres du regard alors qu'elle glissait ses doigts autour du collier en larimar bleu qu'il lui avait acheté quelques jours plus tôt sur le quai.

— Joyeux Noël. Ça a été une bonne journée de plus. Merci pour mon cadeau.

— De rien.

Il saisit l'ouverture qu'elle lui offrait clairement et l'embrassa.

Puis il ramena son attention sur le coucher du soleil, et sur sa famille, et sur les plans B, C et D qu'il avait commencé à mettre en place. Surtout pour s'empêcher d'attraper la bague en larimar bleu assortie qu'il avait aussi achetée, de mettre un genou à terre et de lui demander de rendre ça réel.

Son moment approchait. Pas encore, mais bientôt...

Très bientôt.

Pour la première fois depuis qu'ils étaient arrivés à Hawaï, le lendemain matin le ciel était gris. Ce jour-là, Julia marchait le long du rivage en compagnie de Mattie et de Quinn, et toutes deux essayaient de se surpasser avec des histoires sur l'enfance de Zach qui la faisaient rire.

Elle rentra dans la maison avec elles, et trois hommes grands et beaux s'interrompirent dans leurs tâches alors qu'ils s'occupaient des enfants et de la préparation du petit déjeuner pour étreindre et donner un baiser à leurs femmes.

Les enfants de six et sept ans grognèrent et roulèrent des yeux, mais le garçon de neuf ans lança un bruit de baiser en direction de ses parents. Ronan gronda puis sprinta derrière lui, et la pièce fut noyée de rires, de cris et de tendresse familiale.

Le bras de Zach se resserra autour d'elle, mais ce fut le mouvement de son torse révélant son rire qui incita Julia à se pencher et à se tourner vers lui pour prendre son visage entre ses mains.

— Tu es un pitre, mais je vois maintenant que tu tiens ça de ta famille.

— Oui, dit-il en lui tapotant le nez. Les enfants veulent construire des châteaux de sable géants, ce matin. Tu as envie de venir ou tu préfères traîner avec mes sœurs ?

Quinn passa, toussant doucement.

— Pas d'enfants. Les gars les ont *tooouute* la matinée, et nous organisons une fête au bord de la piscine uniquement pour les femmes.

De l'autre côté de la pièce, Petra fit semblant de chuchoter.

— Nous avons planqué du très bon C-H-O-C-O-L-A-T.

Julia se tourna vers Zach et battit des cils.

— Merci pour l'invitation, mais je pense qu'il vaut mieux que je reste pour superviser. Agir en tant que sauveteuse pour m'assurer que personne n'ait un accident fondant.

Zach se mit à rire et se pencha pour qu'elle seule l'entende.

— Tu t'entends avec tout le monde ?

— Ils sont charmants. Vas-y. Amuse-toi.

Il agita les sourcils.

— J'aurai besoin d'aide pour retirer le sable plus tard. Je te préviens.

Elle se mit à rougir, mais avec son bronzage récent, peut-être que personne ne le remarqua.

Le bruit d'hommes adultes dirigeant des enfants disparut au loin. Mamie et papy les avaient accompagnés pour les aider, et soudain il n'y eut plus que Julia et les cinq sœurs de Zach.

Petra leva les mains et effectua quelques mouvements fous de danse.

— OK, les filles. Je suis la barmaid. Qu'est-ce que je vous sers ? Mais si je me souviens bien de l'année dernière, d'abord deux shots, puis nous passerons à des cocktails plus fruités, dit-elle en lançant un coup d'œil à Julia. Les enfants sont peut-être partis, mais ils vont revenir. Nous évitons de trop picoler quand des enfants sont susceptibles de commencer à crier à tout instant.

— Bon plan, assura Julia en hochant la tête. Je vais t'aider à servir. Les autres, allez vous détendre.

Peu de temps après, toutes flottaient dans la piscine ou se prélassaient sur des chaises longues inclinables, à raconter des histoires sur les enfants, à partager des souvenirs de leur enfance et à profiter du soleil qui était arrivé alors que le ciel s'éclaircissait.

Peut-être que les derniers mois à passer tant de temps avec ses propres sœurs avaient changé la donne. Julia se sentait non seulement à l'aise, mais aussi la bienvenue parmi elles. De même que Lisa, Karen et Tamara lui avaient ouvert leurs cœurs et leurs foyers.

Tout comme Zach, depuis le premier instant.

Mattie venait de terminer une histoire sur Ronan qui avait pris sa défense au lycée, et elle tourna un regard inquisiteur vers Julia.

— Tu as l'air prête à exploser. De quoi notre frère t'a-t-il sauvée ?

— Qu'est-ce que tu veux dire ?

Quinn la pointa du doigt.

— À ton tour de balancer. Allez. On ne nous raconte jamais combien notre petit frère a bien tourné. Ce n'est vraiment pas juste après que nous avons passé tellement de temps et dépensé tant d'énergie à le dresser.

— Exactement, ajouta Mattie. Et de rien s'il ne laisse jamais le siège des toilettes levé.

Voilà une chose dont elle devait être reconnaissante, même si Julia souriait d'un air narquois au souvenir de l'autre petite bataille dans laquelle ils étaient encore engagés avec le rouleau de papier toilette.

— Zach est un gars super.

Elle réfléchit à la manière de formuler ça. Sa nouvelle détermination de s'en tenir à la vérité le disputait à la certitude que tout n'avait pas besoin d'être dit.

— Il est aussi autoritaire. La première fois qu'il a vu le studio dans laquelle je vivais, il a refusé de me laisser vivre là-bas plus longtemps. Il m'a trouvé un autre endroit plus sûr.

— C'était si terrible ? demanda Quinn.

— Peut-être pire que ça. J'étais heureuse d'avoir une inquiétude en moins.

Même s'il était intéressant de voir à quelle vitesse les choses s'étaient intensifiées après ça. Elle n'avait jamais quitté son chalet.

Mattie hocha pensivement la tête.

— Il est protecteur. Il a appris ça de papa, j'imagine.

— Absolument, acquiesça Quinn. Papa a étrangement trouvé l'équilibre entre nous laisser explorer le monde et être quand même toujours là à l'instant où nous avions besoin de soutien.

En y repensant, il était facile pour Julia de voir ce trait de caractère chez Zach.

— C'est agréable d'avoir quelqu'un qui te soutient sans te miner en même temps.

Elle pensa à une histoire amusante à partager.

— Il est discrètement autoritaire, mais d'une manière très mignonne. Par exemple, il m'a laissé conduire sa voiture *une fois* – le jour où nous l'avons entreposée pour l'hiver. Puis il m'a obligée à m'asseoir sur le siège passager dans ma propre voiture sur le trajet du retour.

Le coin piscine s'immobilisa complètement à son commentaire rieur. Cinq personnes en restaient bouche bée.

Petra cligna des yeux.

— Il t'a laissé conduire *Delilah* ?

— Une fois, signala Julia en riant. Mais repenser à quel point cela avait été agréable de manœuvrer la voiture de collection la fit sourire.

— Un succès éphémère, je suppose, conclut-elle.

Une autre histoire suivit, et la sensation que des liens se créaient continua à grandir. Les femmes qui avaient des enfants se retrouvèrent emportées dans une discussion sur leurs activités pour la nouvelle année. Julia remarqua que son siège s'éloignait d'elles vers le côté opposé de la piscine.

Petra se mit à rire, lâchant la corde qu'elle avait utilisée pour attirer Julia à ses côtés.

— Je suis si contente que tu sois là ! Quand elles se lancent dans la discussion des mamans, mes yeux commencent à voir flou au bout d'une heure.

— Je pense que c'est assez naturel quand il y a du monde. Parmi mes sœurs, une seule a des enfants pour l'instant. L'attention à porter aux enfants a tendance à n'être qu'une pincée au lieu d'un assaut.

— Bonne description, approuva Petra d'un ton pince-sans-rire. Dis-m'en plus sur ton job. Moi je travaille dans l'informatique, où il n'y a que des gratte-papier et des claviers. Qu'est-ce que tu fais exactement au ranch ?

Pouvoir parler d'une de ses choses préférées n'était pas difficile. Même la fréquence avec laquelle le prénom de Zach revenait pendant leur conversation était révélatrice. Julia ne cessait de le mentionner en expliquant tout ce qu'il avait fait au cours des derniers mois pendant qu'ils passaient du temps ensemble.

Sa petite sœur commença à sourire à chaque fois que Julia prononçait son prénom. Finalement, elle se mit franchement à rire.

— Tu es sûre qu'il ne travaille pas dans le bureau avec toi ? Coupable.

— Nous finissons souvent par nous retrouver ensemble. Je ne m'étais pas rendu compte que c'était si souvent jusqu'à maintenant, admit Julia. Je l'apprécie. C'est un gars très spécial.

— Il l'est. Je l'approuve en tant que grand frère, déclara Petra en lançant un coup d'œil malicieux à Julia. Je sais bien que vous avez expliqué l'affaire du mariage accidentel, mais il semble qu'il y a plus dans cette histoire.

Les détails qu'ils cachaient allaient rester secrets, en ce qui concernait Julia.

Elle haussa les épaules.

— Je suppose que tu peux dire que nous sommes de bons amis, maintenant. Zach se met toujours en quatre pour ses amis. J'aime pouvoir faire quelque chose pour lui en retour.

Petra la regarda, sa curiosité s'accentuant.

— Des amis. Bon, c'est bien. Je suppose.

Julia se mit à rire.

— On dirait ma sœur, Lisa.

— C'est une femme très intelligente.

Petra se pencha sur ses coudes, le siège gonflable sous elle se balançait lentement d'un côté puis de l'autre.

— Juste pour info ? J'ai vu mon frère avec ses amis. Et oui, c'est un homme très généreux, mais je n'ai jamais entendu dire qu'il avait laissé qui que ce soit conduire Delilah à part son meilleur pote. Je n'ai jamais vu Zach *regarder* une femme comme il te regarde.

— Probablement parce que personne d'autre n'a jamais eu le pouvoir de lui retirer tout ce pour quoi il a travaillé.

Julia avait essayé de le dire comme si c'était une blague, mais elle avait la gorge serrée.

Lorsque Petra la regarda posément pendant un instant, ce nœud glissa dans sa poitrine et se serra encore.

Finalement, Petra secoua la tête.

— Chérie, tu as peut-être besoin de réévaluer ça. Parce que je ne pense pas que mon frère s'inquiète pour son compte en banque. Si tu veux parler d'avoir le pouvoir de lui retirer quelque chose, tu devrais peut-être commencer par te concentrer sur ce qui se trouve dans cette zone.

Elle tapota une main contre sa poitrine.

Julia voulut protester. Elle voulut expliquer à quel point il était important non seulement pour Zach, mais aussi pour le reste de sa famille à elle qu'ils survivent à cette année, que s'il n'y avait eu qu'eux en jeu, peut-être qu'ils auraient pu abandonner maintenant, mais pas quand Finn et Karen seraient aussi affectés.

Le reste de la famille revint alors que l'heure du déjeuner approchait. La conversation calme était terminée, mais les paroles de Petra ne cessaient de tourner dans sa tête.

Il n'a jamais regardé une femme comme il te regarde.

Ce soir-là, quand Zach attrapa ses doigts entre les siens et l'attira vers le bord de la terrasse pour qu'ils occupent une place de choix pour regarder le coucher du soleil, Julia ne pouvait plus se cacher la vérité.

Elle ne voulait pas que Zach soit obligé d'agir comme si elle était importante pour lui juste pour empêcher la famille de Julia d'être contrariée, à juste titre, du pétrin dans lequel ils se trouvaient. Elle voulait que ce soit vrai. Elle voulait que les baisers et les câlins signifient quelque chose. Elle voulait que le temps qu'ils passaient au lit à explorer de nouvelles manières de se donner du plaisir soit le début d'une vie entière, pas une distraction temporaire sur le court terme.

Près d'elle, Zach changea de position et passa le bras autour d'elle. Ses lèvres se pressèrent brièvement contre sa tempe, un geste tendre qui enfonça cependant un pieu dans son âme.

Elle voulait que ce soit réel. Parce que pour elle, ça l'était déjà.

Julia Blushing était tombée amoureuse de son mari, et cette prise de conscience risquait bien de la briser.

Ce soir-là, le soleil prit son temps pour faire changer le ciel de couleur. Des rires féminins tourbillonnaient autour d'eux avec des voix enfantines.

Le petit Beau s'approcha en trébuchant sur ses solides jambes de bambin, clignant intensément des yeux comme s'il essayait désespérément de rester éveillé alors qu'il tendait ses doigts potelés vers son oncle.

Aussi facilement qu'il respirait, Zach se pencha et souleva son neveu, installant le petit gars sur ses cuisses, puis passa un bras autour de lui pour le maintenir en place avant de reprendre les doigts de Julia et de les serrer.

Elle se surprit à fixer la lumière du soleil qui se reflétait sur le petit garçon et l'homme à ses côtés. Beau posa la joue sur le torse de Zach, son pouce dans la bouche alors qu'il lui rendait son regard, ses yeux se fermant malgré sa détermination.

Ça. Elle voulait *ça* aussi... une famille. En partant des parents qui se mêlaient de ce qui ne les regardait pas, en passant par les sœurs des deux côtés qui n'arrêteraient jamais de lui poser des questions compliquées ou de lui faire voir ce qui se trouvait juste sous son nez. Elle voulait des enfants avec les yeux bleus de Zach, et elle voulait pouvoir le voir les guider par ses rires, sa gentillesse et sa sincérité.

Pas de mensonges. Rien d'autre que des fondations solides et un foyer construit sur de l'amour.

Sa respiration se coinça dans sa gorge, parce que pendant un instant elle eut une vision parfaite de ce qu'elle voulait, et de ce qui pourrait exister...

Sauf que ces fondations risquaient de s'écrouler à tout instant parce qu'elles n'étaient pas construites sur la vérité. Elles étaient construites sur la comédie que Zach et elle essayaient pour faire ce qu'il fallait pour les autres, et c'était là que tout allait basculer et se briser en un million de morceaux.

C'était là que sa mère s'était trompée. En prenant une décision qui forçait la main des autres et ne les laissait pas décider eux-mêmes. Julia ne pouvait pas faire ça.

Zach lui lança un coup d'œil, commençant à s'inquiéter.

— Ça va ?

Elle se força à sourire. Heureusement, avant qu'elle ne doive dire quelque chose qui serait un mensonge absolu ou expliquer que dans ce cas « bien » voulait dire « à deux doigts de m'écrouler parce que plus rien dans ma vie n'est réel », Beau se redressa brusquement, à demi réveillé, agitant ses bras dans tous les sens.

Il fallut une seconde à Zach pour le calmer, changer de position pour tenir tendrement le bambin contre son torse. Assez longtemps pour que Julia glisse ses inquiétudes dans une boîte et la verrouille fermement pour les gérer le lendemain matin.

Elle voulait profiter encore d'une nuit avant de faire face à la vérité : dans ce conte de fées, le « ils vécurent heureux » n'était pas réel.

Beaucoup, beaucoup plus tard, après que le dîner, les jeux et le moment en famille furent terminés, les étoiles scintillaient au-dessus d'eux lorsque les derniers « bonne nuit » de la soirée furent prononcés. Zach et elle étaient les derniers dehors, assis au bord de la piscine, avec leurs pieds qui pendaient dans l'eau.

Zach passa le bras autour d'elle, et ses doigts se posèrent

doucement sur sa hanche alors qu'il pressait les lèvres contre sa nuque.

— J'aime bien quand tu t'attaches les cheveux. Je peux toucher toutes les douces parties de ton corps.

Elle pencha la tête pour exposer davantage sa peau.

— Nous pourrions continuer dans notre cabane. Ça ne me dérangerait pas de trouver de douces parties non plus.

— Dures. Il y a énormément de parties dures que tu devras peut-être découvrir d'abord, grogna Zach.

Filant en douce comme si quelqu'un était sur le point de les arrêter, ils se glissèrent dans la chambre. Ils se tendirent les mains l'un vers l'autre, se touchant, se caressant.

Mémorisant. Ce pouvait être la dernière fois, et il ne s'agissait pas de la manière dont ils s'étaient si bien accordés ni de toutes les choses qu'il lui avait apprises sur le plaisir physique.

Non. Alors qu'il pressait ses lèvres contre sa peau, taquinant chaque partie intime qu'il trouvait, alors qu'elle caressait les lignes musclées de son torse, alors qu'ils s'embrassaient profondément, leurs corps s'entremêlant...

Ce n'était pas simplement physique.

La lumière de la lune et le scintillement des étoiles se déversaient sur le lit par les portes ouvertes qui faisaient face à l'océan. Zach la fit rouler sous lui, remuant les hanches lentement alors qu'il la pénétrait profondément, le son de l'océan emplissant la petite pièce.

Il y avait de la magie dans l'air, Julia aurait pu le jurer. Mais tout comme dans les contes de fées où, au matin, tout revenait à la normale, ce fut fugace.

C'était parfait. C'était instable.

Zach entrelaça leurs doigts et cloua leurs mains contre le matelas. Julia fixa son visage, le plaisir qui s'y trouvait, la douce attention et la compréhension.

Son corps la trahit, et pour une fois dans sa vie un orgasme arriva bien trop vite alors qu'elle aurait aimé que cela dure pour toujours.

— Julia.

Zach s'immobilisa au-dessus d'elle alors que ses hanches tressaillaient et qu'il jouissait.

Elle posa la main sur sa joue et lui sourit. Elle laissa le plaisir physique la satisfaire, même si à l'intérieur, son cœur se brisait.

Une heure plus tard, après qu'ils se furent lavés et furent retournés au lit, Zach passa les bras autour d'elle et s'endormit presque instantanément. Elle n'eut pas autant de chance.

Elle resta là, à examiner ses traits, souhaitant désespérément avoir été suffisamment courageuse pour *lui* dire la vérité. Mais alors que la respiration de Zach était régulière, que son torse se soulevait et retombait et qu'un très léger sourire incurvait encore ses lèvres, elle ne pouvait rien faire d'autre que rester sans bouger pour ne pas le crier vers le ciel.

— Je t'aime.

Les mots n'étaient qu'un simple chuchotement sur ses lèvres, mais en elle ils hurlaient si fort que c'était comme si tout son corps vibrait sous l'écho.

— Je t'aime tellement.

C'était la vérité, s'élevant des tréfonds de son âme.

C'était la raison pour laquelle elle devait le laisser partir.

22

---

*Z*ach avait espéré un cadeau d'anniversaire au petit matin, mais quand il se retourna, Julia n'était pas dans le lit. Mais les portes coulissantes étaient encore ouvertes sur l'océan, et le contentement s'amassait dans ses membres tandis qu'il s'étirait puis se levait.

Elle avait pris l'habitude de marcher sur la plage tous les matins. Il ne pouvait pas lui en vouloir, et comme il espérait que cette journée finirait par être très spéciale, il pouvait lui laisser de l'air pour se promener et profiter de son temps libre.

La veille avait été spectaculaire, et il ne pouvait qu'espérer qu'aujourd'hui ce serait encore mieux.

Il alla prendre du café dans la cuisine et sa mère se leva de table pour venir l'éteindre et lui donner un baiser.

— Joyeux anniversaire, petit homme.

— Maman, se plaignit-il en la serrant très fort avant de reculer. S'il te plaît.

Elle lui sourit d'un air suffisant.

— Désolé, chéri. Tu seras toujours mon petit homme.

— Tu devrais être heureux que ton surnom ne soit pas

quelque chose d'aussi affreux que « mon biquet », déclara Petra en apparaissant et en l'étreignant aussi à lui en faire trembler les côtes. Joyeux anniversaire, grand frère.

— Je l'espère, répondit-il avec un clin d'œil.

Cela lui attira un grand roulement d'yeux.

— Est-ce que ta moitié fait la grasse matinée ?

— Je pense qu'elle est déjà partie marcher sur la plage, répondit Zach en se remplissant une tasse avant d'aller vers la terrasse tout en se demandant s'il devrait en remplir une seconde pour Julia afin qu'elle soit prête à son retour.

Son père arriva dans la pièce, à la main des papiers qu'il fixait avec une confusion totale.

— Zach ? Je peux te voir une minute ?

Zach lança un coup d'œil à sa mère pour s'assurer qu'elle n'avait rien remarqué. Il passa un bras autour de son père et le guida hors de la pièce.

— Si maman te voit travailler, ça va barder, dit-il.

Zachary Senior leva les yeux et les cligna.

— Je ne travaille pas. Ceci est arrivé par fax. C'est pour toi, mais ça n'a aucun sens.

— Pour moi ?

Son père plaça les papiers hors de sa portée.

— Pose ton café.

Mince. Zach lança pratiquement sa tasse sur la petite table la plus proche.

— Je n'aime pas la tournure que ça prend, l'avertit-il.

Son père lui tendit les papiers.

— Je ne pense pas que tu vas aimer cette lecture non plus.

Zach lança un coup d'œil à la page de garde juste assez longtemps pour lire la partie « de la part de ». Alan Cwedwick.

Pourquoi est-ce que son avocat lui envoyait trois pages entières de caractères suffisamment petits pour requérir une loupe ? Zach scruta les premiers paragraphes et découvrit une tonne de jargon juridique.

— Je me demande si mon anniversaire a déclenché quelque chose dans les dossiers de Bruce.

Son père écarta les papiers et pointa du doigt la dernière page.

— Je n'en suis pas sûr, mais cette partie-là semble assez facile à interpréter.

Toujours du jargon juridique, mais une partie de la phrase *était* facile à interpréter.

« ... *autorise la procédure de divorce pour mettre fin au mariage.* »

Quoi ? *Quoi ?*

Son regard se releva brusquement pour croiser celui de son père.

— Ce sont des papiers de divorce... pour Julia et moi ?

— C'est ce que j'ai lu. Hmm, je m'excuse d'avoir lu ton courrier, mais je ne...

Zach s'éloigna de son père, retourna pratiquement en sprintant à la cabane pour prendre son téléphone. Attendre qu'Alan prenne l'appel était douloureux.

— Bonjour. Comment va la star du jour ?

Zach vibrait presque, mais crier des obscénités sur l'avocat ne lui obtiendrait pas de réponses.

— Tu m'as envoyé des papiers de divorce.

— Oh. Tu les as déjà reçus, dit Alan en claquant la langue deux fois. Je suppose que tu veux une explication.

— Tu crois ?

Zach sortit sous le petit porche, regardant tout le long du sentier pour voir s'il pouvait repérer Julia.

— Est-ce que Finn t'a parlé ? Est-ce que ça veut dire...

— Finn ? Non, je n'ai pas eu de ses nouvelles récemment.

C'était au tour d'Alan de sembler perplexe.

— Julia m'a contacté ce matin, expliqua-t-il.

Zach se figea de part en part.

— Julia.

— Oui. Elle voulait vérifier à nouveau s'il y avait un moyen que vous soyez libérés de la condition de la durée d'un an. Nous avons trouvé une solution.

Au cours des quarante-huit heures précédentes, Zach avait enfin déclenché des plans qui, selon lui, ouvriraient l'impasse entre eux et les mèneraient enfin vers la relation qu'il avait toujours désirée.

Il sentit l'espoir mourir en lui.

— C'est la réalité. Nous ne sommes plus mariés.

— C'est la réalité. Julia et toi n'êtes plus mariés.

Il baissa les yeux et découvrit que ses doigts tremblaient en tenant les papiers.

— Et tu n'as pas parlé à Finn. Ni à Karen.

— Juste à Julia. Et maintenant à toi, répondit Alan avant que sa voix ne se fasse apaisante. Respire, Zach. Fais-moi confiance.

L'envie d'éclater d'un rire hystérique était tellement forte ! Seulement, il repéra les cheveux aux reflets flamboyants de Julia au loin.

— Ne me rends plus de services pendant un moment, l'avertit-il. Je dois y aller.

— Parle à Julia, fut la dernière chose que Zach entendit alors qu'il raccrochait.

Un instant plus tard, il était sur le sentier, marchant vers elle. Des émotions en vrac rebondissaient à chaque pas. Il était tellement en colère ! Tellement triste. Tellement confus, et frustré, et *furieux*.

Zach quitta le sentier pour rejoindre une petite clairière où les rochers les plus massifs avaient été aplanis pour laisser un espace assez large où placer des chaises longues ou des trépieds pour regarder les couchers de soleil. Cela lui offrait un endroit où se tenir tandis que Julia se rapprochait.

Elle avait le regard baissé, surveillant ses appuis, et cela lui donna le temps de simplement la regarder, d'observer ses longues jambes et ses bras musclés et hâlés sous le soleil des derniers jours. Ses cheveux étaient lâchés sur ses épaules et ses mèches flamboyaient presque.

Les papiers dans sa main ne pouvaient pas être réels.

Elle leva les yeux et le repéra. Elle lui sourit brièvement avant que son expression ne s'efface, et elle avança précipitamment alors que l'inquiétude grimpait.

— Qu'est-ce qui ne va pas ?

Il ouvrit la bouche, mais rien ne sortit.

Julia se tenait devant lui, lui agrippant les bras et le secouant presque.

— Zach. Est-ce que ça va ?

Il lui tendit les papiers.

— Alan a envoyé ça.

Elle se figea.

— Oh. Déjà ?

Zach se tenait là avec la main tendue. Il secoua la liasse.

— C'était ce que tu voulais ? Parce que je te dis depuis le début que tu dois faire ce dont tu as envie. C'est ce que tu veux ?

Elle lui retira les papiers.

— Je ne sais pas ce qu'ils disent. J'ai appelé Alan ce matin...

— C'est ce qu'on m'a dit. Et voilà ce qu'il a envoyé.

Elle les leva, plissant les yeux devant les petits caractères.

— Qu'est-ce...

Sa patience était épuisée. À la vérité, il se fichait de ce que les papiers disaient.

— J'ai contacté Finn à Noël, admit Zach. Je lui ai dit que si nous devions rester ensemble pendant un an, ce n'était pas seulement parce que je perdrais la société, mais lui aussi.

Julia se raidit, oubliant les papiers dans sa main.

— Nous avions convenu que nous ne le leur dirions pas.

Zach secoua la tête.

— J'ai accepté de ne pas le dire à Karen, mais tu m'as rappelé que la vérité crée une différence. Même s'il n'est pas juste que nos actions puissent les affecter, ils ont le droit de savoir. Ils ont le droit de faire leurs propres choix et de faire entendre leur opinion.

Il se rapprocha, lui attrapant les doigts.

Julia avait les yeux écarquillés lorsque son regard remonta brusquement vers lui.

— Tout comme ta mère aurait dû *te* dire la vérité. Cela aurait été dur, et compliqué, mais une autre sorte de relation aurait émergé une fois que vous auriez réglé les complications. Je m'en suis rendu compte, pendant que je tenais ma promesse envers toi. Je l'ai dit à Finn et je l'ai laissé décider ce qu'il voulait dire à Karen.

Julia agita les papiers.

— Tu as tout perdu ?

Seulement la chose la plus importante. Elle.

Sauf que Julia n'agissait pas comme quelqu'un qui voulait à tout prix divorcer. Zach inspira profondément et décida de tout déballer.

— L'argent n'a jamais été le sujet. C'est *toi* que je veux. Je t'ai toujours voulue, et l'argent peut brûler en enfer. Je préférerais travailler au salaire minimum de neuf heures à dix-sept heures avec toi près de moi que d'avoir tout l'or du monde.

Julia cilla comme s'il parlait une langue étrangère et qu'elle devait traduire.

— Mais tu n'avais pas le choix.

— Sur quoi ? Quand tu m'as embrassé et que tu m'as

demandé d'être ton faux petit ami ? Quand j'ai refusé de te laisser loger dans un endroit dangereux ? Quand j'ai fait du yoga chaque maudite semaine ? Julia, j'ai toujours eu le choix. Même avec les salades racontant « vous devez rester mariés pendant un an, sinon... » Si ça n'avait pas été ce que je voulais faire, je ne l'aurais certainement pas fait.

Les joues de Julia avaient rosi et ses doigts se resserrèrent sur les papiers, les agrippant assez fort pour qu'il soit impossible de les remettre à plat.

— Pourquoi ?

Le mot fut prononcé d'une voix douce et brisée. Elle carra les épaules et inspira profondément, croisant son regard sans détour, et cette fois quand elle parla, ce fut une exigence :

— *Pourquoi ?*

— Si j'ai laissé courir, c'est parce que je pensais que ça me donnerait le temps de te convaincre de me choisir toi-même.

Une trace de sourire incurva les lèvres de Julia.

— Te choisir comme quoi ?

Nom de Dieu. Il cria presque.

— Ton mari, bon sang ! Ton partenaire. Ton amant pour l'éternité.

Le pli entre les sourcils de Julia n'était pas le même que d'habitude. Cette fois, il semblait que son expression se contorsionnait entre des émotions opposées. Même l'humidité qui se rassemblait dans ses yeux ne fut pas suffisante pour l'arrêter.

— Alors, choisis, Julia Gigi Blushing, parce que c'est fini. Qu'est-ce que tu veux vraiment ?

Elle retira sa main de la sienne, et pendant une fraction de seconde...

— Toi.

Julia se jeta sur lui, passa les bras autour de son cou et le serra comme une pieuvre.

— C'est *toi* que je veux.

~

L<small>E CŒUR</small> de Julia était prêt à exploser dans sa poitrine. Les papiers qu'il lui avait donnés lui avaient échappé et flottaient maintenant dans l'océan.

Elle avait passé les quarante-cinq dernières minutes à alterner entre le désespoir et l'espoir, et les cinq dernières dans la confusion totale jusqu'à ce que Zach se mette en colère.

Elle s'accrocha, la prise de Zach autour de son corps était un rappel intense de la réponse qu'il venait d'exiger.

— Que vient-il de se passer ? chuchota-t-elle.

Un petit rire doux échappa à Zach, mais il ajusta simplement sa prise, la soulevant plus haut pour pouvoir regarder son visage.

— Je pense que nous avons eu en quelque sorte notre première dispute.

— Tu ne sais pas te défendre, dit-elle. Et j'ai absolument gagné.

— Ce n'est pas vraiment une victoire étant donné que je ne sais pas me battre, la taquina-t-il.

Il inspira profondément en posant le front contre le sien.

— Tu m'as fait peur. Je croyais que tu avais demandé une porte de sortie à Alan.

Elle remua jusqu'à ce qu'il la lâche.

— C'est plus ou moins ce que j'ai fait, pour être honnête, mais pour de bonnes raisons.

Ils s'installèrent sur les rochers au bord de l'océan, leurs doigts toujours entrelacés, leurs genoux se touchant.

Zach lui attrapa le menton, la regardant dans les yeux.

— Commençons par le commencement. Je t'aime.

Oh Seigneur. Elle déglutit péniblement.

— Moi aussi.

Elle surprit la plus brève apparition de son sourire avant qu'il ne se penche pour l'embrasser, joignant l'acte aux mots que lui seul avait en fait prononcé... *Joli cafouillage, Blushing.*

Quand ils se séparèrent, elle corrigea son erreur.

— Je t'aime depuis un moment, mais je l'ai clairement compris hier.

Il passa son pouce sur la lèvre inférieure de Julia.

— Alors pourquoi as-tu pris contact avec Alan ?

— Pourquoi as-tu pris contact avec Finn ? Parce que tu devais lui dire la vérité. Parce que tu voulais qu'il prenne des décisions basées sur la vérité. C'est ce que tu viens de dire, n'est-ce pas ?

Zach hocha la tête.

— Moi aussi. Je veux être avec toi, et je suis si contente que tu veuilles aussi être avec moi. Mais, Zach, tu *n'avais pas* le choix. Je sais que tu as dit que si, mais non. J'ai appelé Alan pour voir s'il pouvait m'aider à trouver un moyen de te libérer pour faire ce que *tu* souhaitais vraiment.

Cela avait été une des conversations les plus gênantes de sa vie, mais en fixant l'expression emplie d'amour de Zach, chaque instant embarrassant en avait valu la peine.

Le sourire de Zach s'agrandit.

— Alors, laisse-moi résumer. Tu as appelé Alan et tu lui as dit que tu m'aimais.

Il était inutile qu'elle se sente gênée pour ça maintenant.

— C'est ça, en gros.

Il se pencha vers elle.

— C'est bien.

Elle supposait que c'était bien. Elle regarda par-dessus son épaule les papiers qui étaient maintenant devenus des déchets marins.

— Nous ne sommes plus mariés.

Le doux son du rire de Zach gronda autour d'elle.

— Nous pourrions arranger ça. Et je veux dire d'une manière qui ne requiert pas de tequila ni des t-shirts BRIDE et GROOM.

Le cœur de Julia s'emballa à nouveau.

— Tu veux te marier pour de vrai ?

Le sourire qu'elle reçut brilla comme la lumière du soleil.

— Oui. Merci de me l'avoir demandé. Je vais vraiment jubiler en racontant à tout le monde que c'est *toi* qui m'as demandé en mariage.

— Est-ce que je viens...

Oh Seigneur, oui. Julia plaqua une main sur sa bouche une seconde avant de l'attraper par les épaules et de l'étreindre.

— OK, bien. Nous allons nous marier pour de vrai, conclut-elle.

Mais d'abord, elle allait savourer cette sensation. Être dans ses bras était tout à fait naturel. Tout comme être serrée fort et savoir que c'était exactement là que Zach voulait se trouver.

Savoir que leur place était l'un avec l'autre, non pas à cause d'un accident ou d'un coup du sort. Pas à cause de l'alcool et des circonstances.

Grâce à un choix.

D'ailleurs. Julia recula.

— Que penses-tu d'un mariage en automne ?

Il perdit en partie son sourire.

— Hum, vraiment ? J'espérais plutôt un mariage sur la plage, cet après-midi.

Elle secoua la tête.

— Nous avons déjà donné dans le mariage rapide et accidentel. Peut-être que ce serait bien de prendre notre temps, cette fois-ci. Que nos amis et nos familles soient inclus. De plus, ça nous donnera quelque chose à attendre avec impatience.

— Alors nous pourrons faire ça en automne. Nous avons besoin d'une journée mémorable... puisque nous ne nous rappelons pas grand-chose de la première fois, la taquina-t-il avant que son expression ne s'éclaire. Mais j'ai quelque chose pour que l'instant présent soit inoubliable.

Il chercha dans sa poche et, à la grande surprise de Julia, en sortit une bague bleue étincelante qui fit chanter son cœur de bonheur.

— Elle est superbe !

— Ce qui veut dire qu'elle est parfaite pour toi.

Il la glissa à son doigt.

Elle l'embrassa de nouveau, essentiellement parce qu'elle le pouvait, se laissant inonder par son amour, ses caresses et son attention.

Une petite toux résonna près d'eux, et ils se séparèrent pour découvrir Rita qui se tenait à quelques centimètres d'eux.

— Excuse-moi, tonton Zachary. Papy veut savoir si tu vas bien. Je lui ai dit que je pensais que oui parce que tu embrassais Julia, et que tu ne devrais pas embrasser quelqu'un si tu ne te sens pas bien.

Elle tourna le regard vers Julia et ajouta très sérieusement :

— Les microbes.

— Très vrai, chuchota Julia. Embrasser, c'est dangereux.

Rita haussa les épaules, puis lança un coup d'œil à son oncle.

— Si tout va bien, tu peux revenir à la maison ? Tout le monde attend ton petit déjeuner d'anniversaire, et maman m'a dit que je ne pouvais pas avoir de chantilly avant que tu ne sois là.

Zach entrelaça ses doigts à ceux de Julia. Tous deux se levèrent alors qu'il hochait sérieusement la tête vers sa nièce.

— Je suis vraiment désolé que nous ayons retardé le petit

déjeuner et la chantilly. Tout est merveilleux, alors nous ferions mieux de commencer ma fête d'anniversaire.

Après deux pas à peine sur le sentier, Julia remarqua le reste de la famille. Leurs têtes dépassaient des fenêtres et des coins avec une mer d'expressions inquiètes alors que tous attendaient leur retour.

Rita dansait devant eux, leur laissant un peu d'intimité. Julia tira sur les doigts de Zach.

— Est-ce que toute ta famille est au courant ? Pour le divorce ?

— Juste mon père, à moins qu'il ne l'ait dit à tout le monde.

Devant eux, Zachary Senior était très visible. Il avait grimpé sur la barrière et se tenait comme une sentinelle. Mais il avait le doigt pressé contre ses lèvres et leur lança un clin d'œil.

— Je pense que nous sommes tranquilles pour l'instant, l'informa Julia. Occupons-nous d'abord de ton anniversaire. Nous pourrons annoncer le reste des plans à tout le monde dans quelques jours.

— Bonne idée.

Plein de gens qui l'aimaient s'étaient rassemblés autour de la table pour chanter « Joyeux anniversaire ». Il y avait des assiettes avec des piles de pancakes et plus d'un bol de chantilly et de pêches qui les attendaient.

Cette fois, le sac rempli de prénoms ne bougea pas du plan de travail. Zach resta debout lorsque la chanson se termina.

— Puisque c'est mon anniversaire, c'est à mon tour de partager, déclara-t-il en lançant un coup d'œil autour de la table, échangeant un regard avec chaque personne présente. Cette année, je suis reconnaissant comme toujours d'avoir ma famille. De tout ce que chacun de vous représente pour moi et de votre manière de m'encourager à être un meilleur frère, fils, oncle et ami.

Son regard se tourna pour mettre en valeur Julia. Il attrapa ses doigts et leva sa main.

— Je suis heureux cette année de pouvoir ajouter un autre titre à cette liste. Nous n'allons pas nous inquiéter du nom spécifique, mais ça se résume à ça... je suis heureux d'être avec Julia.

Ses sœurs s'exclamèrent. Petra s'essuya les yeux.

C'était terrible. Julia sentit ses yeux s'emplir de larmes alors que Zach levait sa main et lui embrassait les doigts.

— J'espère passer les cinquante prochaines années à apprendre ce que ça signifie et comment mieux faire.

Famille à table ou pas, il était impossible de résister. Julia se pencha et l'embrassa.

Il était à elle. Parce qu'il la rendait heureuse.

ÉPILOGUE

Ranch de Red Boot, 5 septembre

Z ach monta les marches deux par deux, lançant un coup d'œil à gauche et à droite pour s'assurer que personne ne l'avait repéré. Tout alla bien jusqu'à ce qu'il arrive sur le palier du deuxième étage et se retrouve face à face avec Karen.

Il s'arrêta brusquement.

— Oh, hé.

Karen haussa un sourcil.

— Hé.

Ils se fixèrent un instant du regard. Zach se mit sur la pointe des pieds.

— Super journée, pas vrai ? La météo coopère vraiment.

— Zach.

Elle mit tellement de déception dans sa voix.

— Est-ce que tu essaies de prétendre que tu es ici pour parler de la météo ? Ou est-ce que tu vas admettre que tu essaies d'entrer en douce pour discuter avec Julia alors que tu sais que c'est contre les règles ?

— Rien à faire des règles, murmura Zach avant de lui lancer un grand sourire. Allez. Tu viens de ricaner. Tu t'en fiches si je fais une toute petite entorse aux règles.

— Non, ça ne me dérange pas du tout, acquiesça Karen. Puis elle se pencha en avant et baissa la voix.

— Mais si tu penses que je vais m'opposer à ta mère et à tes sœurs cette fois ? Oh que non. J'ai peut-être grandi avec Lisa et Tamara qui me torturaient, mais ces trublions qui sont de ta famille me flanquent une peur bleue.

Tu m'étonnes. Il était tout seul. Zach posa la main sur l'épaule de Karen et la serra.

— J'abandonne. J'attendrai de voir Julia plus tard.

Il se retourna et descendit lentement les marches comme s'il était vaincu, sentant la chaleur du regard de Karen le transpercer entre les omoplates.

Bon, il n'avait pas vraiment abandonné. Il tourna dans le premier couloir et retourna en hâte sous le porche, examinant l'arrière de la maison.

Attendre neuf mois pour se marier avait été bizarre au début, mais alors que le temps passait, le délai était devenu spécial. Sa famille s'était impliquée, celle de Julia aussi, et maintenant que le jour était enfin arrivé, il promettait vraiment que la fête serait ce qu'ils avaient espéré.

Sauf que, bon sang, il voulait la voir *maintenant* avant de la retrouver devant l'autel pour dire « Je le veux ». Seulement, ses sœurs avaient décidé que le tourmenter encore une fois était vital. Julia avait disparu de leur chalet tôt ce matin-là. C'était il y avait presque cinq heures, et il était fatigué d'attendre.

Il examina la toiture de la maison de Finn et Karen de plus près qu'il ne l'avait fait au cours de l'année passée.

— Tu ne devrais pas être ailleurs ? demanda Finn en posant une main sur son épaule.

Il se rapprocha et leva lui aussi les yeux vers la maison.

— Ou est-ce que tu pensais à nettoyer mes gouttières ? continua-t-il.

— J'essaie de trouver le moyen le plus facile d'entrer dans la deuxième chambre, avoua Zach. Je veux voir Julia.

Un reniflement moqueur échappa à son meilleur ami.

— Tu ne vas pas laisser tomber, hein ?

— Toutes les filles sont déterminées à ce qu'on ne se voie pas avant le grand moment. Un véritable ami m'aiderait à trouver un moyen.

— Un véritable ami s'assurerait que tu ne te brises pas le cou juste avant de te caser officiellement.

Mais Finn leva un doigt et le pointa vers le toit.

— Il y a une trappe d'entretien qui donne dans le grenier. Le code d'accès est 3542. Si tu suis le bord au-delà de la cheminée, il y a une trappe depuis le grenier qui donne dans la salle de bains au fond du couloir.

Zach lui attrapa la main et la serra fort.

— Tu es le meilleur. Je ne serai pas long, promit-il, se dirigeant déjà vers le côté de la maison où l'érable géant lui donnerait une base pour grimper sur le toit.

— Si tu n'es pas dans la dépendance dans trente minutes, Josiah et moi viendrons te chercher, l'avertit Finn.

Trente minutes devraient être plus que suffisantes. Zach grimpa précipitamment sur l'arbre puis sur le toit et se glissa dans le grenier poussiéreux sans aucune hésitation.

Poussiéreux, chaud et suffisamment sombre pour qu'il sorte son téléphone et allume la torche. Cela lui permit de marcher sur les étroites poutres en bois qui couraient sur toute la longueur du toit jusqu'à l'endroit où, comme promis, la trappe du plafond du deuxième étage l'attendait.

Il marqua une pause et écouta. Des voix féminines et des rires lui parvinrent, mais ils étaient assez lointains pour qu'il pense être en sécurité.

Zach était sur le point de soulever la trappe quand son téléphone vibra entre ses doigts. Julia l'appelait.

Il se redressa et répondit.

— Hé, mon cœur. Quoi de neuf ?

— Pourquoi est-ce que tu chuchotes ? demanda-t-elle.

— J'ai peur que quelqu'un me prenne mon téléphone parce que je n'ai pas le droit de te parler jusqu'au mariage, ou pour je ne sais quelle bêtise superstitieuse.

Elle gloussa.

— Tu devrais faire vérifier ton téléphone. Il y a un drôle d'écho. Et je suis désolée pour cette histoire où *il ne faut pas se voir*. C'est entièrement la faute de Petra, au fait. Ta petite sœur est une enquiquineuse autoritaire.

— Ça, on le savait déjà. Est-ce qu'elle et Lisa ont décidé de s'emparer de la planète ?

— Oublie ça. Où es-tu ?

Il lança un coup d'œil dans les ténèbres autour de lui.

— Un peu hors d'atteinte pour l'instant.

— J'ai besoin de savoir, insista-t-elle. Ou j'en aurai besoin dans environ dix minutes. Garde ton téléphone allumé.

Puis elle raccrocha.

Eh bien. C'était bizarre. Zach écarta les questions qu'il avait et se concentra sur la tâche en cours. Il écouta de nouveau, puis souleva prudemment le panneau, révélant la salle de bains à l'extrémité du couloir du deuxième étage.

Un instant plus tard, il avait atteint le sol et refermait l'accès au grenier.

Il entrouvrit très légèrement la porte de la salle de bains et regarda dans le couloir.

Des allées et venues entre les chambres deux et trois en

haut des escaliers. Sa mère et Karen faisaient des allers-retours avec des brassées de fleurs.

La pièce qu'il voulait était située trois pas sur la gauche...

Il attendit que le couloir soit vide avant de passer à l'action. Filant rapidement vers la porte numéro un, il se glissa à l'intérieur et se tourna...

La chambre était vide. La robe de mariée de Julia d'un blanc étincelant avec une tonne de boutons était posée sur le lit. Il en avait vu une photo plus tôt et rêvait déjà de défaire lesdits boutons plus tard ce soir-là.

Ce qui lui rappela la photo qu'elle lui avait donnée à la Saint-Sylvestre. Celle de la séance photo style boudoir – même si la seule similitude était qu'elle portait un débardeur blanc presque transparent...

Un souvenir auquel il ne fallait pas repenser s'il ne voulait pas s'échauffer sans avoir le temps d'y faire quoi que ce soit.

Il y avait les fleurs, son voile, et ses chaussures, mais absolument pas de Julia.

Il sortit son téléphone et l'appela en espérant que son chuchotement ne serait pas entendu.

— Où es-tu ?

Cette fois, elle se mit à rire.

— Je cherchais ce gars sexy que j'ai rencontré à Vegas, j'espérais qu'il pourrait me faire passer du bon temps. Seulement, il semble avoir disparu.

C'était quoi ce bazar ?

Avant qu'il ne puisse exiger de savoir ce qui se passait, le grondement profond de la voix de Josiah s'empara du téléphone de Julia.

— Je te suggère de venir au cottage aussi vite que possible. Mais prends le trajet direct. Finn et les autres gars ne pourront distraire les dames que pendant un temps.

Il raccrocha.

Zach secoua la tête. Sortir en cachette pour donner un dernier « Je t'aime » à Julia était devenu bien plus compliqué qu'il ne s'y attendait.

Un cri arriva de l'extérieur, et il lança un coup d'œil par la fenêtre pour découvrir que Cody avait amené une calèche tirée par des chevaux. Toutes les dames s'étaient précipitées dehors et faisaient quelque chose avec des fleurs...

Il prit son élan, regardant dans le couloir encore une fois avant de sprinter vers la liberté et de bondir dans l'escalier. Il se précipita à travers la cuisine et sortit par les portes coulissantes pour pouvoir filer vers le cottage d'à côté.

Il ne s'arrêta pas avant d'être arrivé dans la salle de séjour, où deux bras s'enroulèrent autour de lui avec le rire de Julia qui emplissait l'air autour d'eux.

Il l'attrapa par la taille et la souleva. Il la serra fort alors que les yeux de Julia étincelaient.

— Quelle femme sournoise. Qu'est-ce que tu fais au-dehors de ton confinement ?

— Écoute, bébé. Ce n'est pas moi qui agis comme un agent secret. J'ai descendu gracieusement les marches comme une dame. Quand personne ne regardait, admit-elle.

Ils se sourirent, puis Julia prit son visage dans ses mains. Une douce émotion se dégageait de chaque fibre de son être. La plus douce des émotions – parce que ce qu'ils ressentaient l'un pour l'autre était devenu plus fort au cours des mois passés.

— Je voulais te voir encore une fois avant que nous nous mariions, dit Julia. Je voulais te dire à quel point tu es incroyable. À quel point tu as été bon avec moi, et que chaque jour, je suis reconnaissante que tu aies accepté d'être mon faux petit ami.

Un rire lui vint aux lèvres, mais Zach devait faire sa propre déclaration. Mais il l'embrassa rapidement, parce qu'il ne pouvait pas résister. Il faillit parler contre ses lèvres parce qu'il ne pouvait presque pas s'en détacher.

— Je suis si content que tu m'aies choisi. Quoi qu'il arrive, je vais m'assurer que tu sais que nous sommes faits pour être ensemble. Que tu sais tout ce que tu représentes pour moi. Même si tu es un peu obsédée par le sexe.

Un reniflement marqué échappa à Julia, et elle se couvrit la bouche avec ses doigts avant de sourire vivement.

— C'est ta faute.

— Je ne pourrais pas être plus fier, admit-il avant d'adoucir sa voix. Mais ce n'est pas uniquement du sexe. Pas avec toi. C'est de l'amour.

Elle s'humecta les lèvres, et il se noya dans un baiser grave. Une promesse sincère de ce qui viendrait plus tard. Pas seulement ce jour-là, mais la semaine suivante, le mois d'après.

Et l'année suivante, jusqu'à la fin des temps.

Quelqu'un toussa. C'était Finn.

— Il est temps de se préparer. J'ai peur que ta mère attende dehors, l'avertit-il avec un sourire penaud.

Julia recula, serrant une dernière fois les doigts de Zach.

— C'est bon. Je la baratinerai pour qu'elle ne te réprimande pas avant la fin de la lune de miel.

— Ne la laisse pas te donner des conseils sur ce qu'il faut faire pendant notre lune de miel, l'avertit Zach alors que la porte se refermait derrière elle.

Il se retourna pour faire face à ses amis alors que Josiah entrait dans la pièce pour les rejoindre.

— Es-tu prêt ? demanda Josiah.

Prêt pour que Julia devienne officiellement sa femme, même si c'était la deuxième fois ? Cette fois, il allait se souvenir de chaque instant.

— J'ai hâte.

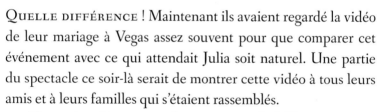

QUELLE DIFFÉRENCE ! Maintenant ils avaient regardé la vidéo de leur mariage à Vegas assez souvent pour que comparer cet événement avec ce qui attendait Julia soit naturel. Une partie du spectacle ce soir-là serait de montrer cette vidéo à tous leurs amis et à leurs familles qui s'étaient rassemblés.

Ce mariage-*là* avait été dingue et impulsif. Une erreur qui s'était avérée être tout ce qu'elle avait toujours voulu. Cette journée avait été rigoureusement planifiée, et pourtant elle était tout aussi douce et infiniment plus mémorable grâce aux personnes qui se joignaient à eux.

Julia posa les bras sur la rambarde du porche, jetant des coups d'œil vers les chaises et la tonnelle de mariage qui l'attendait.

— C'est bientôt l'heure ?

— Ne t'inquiète pas. Zach ne va pas s'enfuir. Josiah a l'ordre impérieux de lui clouer les pieds à l'avant de la scène jusqu'à ce que ce soit officiel, annonça une Lisa visiblement enceinte en se glissant près d'elle, passant un bras autour de la taille de Julia. Deux autres voitures sont arrivées, alors nous avons pensé que nous allions laisser tout le monde trouver un siège avant de démarrer la marche nuptiale.

Il y avait déjà une foule. Non seulement tous ceux avec qui Zach et elle travaillaient au ranch de Red Boot, dont les opérations avaient démarré officiellement au printemps, mais aussi toutes les personnes avec qui Julia avait travaillé à la caserne l'année précédente.

Ajoutez à cela tous les membres de la famille. Entre les Coleman et les Sorenson, Julia ne se serait jamais attendue à avoir autant de personnes dans sa vie qui veuillent toutes faire la fête avec elle.

Karen apparut à côté d'elle, ajustant le court voile attaché au diadème posé sur les cheveux de Julia.

— Tu as l'air heureuse, dit-elle.

Julia se redressa et se retourna pour pouvoir voir toutes ses sœurs en même temps, y compris Tamara qui montait les marches pour les rejoindre.

— J'ai quelque chose à vous dire.

Toutes trois se rapprochèrent. Chacune était le reflet de l'autre, et pourtant tellement unique. Karen s'était adoucie au cours de l'année écoulée, et Julia était sûre que c'était parce que Finn l'avait constamment soutenue. Karen avait appris à prendre ce dont elle avait besoin pour être heureuse, et Julia avait beaucoup appris en regardant sa sœur aînée gérer des douleurs passées.

Tamara lui avait offert un amour indéfectible qu'elle avait accepté de bien de manières au cours des mois écoulés. Julia avait passé beaucoup de temps avec la famille Stone et avait découvert qu'ils possédaient chacun leurs forces et leurs faiblesses, mais qu'au fond ils se réjouissaient d'être toujours là les uns pour les autres.

Et Lisa ? Lisa était devenue la meilleure amie dont Julia avait ignoré avoir besoin. Même si l'espièglerie de sa sœur était un peu plus limitée ces temps-ci. En cet instant, Lisa ajustait sa position, posant la main sur le renflement de son ventre de femme enceinte de sept mois.

Puis soudain, Julia se demanda : qu'est-ce que ses sœurs verraient en la regardant ? Avec un peu de chance, une femme qui apprenait l'ultime vérité. L'acceptation commençait par soi. La joie se répandait autour de soi, et l'amour se développait comme des tables de multiplication qui s'emballaient.

Julia avait passé neuf mois à accepter que Zach l'aimait inconditionnellement. Que, quoi qu'ils aient besoin d'apprendre, ils pouvaient le faire ensemble.

Que la famille était un miracle.

Elle tendit les mains, et ses sœurs attrapèrent ses doigts instantanément.

— Les gens disent qu'être au bon endroit au bon moment n'est qu'une question de chance. Et je suppose qu'une chose en a entraîné une autre, d'une certaine manière. Mais entrer dans Silver Stone le jour de la naissance de Tyler était bien plus que de la chance. C'était comme si une bouffée d'oxygène était entrée dans mes poumons et que du sang coulait dans mes veines. C'est le jour où moi aussi, je suis née dans cette famille, et je ne pourrai jamais vous expliquer à quel point c'est magnifique.

Bon sang. Elle aurait dû faire ça la veille, parce que ses yeux devenaient humides.

— Tu n'as pas besoin de t'expliquer, assura Tamara doucement.

Karen et Lisa hochèrent la tête.

— Non. Nous savons à peu près de quoi tu parles, confirma Karen en lui étreignant les doigts.

Lisa avait de nouveau posé la main sur son ventre, où une autre vie grandissait.

— Nous ne pourrons jamais remplacer les années que nous avons ratées, mais nous allons profiter de chaque jour à venir.

Une autre vérité. Julia inspira profondément.

— Merci d'être mes grandes sœurs. Je vous aime.

Des bras l'entourèrent, la serrant fort, l'immobilisant dans ce lien sororal formé non seulement par le sang mais par choix. Elles n'étaient pas obligées de l'accueillir, mais elles l'avaient fait, et leur décision avait changé sa vie.

La musique s'éleva dans le fond, et soudain Petra fut à leurs côtés.

— Bon, chérie. Il est temps que mon frère reçoive sa juste récompense.

Une des autres personnes préférées dans sa vie. Julia recula et accepta le Kleenex que sa future belle-sœur lui tendait.

— Tu te rends compte que je vais trouver quelqu'un au ranch dont tu tomberas amoureuse, l'avertit-elle. Tu dois te rapprocher de Heart Falls.

— Oooh, en voilà une bonne idée, valida Lisa en s'éloignant de Tamara. Hé. On ne frappe pas une femme enceinte.

— On ne joue pas les entremetteuses, la réprimanda Tamara.

— Un mariage à la fois, dit Karen en lançant un clin d'œil à Julia. En tout cas pour cette année.

Ses sœurs lui firent descendre les marches vers la promenade en bois. Le ranch de Red Boot avait maintenant un lieu dédié pour accueillir les mariages, et même si ce n'était pas le premier célébré ici, c'était le premier pour leur famille.

Julia regarda le long de la longue rangée au-delà de tous les invités qui attendaient. Au-delà de ses futurs beaux-parents, qui étaient tout aussi merveilleux qu'affreusement embarrassants, tout comme Zach l'en avait avertie. Au-delà de toutes les sœurs de Zach, de ses beaux-frères, de ses nièces et neveux.

Au-delà de Tamara, qui rejoignait Caleb et le reste de la famille Stone venue pour prendre part à la fête.

Le regard de Julia s'arrêta brusquement, ses pieds aussi, lorsqu'elle repéra le sosie d'Elvis au bord d'une rangée. Il leva la main et hocha la tête, et elle gloussa carrément.

Son regard se releva brusquement sur Zach, qui se tenait devant l'autel à l'attendre avec Finn à ses côtés, et Josiah aussi.

Zach sourit. Il savait pourquoi elle riait.

— Tu gères ? demanda Karen en faisant quelques derniers ajustements à la robe de Julia.

— Oui. Vraiment, assura Julia fermement, en se concentrant sur ses sœurs.

Elle serra les doigts de Lisa et de Karen une dernière fois. Tandis que ses sœurs commençaient à avancer lentement dans l'allée, Julia se tourna vers George Coleman qui l'attendait.

Un autre ajustement au cours des mois passés. Elle et son père apprenaient quel genre de relation ils voulaient. Elle n'avait pas besoin de quelqu'un pour la protéger, et elle n'avait pas besoin de quelqu'un qui la traite comme une petite fille. Aucune des Whiskeytaires n'en avait besoin.

Cela n'avait pas toujours été facile, mais entre elle et ses sœurs qui avaient insisté pour qu'il écoute en plus de parler, George Coleman avait commencé à changer. Son évolution avait été encouragée et influencée par Finn, Josiah, et Zach aussi.

Et c'était pour cela qu'ici et maintenant, lorsque son père lui tendit le bras, elle passa volontiers les doigts au creux de son coude. Elle éprouvait vraiment de la joie que son père puisse faire partie de cette journée.

Emma, la fille de Tamara, et Rita, la nièce de Zach, marchaient devant eux, lançant des feuilles au lieu de fleurs. C'était joli et parfait. Plus de quelques rires se firent entendre quand le petit Beau secoua le coussin qu'il tenait, celui avec les deux alliances attachées au-dessus, se plaignant bruyamment comme il ne trouvait pas le moyen de les faire tomber.

C'était la famille... oh, une si grande famille !

Mais quand ils rejoignirent l'autel, il n'y eut plus que Zach. Pour ce qu'elle en savait, tous les autres auraient aussi bien pu disparaître. Julia fixait ses yeux bleus et ne voyait rien d'autre que de l'amour.

Leur cérémonie de mariage avait dû avoir lieu, mais elle était passée en un clin d'œil. Dieu merci, quelqu'un l'avait filmée, parce qu'elle aurait vraiment détesté que ses seuls souvenirs soient ceux de la vidéo de la chapelle Mile-High.

Ils se tenaient côte à côte sur la terrasse après s'être mariés, les doigts de Zach entremêlés aux siens, fermes et sûrs. Il inclina la tête et frôla sa joue de la sienne, lui murmurant à l'oreille :

— Je t'aime.

Le frisson instantané était merveilleux. Elle se tourna, nouant les doigts derrière son cou.

— Je t'aime aussi, répondit-elle en regardant la foule qui attendait qu'ils ouvrent leurs cadeaux. Je ne vois pas Tony. Je croyais qu'il serait là.

— Il nous a présenté ses excuses, répondit Zach en soulevant ses doigts pour les embrasser. Quand je lui ai parlé hier, il a dit que ses enfants avaient attrapé la grippe. Il nous adresse ses félicitations et m'a rappelé que nous avons un rendez-vous dans deux semaines.

— OK.

Elle se pelotonna contre lui un peu plus. La thérapie continuait, avec Zach qui se joignait à elle une fois sur deux. Qu'il ait commencé à aller voir seul Tony de temps à autre était simplement une autre confirmation que Zach était vraiment parfait pour elle.

Pamela Sorenson frappa dans ses mains et fit signe aux gens d'avancer.

— Les mariés, venez vous asseoir sur vos sièges d'honneur.

C'était un peu étrange de passer du temps à déballer des cadeaux, mais étant donné le nombre de gens qui avaient fait de longs trajets pour être présents, ils avaient décidé à la dernière minute d'ouvrir les cadeaux pendant que tout le monde serait encore là.

Beaucoup de cadeaux étaient des photos, ce qui ravit Julia. Des clichés de la jeunesse de Zach, de ses sœurs à leur époque de Whiskey Creek, une photo magnifiquement encadrée de sa mère qui fit sourire Julia.

Pamela et Zachary lui remirent un gros sac en coton tout doux.

Julia cligna des yeux un instant avant de fouiller dedans et d'en sortir deux pierres lisses gravées avec « ZACH » et « JULIA ».

— Notre propre sac de bénédictions. Merci.

— C'est le kit de démarrage, la taquina Pamela. Quand vous commencerez à avoir des enfants, nous ajouterons leurs prénoms. Maintenant, puisque la conception et la grossesse...

— Et nous avons la version agrandie pour vous aussi, interrompit Zachary Senior avec un clin d'œil vers son fils et un autre sac beaucoup plus grand à la main. Mon outil de gravure a bien travaillé. Vous savez combien de gens font partie de notre famille maintenant ?

Un rapide coup d'œil dans la salle répondait : tellement, tellement de gens.

Que les cadeaux n'aient pas été emballés fit que tout alla plus vite alors que les amis et la famille continuaient à s'avancer avec de petits présents. Hanna étreignit Julia alors que Brad serrait la main de Zach, puis ils leur offrirent une boîte à biscuits en céramique. Le grand bras de Brad tenait facilement le bébé de trois mois qu'il avait eu avec Hanna.

Alors qu'ils approchaient de la fin, Petra s'avança, les bras chargés de trois boîtes en étain fantaisie.

— C'est un peu excessif, non ? la taquina Zach.

— Ça ne vient pas de moi, frangin. Je les ai trouvées près du poste de musique. Il n'y a pas de noms, expliqua-t-elle en les posant toutes sur la table devant Julia. Peut-être que quelqu'un a dû partir tôt ?

Julia en ramassa une et l'examina avec attention. Une jolie scène rurale avec des couleurs pastel ornait un côté.

— Peut-être.

Zach en ramassa une autre, et quelque chose s'entrechoqua.

— Des cookies ? J'aime bien les cookies.

Il retira le couvercle et regarda à l'intérieur. L'instant d'après, il referma brusquement le couvercle, souriant à la foule.

— Pas de cookies. Nous allons les mettre de côté. Merci, de qui que soit ce cadeau.

Julia ne put résister. Elle souleva le couvercle du contenant et découvrit qu'il était rempli de préservatifs aux couleurs vives. L'amusement s'éleva comme des bulles dans son ventre. Elle se pencha vers Zach.

— Ta mère ?

Il marqua une pause un instant.

Des rires s'élevèrent soudain. Zach pointa du doigt l'autre côté de la pelouse où Lisa, Tamara et Karen s'accrochaient les unes aux autres et riaient aux éclats.

Une, deux, *trois* boîtes en étain...

Oh là, là.

— Hum, oui. Je ne suis pas sûre de ce qui se cache là-dessous, mais il y a probablement une bonne explication, dit Julia en lançant un clin d'œil à Zach. Nous avons du stock, ça, c'est sûr.

Il lui lança un grand sourire.

— C'est tout, annonça Petra. C'est l'heure de danser.

— Attends, un dernier cadeau, interrompit Julia en tendant la main sous la table et sortant un autre cadre. C'est pour toi.

Elle le tendit à Zach face cachée.

Il le prit avec un grand sourire, le retourna et éclata de rire.

Elle avait encadré une image explicative sur « Comment remplacer un rouleau de papier toilette ». Elle incluait des instructions claires pour que le rouleau se déroule par l'arrière et non pas par le devant, parce que « l'usage le plus économique est encouragé ».

Zach posa le cadre sur la table, puis aida Julia à se lever et la guida au milieu de la piste de danse.

— Tu as gagné. Après un an de bataille, façon PQ, j'admets ma défaite. Désormais, tous nos rouleaux seront placés à ta façon.

Julia passa les bras autour de lui alors que les premiers accords de la musique s'élevaient dans l'air. Elvis gratta sa guitare et chanta doucement, comme si c'était juste pour eux.

— « Love Me Tender[1] » ? chanta Julia à l'oreille de Zach.

Son mari, son cœur, les fit tournoyer tandis qu'il fredonnait avec la musique. Ils allaient si bien ensemble, et après un an tous les deux, ce n'était pas le hasard ni même une détermination solide qui faisait que ce qu'il y avait entre eux fonctionnait.

Ils s'étaient choisis, et c'était pour ça qu'ils ne lâcheraient jamais prise.

— « Love you true »[2], répondit Zach.

Il caressa de ses lèvres le cou de Julia un bref instant, des frissons de plaisir emplirent celle-ci alors qu'il chantait en même temps, uniquement pour elle.

— « And I always will »[3].

～

Vivian Arend, auteure de best-sellers au *New York Times,* vous présente *Les Sœurs de Heart Falls.* Dans cette série, il est question de retrouver sa famille, de chercher l'amitié et l'amour... et de ne pas se contenter de peu.

～

Les Sœurs de Heart Falls
L'Histoire tendre d'une cow-girl
L'Histoire secrète d'une cow-girl
L'Histoire rêvée d'une cow-girl

～

Vivian fait actuellement traduire ses nombreuses séries. Merci de consulter son site web pour toutes les dernières informations.
www.vivianarend.com/fr

À PROPOS DE L'AUTEUR

Avec plus de 3 millions de livres vendus, Vivian Arend est une auteure de best-sellers figurant aux classements du New York Times et de USA Today. Elle a écrit plus de 70 romances contemporaines et paranormales. Ses livres sont des romans intégraux qui peuvent se lire indépendamment de toute série et ne se terminent pas sur un suspense. Ce sont des histoires pleines d'humour et d'émotions, avec des moments sensuels et des fins heureuses. Vivian estime avoir le plus beau métier au monde. Elle habite en Colombie-Britannique, au Canada, avec son mari depuis plusieurs années (l'inspiration de chacun de ses héros et un compagnon volontaire pour toutes sortes d'aventures).

NOTES

Chapitre 1

1. NdT : Niveau d'alerte des forces armées des États-Unis, qui va de 5 (préparation normale de temps de paix) à 1 (préparation maximale).
2. NdT : En français dans le texte.

Chapitre 5

1. NdT : Référence à une réplique de Dorothy dans *Le Magicien d'Oz*.
2. NdT : Morceau du chanteur de musique country Joe Nichols dont le titre peut se traduire par : « La tequila fait tomber ses vêtements ».

Chapitre 6

1. « Marié ».
2. « Mariée ».
3. « Monture ».

Chapitre 11

1. NdT : Magazine pour adultes dans le même genre que *Playboy*. Les « Penthouse Letters » était une section du magazine où des lecteurs racontaient les expériences sexuelles qui leur étaient arrivées (probablement fortement embellies, voire fictives).

Chapitre 12

1. NdT : Groo est une référence Groo le barbare, personnage de comics de Sergio Aragonés ; *room* signifie « pièce », et *goo* désigne une matière visqueuse.
2. NdT : Fièvre.

Chapitre 15

1. Fred Rogers était animateur d'une émission pour enfants très connue entre 1968 et 2001. Il y chantait notamment des chansons abordant les préoccupations des enfants comme le divorce ou des méthodes pour contrôler sa colère.

Chapitre 17

1. NdT : Un peu moins de conversation.
2. NdT : On peut traduire ça par « dragueur invétéré » ou « coureur de jupons ».

Chapitre 18

1. NdT : En anglais « Don't be cruel », morceau d'Elvis Presley, d'où la suite qui en reprend les paroles.
2. NdT : « Envers un cœur déprimé. »

Chapitre 19

1. NdT : Jour de fête qui a lieu le 26 décembre dans les pays anglo-saxons.

Chapitre 21

1. NdT : Jeu de cartes populaire dans le monde anglophone.

Épilogue

1. NdT : Aime-moi tendrement.
2. NdT : Je t'aime sincèrement. Les paroles originales de la chanson disent « Love me true » (aime-moi sincèrement).
3. Et il en sera toujours ainsi.

Manufactured by Amazon.ca
Acheson, AB